CARLOS FUENTES

La muerte de Artemio Cruz

punto de lectura

LA MUERTE DE ARTEMIO CRUZ
D.R. © Carlos Fuentes, 1962

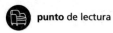 **punto** de lectura

De esta edición:

D.R. © Santillana Ediciones Generales, SA de CV
Universidad 767, colonia del Valle
CP 03100, México, D.F.
Teléfono: 54-20-75-30
www.puntodelectura.com.mx

Primera edición en Punto de Lectura (formato MAXI): enero de 2008
Séptima reimpresión: abril de 2011

ISBN: 978-97-0812-047-0

Diseño de cubierta: Leonel Sagahón / La máquina del tiempo
Composición tipográfica: Miguel Ángel Muñoz
Corrección: Antonio Ramos Revillas
Cuidado de la edición: Jorge Solís Arenazas

Impreso en México

CARLOS FUENTES

La muerte de
Artemio Cruz

A
C. WRIGHT MILLS,
verdadera voz de Norteamérica, amigo
y compañero en la lucha de Latinoamérica

Yo despierto... Me despierta el contacto de ese objeto frío con el miembro. No sabía que a veces se puede orinar involuntariamente. Permanezco con los ojos cerrados. Las voces más cercanas no se escuchan. Si abro los ojos, ¿podré escucharlas?... Pero los párpados me pesan: dos plomos, cobres en la lengua, martillos en el oído, una... una como plata oxidada en la respiración. Metálico, todo esto. Mineral, otra vez. Orino sin saberlo. Quizá —he estado inconsciente, recuerdo con un sobresalto— durante esas horas comí sin saberlo. Porque apenas clareaba cuando alargué la mano y arrojé —también sin quererlo— el teléfono al piso y quedé boca abajo sobre el lecho, con mis brazos colgando: un hormigueo por las venas de la muñeca. Ahora despierto, pero no quiero abrir los ojos. Aunque no quiera: algo brilla con insistencia cerca de mi rostro. Algo que se reproduce detrás de mis párpados cerrados en una fuga de luces negras y círculos azules. Contraigo los músculos de la cara, abro el ojo derecho y lo veo reflejado en las incrustaciones de vidrio de una bolsa de mujer. Soy esto. Soy esto. Soy este viejo con las facciones partidas por los cuadros desiguales del vidrio. Soy este ojo. Soy este ojo. Soy este ojo surcado por las raíces de una cólera acumulada, vieja, olvidada, siempre actual. Soy este ojo abultado y verde entre los párpados. Párpados. Párpados. Párpados aceitosos. Soy esta nariz. Esta nariz. Esta nariz. Quebrada. De anchas ventanas. Soy estos pómulos. Pómulos. Donde nace la barba cana. Nace. Mueca. Mueca. Mueca. Soy esta mueca que nada tiene que ver con la vejez o el dolor. Mueca. Con los colmillos ennegrecidos por el tabaco. Tabaco. Tabaco. El vahovahovaho de mi respiración opaca los cristales y una mano retira la bolsa de la mesa de noche.

—Mire, doctor: se está haciendo...

—Señor Cruz...

—¡Hasta en la hora de la muerte debía engañarnos!

No quiero hablar. Tengo la boca llena de centavos viejos, de ese sabor. Pero abro los ojos un poco y entre las pestañas distingo a las dos mujeres, al médico que huele a cosas asépticas: de sus manos sudorosas, que ahora palpan debajo de la camisa mi pecho, asciende un pasmo de alcohol ventilado. Trato de retirar esa mano.

—Vamos, señor Cruz, vamos...

No, no no voy a abrir los labios: o esa línea arrugada, sin labios, en el reflejo del vidrio. Mantendré los brazos alargados sobre las sábanas. Las cobijas me llegan hasta el vientre. El estómago... ah... Y las piernas permanecen abiertas, con ese artefacto frío entre los muslos. Y el pecho sigue dormido, con el mismo hormigueo sordo que siento... que... que sentía cuando pasaba mucho tiempo sentado en un cine. Mala circulación, eso es. Nada más. Nada más. Nada más grave. Hay que pensar en el cuerpo. Agota pensar en el cuerpo. El propio cuerpo. El cuerpo unido. Cansa. No se piensa. Está. Pienso, testigo. Soy, cuerpo. Queda. Se va... se va... se disuelve en esta fuga de nervios y escamas, de celdas y glóbulos dispersos. Mi cuerpo, en el que este médico mete sus dedos. Miedo. Siento el miedo de pensar en mi propio cuerpo. ¿Y el rostro? Teresa ha retirado la bolsa que lo reflejaba. Trato de recordarlo en el reflejo; era un rostro roto en vidrios sin simetría, con el ojo muy cerca de la oreja y muy lejos de su par, con la mueca distribuida en tres espejos circulantes. Me corre el sudor por la frente. Cierro otra vez los ojos y pido, pido que mi rostro y mi cuerpo me sean devueltos. Pido, pero siento esa mano que me acaricia y quisiera desprenderme de su tacto, pero carezco de fuerzas.

—¿Te sientes mejor?

No la veo a ella. No veo a Catalina. Veo más lejos. Teresa está sentada en el sillón. Tiene un periódico abierto entre las manos. Mi periódico. Es Teresa, pero tiene el rostro escondido detrás de las hojas abiertas.

—Abran la ventana.

—No, no. Puedes resfriarte y complicarlo todo.

—Déjalo, mamá. ¿No ves que se está haciendo?

Ah. Huelo ese incienso. Ah. Los murmullos en la puerta. Llega con ese olor de incienso y faldones negros, con el hisopo al frente, a despedirme con todo el rigor de una advertencia. Je, cayeron en la trampa.

—¿No ha llegado Padilla?

—Sí. Está allí afuera.

—Que pase él.

—Pero...

—Que pase antes Padilla.

Ah, Padilla, acércate. ¿Trajiste la grabadora? Si sabes lo que te conviene, la habrás traído aquí como la llevabas todas las noches a mi casa de Coyoacán. Hoy, más que nunca, querrás darme la impresión de que todo sigue igual. No perturbes los ritos, Padilla. Ah sí, te acercas. Ellas no quieren.

—Acércate, hijita, que te reconozca. Dile tu nombre.

—Soy... soy Gloria...

13

Si sólo distinguiera mejor su rostro. Si sólo distinguiera mejor su mueca. Debe darse cuenta de este olor de escamas muertas; debe mirar este pecho hundido, esta barba gris y revuelta, este fluido incontenible de la nariz, estos...

La alejan de mí.

El médico me toma el pulso.

—Debo consultar con mis colegas.

Catalina me roza la mano con la suya. Qué inútil caricia. No la veo bien, pero trato de fijar mi mirada en la suya. La retengo. Tomo su mano helada.

—Esa mañana lo esperaba con alegría. Cruzamos el río a caballo.

—¿Qué dices? No hables. No te canses. No te entiendo.

—Quisiera regresar allá, Catalina. Qué inútil.

Sí: el cura se hinca junto a mí. Murmura sus palabras. Padilla enchufa la grabadora. Escucho mi voz, mis palabras. Ay, con un grito. Ay, grito. Ay, sobreviví. Son dos médicos que se asoman a la puerta. Yo sobreviví. Regina, me duele, me duele, Regina, me doy cuenta de que me duele. Regina. Soldado. Abrácenme; me duele. Me han clavado un puñal largo y frío en el estómago; hay alguien, hay otro que me ha clavado un acero en las entrañas: huelo ese incienso y estoy cansado. Yo dejo que hagan. Que me levanten pesadamente, mientras gimo. No les debo la vida a ustedes. No puedo, no puedo, no elegí, el dolor me dobla la cintura, me toco los pies helados, no quiero esas uñas azules, mis nuevas uñas azules, aaaahaaaay, yo sobreviví: ¿qué hice ayer?: si pienso en lo que hice ayer no pensaré más en lo que está pasando. Ése es un pensamiento claro. Muy claro. Piensa ayer. No estás tan loco; no sufres tanto; pudiste pensar eso. Ayer

ayer ayer. Ayer Artemio Cruz voló de Hermosillo a México. Sí. Ayer Artemio Cruz... Antes de enfermarse, ayer Artemio Cruz... No, no se enfermó. Ayer Artemio Cruz estaba en su despacho y se sintió muy enfermo. Ayer no. Esta mañana. Artemio Cruz. No, enfermo no. No, Artemio Cruz no. Otro. En un espejo colocado frente a la cama del enfermo. El otro. Artemio Cruz. Su gemelo. Artemio Cruz está enfermo. El otro. Artemio Cruz está enfermo: no vive: no, vive. Artemio Cruz vivió. Vivió durante algunos años... Años no añoró: años no, no. Vivió durante algunos días. Su gemelo. Artemio Cruz. Su doble. Ayer Artemio Cruz, el que sólo vivió algunos días antes de morir, ayer Artemio Cruz... que soy yo... y es otro... ayer...

Tú, ayer, hiciste lo mismo de todos los días. No sabes si vale la pena recordarlo. Sólo quisieras recordar, recostado allí, en la penumbra de tu recámara, lo que va a suceder: no quieres prever lo que ya sucedió. En tu penumbra, los ojos ven hacia adelante; no saben adivinar el pasado. Sí; ayer volarás desde Hermosillo, ayer 9 de abril de 1959, en el vuelo regular de la Compañía Mexicana de Aviación que saldrá de la capital de Sonora, donde hará un calor infernal, a las 9:55 de la mañana y llegará a México, D.F., a las 16:30 en punto. Desde la butaca del tetramotor, verás una ciudad plana y gris, un cinturón de adobe y techos de lámina. La azafata te ofrecerá un chicle envuelto en celofán —recordarás eso en particular, porque será (debe ser, no lo pienses todo en futuro desde ahora) una chica muy guapa y tú siempre tendrás buen ojo para eso, aunque tu edad te condene a imaginar las cosas más que a hacerlas (usas mal

15

las palabras: claro, nunca te sentirás condenado a eso, aunque sólo puedas imaginarlo): el anuncio luminoso —*No Smoking, Fasten Seat Belts*— se encenderá en el momento en el que el avión, al entrar al valle de México, descienda abruptamente, como si perdiera el poder de mantenerse en el aire delgado y en seguida se inclinará hacia la derecha y caerán bultos, sacos, maletines y se levantará un grito común, entrecortado por un sollozo bajo y las llamas comenzarán a chisporrotear hasta que el cuarto motor, sobre el ala derecha, se detenga y todos sigan gritando y sólo tú te mantengas sereno, inmóvil, mascando tu chicle y observando las piernas de la azafata que correrá por el pasillo apaciguando a los pasajeros. El sistema interno con el que el motor combate el fuego funcionará y el avión aterrizará sin dificultad, pero nadie se habrá dado cuenta de que sólo tú, un viejo de 71 años, mantuvo la compostura. Tú te sentirás orgulloso de ti mismo, sin demostrarlo. Pensarás que has hecho tantas cosas cobardes que el valor te resulta fácil. Sonreirás y te dirás que no, no, no es una paradoja: es la verdad y, acaso, hasta una verdad general. El viaje a Sonora lo habrás hecho en automóvil —volvo 1959, placas D.F. 712— porque algunos personajes del gobierno habrían pensado ponerse muy pesados y tú deberías recorrer todo ese camino a fin de asegurarte de la lealtad de esa cadena de funcionarios a los que has comprado —comprado, sí, no te engañarás con tus palabras de aniversario: los convenceré, los persuadiré: no, los comprarás— para que le cobren alcabalas —otra palabra fea— a los transportadores de pescado entre Sonora, Sinaloa y el Distrito Federal: tú les darás el 10 por ciento a los inspectores y el pescado llegará a la ciudad encarecido por esa cadena de intermediarios y tú recibirás una utilidad 20 veces superior al valor original del producto. Te empeñarás en recordarlo y cumplirás tu deseo, aunque todo esto te parezca materia de una nota roja en tu periódico y pienses que, en realidad, pierdes el tiempo recordándolo. Pero insistirás, seguirás adelante. Insistirás. Quisieras recordar otras cosas, pero sobre todo, quisieras olvidar el estado en que te encuentras. Te disculparás. No te encuentras. Te encontrarás. Te traerán desmayado a tu casa; te desplomarás en tu oficina; vendrá el doctor y dirá que habrá que esperar algunas horas para dar el diagnóstico. Vendrán otros médicos. No sabrán nada, no entenderán nada. Pronunciarán palabras difíciles. Y tú querrás imaginarte a ti mismo. Como un odre vacío y arrugado. Te temblará la barbilla, te olerá mal la boca, te olerán mal las axilas, te apestará todo entre las piernas. Estarás tirado allí, sin bañar, sin afeitar: serás un depósito de sudores, nervios irritados y funciones fisiológicas inconscientes. Pero insistirás en recordar lo que pasará ayer. Te trasladarás del aeropuerto a tu oficina y recorrerás una ciudad impregnada de gases de mostaza, porque la policía acabará de disolver esa manifestación en la plaza del Caballito. Consultarás con tu jefe de redacción las cabezas de la primera plana, los editoriales y las caricaturas y te sentirás satisfecho. Recibirás la visita de tu socio norteamericano, le harás ver los peligros de estos mal llamados movimientos de depuración sindical. Después pasará a la oficina tu administrador, Padilla, y te dirá que los indios andan agitando y tú, a través de Padilla, le mandarás decir al comisario ejidal que los meta en cintura, que al fin para eso le pagas. Trabajarás mucho ayer en la mañana. Estará a verte el representante de ese benefactor latinoamericano y tú obtendrás que aumenten el subsidio a tu periódico. Llamarás a la cronista de sociales y le ordenarás que meta en su columna una calumnia sobre ese Couto que te está dando guerra en los negocios de Sonora. ¡Harás tantas cosas! Y luego te sentarás con Padilla a contar tus haberes. Eso te divertirá mucho. Todo un muro de tu despacho estará cubierto por ese cuadro que indica la extensión de y las relaciones entre los negocios manejados: el periódico, las inversiones en bienes raíces —México, Puebla, Guadalajara, Monterrey, Culiacán, Hermosillo, Guaymas, Acapulco—, los domos de azufre en Jáltipan, las minas de Hidalgo, las concesiones madereras en la Tarahumara, la participación en la cadena de hoteles, la fábrica de tubos, el comercio del pescado, las financieras de financieras, la red de operaciones bursátiles, las representaciones legales de compañías norteamericanas, la administración del empréstito ferrocarrilero, los puestos de consejero en instituciones fiduciarias, las acciones en empresas extranjeras —colorantes, acero, detergentes— y un dato que no aparece en el cuadro: 15 millones de dólares depositados en bancos de Zurich, Londres y Nueva York. Encenderás un cigarrillo, a pesar de las advertencias del médico, y le repetirás a Padilla los pasos que integraron esa riqueza. Préstamos a corto plazo y alto interés a los campesinos del estado de Puebla, al terminar la revolución; adquisición de terrenos cercanos a la ciudad de Puebla, previendo su crecimiento; gracias a una amistosa intervención del presidente en turno, terrenos para fraccionamientos en la ciudad de México; adquisición del diario metropolitano; compra de acciones mineras y creación de empresas mixtas mexicano-norteamericanas en las que tú figuraste como hombre de paja para cumplir con la ley; hombre de confianza de los inversionistas norteamericanos; intermediario entre Chicago, Nueva York y el gobierno de México; manejo de la bolsa de valores para inflarlos, deprimirlos, vender, comprar a tu gusto y utilidad; jauja y consolidación definitivas con el presidente Alemán: adquisición de terrenos ejidales arrebatados a los campesinos para proyectar nuevos fraccionamientos en ciudades del interior, concesiones de explotación maderera. Sí —suspirarás y le pedirás un fósforo a Padilla—, 20 años de confianza, de paz social, de colaboración de clases; 20 años de progreso, después de la demagogia de Lázaro Cárdenas, 20 años de protección a los intereses de la empresa, de líderes sumisos, de huelgas rotas. Y entonces te llevarás las manos al vientre y tu cabeza de canas crespas, de rostro aceitunado, pegará huecamente sobre el cristal de la mesa y otra vez, ahora tan cerca, verás ese reflejo de tu mellizo enfermo, mientras todos los ruidos huyan, riendo, fuera de tu cabeza y el sudor de toda esa gente te rodee, la carne de toda esa gente te sofoque, te haga perder el conocimiento. El gemelo reflejado se incorporará al otro, que eres tú, al viejo de 71 años que yacerá, inconsciente, entre la silla giratoria y el gran escritorio de acero: y estarás aquí y no sabrás cuáles datos pasarán a tu biografía y cuáles serán callados, escondidos. No lo sabrás. Son datos vulgares y no serás el primero ni el único con semejante hoja de servicios. Te habrás dado gusto. Ya habrás recordado eso. Pero recordarás otras cosas, otros días, tendrás que recordarlos. Son días que lejos, cerca, empujados hacia el olvido, rotulados por el recuerdo —encuentro y rechazo, amor fugaz, libertad, rencor, fracaso, voluntad—, fueron y serán algo más que los nombres que tú puedas darles: días en que tu destino te perseguirá con un olfato de lebrel, te encontrará, te cobrará, te encarnará con palabras y actos, materia compleja, opaca, adiposa tejida para siempre con la otra, la impalpable, la de tu ánimo absorbido por la materia: amor de membrillo fresco, ambición de uñas que crecen, tedio de la calvicie progresiva, melancolía del sol y el desierto, abulia de los platos sucios, distracción de los ríos tropicales, miedo de los sables y la pólvora, pérdida de las sábanas oreadas, juventud de los caballos negros, vejez de la playa abandonada, encuentro del sobre y la estampilla extranjera, repugnancia del incienso, enfermedad de la nicotina, dolor de la tierra roja, ternura del patio en la tarde, espíritu de todos los objetos, materia de todas las almas: tajo de tu memoria, que separa las dos mitades; soldadura de la vida, que vuelve a unirlas, disolverlas, perseguirlas, encontrarlas: la fruta tiene dos mitades: hoy volverán a unirse: recordarás la mitad que dejaste atrás: el destino te encontrará: bostezarás: no hay que recordar: bostezarás: las cosas y sus sentimientos se han ido deshebrando, han caído fracturadas a lo largo del camino: allá, atrás, había un jardín: si pudieras regresar a él, si pudieras encontrarlo otra vez al final: bostezarás: no has cambiado de lugar: bostezarás: estás sobre la tierra del jardín, pero las ramas pálidas niegan las frutas, el cauce polvoso niega las aguas: bostezarás: los días serán distintos, idénticos, lejanos, actuales: pronto olvidarán la necesidad, la urgencia, el asombro: bostezarás: abrirás los ojos y las verás allí, a tu lado, con esa falsa solicitud: murmurarás sus nombres: Catalina, Teresa: ellas no acabarán de disimular ese sentimiento de engaño y violación, de desaprobación irritada, que por necesidad deberá transformarse, ahora, en apariencia de preocupación, afecto, dolor: la máscara de la solicitud será el primer signo de ese tránsito que tu enfermedad, tu aspecto, la decencia, la mirada ajena, la costumbre heredada, les impondrá: bostezarás: cerrarás los ojos: bostezarás: tú, Artemio Cruz, él: creerás en tus días con los ojos cerrados:

1941: 6 DE JULIO

Él pasó en el automóvil rumbo a la oficina. Lo conducía el chofer y él iba leyendo el periódico, pero en ese momento, casualmente, levantó los ojos y las vio entrar a la tienda. Las miró y guiñó los ojos y entonces el auto arrancó y él continuó leyendo las noticias que llegaban de Sidi Barrani y el Alamein, mirando las fotografías de Rommel y Montgomery: el chofer sudaba bajo la resolana y no podía prender la radio para distraerse y él pensó que no había hecho mal en asociarse con los cafetaleros colombianos cuando empezó la guerra en África y ellas entraron a la tienda y la empleada les pidió que por favor tomaran asiento mientras le avisaba a la patrona (porque sabía quiénes eran las dos mujeres, la madre y la hija, y la patrona había ordenado que siempre le avisaran si ellas entraban): la empleada caminó en silencio sobre las alfombras hasta el cuarto del fondo donde la patrona rotulaba invitaciones apoyada sobre la mesa de cuero verde; dejó caer los anteojos que colgaban de una cadena de plata cuando la empleada entró y le dijo que allí estaban la señora y su hija y la patrona suspiró y dijo: "Ah sí, ah sí, ah sí, ya se acerca la fecha" y le agradeció que le avisara y se arregló el pelo violáceo y frunció los labios y apagó el cigarrillo mentolado y en la sala de la tienda las dos mujeres habían tomado asiento y no decían nada nada hasta que vieron aparecer a la patrona y entonces la madre, que tenía esta idea de las conveniencias, fingió que continuaba una conversación que nunca se había iniciado y dijo en voz alta: "...pero ese modelo me parece mucho más lindo. No sé qué pienses tú, pero yo escogería ese

modelo; de veras que está muy bonito, muy muy lindo."
La muchacha asintió, porque estaba acostumbrada a esas
conversaciones que la madre no dirigía a ella sino a la persona que ahora entraba y le tendía la mano a la hija pero
no a la madre, a quien saludaba con una sonrisa enorme
y la cabeza violeta bien ladeada. La hija empezó a correr-
se hacia la derecha del sofá, para que la patrona cupiera,
pero la madre la detuvo con la mirada y un dedo agitado
cerca del pecho; la hija ya no se movió y miró con simpa-
tía a la mujer del pelo teñido que permanecía de pie y les
preguntaba si ya habían decidido cuál modelo escoge-
rían. La madre dijo que no, no, aún no estaban decididas
y por eso querían ver todos los modelos otra vez, porque
también de eso dependía todo lo demás, quería decir, detalles como el color de las flores, los vestidos de las da-
mas, todo eso.

—Me apena mucho darle tanto trabajo; yo quisiera...
—Por favor, señora. Nos alegra complacerla.
—Sí. Queremos estar seguras.
—Naturalmente.
—No quisiéramos equivocarnos y después, a última
hora...
—Tiene razón. Más vale escoger con calma y no,
después...
—Sí. Queremos estar seguras.
—Voy a decirles a las muchachas que se preparen.

Quedaron solas y la hija estiró las piernas; la madre
la miró alarmada y movió todos los dedos al mismo
tiempo, porque podía ver las ligas de la muchacha y también le indicó que le pusiera un poco de saliva a la media
de la pierna izquierda; la hija buscó y encontró el lugar
donde la seda se había roto y se mojó el dedo índice en
saliva y la untó sobre el lugar. "Es que tengo un poco de

sueño", le explicó en seguida a la madre. La señora sonrió y le acarició la mano y las dos siguieron sentadas sobre los sillones de brocado rosa, sin hablar, hasta que la hija dijo que tenía hambre y la madre contestó que después irían a desayunar algo a Sanborns aunque ella sólo la acompañaría porque había engordado demasiado recientemente.

—Tú no tienes de qué preocuparte.

—¿No?

—Tienes tu figura muy juvenil. Pero después, cuídate. En mi familia todas hemos tenido buena figura de jóvenes y después de los 40 perdemos la línea.

—Tú estás muy bien.

—Ya no te acuerdas, eso es lo que pasa, tú ya no te acuerdas. Y además...

—Hoy amanecí con hambre. Desayuné muy bien.

—Ahora no te preocupes. Después sí, cuídate.

—¿La maternidad engorda mucho?

—No, no es ése el problema; ése no es realmente el problema. 10 días de dieta y quedas igual que antes. El problema es después de los cuarenta.

Adentro, mientras preparaba a las dos modelos, la patrona hincada, con los alfileres en la boca, movía las manos nerviosamente y regañaba a las muchachas por tener las piernas tan cortas; ¿cómo iban a lucir bien mujeres de piernas tan cortas? Les hacía falta hacer ejercicio, les dijo, tenis, equitación, todo eso que sirve para mejorar la raza y ellas le dijeron que la notaban muy irritada y la patrona contestó que sí, que esas dos mujeres la irritaban mucho. Dijo que la señora no acostumbraba dar la mano nunca; la chica era más amable, pero un poco distraída, como si nada más estuviera allí; pero en fin, no las conocía bien y no podía hablar y como decían los americanos *the customer is always right* y hay que salir al salón sonriendo, diciendo cheese, che-eeeese y chee-eeeeeese. Estaba obligada a trabajar, aun cuando no hubiera nacido para trabajar, y estaba acostumbrada a estas señoras ricas de ahora. Por fortuna, los domingos podía reunirse con las amistades de antes, con las que creció, y sentirse un ser humano por lo menos una vez a la semana. Jugaban bridge, le dijo a las muchachas y aplaudió al ver que ya estaban listas. Lástima de piernas cortas. Ensartó con cuidado los alfileres que le quedaban en la boca en el cojincillo de terciopelo.

—¿Vendrá al *shower*?
—¿Quién? ¿Tu novio o tu padre?
—Él, papá.
—¡Cómo quieres que yo sepa!

Él vio pasar el domo naranja y las columnas blancas, gordas, del Palacio de Bellas Artes, pero miró hacia arriba, donde los cables se unían, separaban, corrían —no ellos, él con la cabeza recostada sobre la lana gris del asiento— paralelos o se enchufaban en los distribuidores de tensión: la portada ocre, veneciana del Correo y las esculturas frondosas, las ubres plenas y las cornucopias vaciadas del Banco de México: acarició la banda de seda del sombrero de fieltro marrón y con la punta del pie hizo que se columpiara la correa del asiento dobladizo de la limusina, enfrente de él: los mosaicos azules de Sanborns y la piedra labrada y negruzca del convento de San Francisco. El automóvil se detuvo en la esquina de Isabel la Católica y el chofer le abrió la puerta y se quitó la gorra y él, en cambio, se colocó el fieltro, peinándose con los dedos los mechones de las sienes que le quedaron fuera del sombrero y esa corte de vendedores de billetes y limpiabotas y mujeres enrebozadas y niños con el labio superior embarrado de moco lo rodearon hasta que pasó las puertas giratorias y se ajustó la corbata frente al vidrio del vestíbulo y atrás, en el segundo vidrio, el que daba a la calle de Madero, un hombre idéntico a él, pero tan lejano, se arreglaba el nudo de la corbata también, con los mismos dedos manchados de nicotina, el mismo traje cruzado, pero sin color, rodeado de los mendigos y dejaba caer la mano al mismo tiempo que él y luego le daba la espalda y caminaba hacia el centro de la calle, mientras él buscaba el ascensor, desorientado por un instante.

Otra vez las manos tendidas la desanimaron y apretó el brazo de su hija para introducirla de prisa en ese calor irreal, de invernadero, en ese olor de jabones y lavandas y papel cuché recién impreso. Se detuvo un instante a mirar los artículos de belleza ordenados detrás del vidrio y se miró a sí misma, guiñando los ojos para ver bien los cosméticos dispuestos sobre una tira de tafeta roja. Pidió un bote de *cold-cream* Theatrical y dos tubos de labios de ese mismo color, el color de esa tafeta y buscó los billetes en la bolsa de cuero de cocodrilo, sin éxito: "Ten, búscame un billete de 20 pesos." Recibió el paquete y el cambio y entraron al restaurante y encontraron una mesa para dos. La muchacha ordenó jugo de naranja y waffles con nuez a la mesera vestida de tehuana y la madre no pudo resistir y pidió un pan de pasas con mantequilla derretida y las dos miraron alrededor, tratando de distinguir caras conocidas hasta que la muchacha pidió permiso para quitarse el saco del traje sastre amarillo porque la resolana que se colaba a través del tragaluz era demasiado intensa.

—Joan Crawford —dijo la hija—. Joan Crawford.

—No, no. No se pronuncia así. Así no se pronuncia. Crofor, Cro-for; ellos lo pronuncian así.

—Crau-for.

—No, no. Cro, cro, cro. La "a" y la "u" juntas se pronuncian como "o". Creo que así lo pronuncian.

—No me gustó tanto la película.

—No, no es muy bonita. Pero ella sale muy chula.

—Yo me aburrí mucho.

—Pero insististe tanto en ir...

—Me habían dicho que era muy bonita, pero no.

—Se pasa el rato.

—Cro-ford.

—Sí, creo que así lo pronuncian ellos, Cro-for. Creo que la "d" no la pronuncian.

—Cro-for.

—Creo que sí. A menos que me equivoque.

La muchacha derramó la miel sobre los waffles y los rebanó en trocitos cuando estuvo segura de que cada hendidura tenía miel. Sonreía a su madre cada vez que se llenaba la boca de esa harina tostada y melosa. La madre no la miraba a ella. Una mano jugaba con otra, le acariciaba con el pulgar las yemas y parecía querer levantarle las uñas: miraba las dos manos cerca de ella, sin querer mirar los rostros: cómo volvía una mano a tomar la otra y cómo la iba descubriendo, lentamente, sin saltarse un solo poro de la otra piel. No, no tenían anillos en los dedos, debían ser novios o algo. Trató de esquivar la mirada y fijarse en ese charco de miel que inundaba el plato de su hija, pero sin querer regresaba a las manos de la pareja en la mesa contigua y lograba evitar sus rostros, pero no las manos acariciadas. La hija jugueteaba con la lengua entre las encías, retirando los pedazos de harina y nuez sueltos y después se limpió los labios y manchó la servilleta de rojo, pero antes de volver a pintarse otra vez, buscó con la lengua las sobras del waffle y le pidió a su madre un trozo de pan con pasas. Dijo que no quería café porque la ponía muy nerviosa, aunque le encantaba el café, pero ahora no, porque ya estaba bastante nerviosa. La señora le acarició la mano y le dijo que debían marcharse porque les faltaba hacer muchas cosas. Pagó la cuenta y dejó la propina y las dos se levantaron.

El norteamericano explicó que se inyecta agua hirviendo a los depósitos; el agua lo derrite y el azufre es llevado a la superficie por el aire comprimido. Volvió a explicar el sistema y el otro norteamericano dijo que estaban muy satisfechos de las exploraciones y cortó varias veces el aire con la mano, agitándola muy cerca del rostro correoso y rojizo y repitiendo: "Domos, bueno. Piritas, malo. Domos, bueno. Piritas, malo. Domos bueno..." Él tamborileaba los dedos sobre el vidrio de la mesa y asentía, acostumbrado a que ellos, al hablar en español, creyeran que él no entendía, no porque ellos hablaran mal el español, sino porque él no entendía bien nada. "Piritas, malo." El técnico extendió el mapa de la zona sobre la mesa y él retiró los codos mientras desenrollaban el pergamino. El segundo explicó que la zona era tan rica que podía explotarse al máximo hasta bien entrado el siglo XXI; al máximo, hasta agotar los depósitos; al máximo. Volvió a repetirlo siete veces y retiró el puño que había dejado caer, al principio de la arenga, sobre esa mancha verde punteada de triángulos que indicaban los hallazgos del geólogo. El norteamericano guiñó el ojo y dijo que los bosques de cedro y caoba también eran enormes y que en eso él, el socio mexicano, llevaba el 100 por ciento de las ganancias; en eso ellos, los socios norteamericanos, no se metían, aunque sí le aconsejaban reforestar continuamente; habían visto esos bosques destruidos por todas partes: ¿no se daban cuenta de que esos árboles significaban dinero? Pero eso era cuento suyo, porque con bosques o sin ellos los domos estaban allí. Él sonrió y se puso de pie. Clavó los pulgares entre el cinturón y la tela de los pantalones y columpió el puro apagado entre los labios hasta que uno de los norteamericanos se levantó con un cerillo encendido entre las manos. Lo acercó al puro y él lo hizo circular entre los labios hasta que la punta brilló encendida. Les pidió dos millones de dólares al contado y ellos le preguntaron que a cuenta de qué: ellos lo admitían con gusto como socio capitalista con 300 mil dólares, pero nadie podía cobrar un centavo hasta que la inversión empezara a producir: el geólogo limpió los anteojos con un pequeño pedazo de gamuza que llevaba en la bolsa de la camisa y el otro empezó a caminar de la mesa a la ventana y de la ventana a la mesa, hasta que él les repitió que ésas eran sus condiciones: ni siquiera se trataba de un anticipo, de un crédito, ni nada por el estilo: era el pago que le debían por tratar de conseguir la concesión; a lo mejor, sin ese pago previo, no había tal concesión: ellos recuperarían con el tiempo el regalo que ahora le iban a hacer; pero sin él, sin el hombre de paja, sin el *front-man* —y les rogaba que excusaran los términos— ellos no podían obtener la concesión y explotar los domos. Tocó el timbre y llamó a su secretario y el secretario leyó rápidamente una hoja de cifras concisas y los norteamericanos dijeron OK varias veces, OK, OK, OK, y él sonrió y les ofreció dos vasos con whisky y les dijo que podían explotar el azufre hasta bien entrado el siglo XXI, pero que no lo iban a explotar a él ni un solo minuto del siglo XX y todos brindaron y los otros sonrieron mientras murmuraban en voz baja s.o.b. una sola vez.

Caminaban las dos tomadas del brazo. Caminaban despacio con las cabezas bajas y se detenían frente a cada aparador y decían qué bonito, qué caro, hay otra mejor más adelante, mira ése, qué bonito, hasta que se cansaban y entraban a un café y buscaban un buen lugar, alejado de la entrada por donde asomaban los billeteros de la lotería y se levantaba el polvo seco y grueso, alejado también de los mingitorios y pedían dos Canada Dry de naranja. La madre se polveaba y miraba sus propios ojos ambarinos en el espejo de la polvera, miraba el acento de las dos bolsas de piel que empezaban a rodearlos y cerraba la tapa con rapidez. Las dos observaban el burbujeo del refresco de soda y anilina y esperaban a que el gas escapara para beberlo en sorbos pequeños. La muchacha, con disimulo, separaba el pie del zapato y se acariciaba los dedos apretados y la señora, sentada frente a su refresco de naranja, recordaba los cuartos separados de la casa, separados pero contiguos, y los ruidos que cada mañana y cada noche lograban atravesar la puerta cerrada: el carraspeo ocasional, la caída de los zapatos sobre el piso, el golpe del llavero sobre la repisa, los goznes sin aceitar del ropero, a veces hasta el ritmo de la respiración en el sueño. Sintió frío en la espalda. Se había acercado esa misma mañana, caminando sobre las puntas de los pies, a la puerta cerrada y sintió frío en la espalda. Le sorprendió pensar que todos esos ruidos nimios y normales eran ruidos secretos. Regresó a la cama y se envolvió con los cobertores y fijó la mirada en el cielo raso, por donde se esparcía un abanico de luces redondas, fugaces: la lentejuela de la sombra de los castaños. Bebió los restos de un té helado y durmió hasta que la muchacha vino a despertarla, a recordarle que tenían un día lleno de ocupaciones por delante. Y sólo ahora, con el vaso frío entre los dedos, recordó esas primeras horas del día.

Se reclinó en la silla giratoria hasta que los resortes crujieron y le preguntó al secretario: "¿Hubo algún banco que quisiera arriesgar? ¿Hubo algún mexicano que me tuviera confianza?" Tomó el lápiz amarillo y lo apuntó a la cara del secretario: que quedara constancia de eso; que Padilla sirviera de testigo: nadie quiso arriesgar y él no iba a dejar que esa riqueza se pudriera en las selvas del sur; si los gringos eran los únicos dispuestos a dar el dinero para las exploraciones, ¿él qué iba a hacer? El secretario le hizo ver la hora y él suspiró y dijo que estaba bien. Lo invitaba a comer. Podían comer juntos. ¿Conocía un lugar nuevo? El secretario dijo que sí, un lugar de antojitos nuevo y muy simpático; muy buenas quesadillas, de flor, de queso, de huitlacoche; estaba a la vuelta. Podían ir juntos. Se sentía cansado; no quería regresar esa tarde a la oficina. En cierto modo, debían celebrar. Cómo no. Además, nunca habían comido juntos. Bajaron en silencio y caminaron hacia la avenida 5 de mayo.

—Es usted muy joven. ¿Qué edad tiene?

—Veintisiete años.

—¿Cuándo se recibió?

—Hace tres años. Pero...

—¿Pero qué?

—Que es muy distinta la teoría de la práctica.

—¿Y eso le da risa? ¿Qué cosa le enseñaron?

—Mucho marxismo. Hasta hice la tesis sobre la plusvalía.

—Ha de ser una buena disciplina, Padilla.

—Pero la práctica es muy distinta.

—¿Usted es eso, marxista?

—Bueno, todos mis amigos lo eran. Ha de ser cosa de la edad.

—¿Dónde queda el restaurant?

—Aquí en seguida, a la vuelta.

—No me gusta caminar.

—Está aquí cerquita.

Se repartieron los paquetes y caminaron hacia Bellas Artes, donde el chofer había quedado en esperarlas: seguían caminando con las cabezas bajas, dirigidas hacia los aparadores como antenas y súbitamente la madre tomó temblando el brazo de la hija y dejó caer un paquete, porque enfrente de ellas, junto a ellas, dos perros gruñían con una cólera helada, se separaban, gruñían, se mordían los cuellos hasta hacerlos sangrar, corrían al asfalto, volvían a trenzarse con mordiscos afilados y gruñidos: dos perros callejeros, tiñosos, babeantes, un macho y una hembra. La muchacha recogió el paquete y condujo a su madre al estacionamiento. Tomaron sus lugares en el automóvil y el chofer preguntó si regresaban a las Lomas y la hija dijo que sí, que unos perros habían asustado a su mamá. La señora dijo que no era nada, que ya había pasado: fue tan inesperado y tan cerca de ella, pero podían regresar al centro esa tarde, porque aún les quedaban muchas compras, muchas tiendas. La muchacha dijo que había tiempo; faltaba más de un mes todavía. Sí, pero el tiempo vuela, dijo la madre, y tu padre no se preocupa por la boda, nos deja todo el trabajo a nosotras. Además, debes aprender a darte tu lugar; no debes saludar de mano a todo el mundo. Además, ya quiero que pase esto de la boda, porque creo que va a servir para que tu padre se dé cuenta de que ya es un hombre maduro. Ojalá sirva para eso. No se da cuenta de que ya cumplió 52 años. Ojalá tengas hijos muy pronto. De todos modos, le va a servir a tu padre tener que estar a mi lado en el matrimonio civil y en el religioso, recibir las felicitaciones y ver que todos lo tratan como un hombre respetable y maduro. Quizá todo eso lo impresione, quizá.

Yo siento esa mano que me acaricia y quisiera desprenderme de su tacto, pero carezco de fuerzas. Qué inútil caricia. Catalina. Qué inútil. ¿Qué vas a decirme? ¿Crees que has encontrado al fin las palabras que nunca te atreviste a pronunciar? ¿Hoy? Qué inútil. Que no se mueva tu lengua. No le permitas el ocio de una explicación. Sé fiel a lo que siempre aparentaste; sé fiel hasta el fin. Mira: aprende a tu hija. Teresa. Nuestra hija. Qué difícil. Qué inútil pronombre. Nuestra. Ella no finge. Ella no tiene nada que decir. Mírala. Sentada con las manos dobladas y el traje negro, esperando. Ella no finge. Antes, lejos de mi oído, te habrá dicho: "Ojalá todo pase pronto. Porque él es capaz de estarse haciendo el enfermo, con tal de mortificarnos a nosotras." Algo así te debe haber dicho. Escuché algo semejante cuando desperté esta mañana de ese sueño largo y plácido. Recuerdo vagamente el somnífero, el calmante de anoche. Y tú le habrás respondido: "dios mío, que no sufra demasiado": habrás querido darle un giro distinto a las palabras de tu hija. Y no sabes qué giro darle a las palabras que yo murmuro:

—Esa mañana lo esperaba con alegría. Cruzamos el río a caballo.

Ah, Padilla, acércate. ¿Trajiste la grabadora? Si sabes lo que te conviene, la habrás traído aquí como la llevabas todas las noches a mi casa de Coyoacán. Hoy, más que nunca, querrás darme la impresión de que todo sigue igual. No perturbes los ritos, Padilla. Ah sí, te acercas. Ellas no quieren.

—No, licenciado, no podemos permitirlo.

—Es una costumbre de muchos años, señora.

—¿No le ve la cara?

—Déjeme probar. Ya está todo listo. Basta enchufar la grabadora.

—¿Usted se hace responsable?

—Don Artemio... Don Artemio... Aquí le traigo lo grabado esta mañana...

Yo asiento. Trato de sonreír. Como todos los días. Hombre de confianza, este Padilla. Claro que merece mi confianza. Claro que merece buena parte de mi herencia y la administración perpetua de todos mis bienes. Quién sino él. Él lo sabe todo. Ah, Padilla. ¿Sigues coleccionando todas las cintas de mis conversaciones en la oficina? Ah, Padilla, todo lo sabes. Tengo que pagarte bien. Te heredo mi reputación.

Teresa está sentada, con el periódico abierto que le oculta la cara.

Y yo lo siento llegar, con ese olor de incienso y faldones negros y el hisopo al frente a despedirme con todo el rigor de una advertencia; je, cayeron en la trampa; y esa Teresa lloriquea por allí y ahora saca la polvera del bolso y se arregla la nariz para volver a lloriquear otra vez. Me imagino en el último momento, si el féretro cae en ese hoyo y una multitud de mujeres lloriquea y se polvea las narices sobre mi tumba. Bien; me siento mejor. Me sentiría perfectamente si este olor, el mío, no ascendiera desde los pliegues de las sábanas, si no me diera cuenta de esos manchones ridículos con que las he teñido... ¿Estoy respirando con esta ronquera espasmódica? ¿Así voy a recibir a ese borrón negro y confrontar su oficio? Aaaaj. Aaaaj. Tengo que regularla... Aprieto los puños, aaaj, los músculos faciales y tengo junto a mí ese rostro de harina que viene a asegurar la fórmula que

33

mañana, o pasado —¿y nunca?, nunca— aparecerá en todos los periódicos, "con todos los auxilios de la Santa Madre Iglesia..." Y acerca su rostro rasurado a mis mejillas hirvientes de canas. Se persigna. Murmura el "Yo Pecador" y yo sólo puedo voltear la cara y dar un gruñido mientras me lleno la cabeza de esas imaginaciones que quisiera echarle en cara: la noche en que ese carpintero pobre y sucio se dio el lujo de montársele encima a la virgen azorada que se había creído los cuentos y supercherías de su familia y que se guardaba las palomitas blancas entre los muslos creyendo que así daría a luz, las palomitas escondidas entre las piernas, en el jardín, bajo las faldas, y ahora el carpintero se le montaba encima lleno de un deseo justificado, porque ha de haber sido muy linda, muy linda, y se le montaba encima mientras crecen los lloriqueos indignados de la intolerable Teresa, esa mujer pálida que desea, gozosa, mi rebeldía final, el motivo para su propia indignación final. Me parece increíble verlas allí, sentadas, sin agitarse, sin recriminar. ¿Cuánto durará? No me siento tan mal ahora. Quizá me recupere. ¡Qué golpe!, ¿no es cierto? Trataré de poner buen semblante, para ver si ustedes se aprovechan y olvidan esos gestos de afecto forzado y se vacían el pecho por última vez de los argumentos e insultos que traen atorados en la garganta, en los ojos, en esa humanidad sin atractivos en que las dos se han convertido. Mala circulación, eso es, nada más grave. Bah. Me aburre verlas allí. Debe haber algo más interesante al alcance de unos ojos entrecerrados que ven las cosas por última vez. Ah. Me trajeron a esta casa, no a la otra. Vaya. Cuánta discreción. Tendré que regañar a Padilla por última vez. Padilla sabe cuál es mi verdadera casa. Allá podría deleitarme viendo esas cosas que tanto amo. Estaría abriendo los ojos para mirar un techo de vigas antiguas y cálidas; tendría al alcance de la mano la casulla de oro que adorna mi cabecera, los candelabros de la mesa de noche, el terciopelo de los respaldos, el cristal de Bohemia de mis vasos. Tendría a Serafín fumando cerca de mí, aspiraría ese humo. Y ella estaría arreglada, como se lo tengo ordenado. Bien arreglada, sin lágrimas, sin trapos negros. Allá, no me sentiría viejo y fatigado. Todo estaría preparado para recordarme que soy un hombre vivo, un hombre que ama, igual que igual que igual que antes. ¿Por qué están sentadas allí, viejas feas descuidadas falsas recordándome que no soy el mismo de antes? Todo está preparado. Allá en mi casa todo está preparado. Saben qué debe hacerse en estos casos. Me impiden recordar. Me dicen que soy, ahora, nunca que fui. Nadie trata de explicar nada antes de que sea demasiado tarde. Bah. ¿Cómo voy a entretenerme aquí? Sí, ya veo que lo han dispuesto todo para hacer creer que todas las noches vengo a esta recámara y duermo aquí. Veo ese clóset entreabierto y veo el perfil de unos sacos que nunca he usado, de unas corbatas sin arrugas, de unos zapatos nuevos. Veo un escritorio donde han amontonado libros que nadie ha leído, papeles que nadie ha firmado. Y estos muebles elegantes y groseros: ¿cuándo les arrancaron las sábanas polvosas? Ah... hay una ventana. Hay un mundo afuera. Hay este viento alto, de meseta, que agita unos árboles negros y delgados. Hay que respirar...

—Abran la ventana...
—No, no. Puedes resfriarte y complicarlo todo.
—Teresa, tu padre no te escucha...
—Se hace. Cierra los ojos y se hace.
—Cállate.
—Cállate.

Se van a callar. Se van a alejar de la cabecera. Mantengo los ojos cerrados. Recuerdo que salí a comer con Padilla, aquella tarde. Eso ya lo recordé. Les gané a su propio juego. Todo esto huele mal, pero está tibio. Mi cuerpo engendra tibieza. Calor para las sábanas. Les gané a muchos. Les gané a todos. Sí, la sangre fluye bien por mis venas; pronto me recuperaré. Sí. Fluye tibia. Da calor aún. Los perdono. No me han herido. Está bien, hablen, digan. No me importa. Los perdono. Qué tibio. Pronto estaré bien. Ah.

Tú te sentirás satisfecho de imponerte a ellos; confiésalo: te impusiste para que te admitieran como su par: pocas veces te has sentido más feliz, porque desde que empezaste a ser lo que eres, desde que aprendiste a apreciar el tacto de las buenas telas, el gusto de los buenos licores, el olfato de las buenas lociones, todo eso que en los últimos años ha sido tu placer aislado y único, desde entonces clavaste la mirada allá arriba, en el norte, y desde entonces has vivido con la nostalgia del error geográfico que no te permitió ser en todo parte de ellos: admiras su eficacia, sus comodidades, su higiene, su poder, su voluntad y miras a tu alrededor y te parecen intolerables la incompetencia, la miseria, la suciedad, la abulia, la desnudez de este pobre país que nada tiene; y más te duele saber que por más que lo intentes, no puedes ser como ellos, puedes sólo ser una calca, una aproximación, porque después de todo, di: ¿tu visión de las cosas, en tus peores o en tus mejores momentos, ha sido tan simplista como la de ellos? Nunca. Nunca has podido pensar en blanco y negro, en buenos y malos, en dios y diablo: admite que siempre, aun cuando parecía lo contrario, has encontrado en lo negro el germen, el reflejo de su opuesto: tu propia crueldad, cuando has sido cruel, ¿no estaba teñida de cierta ternura? Sabes que todo extremo contiene su propia oposición: la crueldad la ternura, la cobardía el valor, la vida la muerte: de alguna manera —casi inconscientemente, por ser quien eres, de donde eres y lo que has vivido— sabes esto y por eso nunca te podrás parecer a ellos, que no lo saben. ¿Te molesta? Sí, no es cómodo, es molesto, es mucho más cómodo decir: aquí está el bien y aquí está el mal. El mal. Tú nunca podrás designarlo. Acaso porque, más desamparados, no queremos que se pierda esa zona intermedia, ambigua, entre la luz y la sombra: esa zona donde podemos encontrar el perdón. Donde tú lo podrás encontrar. ¿Quién no será capaz, en un solo momento de su vida —como tú— de encarnar al mismo tiempo el bien y el mal, de dejarse conducir al mismo tiempo por dos hilos misteriosos, de color distinto, que parten del mismo ovillo para que después el hilo blanco ascienda y el negro descienda y, a pesar de todo, los dos vuelvan a encontrarse entre tus mismos dedos? No querrás pensar en todo eso. Tú detestarás a yo por recordártelo. Tú quisieras ser como ellos y ahora, de viejo, casi lo logras. Pero casi. Sólo casi. Tú mismo impedirás el olvido; tu valor será gemelo de tu cobardía, tu odio habrá nacido de tu amor, toda tu vida habrá contenido y prometido tu muerte: que no habrás sido bueno ni malo, generoso ni egoísta, entero ni traidor. Dejarás que los demás afirmen tus cualidades y tus defectos; pero tú mismo, ¿cómo podrás negar que cada una de tus afirmaciones se negará, que cada una de tus negaciones se afirmará? Nadie se enterará, salvo tú, quizá. Que tu existencia será fabricada con todos los hilos del telar, como las vidas de todos los hombres. Que no te faltará, ni te sobrará, una sola oportunidad para hacer de tu vida lo que quieras que sea. Y si serás una cosa, y no la otra, será porque, a pesar de todo, tendrás que elegir. Tus elecciones no negarán el resto de tu posible vida, todo lo que dejarás atrás cada vez que elijas: sólo la adelgazarán, la adelgazarán al grado de que hoy tu elección y tu destino serán una misma cosa: la medalla ya no tendrá dos caras: tu deseo será idéntico a tu destino. ¿Morirás? No será la primera vez. Habrás vivido tanta vida muerta, tantos momentos de mera gesticulación. Cuando Catalina pegue el oído a la puerta que los separa y escuche tus movimientos; cuando tú, del otro lado de la puerta, te muevas sin saber que eres escuchado, sin saber que alguien vive pendiente de los ruidos y los silencios de tu vida detrás de la puerta, ¿quién vivirá en esa separación? Cuando ambos sepan que bastaría una palabra y sin embargo callen, ¿quién vivirá en ese silencio? No, eso no lo quisieras recordar. Quisieras recordar otra cosa: ese nombre, ese rostro que el paso de los años gastará. Pero sabrás que, si recuerdas eso, te salvarás, te salvarás demasiado fácilmente. Recordarás primero lo que te condena, y salvado allí, sabrás que lo otro, lo que creerás salvador, será tu verdadera condena: recordar lo que quieres. Recordarás a Catalina joven, cuando la conozcas, y la compararás con la mujer desvanecida de hoy. Recordarás y recordarás por qué. Encarnarás lo que ella, y todos, pensaron entonces. No lo sabrás. Tendrás que encarnarlo. Nunca escucharás las palabras de los otros. Tendrás que vivirlas. Cerrarás los ojos: los cerrarás. No olerás ese incienso. No escucharás esos llantos. Recordarás otras cosas, otros días. Son días que llegarán de noche a tu noche de ojos cerrados y sólo podrás reconocerlos por la voz: jamás con la vista. Deberás darle crédito a la noche y aceptarla sin verla, creerla sin reconocerla, como si fuera el dios de todos tus días: la noche. Ahora estarás pensando que bastará cerrar los ojos para tenerla. Sonreirás, pese al dolor que vuelve a insinuarse, y tratarás de estirar un poco las piernas. Alguien te tocará la mano, pero tú no responderás a esa ¿caricia, atención, angustia, cálculo? porque habrás creado la noche con tus ojos cerrados y desde el fondo de ese océano de tinta navegará hacia ti un bajel de piedra al que el sol del mediodía, caliente y soñoliento, alegrará en vano: murallas espesas y ennegrecidas, levantadas para defender a la iglesia de los ataques de indios y, también, para unir la conquista religiosa a la conquista militar. Avanzará hacia tus ojos cerrados, con el rumor creciente de sus pífanos y tambores, la tropa ruda, isabelina, española y tú atravesarás bajo el sol la ancha explanada con la cruz de piedra en el centro y las capillas abiertas, la prolongación del culto indígena, teatral, al aire libre, en los ángulos. En lo alto de la iglesia levantada al fondo de la explanada, las bóvedas de tezontle reposarán sobre los olvidados alfanjes mudéjares, signo de una sangre más superpuesta a la de los conquistadores. Avanzarás hacia la portada del primer barroco, castellano todavía, pero rico ya en columnas de vides profusas y claves aquilinas: la portada de la Conquista, severa y jocunda, con un pie en el mundo viejo, muerto, y otro en el mundo nuevo que no empezaba aquí, sino del otro lado del mar también: el nuevo mundo llegó con ellos, con un frente de murallas austeras para proteger el corazón sensual, alegre, codicioso. Avanzarás y penetrarás en la nave del bajel, donde el exterior castellano habrá sido vencido por la plenitud, macabra y sonriente, de este cielo indio de santos, ángeles y dioses indios. Una sola nave, enorme, correrá hacia el altar de hojarasca dorada, sombría opulencia de rostros enmascarados, lúgubre y festivo rezo, siempre apremiado, de esta libertad, la única concedida, de decorar un templo y llenarlo del sobresalto tranquilo, de la resignación esculpida, del horror al vacío, a los tiempos muertos, de quienes prolongaban la morosidad deliberada del trabajo libre, los instantes excepcionales de autonomía en el color y la forma, lejos de ese mundo exterior de látigos y herrojos y viruelas. Caminarás, a la conquista de tu nuevo mundo, por la nave sin un espacio limpio: cabezas de ángeles, vides derramadas, floraciones policromas, frutos redondos, rojos, capturados entre las enredaderas de oro, santos blancos empotrados, santos de mirada asombrada, santos de un cielo inventado por el indio a su imagen y semejanza: ángeles y santos con el rostro del sol y la luna, con la mano protectora de las cosechas, con el dedo índice de los canes guiadores, con los ojos crueles, innecesarios, ajenos, del ídolo, con el semblante riguroso de los ciclos. Los rostros de piedra detrás de las máscaras rosas, bondadosas, ingenuas, pero impasibles, muertas, máscaras: crea la noche, hincha de viento el velamen negro, cierra los ojos Artemio Cruz...

1919: 20 DE MAYO

Él contó la historia de los últimos momentos de Gonzalo Bernal en la prisión de Perales y ello le abrió las puertas de esta casa.

—Fue siempre tan puro —dijo don Gamaliel Bernal, el padre—; siempre pensó que la acción contamina y nos obliga a traicionarnos, cuando no la preside el pensamiento claro. Creo que por eso se separó de la casa. Bueno, lo creo en parte, porque ese vendaval nos arrastró a todos, incluso a los que no nos movimos de nuestro sitio. No, lo que quiero explicar es que para mi hijo el deber consistió en acercarse para explicar, para ofrecer ideas coherentes, sí, creo que para impedir que como todas las causas, ésta no soportase la prueba de la acción. No sé, su pensamiento era muy complicado. Él predicaba la tolerancia. Me da gusto saber que murió con valentía. Me da gusto verlo a usted aquí.

No había llegado de buenas a primeras a visitar al viejo. Antes, recorrió ciertos lugares de Puebla, habló con ciertas gentes, averiguó lo que era preciso averiguar. Por eso, ahora escuchaba sin mover un músculo del rostro los desvaídos argumentos del viejo mientras éste recargaba el cráneo blanco contra el respaldo de cuero bruñido, dando el perfil a la luz amarillenta que granulaba el polvo espeso de esta biblioteca encerrada, donde los altos estantes requerían que una escalerilla corriese sobre ruedas, rayando el piso pintado de ocre, para alcanzar los anchos y largos volúmenes empastados, obras francesas e inglesas de geografía, bellas artes, ciencias naturales, cuya lectura, a menudo, exigía el uso de la lupa que don Gamaliel detenía, inmóvil, entre sus viejas manos sedosas, sin advertir que la luz oblicua atravesaba el cristal y se concentraba, encendida, en un doblez del pantalón a rayas, cuidadosamente planchado: él sí lo observó. Un silencio incómodo los separaba.

—Discúlpeme; ¿puedo ofrecerle algo? Mejor: quédese a cenar con nosotros.

Abrió las manos en signo de invitación y placer y la lupa cayó sobre el regazo de ese hombre delgado, de carnes estiradas sobre los huesos endurecidos, de brillantes floraciones de cana amarilla en el cráneo, las quijadas, los labios.

—No me asustan los tiempos que corren —había dicho antes, con la voz siempre exacta y cortés, modulada dentro de esos tonos, plana fuera de ellos—; ¿de qué serviría mi educación —hizo un gesto con la lupa hacia los estantes cargados de libros— si no me permitiera comprender la inevitabilidad de los cambios? Las cosas mudan de apariencia, querámoslo o no; ¿para qué empecinarnos en no verlas, en suspirar por el pasado? ¡Cuánto menos fatigoso es aceptar lo imprevisto! ¿O no lo llamaríamos así? Usted, señor... perdón, olvido su grado... sí, teniente coronel, teniente coronel... digo, desconozco sus orígenes, su vocación... le aprecio porque compartió las últimas horas de mi hijo... entonces: usted, que actuó, ¿pudo preverlo todo? Yo no actué y tampoco pude. Quizá tanto nuestra actividad como nuestra pasividad se identifiquen en eso, en que ambas son bastante ciegas e impotentes. Aunque alguna diferencia debe haber... ¿no cree usted? En fin...

Él no perdía de vista los ojos ambarinos del anciano, demasiado resueltos a crear un ambiente de cordialidad, demasiado seguros detrás de la máscara de dulzura paternal. Quizá esos movimientos señoriales de las manos, esa nobleza fija del perfil y del mentón barbado, esa inclinación atenta de la cabeza, eran naturales. Él pensó que, no obstante, aun la naturalidad puede fingirse; a veces, la máscara disimula demasiado bien los gestos de un rostro que no existe fuera o debajo de ella. Y la máscara de don Gamaliel se parecía tanto a su verdadero rostro, que inquietaba pensar en la línea divisoria, en la sombra impalpable que podría separarlos: lo pensó y también que algún día podría decírselo al viejo sin tapujos.

Sonaron a un tiempo todos los relojes de la casa y el viejo se incorporó a encender la lámpara de acetileno posada sobre el escritorio de cortina. Lentamente, levantó la cortina y manoseó algunos papeles. Tomó uno entre las manos y dio media vuelta hacia la butaca del recién llegado. Sonrió, frunció el ceño y volvió a sonreír mientras depositaba ese papel encima de los demás. Se llevó, con gracia, el dedo índice a la oreja: un perro ladraba y arañaba con las patas al otro lado de la puerta.

Él aprovechó que el viejo le daba la espalda para descargar la interrogación oculta. Ni un solo rasgo del señor Bernal rompía la armónica nobleza del conjunto: visto de espaldas, caminaba con elegancia y rectitud: el pelo blanco, un poco suelto, coronaba al anciano que se dirigía a la puerta. Era inquietante —se inquietó al pensarlo otra vez—; era demasiado perfecto. Posiblemente, su cortesía no era sino la compañera natural de su ingenuidad. El pensamiento le molestó: el viejo caminaba con pasos lentos hacia la puerta, el perro ladraba: la lucha sería demasiado fácil, carecería de sabor. ¿Pero si, en cambio, la amabilidad disfrazaba la astucia del viejo?

Cuando el vaivén erguido de la levita se detuvo y la mano blanca acarició la perilla de cobre de la puerta, don Gamaliel lo miró sobre el hombro, con esos ojos ambarinos, y con la mano libre se acarició la barba. La mirada parecía comprender los pensamientos del desconocido y la sonrisa, ligeramente torcida, imitaba la de un prestidigitador a punto de descubrir la suerte inesperada. Si en el gesto del viejo el desconocido pudo entender y aceptar una invitación a la complicidad silenciosa, el movimiento de don Gamaliel fue tan elegante, tan solapado, que no le dio al cómplice la oportunidad de devolver la mirada y sellar el pacto tácito.

La noche había caído y la luz incierta de la lámpara destacaba, apenas, los lomos dorados de los libros y las grecas de plata en el papel tapiz que cubría los muros de la biblioteca. Al abrirse la puerta, él recordó el largo chorizo de salas que se sucedían desde el zaguán principal de la vieja casa poblana hasta la biblioteca, abriéndose, pieza tras pieza, sobre el patio de esmaltes y azulejos. El mastín saltó con alegría y lamió la mano del amo. Detrás del perro, apareció la muchacha vestida de blanco, un blanco que contrastaba con la luz nocturna que se prolongaba detrás de ella.

Se detuvo un instante en el umbral, mientras el perro saltaba hacia el desconocido y le olfateaba pies y manos. El señor Bernal, riendo, lo tomó del collar de cuero rojo y murmuró alguna excusa. Él no la entendió. De pie, abotonándose el saco con los movimientos precisos de la vida militar, alisándolo como si aún vistiera túnica de campaña, permaneció inmóvil ante la belleza de esa joven que no traspasaba el marco de la puerta.

—Mi hija Catalina.

No se movió. El pelo liso y castaño que caía sobre el cuello largo, caliente —desde lejos pudo ver el lustre de la nuca—, los ojos a un tiempo duros y líquidos, con una mirada temblorosa, una doble burbuja de vidrio: amarillos como los del padre, pero más francos, menos acostumbrados a fingir con naturalidad, reproducidos en las otras dualidades de ese cuerpo esbelto y lleno, en los labios húmedos y entreabiertos, en los pechos altos y apretados: ojos, labios, senos duros y suaves, de una consistencia alternada entre el desamparo y el rencor. Mantenía las manos unidas frente al muslo y la estrecha cintura, al caminar, puso en vuelo la gasa blanca del traje abotonado por detrás, amplio en torno a las caderas firmes, detenido cerca del tobillo delgado. Avanzó hacia él una carne de oro pálido, que ya en la frente y las mejillas revelaba el claroscuro desvanecido de todo el cuerpo, y le tendió la mano en cuyo contacto él buscó, sin encontrarla, la humedad, la emoción delatada.

—Estuvo con tu hermano durante sus últimas horas; te hablé de él.

—Usted tuvo suerte, señor.

—Me habló de ustedes, me pidió que viniera a verlos. Se portó como un valiente, hasta el fin.

—No era valiente. Amaba demasiado todo... esto.

Ella se tocó el pecho y en seguida separó la mano para fingir una parábola en el aire.

—Idealista, sí, muy idealista —murmuró el viejo y suspiró—. El señor cenará con nosotros.

La muchacha tomó el brazo de su padre y él, con el mastín al lado, los siguió a lo largo de los cuartos estrechos y húmedos, recargados con jarrones de porcelana y taburetes, relojes y vitrinas, muebles patinados y cuadros religiosos de escaso valor y amplias proporciones: las patas doradas de las sillas y de las mesitas reposaban sobre el mismo piso de madera pintada, sin tapetes, y las lámparas permanecían apagadas. Sólo en el comedor una gran araña de vidrio cortado iluminaba el pesado mobiliario de caoba y la tela cuarteada de un bodegón donde brillaban los barros y las frutas incendiadas del trópico. Don Gamaliel, con la servilleta, espantó los mosquitos que volaban alrededor del frutero real, menos abundante que el pintado. Con un gesto, lo invitó a tomar asiento.

Frente a ella, pudo, al fin, fijar la mirada en los ojos inmóviles de la muchacha. ¿Conocía el motivo de la vista? ¿Adivinaba en los ojos del hombre ese sentimiento de triunfo, colmado por la presencia física de la mujer? ¿Distinguía la leve sonrisa de la suerte y la seguridad? ¿Sentía la afirmación posesiva apenas disimulada? Los ojos de ella sólo le devolvían ese extraño mensaje de dura fatalidad, como si se mostrara dispuesta a aceptarlo todo y, sin embargo, a convertir su resignación en la oportunidad del propio triunfo sobre el hombre que de esa manera silenciosa y sonriente empezaba a hacerla suya.

Ella se extrañó de la fortaleza con que sucumbía, del poder de su debilidad. Levantó la mirada para observar, impúdicamente, los rasgos fuertes del desconocido. No pudo evitar el encuentro con los ojos verdes. Guapo no, hermoso no era. Pero esa piel oliva del rostro, desparramada por el cuerpo con la misma fuerza linear, sinuosa, de los labios gruesos y los nervios saltones de las sienes, prometía un tacto deseable por desconocido. Debajo de la mesa, él alargó el pie hasta tocar la punta de la zapatilla femenina. La muchacha bajó los párpados y miró de reojo al padre; retiró el pie. El anfitrión perfecto sonreía con la benevolencia de siempre; jugueteaba con una copa entre los dedos.

La entrada de la vieja criada indígena con la cazuela de arroz rompió el silencio y don Gamaliel hizo notar que la temporada de secas terminaba un poco tarde este año; por fortuna, las masas de nubes se apretaban ya en torno de las montañas y las cosechas serían buenas: no tanto como el año pasado, pero buenas. Era curioso —dijo— cómo esta vieja casa conservaba siempre la humedad, esa humedad que manchaba los rincones sombreados y daba vida al helecho y al colorín del patio. Era, acaso, un símbolo propicio para una familia que creció y prosperó gracias a los frutos de la tierra: arraigada en el valle de Puebla —comía el arroz, lo recogía en el tenedor con precisión— desde principios del siglo XIX y más fuerte, sí, que todas las contingencias absurdas de un país incapaz de tranquilidad, enamorado de la convulsión.

—A veces, me parece que la falta de sangre y de muerte nos desespera. Es como si sólo nos sintiéramos vivos rodeados de destrucción y fusilamientos —continuó con su voz cordial el viejo—. Pero nosotros seguiremos, seguiremos siempre, porque hemos aprendido a sobrevivir, siempre...

Tomó la copa del invitado y la llenó de vino espeso.

—Pero hay que pagar un precio para sobrevivir —dijo el huésped con sequedad.

—Siempre se puede negociar el precio más conveniente...

Al llenar la copa de su hija, don Gamaliel le acarició la mano.

—Todo consiste —prosiguió— en la finura con que se hace. No hay necesidad de alarmar a nadie, de herir susceptibilidades... El honor debe quedar intacto.

Él volvió a buscar el pie de la muchacha. Esta vez, ella no lo retiró del contacto. Levantó la copa y miró al desconocido sin sonrojarse.

—Hay que saber distinguir las cosas —murmuró el viejo al secarse los labios con la servilleta—. Los negocios, por ejemplo, son una cosa, y otra cosa es la religión.

—¿Lo ve tan piadoso, comulgando todos los días con su hijita? Pues ahí donde lo ve, todo lo que tiene se lo robó a los curas, allá cuando Juárez puso a remate los bienes del clero y cualquier comerciante con tantito ahorrado pudo hacerse de un terrenal inmenso...

Pasó seis días en Puebla antes de presentarse a la casa de don Gamaliel Bernal. La tropa fue dispersada por el presidente Carranza y entonces él recordó su conversación con Gonzalo Bernal en Perales y tomó el camino de Puebla: cuestión de puro instinto, pero también seguridad de que en el mundo destruido y confuso que

47

dejaba la Revolución, saber esto —un apellido, una dirección, una ciudad— era saber mucho. La ironía de ser él quien regresaba a Puebla, y no el fusilado Bernal, le divertía. Era, en cierto modo, una mascarada, una sustitución, una broma que podía jugarse con la mayor seriedad; pero también era un certificado de vida, de la capacidad para sobrevivir y fortalecer el propio destino con los ajenos. Cuando entró a Puebla, cuando distinguió desde el camino de Cholula los hongos rojos y amarillos de las cúpulas derramadas sobre el valle, sintió que entraba duplicado, con la vida de Gonzalo Bernal añadida a la suya, con el destino del muerto sumado al suyo: como si Bernal, al morir, hubiese delegado las posibilidades de su vida incumplida en la de él. Quizá las muertes ajenas son las que alargan nuestra vida, pensó. Pero no venía a Puebla a pensar.

—Este año ni semillas ha podido comprar. Se le han ido acumulando las deudas, con eso de que el año pasado los campesinos se le pusieron revoltosos y se fueron a sembrar a las tierras ociosas. Le alegaron que si no les regalaba las tierras que no se trabajaban, ellos no volverían a sembrar en lo cultivado. Y él, por puro orgullo, se negó y se quedó sin cosecha. Antes, los rurales hubieran metido al orden a los revoltosos, pero ahora... ya canta otro gallo.

—Y no sólo eso. También los deudores se le alebrestaron; ya no quieren pagarle más. Dicen que con los intereses que ha cobrado ya está pagado de sobra. ¿Ve usted, mi coronel? Todos tienen tanta fe en que ahora las cosas cambiarán.

—Ah, pero el viejo ahí sigue igual de taimado, sin dar su brazo a torcer. Prefiere morirse a renunciar, lo que sea de cada quien.

Perdió en el último tiro del cubilete y se encogió de hombros. Hizo una seña al cantinero para que sirviera más copas y todos le agradecieron el gesto.

—¿Quién está endeudado con este don Gamaliel?

—Pues... ¿quién no está?, diría yo.

—¿Tiene algún amigo muy cercano, algún confidente?

—Pues cómo no, el padre Páez, aquí a la vuelta.

—¿No que despojó al clero?

—Újule... el padrecito le da la salvación eterna a don Gamaliel, a cambio de que don Gamaliel le dé la salvación en la tierra al padrecito.

El sol los cegó al salir a la calle.

—¡Bien haya lo bien parido, que ni trabajo da criarlo!

—¿Quién es esa mujer?

—Pues quién ha de ser, mi coronel... La hijita del mentado.

Caminó, mirándose las puntas de los zapatos, por las viejas calles, trazadas como un tablero de ajedrez. Cuando dejó de escuchar el taconeo sobre los adoquines y los pies levantaron un polvo reseco y gris, dirigió la mirada hacia los muros almendrados del antiguo templo fortaleza. Cruzó la ancha explanada y entró a la nave silenciosa, larga y dorada. Nuevamente, las pisadas resonaron. Avanzó hacia el altar.

Redondo, cubierto de una piel muerta, el cuerpo del padre sólo brillaba, al fondo de los pómulos inflamados, en dos ojos de carbón. Desde que vio avanzar al desconocido a lo largo de la nave y él lo espió, escondido detrás de una alta crujía, antiguo coro de las monjas que huyeron de México durante la república liberal, el cura distinguió en los movimientos ajenos la marcialidad inconsciente del hombre acostumbrado al estado de alerta, al mando y al ataque. No era sólo la ligerísima deformación de las corvas del jinete: era cierta fuerza nerviosa del puño formado en el contacto diario con la pistola y las bridas: aun cuando, como ahora, ese hombre sólo caminara con el puño cerrado, a Páez le bastaba para reconocer una fuerza inquietante. Encaramado en el lugar secreto de las monjas, pensó que un hombre así no venía a cumplir actos de devoción. Se levantó la sotana y descendió, lentamente, por la escalera de caracol que conducía al viejo convento deshabitado. La falda arremangada, los hombros levantados hasta las orejas, el cuerpo negro y el rostro blanco y sin sangre, los ojos penetrantes: descendía pisando con cuidado. Los peldaños requerían una reparación urgente: su antecesor había perdido pie en el año 10, con fúnebres consecuencias. Pero Remigio Páez, semejante a un murciélago inflado, parecía penetrar con sus ojillos todas las oscuridades del cubo negro, húmedo y escarapelado. Y la oscuridad, el peligro, le obligaban a despertar todos sus sentidos y reflexionar: ¿un militar en su iglesia, vestido de paisano, sin compañía ni escolta? Ah, la novedad era demasiado grande para pasar inadvertida. Bien lo había previsto. Pasarían las batallas, las violencias, los sacrilegios —pensó en la banda que, hace apenas dos años, se llevó todas las casullas y todos los objetos sagrados— y la Iglesia permanente, fundada para los siglos de los siglos, volvería a entenderse con los poderes de la ciudad terrestre. Un militar vestido de civil... sin escolta...

Bajó rozando con una mano la pared tumefacta, por donde goteaba un hilo oscuro. El cura recordó que pronto se iniciaría la época de lluvias. Ya se había encargado él, con todos sus poderes, de advertirlo desde el púlpito y en cada una de sus confesiones: es un pecado, un grave pecado contra el Espíritu Santo negarse a recibir los dones del cielo; nadie puede atentar contra los designios de la Providencia, y la Providencia ha ordenado las cosas como son y así deben aceptarlas todos; todos deben salir a labrar las tierras, a recoger las cosechas, a entregar los frutos de la tierra a su legítimo dueño, un dueño cristiano que paga las obligaciones de su privilegio entregando, puntualmente, los diezmos a la Santa Madre Iglesia. Dios castiga la rebeldía y Luzbel siempre es vencido por los arcángeles —Rafael, Gabriel, Miguel, Gamaliel... Gamaliel.

—¿Y la justicia, padre?

—La justicia final se imparte allá arriba, hijo. No la busques en este valle de lágrimas.

Las palabras —murmuró el padre al descansar, por fin, en el piso firme y sacudirse el polvo de la sotana—; las palabras, malditos rosarios de sílabas que enciende la sangre y las ilusiones de quienes deben contentarse con pasar rápidamente por esta corta vida y gozar, a cambio de su prueba mortal, en la vida eterna. Cruzó el claustro y caminó por una crujía de arcadas. ¡Justicia! ¿Para quién, por cuánto tiempo? Cuando la vida puede ser tan agradable para todos, si todos comprenden la fatalidad de su destino y no andan por allí, sonsacando, alebrestando, ambicionando...

—Sí, creo; sí, creo... —repitió en voz baja el padre y abrió la puerta labrada de la sacristía.

—Admirable trabajo, ¿verdad? —dijo al acercarse al hombre alto detenido frente al altar—. Los frailes mostraron estampas y grabados a los artesanos indígenas, y ellos fueron convirtiendo en formas cristianas sus gustos... Dicen que hay un ídolo escondido detrás de cada altar. Si es así, se trata de un ídolo bueno, que ya no exige sangre como los dioses paganos...

—¿Usted es Páez?

—Remigio Páez —dijo la sonrisa torcida—. ¿Y usted: general, coronel, mayor...?

—Nada más Artemio Cruz.

—Ah.

Cuando el teniente coronel y el cura se despidieron frente a la portada de la iglesia, Páez dobló las manos sobre el estómago y vio alejarse al visitante. La mañana azul y límpida recortaba y acercaba las líneas de los volcanes: la pareja de la mujer dormida y su guardián solitario. Guiñó los ojos: no toleraba esa luz transparente: observaba con gratitud el avance de las nubes negras que pronto humedecerían el valle y apagarían el sol, todas las tardes, con su puntual tormenta gris.

Dio la espalda al valle y regresó a la sombra del convento. Se frotó las manos. Poco le importaban la altanería y los insultos de este pelado. Si ésa era la manera de salvar la situación y permitir a don Gamaliel que pasara los últimos años de su existencia al abrigo de cualquier peligro, no sería Remigio Páez, ministro del Señor, quien lo desbarataría todo con un alarde de indignación y un celo de cruzado. Por el contrario: ahora se relamía pensando en la sabiduría de su humildad. Si este hombre quería salvar su orgullo, hoy y mañana el padre Páez lo escucharía con la cabeza baja, a veces movida afirmativamente, como si aceptara con dolor las culpas que el poderoso gañán atribuía a la iglesia. Tomó el sombrero negro de un gancho, lo colocó descuidadamente sobre la cabeza de mechones castaños y encaminó sus pasos hacia la casa de don Gamaliel Bernal.

—Puede hacerlo, ¡cómo no! —afirmó el viejo esa tarde, después de conversar con el cura—. Pero me pregunto, ¿qué treta utilizará para entrar aquí? Le dijo al padre que vendría a verme hoy mismo. No... no entiendo bien, Catalina.

Ella levantó el rostro. Descansó una mano sobre el lienzo de estambre en el cual, con esmero, iba dibujando un diseño de flores. Tres años antes, les comunicaron la noticia: Gonzalo había muerto. Desde entonces, padre e hija se habían ido acercando hasta convertir este lento discurrir de las tardes, sentados sobre las sillas de mimbre del patio, en algo más que una consolación: en una costumbre que, según el viejo, habría de prolongarse hasta su muerte. Poco importaba que el poder y la riqueza de ayer se fueran desmembrando; acaso ése era el tributo que debía pagarse al tiempo y a la ancianidad. Don Gamaliel se instaló dentro de una lucha pasiva. No saldría a someter a los campesinos, pero jamás aceptaría la invasión ilegal. No exigiría a los deudores el pago de los préstamos y los intereses, pero ya no podrían contar con un solo centavo, nunca más.

Esperaba que algún día regresaran de rodillas, cuando la necesidad los obligara a abandonar el orgullo. Pero él se mantendría firme en el suyo. Y ahora... llega este desconocido y promete dar préstamos a todos los campesinos, a un interés mucho más bajo que el impuesto por don Gamaliel y se atreve, además, a proponer que los derechos del viejo hacendado pasen gratuitamente a sus manos, con la promesa de reembolsarle la cuarta parte de lo que logre recuperar. Eso o nada.

—Me lo imagino; no terminarán allí sus exigencias.

—¿Las tierras?

—Sí, algo urde para quitarme las tierras, no lo dudes.

Ella, como todas las tardes, recorrió las jaulas coloradas del patio, cubriéndolas con capuchas de lona después de observar los movimientos nerviosos de los cenzontles y petirrojos que picoteaban el alpiste y chirriaban, por última vez, antes de que el sol desapareciera.

El viejo no esperaba una coartada de este tamaño. El último hombre que vio a Gonzalo, su compañero de celda, el portador de las últimas palabras de amor para el padre, la hermana, la esposa y el hijo.

—Me dijo que pensó en Luisa y el niño antes de morir.

—Papá. Quedamos en que no...

—No le dije nada. No sabe que ella volvió a casarse y que mi nieto lleva otro nombre.

—Desde hace tres años no habla usted de eso. ¿Por qué ahora?

—Tienes razón. Lo hemos perdonado, ¿no es cierto? He pensado que debemos perdonarlo por haberse pasado al enemigo. He pensado que debemos tratar de entenderlo...

—Creí que todas las tardes usted y yo, aquí, lo perdonábamos en silencio.

—Sí, sí, eso es. Tú me entiendes sin necesidad de palabras. ¡Qué reconfortante! Tú me entiendes...

Por eso, cuando ese huésped temido, esperado —porque alguien, algún día, debía llegar y decir: "Lo vi. Lo conocí. Los recordó"—, echó por delante su coartada perfecta, sin mencionar siquiera los problemas reales de la rebelión campesina y de los pagos suspendidos, don Gamaliel, después de pasarlo a la biblioteca, se excusó y caminó rápidamente —este viejo lento que identificaba la pausa con la elegancia— hacia la recámara de Catalina.

—Arréglate. Quítate ese vestido negro; ponte algo que te luzca. Ve a la biblioteca en cuanto el reloj dé las siete.

No dijo más. Ella le obedecería: ésta sería la prueba de todas las tardes melancólicas. Ella entendería. Quedaba esa carta para salvar las cosas: a don Gamaliel le bastó sentir la presencia y adivinar la voluntad de este hombre para comprender —o para decirse— que cualquier dilación sería suicida, que era difícil contrariarlo y que el sacrificio exigido sería pequeño y, en cierta manera, no muy repulsivo. Ya estaba advertido por el padre Páez: un hombre alto, lleno de fuerza, con unos ojos verdes hipnóticos y un hablar cortante. Artemio Cruz.

Artemio Cruz. Así se llamaba, entonces, el nuevo mundo surgido de la guerra civil; así se llamaban quienes llegaban a sustituirlo. Desventurado país —se dijo el viejo mientras caminaba, otra vez pausado, hacia la biblioteca y esa presencia indeseada pero fascinante—; desventurado país que a cada generación tiene que destruir a los antiguos poseedores y sustituirlos por nuevos amos, tan rapaces y ambiciosos como los anteriores. El viejo se imaginaba a sí mismo como el producto final de una civilización peculiarmente criolla: la de los déspotas ilustrados. Se deleitaba pensándose como un padre, a veces duro, al cabo proveedor y siempre depositario de una tradición del buen gusto, de cortesía, de cultura.

Por eso lo había llevado a la biblioteca. Allí era más evidente el carácter venerable —casi sagrado— de lo que don Gamaliel era y representaba. Pero el huésped no se dejó impresionar. No escapó a la perspicacia del viejo, mientras reclinaba la cabeza contra el respaldo de cuero y entrecerraba los ojos para ver mejor a su contrincante, que este hombre acarreaba una nueva experiencia, forjada a martillazos, acostumbrada a jugarlo todo porque nada tenía. No mencionó siquiera las verdaderas razones de su visita. Don Gamaliel aceptó que era mejor así: quizá el recién llegado comprendía las cosas con tanta sutileza como él, aunque sus motivaciones fueran más poderosas: la ambición —el viejo sonrió al recordar ese sentimiento, para él sólo palabra—; el impulso inmediato a cobrar los derechos ganados con el sacrificio, la lucha, las heridas: esa cicatriz de sable en la frente. No lo pensaba a solas don Gamaliel: en los labios silenciosos y en la mirada elocuente del otro estaba escrito lo que el anciano, jugueteando con la lupa, sabía leer.

El extraño no movió un dedo cuando don Gamaliel se acercó al escritorio y extrajo aquel papel: la lista de sus deudores. Mejor. Por este camino, se entenderían bien; acaso no sería necesario mencionar esos asuntos tan molestos, acaso todo se resolvería por caminos más elegantes. El joven militar ha comprendido pronto el estilo del poder, se repitió don Gamaliel, y este sentimiento de herencia facilitó los amargos trámites a los que la realidad le obligaba.

—¿No vio usted cómo me miraba? —gritó la muchacha cuando el huésped dio las buenas noches—. ¿No se dio usted cuenta de su deseo... de la porquería de esos ojos?

—Sí, sí —el viejo calmó con las manos a su hija—. Es natural. Eres muy hermosa, ¿sabes?, pero has salido poco de esta casa. Es natural.

—¡No saldré nunca!

Don Gamaliel encendió lentamente el puro que le teñía de amarillo los espesos bigotes y el arranque de la barba en el mentón.

—Pensé que entenderías.

Meció lentamente el sillón de mimbre y miró hacia el firmamento. Era una de las últimas noches de clima seco, de cielo tan despejado que, guiñando los ojos, podía percibirse el color verdadero de las estrellas. La muchacha ocultó las mejillas encendidas entre las manos.

—¿Qué le dijo el padre? ¡Es un hereje! Es un hombre sin dios, sin respeto... ¿Y usted cree el cuento que inventó?

—Calma, calma. Las fortunas no siempre se crean a la sombra de la divinidad.

—¿Cree usted ese cuento? ¿Por qué murió Gonzalo y no este señor? Si los dos estaban condenados en la misma celda, ¿por qué no están muertos los dos? Yo lo sé, yo lo sé: no es cierto lo que nos ha venido a contar; ha inventado este cuento para humillarlo a usted y para que yo...

Don Gamaliel dejó de mecerse. ¡Tan bien que se iban resolviendo las cosas, tan tranquilamente! Y ahora, de la intuición de la mujer, surgían los argumentos que el viejo ya había imaginado, medido y desechado por inútiles.

—Tienes la imaginación de los 20 años —se incorporó y apagó el cigarro—. Pero si quieres franqueza, seré franco. Este hombre puede salvarnos. Cualquier otra consideración sale sobrando...

Suspiró y alargó los brazos para tocar las manos de la hija.

—Piensa en los últimos años de tu padre. ¿Crees que no merezco un poco de...?

—Sí, papá, no digo nada...

—Y piensa en ti misma.

Ella bajó la cabeza.

—Sí, me doy cuenta. Sabía que algo así iba a pasar desde que Gonzalo se fue de la casa. Si viviera...

—Pero no vive.

—No pensó en mí. Quién sabe en qué pensó.

Detrás del círculo de luz arrojado por el quinqué que don Gamaliel levantaba en alto, a lo largo de los viejos corredores fríos, la muchacha se obligó a recoger esa multitud de imágenes viejas y confusas: recordó los rostros tensos y sudorosos de los compañeros de escuela de Gonzalo, las largas discusiones en el cuarto del fondo; recordó la mirada iluminada, terca, ansiosa, de su hermano, ese cuerpo nervioso que parecía, a veces, existir fuera de la realidad, que amaba la comodidad, las buenas cenas, el vino, los libros y que, en arranques periódicos de cólera, repudiaba esa tendencia sensual y conformista. Recordó la frialdad de Luisa, su cuñada; los altercados violentos que se apagaban cuando la niña entraba a la sala; ese llanto ahogado en risa de la mujer de Gonzalo cuando les fue anunciada la muerte; la salida en silencio, una madrugada, cuando se creía que todos dormían y la jovencita se asomaba detrás de los visillos de la sala: la mano dura de aquel hombre de bombín y bastón que tomaba la de Luisa y la ayudaba a subir, junto con el niño, a la carroza negra cargada con los baúles de la viuda.

Sólo podía vengarse esa muerte —don Gamaliel le besó la frente y abrió la puerta de la recámara— abrazando a este hombre, abrazándolo pero negando la ternura que él quisiera encontrar en ella. Matándolo en vida, destilando la amargura hasta envenenarlo. Se miró al espejo, buscando en vano las nuevas facciones que el cambio debió imprimir en su rostro. Y así se vengarían también ella y su padre del abandono de Gonzalo, de su idealismo idiota: entregando a la muchacha de 20 años —¿por qué le arrancaba lágrimas de compasión pensar en sí misma, en su juventud?— al hombre que acompañó a Gonzalo durante esas últimas horas que ella no podía recordar rechazando la compasión de sí misma, volcándola hacia el hermano muerto, sin un sollozo de furia, sin una contracción del rostro: si nadie le explicaba la verdad, ella se aferraría a lo que creía ser la verdad. Se quitó las medias negras. Al rozar las manos contra las piernas, cerró los ojos: no debía admitir más el recuerdo del pie tosco y fuerte que buscó el suyo durante la cena y le inundó el pecho de un sentimiento desconocido, indomable. Quizá su cuerpo no era obra de dios —se hincó, apretó los dedos entrelazados contra las cejas— sino de otros cuerpos, pero su espíritu sí. No permitiría que ese cuerpo tomara un camino delicioso, espontáneo, anhelante de caricias, mientras su espíritu le dictaba otro. Levantó la sábana y se escurrió dentro de la cama con los ojos cerrados. Alargó la mano para apagar la lámpara. Colocó la almohada sobre el rostro. En eso no debía pensar. No, no, no debía pensar. No había nada más que decir. Decir el otro nombre, contarle eso a su padre. No. No. Era innecesario rebajar a su padre. El mes entrante, cuanto antes: que ese hombre disfrutara del agio, de las tierras, del cuerpo de Catalina Bernal... qué más daba... Ramón... No, ese nombre no, ya no. Durmió.

—Usted mismo lo ha dicho, don Gamaliel —dijo el huésped cuando regresó, la mañana siguiente—. No se puede detener el curso de las cosas. Vamos entregándole esas tierras a los campesinos, que al fin son tierras de temporal y les rendirán muy poco. Vamos parcelándolas para que sólo puedan sembrar cultivos menores. Ya verá usted que en cuanto tengan que agradecernos eso, dejarán a las mujeres encargadas de las tierras malas y volverán a trabajar nuestras tierras fértiles. Mire nomás: si hasta puede usted pasar por un héroe de la reforma agraria, sin que le cueste nada.

El anciano lo observó, divertido, con una sonrisa oculta por el vello grueso de la barba:

—¿Ya habló usted con ella?

—Ya hablé...

Ella no pudo contenerse. La barbilla le tembló cuando él acercó la mano y trató de levantar el rostro de ojos cerrados. Tocaba por primera vez esa piel lisa, disuelta en crema, frutal. Y los acompañaba el olor penetrante de las plantas del patio, hierbas sofocadas de humedad, olor de tierra podrida. La quería. Supo, al tocarla, que la quería. Debía hacerle comprender que su amor era real, aunque las apariencias lo desmintieran. Podía amarla como amó otra vez, la primera vez: se sabía dueño de esa ternura probada. Volvió a tocar las mejillas calientes de la muchacha: su rigidez, al sentir esa mano desconocida sobre la piel, no bastó para dominar las lágrimas apretadas que se le salían entre los párpados.

—No te quejarás; no tendrás razón para quejarte —murmuró el hombre, acercando el rostro a los labios que esquivaban el contacto—. Yo sé cómo quererte...

—Debemos agradecerle... que se haya fijado en nosotros —respondió ella con su voz más baja.

Él abrió la mano para acariciar la cabellera de Catalina.

—Lo entiendes, ¿verdad? Vas a vivir a mi lado; debes olvidar muchas cosas... Prometo respetar tus cosas... Tú debes prometerme que nunca más...

Ella levantó la mirada y angostó los ojos con un odio que nunca había sentido antes. La saliva se le secó en la boca. ¿Quién era este monstruo?; ¿quién era este hombre que todo lo sabía, que todo lo tomaba y que todo lo quebraba?

—Calla... —dijo la muchacha y se libró de la caricia.

—Ya hablé con él. Es un muchacho débil. No te quería de verdad. Se dejó espantar en seguida.

La muchacha se limpió con la mano las partes del rostro tocadas por él.

—Sí, no es fuerte como tú... no es un animal como tú...

Quiso gritar cuando él la tomó del brazo, sonrió y apretó el puño:

—El tal Ramoncito se va de Puebla. No lo volverás a ver nunca más...

La soltó. Ella caminó hacia las jaulas coloradas del patio: ese trino de los pajarillos. Una a una, mientras él la contemplaba sin moverse, fue abriendo las rejas pintadas. Un petirrojo se asomó y emprendió el vuelo. El cenzontle se resistía, acostumbrado a su agua y su alpiste. Ella lo posó sobre el dedo meñique, le besó un ala y lo lanzó al vuelo. Cerró los ojos cuando el último pájaro voló y dejó que este hombre la tomara, la encaminara a la biblioteca donde don Gamaliel esperaba, otra vez sin prisa.

Yo siento que unas manos me toman de las axilas y me levantan para acomodarme mejor contra los almohadones suaves y el lino fresco es como un bálsamo para mi cuerpo ardiente y frío; siento esto, pero al abrir los ojos veo enfrente de mí ese periódico abierto que oculta el rostro del lector: pienso que *Vida Mexicana* está allí, estará todos los días, saldrá todos los días y no habrá poder humano que lo impida. Teresa —es la que lee el periódico— lo suelta con alarma.

—¿Le pasa a usted algo? ¿Se siente mal?

Tengo que calmarla con una mano y ella recoge el periódico. No; me siento contento, dueño de una burla gigantesca. Quizá. Quizá un golpe maestro sería dejar un testamento particular para que lo publique el periódico, en el que relate la verdad de mi proba empresa de libertad informativa... No; por andarme excitando, me regresa la punzada al vientre. Trato de alargar la mano hacia Teresa, pidiéndole alivio, pero mi hija se ha vuelto a perder en la lectura del diario. Antes, he visto el día apagarse detrás de los ventanales y he escuchado ese rumor piadoso de las cortinas. Ahora, en la penumbra de la recámara de techos empujados y clósets de encino, no puedo distinguir muy bien el grupo más lejano. La recámara es muy grande, pero ella está allí. Debe estar sentada rígidamente, con el pañuelo de encaje entre las manos y la tez despintada y quizá no me escuche cuando murmuro:

—Esa mañana lo esperaba con alegría. Cruzamos el río a caballo.

Sólo me escucha este extraño al que jamás he visto, con sus mejillas rasuradas y sus cejas negras, me pide un acto de contrición mientras yo pienso en el carpintero y la virgen y me ofrece las llaves del cielo.

—¿Qué diría usted... en un trance así...?

Lo he sorprendido. Y Teresa lo tiene que estropear todo con sus gritos:

—¡Déjelo, padre, déjelo! ¡No ve que nada podemos hacer! Si es su voluntad condenarse, y morir como ha vivido, frío y burlándose de todo...

El sacerdote la aleja con un brazo y acerca sus labios a mi oreja: casi me besa.

—No tienen por qué escucharnos.

Y yo logro gruñir:

—Entonces tenga valor y córralas a todas las viejas.

Se pone de pie entre las voces indignadas de las mujeres y las toma del brazo y Padilla se acerca, pero ellas no quieren.

—No, licenciado, no podemos permitirlo.

—Es una costumbre de muchos años, señora.

—¿Usted se hace responsable?

—Don Artemio... Aquí le traigo lo grabado esta mañana...

Yo asiento. Trato de sonreír. Como todos los días. Hombre de confianza, este Padilla.

—El enchufe está junto al buró.

—Gracias.

Sí, cómo no, es mi voz, mi voz de ayer —¿ayer, esta mañana?, ya no distinguiré— y le pregunto a Pons, mi jefe de redacción —ah, chilla la cinta; ajústala bien, Padilla, escuché mi voz en reversa: chilla como una cacatúa—: allí estoy:

"—¿Cómo ves la cosa, Pons?

"—Fea, pero fácil de resolver, por el momento.

"—Ahora sí, echa para adelante el periódico, sin paliativos. Pégales duro. No te guardes nada.

"—Tú mandas, Artemio.

"—Menos mal que el público está bien preparado.

"—Son tantos años de estar insistiendo.

"—Quiero ver todos los editoriales y la primera plana... Búscame en mi casa, a la hora que sea.

"—Ya sabes, todo va por la misma línea. Se descara la conjura roja. Infiltración exótica ajena a las esencias de la Revolución mexicana...

"—¡La buena de la Revolución mexicana!

"—...líderes manejados por agentes extranjeros. Tambroni viene muy duro, Blanco se avienta una buena columna identificando al líder con el Anticristo y las caricaturas están que arden... ¿Cómo te estás sintiendo?

"—Ay, no tan bien. Achaques. Ya pasará. ¡Qué ganas de ser los de antes!, ¿eh?

"—Sí, qué ganas...

"—Dile a míster Corkery que pase."

Yo toso desde la cinta magnética. Escucho los goznes de esa puerta que se abre, se cierra. Siento que nada se mueve en mi vientre, nada, nada, y los gases no salen, por más que pujo... Pero los veo. Han entrado. Se abre, se cierra la puerta de caoba y los pasos no se escuchan sobre el tapete hondo. Han cerrado las ventanas.

—Abran la ventana.

—No, no. Puedes resfriarte y complicarlo todo...

—Abran...

"—*Are you worried, Mr. Cruz?*

"—Bastante. Tome asiento y le explicaré. ¿Quiere tomar algo? Acérquese el carrito. Yo no me siento tan bien."

Yo escucho el movimiento de las ruedecillas, el choque de las botellas entre sí.

"—*You look OK*"

Yo escucho cómo cae el hielo dentro del vaso, la presión del agua de soda disparada desde el sifón.

"—Mire: le voy a explicar lo que se juega, por si no lo han entendido. Infórmele a la oficina central que si este dizque movimiento de depuración sindical triunfa, ya podemos cortarnos la coleta...

"—¿La coleta?

"—Sí, nos chingamos, en mexi..."

—¡Corten eso! —grita Teresa, se acerca a la grabadora—. ¿Qué clase de falta de respeto...?

Logro mover una mano, dibujar una mueca. Pierdo algunas palabras de la grabación.

"—...lo que se proponen estos líderes ferrocarrileros?"

Alguien se suena la nariz nerviosamente. ¿Dónde?

"—...explíqueles a las compañías, no sea que vayan a creer ingenuamente que se trata de un movimiento democrático, me entiende, para librarse de dirigentes corrompidos. No.

"—*I'm all ears, Mr. Cruz.*"

Sí, ha de ser el gringo el que estornuda. Ah-jaja.

—No, no. Puedes resfriarte y complicarlo todo.

—Abran.

Yo y no sólo yo, otros hombres, podríamos buscar en la brisa el perfume de otra tierra, el aroma arrancado por el aire a otros mediodías: huelo, huelo: lejos de mí, lejos de este sudor frío, lejos de estos gases inflamados: las obligué a abrir la ventana: puedo respirar lo que guste, entretenerme escogiendo los olores que el viento trae: sí bosques otoñales, sí hojas quemadas, ah, sí ciruelos maduros, sí sí trópicos podridos, sí salinas duras, piñas abiertas con un tajo de machete, tabaco tendido a la sombra, humo de locomotoras, olas del mar abierto, pinos cubiertos de nieve, ah metal y guano, cuántos sabores trae y lleva ese movimiento eterno: no, no, no me dejarán vivir: se sientan de nuevo, se levantan y caminan y vuelven a sentarse juntas, como si fueran una sola sombra, como si no pudieran pensar o actuar por separado, se sientan de nuevo, al mismo tiempo, de espaldas a la ventana, para cerrarme el paso del aire, para sofocarme, para obligarme a cerrar los ojos y recordar cosas ya que no me dejan ver cosas, tocar cosas, oler cosas: maldita pareja, ¿cuánto tardarán en traer un cura, apresurar mi muerte, arrancarme confesiones? Allí sigue, de rodillas, con la cara lavada. Trato de darle la espalda. El dolor del costado me lo impide. Aaaay. Ya habrá terminado. Estaré absuelto. Quiero dormir. Allí viene la punzada. Allí viene. Aaah-ay. Y las mujeres. No, no éstas. Las mujeres. Las que aman. ¿Cómo? Sí. No. No sé. He olvidado el rostro. Por dios, he olvidado ese rostro. No. No lo debo olvidar. Dónde está. Ay, si era tan lindo ese rostro, cómo lo voy a olvidar. Era mío, cómo lo voy a olvidar. Aaaah-ay. Te amé a ti, cómo te voy a olvidar. Fuiste mía, cómo te voy a olvidar. ¿Cómo eras, por favor, cómo eras? Puedo creer en ti, duermo contigo, ¿cómo eras? ¿Cómo te invocaré? ¿Qué? ¿Por qué? ¿Otra vez la inyección? ¿Eh? ¿Por qué? No no no, otra cosa, rápido, recuerdo otra cosa; eso duele; aaaah-ay; eso duele, eso duerme... eso...

Tú cerrarás los ojos, consciente de que tus párpados no son opacos, de que a pesar de que los cierras la luz penetra hasta la retina: la luz del sol que se detendrá, enmarcado por la ventana abierta, a la altura de tus ojos cerrados: los ojos cerrados que eliminan el detalle de la visión, alteran la brillantez y el color pero no eliminan la visión misma, la misma luz de ese centavo de cobre que se derretirá hacia el poniente. Cerrarás los ojos y creerás ver más: sólo verás lo que tu cerebro quiera que veas: más que lo ofrecido por el mundo: cerrarás los ojos y el mundo exterior ya no competirá con tu visión imaginativa. Cerrarás los párpados y esa luz inmóvil, invariable, repetida del sol creará detrás de tus párpados otro mundo en movimiento: luz en movimiento, luz que puede fatigar, amedrentar, confundir, alegrar, entristecer: detrás de tus párpados cerrados, sabrás que la intensidad de una luz que penetrara hasta el fondo de esa placa reducida e imperfecta podría provocarte sentimientos ajenos a tu voluntad, a tu estado. Y, sin embargo, podrás cerrar los ojos, inventar una ceguera pasajera. No podrás cerrar tus oídos, simular una sordera ficticia; dejar de tocar algo, así sea el aire, con tus dedos, imaginar una insensibilidad absoluta; detener el paso continuo de la saliva por la lengua y el paladar, superar el sabor de ti mismo; impedir la respiración trabajosa que seguirá llenando de vida tus pulmones, tu sangre, escoger una muerte parcial. Siempre verás, siempre tocarás, siempre gustarás, siempre olerás, siempre escucharás: habrás gritado cuando te atraviesen la piel con esa aguja llena de un líquido calmante; gritarás antes de sentir dolor alguno. El anuncio del dolor viajará a tu cerebro antes que el dolor mismo sea sentido por tu piel: viajará a prevenirte del dolor que sentirás, a ponerte en guardia para que te des cuenta, para que sientas el dolor con más agudeza, porque darse cuenta debilita, nos convierte en víctimas cuando nos damos cuenta de que sólo nosotros nos daremos cuenta de las fuerzas que no nos consultarán, no nos tomarán en cuenta;

ya: los órganos del dolor, más lentos, vencerán a los de la prevención refleja,

y te sentirás dividido, hombre que recibirá y hombre que hará, hombre sensor y hombre motor, hombre construido de órganos que sentirán, trasmitirán el sentimiento a los millones minúsculos de fibras que se extenderán hacia tu corteza sensorial, hacia esa superficie de la mitad superior del cerebro que durante 71 años recibirá, acumulará, gastará, desnudará, devolverá los colores del mundo, los tactos de la carne, los sabores de la vida, los olores de la tierra, los ruidos del aire: devolviéndolos al motor frontal, a los nervios, músculos y glándulas que transformarán tu propio cuerpo y la fracción del mundo exterior que te tocará en suerte

pero en tu medio sueño, la fibra nerviosa que conducirá el impulso de la luz no conectará con la zona de la visión: escucharás el color, como gustarás los tactos, tocarás el ruido, verás los olores, olerás el gusto: alargarás los brazos para no caer en los pozos del caos, para recuperar el orden de toda tu vida, el orden del hecho recibido, trasmitido al nervio, proyectado sobre la zona correcta del cerebro, devuelto al nervio convertido en efecto y otra vez en hecho: alargarás los brazos y detrás de los ojos cerrados verás los colores de tu mente y por fin sentirás, sin ver, el origen del tacto que escuchas: las sábanas, el roce de las sábanas entre tus dedos crispados; abrirás las manos y sentirás el sudor de las palmas y quizá recordarás que naciste sin líneas de vida o fortuna, de vida o de amor: naciste, nacerás con la palma lisa, pero bastará que nazcas para que, a las pocas horas, esa superficie en blanco se llene de signos, de rayas, de anuncios: morirás con tus líneas densas, agotadas, pero bastará que mueras para que, a las pocas horas, toda huella de destino haya desaparecido de tus manos:

caos: no tiene plural

orden, orden: tú te prenderás a las sábanas y repetirás en silencio, dentro de ti, las sensaciones que el orden de tu cerebro aloja, aclara: localizarás mentalmente, con un esfuerzo, los lugares que advierten la sed y el hambre, el sudor y el escalofrío, el equilibrio y la caída: los localizarás en el cerebro inferior, el sirviente, el doméstico que cumple las funciones inmediatas y libera al otro, al superior, para el pensamiento, la imaginación, el deseo: hijo del artificio, de la necesidad o del azar, el mundo no será simple: no podrás conocerlo en la pasividad, dejando que las cosas te sucedan: deberás pensar para que la asociación de peligros no te derrote, imaginar para que la pura adivinanza no te niegue, desear para que el tejido de lo incierto no te devore: sobrevivirás:

te reconocerás:

reconocerás a los demás y dejarás que ellos —ella— te reconozcan: y sabrás que te opondrás a cada individuo, porque cada individuo será un obstáculo más para alcanzar las metas de tu deseo;

desearás: cómo quisieras que tu deseo y el objeto deseado fuesen la misma cosa; cómo soñarás en el cumplimiento inmediato, en la identificación sin separaciones del deseo y lo deseado:

reposarás con los ojos cerrados, pero no dejarás de ver, no dejarás de desear: recordarás, porque así harás tuya la cosa deseada: hacia atrás, hacia atrás, en la nostalgia, podrás hacer tuyo cuanto desees: no hacia adelante, hacia atrás:

la memoria es el deseo satisfecho:

sobrevive con la memoria, antes que sea demasiado tarde,

antes que el caos te impida recordar.

1913: 4 DE DICIEMBRE

Él sintió el hueco de la rodilla de la mujer, húmedo, junto a su cintura. Siempre sudaba de esa manera ligera y fresca: cuando él separó el brazo de la cintura de Regina, allí también sintió la humedad de cristales líquidos. Extendió la mano para acariciar toda la espalda, lentamente, y creyó dormirse: podría permanecer así durante horas, sin más ocupación que acariciar la espalda de Regina. Cuando cerró los ojos, se dio cuenta de la infinidad amorosa de ese cuerpo joven abrazado al suyo: pensó que la vida entera no bastaría para recorrerlo y descubrirlo, para explorar esa geografía suave, ondulante, de accidentes negros, rosados. El cuerpo de Regina esperaba y él, sin voz y sin vista, se estiró sobre la cama, tocando los barrotes de fierro con las puntas de las manos y de los pies: se alargó hacia ambos extremos de la cama. Vivían dentro de este cristal negro: la madrugada aún estaba lejos. El mosquitero no pesaba y los aislaba de todo lo que quedaba fuera de los dos cuerpos. Abrió los ojos. La mejilla de la muchacha se acercó a la suya; la barba revuelta raspó la piel de Regina. No bastaba la oscuridad. Los ojos largos de Regina brillaban, entreabiertos, como una cicatriz negra y luminosa. Respiró hondo. Las manos de Regina se unieron sobre la nuca del hombre y los perfiles volvieron a acercarse. El calor de los muslos se fundió en una sola llama. Él respiró: recámara de blusas y faldones almidonados, de membrillos abiertos sobre la mesa de nogal, de veladora apagada. Y más cerca, el tufo marino de la mujer humedecida y blanda. Las uñas hicieron un ruido de gato entre las sábanas; las piernas volvieron a levantarse, ligeras, para apresar la cintura del hombre. Los labios buscaron el cuello. Las puntas de los senos temblaron alegremente cuando él acercó sus labios, riendo, apartando la larga cabellera revuelta. Si Regina hablara: él sintió el aliento cercano y le tapó los labios con la mano. Sin lengua y sin ojos: sólo la carne muda, abandonada a su propio placer. Ella lo entendió. Se apretó más junto al cuerpo del hombre. Su mano descendió al sexo del hombre y la de él al monte duro y casi lampiño de esta niña: la recordó desnuda, de pie, joven y dura en su inmovilidad, pero ondulante y suave en cuanto caminaba: a lavarse en secreto, correr las cortinas, abanicar el brasero. Volvieron a dormir, cada uno poseído del centro del otro. Sólo las manos, una mano, se movió en el sueño sonriente.

"—Te seguiré.

"—¿En dónde vivirás?

"—Me colaré a cada pueblo antes de que lo tomen. Y allí te esperaré.

"—¿Lo dejas todo?

"—Me llevaré unos cuantos vestidos. Tú me darás para comprar fruta y comida y yo te esperaré. Cuando entres al pueblo, ya estaré allí. Con un vestido tengo."

Esa falda que ahora descansaba sobre la silla del cuarto alquilado. Cuando despierta, le gusta tocarla y tocar también las otras cosas: las peinetas, las zapatillas negras, los pequeños aretes dejados sobre la mesa. Quisiera, en esos momentos, ofrecerle algo más que estos días de separaciones y encuentros difíciles. Ya en otras ocasiones alguna orden imprevista, la necesidad de dar caza al enemigo, alguna derrota que los hacía retroceder al norte, los separó durante varias semanas. Pero ella, como una gaviota, parecía distinguir, por encima de las mil incidencias de la lucha y la fortuna, el movimiento de la marea revolucionaria: si no en el pueblo que habían dicho, aparecería tarde o temprano en otro. Iría de pueblo en pueblo, preguntando por el batallón, escuchando las respuestas de los viejos y mujeres que quedaban en las casas:

"—Hace ya como 15 días que pasaron por aquí.

"—Dicen que no quedó ni uno vivo.

"—Quién sabe. Puede que regresen. Dejaron unos cañones olvidados.

"—Tenga cuidado con los federales, que andan tronando a todo el que le da ayuda a los alzados"

y acabarían por encontrarse de nuevo, como ahora. Ella tendría el cuarto listo, con frutas y comida, y la falda estaría arrojada sobre una silla. Lo esperaría así, lista como si no quisiera perder un minuto en las cosas innecesarias. Pero nada es innecesario. Verla caminar, arreglar la cama, soltarse el pelo. Quitarle las últimas ropas y besar todo el cuerpo, mientras ella permanece de pie y él se

71

va hincando, recorriéndola con los labios, saboreando la piel y el vello, la humedad del caracol; recogiendo en la boca los temblores de la niña erguida que acabará por tomar la cabeza del hombre entre las manos para obligarlo a descansar, a dejar los labios en un solo lugar. Y se dejará ir de pie, apretando la cabeza del hombre, con un suspiro entrecortado, hasta que él la sienta limpia y la cargue a la cama en brazos.

"—Artemio, ¿te volveré a ver?

"—Nunca digas eso. Haz de cuenta que sólo nos conocimos una vez."

Nunca lo volvió a preguntar. Se avergonzó de haberlo hecho una vez, de haber pensado que su amor podría tener fin o medirse como se mide el tiempo de otras cosas. No tenía por qué recordar en dónde, o por qué, conoció a ese joven de 24 años. Era innecesario cargarse de algo más que el amor y los encuentros durante los escasos días de descanso, cuando las tropas tomaban una plaza y se detenían para reponerse, asegurar su presencia en el territorio arrebatado a la dictadura, abastecerse y proyectar la siguiente ofensiva. Así lo decidieron, los dos, sin decirlo nunca. Jamás pensarían en el peligro de la guerra ni en el tiempo de la separación. Si uno de ellos no se presentaba a la siguiente cita, cada cual seguiría su camino sin decir nada: él hacia el sur, hasta la capital; ella de regreso al norte, a las costas de Sinaloa donde lo conoció y se dejó querer.

"—Regina... Regina...

"—¿Te acuerdas de aquella roca que se metía al mar como un barco de piedra? Allí ha de estar todavía.

"—Allí te conocí. ¿Ibas mucho a ese lugar?

"—Todas las tardes. Se forma una laguna entre las rocas y uno puede mirarse en el agua blanca. Allí me miraba y un día apareció tu cara junto a la mía. De noche, las estrellas se reflejaban en el mar. De día, se veía al sol arder.

"—No sabía qué hacer esa tarde. Veníamos peleando y de repente aquello se hundió, los pelones se rindieron y uno ya estaba acostumbrado a otra vida. Entonces me empecé a acordar de las demás cosas y te encontré sentada sobre esa roca. Con las piernas mojadas.

"—Yo también lo quería. Apareciste a mi lado, en mi lado, reflejado en el mismo mar. ¿No te diste cuenta que lo quería yo también?"

La madrugada tardó en llegar, pero un velo gris descubrió el sueño de los dos cuerpos, unidos por las manos. Él despertó primero y miró el sueño de Regina. Parecía el hilo más tenue de la telaraña de los siglos: parecía un gemelo de la muerte: el sueño. Las piernas recogidas, el brazo libre sobre el pecho del hombre, la boca húmeda. Les gustaba el amor de la aurora: lo vivían como una fiesta para celebrar el nuevo día. La luz opaca apenas recogía los perfiles de Regina. Dentro de una hora, se escucharían los ruidos del pueblo. Ahora, sólo la respiración de la joven morena que duerme llena de serenidad, que es la parte viva del mundo en reposo. Sólo una cosa tendría derecho a despertarla, sólo una felicidad tendría derecho a interrumpir esta felicidad del cuerpo sereno en el sueño, recortado sobre la sábana, envuelto en sí mismo con una tersura de luna enlutada. ¿Tiene derecho? La imaginación del joven saltó por encima del amor: la contempló dormida como si reposara del nuevo amor que en breves segundos la despertaría. ¿Cuándo es mayor la felicidad? Acarició el seno de Regina. Imaginar lo que será una nueva unión; la unión misma; la alegría fatigada del recuerdo y nuevamente el deseo pleno, aumentado por el amor, de un nuevo acto de amor: felicidad. Besó la oreja de Regina y vio de cerca su primera sonrisa: acercó el rostro para no perder el primer gesto de alegría. Sintió que la mano volvía a jugar con él. El deseo floreció por dentro, sembrado de gotas grávidas: las piernas lisas de Regina volvieron a buscar la cintura de Artemio: la mano llena lo sabía todo: la erección escapó a los dedos y despertó con ellos: los muslos se separaron temblando, llenos, y la carne erguida encontró la carne abierta y entró acariciada, rodeada del pulso ansioso, coronada de huevecillos jóvenes, apretada entre ese universo de piel blanda y amorosa: reducidos al encuentro del mundo, a la semilla de la razón, a las dos voces que nombran en silencio, que adentro bautizan todas las cosas: adentro, cuando él piensa en todo menos en esto, piensa, cuenta las cosas, no piensa en nada, para que esto no se acabe: trata de llenarse la cabeza de mares y arenas, de frutos y vientos, de casas y bestias, de peces y siembras, para que esto no se acabe: adentro, cuando levanta el rostro con los ojos cerrados y el cuello se estira con toda la fuerza de las venas hinchadas, cuando Regina se pierde y se deja vencer y contesta con el aliento grueso, frunciendo el ceño y con los labios sonrientes que sí, que sí, que le gusta, que sí, que no la deje, que siga, que sí, que no se acabe, que sí, hasta darse cuenta de que todo ha sucedido al mismo tiempo, sin que uno haya podido contemplar al otro porque ambos eran la misma cosa y decían las mismas palabras:

"—Ahora soy feliz.

"—Ahora soy feliz.

"—Te quiero, Regina.

"—Te amo, mi hombre.

"—¿Te hago feliz?

"—No termina nunca; cómo dura; cómo me llenas"
mientras en las calles sonó un cubetazo de agua sobre el polvo y los patos silvestres pasaron graznando junto
al río y un chiflido anunció las cosas que nadie podría
detener: las botas arrastraron el ruido de espuelas, los cascos volvieron a sonar y los olores de aceite y manteca corrieron entre las puertas y las casas. Él alargó la mano y
buscó los cigarrillos en el parche de la camisa. Ella se
acercó a la ventana y la abrió. Permaneció allí, respirando,
con los brazos abiertos, sobre las puntas de los pies. El
círculo de montañas pardas avanzó con el sol hacia los
ojos de los amantes. Ascendió el olor de la panadería del
pueblo y, de más lejos, el sabor de arrayanes enredados
con la maleza de las barrancas podridas. Él sólo vio el
cuerpo desnudo, de brazos abiertos que querían, ahora,
tomar las espaldas del día y arrastrarlo con ella a la cama.

—¿Quieres tu desayuno?

—Es muy temprano. Déjame acabarme el cigarrillo
antes.

La cabeza de Regina se recostó en el hombro del
joven. La mano larga y nervuda acarició la cadera. Los
dos sonrieron.

—Cuando era niña, la vida era bonita. Había muchos momentos bonitos. Las vacaciones, los descansos,
los días de verano, los juegos. No sé por qué cuando cre-
cí empecé a esperar cosas. De niña no. Por eso empecé a
ir a esa playa. Me dije que era mejor esperar. No sabía
por qué había cambiado tanto durante aquel verano y
había dejado de ser niña.

—Lo eres todavía, ¿sabes?

—¿Contigo? ¿Con todo lo que hacemos?

Él rió y la besó y ella dobló la rodilla, en la posición de un ave de alas cerradas, anidada en el pecho de

él. Se colgó al cuello del hombre, entre risas y lloriqueos fingidos:

—¿Y tú?

—Yo no recuerdo. Te encontré y te quiero mucho.

—Dime. ¿Por qué supe, en cuanto te vi, que ya no
iba a importar nada más? Sabes: me dije que en ese mismo momento tenía que decidirme. Que si tú pasabas de
largo, perdería toda mi vida. ¿Tú no?

—Sí, yo también. ¿No creíste que era un soldado
más, buscando en qué divertirse?

—No, no. No vi tu uniforme. Sólo vi tus ojos refle-
jados en el agua y entonces ya no pude ver mi reflejo sin
el tuyo a mi lado.

—Linda; amor; anda y ve si tenemos café.

Cuando se separaron, esa mañana idéntica a todas
las de un amor de siete meses jóvenes, ella le preguntó
si la tropa volvería a salir pronto. Él dijo que no sabía
qué pensaba hacer el general. Quizá tendrían que salir a
desbaratar algunos grupos de federales derrotados que
todavía quedaban por la comarca, pero en todo caso el
cuartel permanecería en este pueblo. Había agua abundante y ganado en las cercanías. Era un buen lugar para
detenerse un rato. Venían cansados, desde Sonora, y
merecían un asueto. A las 11 debían reportarse todos en
la comandancia de la plaza. Por cuanto pueblo pasaba,
el general averiguaba las condiciones de trabajo y expe-
día decretos reduciendo la jornada a ocho horas y repartiendo las tierras entre los campesinos. Si había una
hacienda en el lugar, mandaba quemar la tienda de raya.
Si había prestamistas —y siempre estaban allí, si no habían huido con los federales— declaraba nulas todas las
deudas. Lo malo era que la mayor parte de la población
andaba en armas y casi todos eran campesinos, de mane-

ra que faltaba quien se encargara de aplicar los decretos del general. Entonces era mejor que le quitaran en seguida el dinero a los ricos que quedaban en cada pueblo y esperaran a que triunfara la revolución para legalizar lo de las tierras y lo de la jornada de ocho horas. Ahora había que llegar a México y correr de la presidencia al borracho Huerta, el asesino de don Panchito Madero. ¡Qué de vueltas! —murmuró mientras se fajaba la camisa caqui dentro del pantalón blanco—, ¡qué de vueltas! De Veracruz, de la tierra, hasta la ciudad de México y de allí hasta Sonora, cuando el maestro Sebastián le pidió que hiciera lo que los viejos ya no podían: ir al norte, tomar las armas y liberar al país. Si era un escuincle entonces, aunque estuviera por cumplir los 21 años. Palabra, ni siquiera se había acostado con una mujer. Y cómo le iba a fallar al maestro Sebastián, que le había enseñado las tres cosas que sabía: leer, escribir y odiar a los curas.

Dejó de hablar cuando Regina colocó las tazas de café sobre la mesa.

—¡Cómo arde!

Era temprano. Salieron al camino abrazados del talle. Ella con su falda almidonada; él con el sombrero de fieltro y la túnica blanca. El caserío donde vivían estaba cerca de la barranca; las flores de campana colgaban sobre el vacío y un conejo destrozado por los colmillos del coyote se pudría entre el follaje. En lo hondo, corría un riachuelo. Regina trató de verlo, como si esperara encontrar, otra vez, el reflejo de su ficción. Las manos se unieron: el camino hacia el pueblo se encaramaba a la vera de la hondonada y de las montañas bajaban ecos de zorzal. No: ruido de cascos ligeros, perdidos entre las nubes de polvo.

—¡Teniente Cruz! ¡Teniente Cruz!

Ese rostro siempre sonriente de Loreto, el ayudante del general, se perdió, al detenerse el caballo con un solo relincho seco, detrás del sudor y el polvo que lo embalsamaba.

—Véngase prontito —jadeó mientras se limpiaba la cara con un pañuelo—; hay novedades: salimos luego luego. ¿Ya desayunó? En el cuartel están sirviendo huevos.

—Ya tengo los míos —contestó él con una sonrisa.

El abrazo de Regina fue un abrazo de polvo. Sólo al alejarse el caballo de Loreto, al descansar la tierra, emergió la mujer entera, prendida a los hombros de su joven amante.

—Espérame aquí.

—¿Qué crees que sea?

—Debe haber grupos dispersos en los alrededores. Nada grave.

—¿Te espero aquí?

—Sí. No te muevas. Estaré de regreso esta noche o a más tardar mañana temprano.

—Artemio... ¿Un día volveremos allá?

—Quién sabe. Quién sabe cuánto dure. No pienses en eso. ¿Sabes que te quiero mucho?

—Y yo a ti. Mucho. Creo que siempre.

Afuera, en el patio central del cuartel, en las caballerizas, la tropa había recibido la nueva orden de marcha y preparaba las cosas con la calma de un rito. Rodaban los cañones en fila, empujados por mulas blancas y ojerosas; les seguían los armones cargados de parque sobre los rieles que comunicaban el patio con la estación. La tropa de caballería amarraba riendas, descolgaba las bolsas de pienso, se aseguraba de la firmeza de las monturas, acariciaba las crines hirsutas de estos caballos de guerra, tan dóciles y lentos en su trato con los hombres: manchados de pólvora, con las panzas invadidas por las garrapatas del llano: 200 caballos se movían pausadamente frente al cuartel, overos, rodados, de un negro polvoso. La infantería aceitaba los rifles y pasaba en fila frente al enano risueño que distribuía los cartuchos. Sombreros del norte: sombreros de fieltro gris, de ala doblada. Pañoletas amarradas al cuello. Cananas amarradas a la cintura. Pocas botas: pantalón de mezclilla y zapato de cuero amarillo, cuando no huaraches. Camisa a rayas, sin cuello. Aquí y allá —en las calles, los patios, la estación— sombreros yaquis adornados con ramas: los músicos con las varas entre las manos y los instrumentos metálicos al hombro. Los últimos tragos de agua caliente. Braseros colmados de enfrijoladas. Platos de huevos rancheros. Una gritería se levantó desde la estación: una plataforma llena de indios mayos llegaba al pueblo, con un tamborileo agudo y una agitación de arcos de colores y flechas rústicas.

Él se abrió paso: adentro, frente al mapa mal claveteado sobre un muro, el general explicaba:

—Los federales han lanzado una contraofensiva a nuestras espaldas, en territorio liberado por la revolución. Pretenden coparnos por la retaguardia. Esta madrugada, un vigía divisó desde la montaña que se levantaba una humareda espesa en la dirección de los pueblos ocupados por el coronel Jiménez. Bajó a contarlo, y yo me acordé que el coronel, en cada pueblo, había mandado formar un gran montón de tablas y durmientes para incendiarlo en caso de ser atacado y darnos aviso. Así están las cosas. Tenemos que dividirnos. La mitad regresa al otro lado de la montaña para ayudar a Jiménez.

La otra mitad sale a darle duro a los grupos que derrotamos ayer, y a ver si no se nos viene otra gran ofensiva desde el sur. En este pueblo sólo quedará una brigada. Pero parece difícil que se lleguen hasta aquí. Mayor Gavilán... teniente Aparicio... teniente Cruz: usted regresa al norte.

Los fuegos encendidos por Jiménez se estaban apagando cuando él pasó, hacia el mediodía, el puesto de vigilancia en el corte de la montaña. Allá abajo, se veía el tren colmado de gente: corría sin pitar y llevaba los morteros y los cañones, las cajas de parque y las ametralladoras. El grupo de caballería descendió las laderas escarpadas con dificultad, y los cañones, desde la vía, empezaban a disparar sobre los pueblos que se suponían ocupados de nuevo por los federales.

—Vamos más de prisa —dijo él—. Ese fuego durará unas dos horas y luego entramos nosotros a explorar.

Nunca comprendió por qué, al tocar los cascos de su caballo el primer terreno llano, bajó la cabeza y perdió la noción de la tarea concreta que le había sido encomendada. La presencia de sus hombres se desvaneció, junto con el sentimiento firme de alcanzar un objetivo y en su lugar apareció esa ternura, ese plañir interno por algo perdido, ese deseo de regresar y olvidarlo todo entre los brazos de Regina. Era como si la esfera inflamada del sol hubiese vencido la presencia cercana de la caballería y el rumor lejano de la cañonada: en vez de ese mundo real otro, soñado, en el que sólo él y su amor tenían derecho a la vida y razón para salvarla.

"—¿Te acuerdas de aquella roca que se metía al mar como un barco de piedra?"

La contempló de nuevo, deseando besarla, temiendo despertarla, seguro de que contemplándola ya la hacía suya: sólo un hombre es dueño —pensó— de todas las imágenes secretas de Regina y ese hombre la posee y jamás renunciará a ella. Al contemplarla, se contemplaba a sí mismo. Las manos soltaron las riendas: todo lo que es, todo su amor, está hundido en la carne de esa mujer que los contiene a los dos. Quisiera regresar... explicarle cuánto la ama... los detalles de su sentimiento... para que Regina sepa...

El caballo relinchó y se encabritó; el jinete cayó sobre el terreno duro, de tepetate y arbolejos espinosos. Las granadas de los federales llovieron sobre la caballería y él, al levantarse, sólo pudo distinguir, entre el humo, el pecho ardiente de su caballo, la coraza que detuvo el fuego. Alrededor del cuerpo caído caracolearon sin sentido más de 50 caballos: más arriba, no había luz: el cielo descendió un peldaño y era un cielo de pólvora, no más alto que los hombres. Corrió hacia uno de los árboles bajos: las ráfagas de humo escondían más que esas ramas pelonas. A 30 metros, comenzaba un bosque bajo, pero tupido. Una gritería sin sentido llegó a sus oídos. Saltó para agarrar las riendas de una montura suelta y trepó una sola pierna sobre las ancas: escondió su cuerpo detrás del caballo y lo acicateó: el caballo galopó y él, con la cabeza colgándole y los ojos llenos de su propio pelo revuelto, se agarró a la silla y a las bridas con desesperación. Desapareció al fin la brillantez de la mañana; la sombra le permitió abrir los ojos, desprenderse de la carne del animal y rodar hasta pegar contra un tronco.

Y allí volvió a sentir lo de antes. Le rodeaban todos los rumores confusos de la batalla, pero entre la cercanía y el rumor que llegaba a sus oídos, se interpuso una distancia insalvable: aquí, la leve agitación de las ramas, los movimientos escabullidos de las lagartijas, se escuchaban minuciosamente. Solo, reclinado contra el tronco, volvió a sentir esa vida dulce, serena, que fluía con languidez por su sangre: ese bienestar del cuerpo que se imponía a cualquier intento rebelde del pensamiento. ¿Sus hombres? El corazón latió parejo, sin sobresaltos. ¿Lo estarían buscando? Los brazos, las piernas se sintieron contentos, limpios, cansados. ¿Qué harían sin sus órdenes? Los ojos buscaron, entre el techo de hojas, el vuelo escondido de algún pájaro. ¿Habrían perdido la disciplina; correrían, ellos también, a esconderse en este bosquecillo providencial? Pero a pie no podía cruzar de nuevo la montaña. Debía esperar aquí. ¿Y si lo tomaban prisionero? Ya no pudo pensar: un quejido apartó las ramas, cerca del rostro del teniente, y un hombre se desplomó entre sus brazos: sus brazos lo rechazaron por un instante y en seguida volvieron a tomar ese cuerpo del cual colgaba un trapo rojo, sin fuerza, de carnes rasgadas. El herido apoyó la cabeza en el hombro del compañero:

—Están... dando... duro...

Sintió el brazo destruido sobre su espalda, manchándola y escurriendo una sangre azorada. Trató de apartar el rostro torcido de dolor: pómulos altos, boca abierta, ojos cerrados, bigote y barba revueltos, cortos, como los suyos. Si tuviese los ojos verdes, sería su gemelo...

—¿Hay salida? ¿Estamos perdiendo? ¿Sabes algo de los de la caballería? ¿Se han retirado?

—No... no... se han ido... pa'lante.

El herido trató de señalar, con el brazo sano, el otro, destruido por la metralla, sin perder esa mueca terrible que parecía sostenerlo y prolongar su existencia.

—¿Avanzan? ¿Cómo?

—Agua, compañero... muy mal...

El herido se desmayó, abrazado a él con una fuerza extraña, llena de solicitudes silenciosas. El teniente detuvo ese peso de plomo labrado sobre su propio cuerpo. Los temblores del cañón regresaron a su oído. Un viento inseguro mecía las copas de los árboles. Otra vez, el silencio y la quietud rotos por la metralla. Tomó el brazo sano del herido y se desembarazó del cuerpo arrojado sobre el suyo. Le tomó de la cabeza y lo recostó sobre el suelo de raíces nudosas. Destapó la cantimplora y bebió un trago largo: la acercó a los labios del herido: el agua escurrió por el mentón ennegrecido. Pero el corazón latía: cerca del pecho del herido, él, de rodillas, se preguntó si seguiría latiendo por mucho tiempo. Aflojó la pesada hebilla de plata del cinturón del herido y le dio la espalda. ¿Qué sucedería allá afuera? ¿Quién iría ganando? Se puso de pie y caminó bosque adentro, lejos del herido.

Caminó palpándose, apartando a veces las ramas bajas, palpándose siempre. No estaba herido. No necesitaba ayuda. Se detuvo junto a un ojo de agua y llenó la cantimplora. Un riachuelo, muerto antes de nacer, escurría del ojo de agua e iba a perderse fuera del bosque, bajo el sol. Él se quitó la túnica y con las dos manos se enjuagó el pecho, las axilas, los hombros ardientes, secos, lijosos, los músculos estirados de los brazos, la piel verdosa, lisa, de escamas recias. El burbujeo lo impidió: quiso mirarse reflejado en el ojo de agua. Ese cuerpo no era de él: Regina le había dado otra posesión: lo había reclamado con cada caricia. No era de él. Era más de ella. Salvarlo para ella. Ya no vivían solos y aislados; ya habían roto los muros de la separación; ya eran dos y uno solo, para siempre. Pasaría la revolución; pasarían los pueblos y las vidas, pero eso no pasaría. Era ya su vida, la de ambos. Se enjuagó el rostro. Salió de nuevo al llano.

La cabalgata de revolucionarios venía del llano hacia el bosque y la montaña. Corrieron velozmente a su lado mientras él, desorientado, bajó hacia los pueblos en llamas. Escuchó el chicoteo sobre las ancas de la caballada, el tronido seco de algunos fusiles y quedó solo en la llanura. ¿Huían? Giró sobre sí mismo, llevándose las manos a la cabeza. No entendía. Era preciso partir de un lugar, con una misión clara, y jamás perder ese hilo dorado: sólo de esa manera era posible comprender lo que sucedía. Bastaría un minuto de distracción para que todo el ajedrez de la guerra se convirtiera en un juego irracional, incomprensible, hecho de movimientos jironados, abruptos, carente de sentido. Esa nube de polvo... esos caballos furiosos que avanzaban a galope... ese jinete que grita y agita un fierro blanco... ese tren detenido en la distancia... esa polvareda cada vez más cercana... ese sol cada minuto más próximo a la cabeza aturdida... esa espada que le roza la frente... esa cabalgata que pasa a su lado y lo arroja al suelo...

Se levantó acariciando la herida de la frente. Debía ganar el bosque de nuevo: era lo único seguro. Se tambaleó. El sol derritió la mirada y esfumó en costras el horizonte, la pradera seca, la línea de montañas. Al llegar a la arboleda, se agarró de un tronco; desabotonó la túnica y rasgó la manga de la camisa. Escupió sobre ella y se llevó la humedad a la frente lacerada. Amarró el pedazo de trapo alrededor de la cabeza: la cabeza que se le partía cuando las ramas secas tronaron a su lado, bajo el peso de unas botas desconocidas. La mirada adolorida ascendió por las piernas cercanas: el soldado era de la tropa revolucionaria y cargaba sobre las espaldas otro cuerpo, un saco sangriento, desbaratado, con el brazo coagulado.

—Lo encontré a la entrada del bosque. Se estaba muriendo. Le volaron el brazo, mi... mi teniente.

El soldado alto y prieto aguzó los ojos hasta distinguir las insignias.

—Creo que se me murió. Pesa como un muerto.

Descargó el cuerpo y lo recostó contra el árbol: lo mismo había hecho él media hora, 15 minutos antes. El soldado acercó su rostro a la boca del herido; él volvió a reconocer la boca abierta, los pómulos altos, los ojos cerrados.

—Sí. Ya se murió. Si hubiera llegado un poco antes, puede que lo salvara.

Le cerró los ojos al muerto con la mano cuadrada. Enganchó la hebilla de plata y al inclinar la cabeza, dijo entre sus dientes blancos:

—Caray, mi teniente. Si no hubiera unos cuantos valientes como éste en el mundo, ¿dónde estaríamos los demás?

Él le dio la espalda al soldado y al muerto y volvió a correr hacia el llano. Era preferible. Aunque no oyera ni viera nada. Aunque el mundo pasara como una sombra desgranada a su lado. Aunque todos los rumores de la guerra y los de la paz —cenzontles, viento, bramidos lejanos— que persistían se convirtieran en ese tambor único, sordo, que englobaba todos los ruidos y los reducía a una tristeza pareja. Tropezó con un cadáver. Se hincó a su lado, sin saber por qué lo hacía, minutos antes de que esa voz se abriera paso entre el tamborileo opaco de todos los ruidos.

—Teniente... teniente Cruz...

La mano se detuvo sobre el hombro del teniente; él levantó el rostro.

—Está usted malherido, teniente. Venga con nosotros. Los federales huyeron. Jiménez mantuvo la plaza.

Regrese con nosotros al cuartel en Río Hondo. Las fuerzas de caballería dieron la gran batalla; se multiplicaron, de verdad. Venga. No se ve usted bien.

Él se prendió a los hombros del oficial. Murmuró:

—Al cuartel. Sí, vamos.

El hilo estaba perdido. El hilo que le permitió recorrer, sin perderse, el laberinto de la guerra. Sin perderse: sin desertar. No tenía fuerza para tomar las riendas. Pero el caballo iba amarrado a la montura del mayor Gavilán, durante ese paseo lento a través de la montaña que separa el llano del combate del valle donde ella le espera. El hilo quedó atrás. Allá abajo, el pueblo de Río Hondo no ha cambiado: es el mismo caserío de tejas rotas y muros de adobe, rosa, rojizo, blanco, cercado de nopales, que abandonó esa mañana. Creyó distinguir, junto a los labios verdes de la barranca la casa, la ventana donde Regina debe esperarlo.

Gavilán trotaba enfrente de él. La sombras del atardecer arrojaron la ficción de la montaña sobre los cuerpos cansados de los dos militares. El caballo del mayor se detuvo un instante, esperando que el del teniente se emparejara. Gavilán le ofreció un cigarrillo. Apenas se apagó la mecha, los caballos volvieron a trotar. Pero él ya vio, al encender el cigarro, todo el dolor en el rostro del mayor y bajó la cabeza. Lo tenía merecido. Sabrían la verdad de su deserción durante la batalla y le arrancarían las insignias. Pero no sabrían la verdad entera: no sabrían que quiso salvarse para regresar al amor de Regina, ni lo entenderían si lo explicara. Tampoco sabrían que abandonó a ese soldado herido, que pudo salvar esa vida. El amor de Regina pagaría la culpa del soldado abandonado. Así debía ser. Bajó la cabeza y creyó que por primera vez en su vida sentía vergüenza. Vergüenza: no era eso lo que asomaba en los ojos claros, directos, del mayor Gavilán. El oficial se acarició con la mano libre la barba de vello rubio, empastado de polvo y sol.

—Les debemos la vida, teniente. Usted y sus hombres detuvieron el avance. El general le hará un recibimiento de héroe... Artemio... ¿Puedo llamarlo Artemio?

El mayor trató de sonreír. Colocó la mano libre sobre el hombro del teniente y prosiguió, con una risa seca:

—Llevamos tanto tiempo peleando juntos, y ya ve usted, ni siquiera nos tuteamos.

Con los ojos, el mayor Gavilán solicitó una respuesta. La noche descendió con su cristal sin materia y el último resplandor surgió detrás de las montañas, lejanas ya, escondidas en la oscuridad, recogidas. En el cuartel, ardían llamas que en la tarde no pudieron verse de lejos.

—¡Son unos perros! —dijo de repente el mayor con la voz cortada—. Entraron por sorpresa al pueblo, como a eso de la una. Claro que no pudieron llegar al cuartel. Pero se vengaron en los barrios aledaños; allí hicieron de las suyas. Han prometido vengarse de todos los pueblos que nos ayudan. Tomaron 10 rehenes y mandaron decir que los iban a colgar si no rendíamos la plaza. El general les contestó con fuego de morteros.

Las calles estaban llenas de soldados y gente, de perros sueltos y niños, sueltos como los perros, que lloraban en los quicios de las puertas. Algunos incendios no acababan de apagarse y las mujeres estaban sentadas a media calle sobre los colchones y los equipales rescatados.

—El teniente Artemio Cruz —murmuró Gavilán, agachándose para alcanzar la oreja de algunos soldados.

—El teniente Cruz —corrió el murmullo de los soldados a las mujeres.

La gente abrió paso a los dos caballos: el retinto del mayor, nervioso entre la multitud que lo apretujaba, y el negro del teniente, de testuz baja, que se dejaba conducir por el primero. Algunas manos se alargaron: eran los hombres del grupo de caballería comandado por el teniente. Le apretaron la pierna en señal de saludo; indicaron hacia la frente donde la sangre había manchado el trapo amarrado; murmuraron una felicitación sorda por el triunfo. Cruzaron el pueblo: al fondo se despeñaba la barranca y los árboles se mecían en la brisa nocturna. Él levantó la mirada: el caserío blanco. Buscó la ventana, todas estaban cerradas. El fulgor de las velas iluminaba la entrada de algunas casas. Los grupos negros, enrebozados, estaban de cuclillas en distintas entradas.

—¡Que no los descuelguen! —gritó el teniente Aparicio, desde su caballo, mientras lo hacía caracolear y apartaba con el fuete las manos que se levantaban implorando—. ¡Que se les grabe a todos! ¡Que sepan bien contra quién peleamos! Obligan a hombres del pueblo a matar a sus hermanos. Vean bien. Así mataron a la tribu yaqui, porque no quiso que le arrebataran sus tierras. Igual mataron a los trabajadores de Río Blanco y Cananea, porque no querían morirse de hambre. Así matarán a todos si no les partimos la madre. Vean.

El dedo del joven teniente Aparicio recorrió el montón de árboles cercanos a la barranca: las sogas de henequén, mal hechas, crudas, arrancaban, todavía, sangre a los cuellos; pero los ojos abiertos, las lenguas moradas, los cuerpos inánimes apenas mecidos por el viento que soplaba de la sierra, estaban muertos. A la altura de las miradas —perdidas unas, enfurecidas otras, la mayoría dulces, incomprensivas, llenas de un dolor quieto— sólo los huaraches enlodados, los pies desnudos de un niño, las zapatillas negras de una mujer. Él descendió del caballo. Se acercó. Abrazó la falda almidonada de Regina con un grito roto, flemoso: con su primer llanto de hombre.

Aparicio y Gavilán lo condujeron al cuarto de la muchacha. Lo obligaron a recostarse, le cambiaron el trapo sucio por una venda, le limpiaron la herida. Cuando salieron, él abrazó la almohada y escondió el rostro. Quería dormir, nada más, y en secreto se dijo que acaso el sueño podía volver a igualarlos, a reunirlos. Se dio cuenta de que era imposible; de que ahora, sobre esa cama de mosquiteros amarillentos, podía percibirse con una intensidad superior a la de la presencia el olor de la cabellera húmeda, del cuerpo liso, de los muslos tibios. Estaba allí como nunca lo había estado en realidad, más viva que nunca en la cabeza afiebrada del joven: más ella, más suya, ahora que la recordaba. Quizá, durante sus breves meses de amor, nunca vio la belleza de los ojos con tanta emoción, ni pudo compararlos, como ahora, con sus gemelos brillantes: joyas negras, hondo mar quieto bajo el sol, fondo de arena mecida en el tiempo, cerezas oscuras del árbol de carne y entrañas calientes. Nunca le dijo eso. No hubo tiempo. No hubo tiempo para decirle tantas cosas del amor. Nunca hubo tiempo para la última palabra. Acaso cerrando los ojos, ella regresaría entera, a vivir de las caricias ansiosas que pulsaban en las yemas de los dedos del hombre. Acaso bastaría imaginarla para tenerla siempre a su lado. Quién sabe si el recuerdo puede realmente prolongar las cosas, entrelazar las piernas, abrir las ventanas a la madrugada, peinar el cabello y resucitar los olores, los ruidos, el tacto. Se incorporó. Buscó a tientas, en el cuarto oscuro, la botella de mezcal. De repente no servía para olvidar, como dicen todos, sino para sacar fuera los recuerdos más de prisa.

Regresaría a las rocas de aquella playa, mientras el alcohol blanco le prendía lumbre al estómago. Regresaría. ¿Adónde? ¿A esa playa mítica, que nunca existió? ¿A esa mentira de la niña adorada, a esa ficción de un encuentro junto al mar, inventado por ella para que él se sintiera limpio, inocente, seguro del amor? Arrojó el vaso de mezcal al piso. Para eso servía el licor, para desbaratar las mentiras. Era una hermosa mentira.

"—¿Dónde nos conocimos?

"—¿No recuerdas?

"—Dímelo tú.

"—¿No recuerdas esa playa? Yo iba allí todas las tardes.

"—Ya recuerdo. Viste el reflejo de mi rostro junto al tuyo.

"—Recuérdalo: y ya nunca quise verme sin tu reflejo junto al mío.

"—Sí, recuerdo."

Él debía creer en esa hermosa mentira, siempre, hasta el fin. No era cierto: él no había entrado a ese pueblo sinaloense como a tantos otros, buscando a la primera mujer que pasara, incauta, por la calle. No era verdad que aquella muchacha de 18 años había sido montada a la fuerza en un caballo y violada en silencio en el dormitorio común de los oficiales, lejos del mar, dando la cara a la sierra espinosa y seca. No era cierto que él había sido perdonado en silencio por la honradez de Regina: cuando la resistencia cedió al placer y los brazos que jamás habían tocado a un hombre lo tocaron por primera vez con alegría y la boca húmeda, abierta, sólo repetía, como anoche, que sí, que sí, que le había gustado, que con él le había gustado, que quería más, que le había tenido miedo a esa felicidad. Regina de la mirada soñadora y encendida. Cómo aceptó la verdad de su placer y admitió que estaba enamorada de él; cómo inventó el cuento del mar y el reflejo en el agua dormida para olvidar lo que después, al amarla, podría avergonzarlo. Mujer de la vida, Regina, potranca llena de sabor, limpia hada de la sorpresa, mujer sin excusas, sin palabras de justificación. Nunca conoció el tedio; nunca lo apesadumbró con quejas dolientes. Estaría allí siempre, en un pueblo o en otro. Quizá ahora mismo se disiparía la fantasía de un cuerpo inerte colgando de una soga y ella... ella ya estaría en otro pueblo. Nada más se adelantó. Sí: como siempre. Salió sin molestar y se fue hacia el sur. Atravesó las líneas de los federales y encontró un cuartito en el siguiente pueblo. Sí; porque ella no podría vivir sin él, ni él sin ella. Sí. Todo era cuestión de salir, tomar el caballo, empuñar la pistola, continuar la ofensiva y encontrarla en el siguiente descanso.

Buscó en la oscuridad la túnica. Se cruzó las cartucheras sobre el pecho. Afuera, el caballo negro, el tranquilo, estaba amarrado a un poste. La gente no se separaba de los ahorcados, pero él ya no miró hacia ese lado. Montó el caballo y corrió rumbo al cuartel.

—¿Para dónde jalaron esos hijoeputa? —le gritó a uno de los soldados de guardia en el cuartel.

—P'al otro lado de la barranca, mi jefe. Dicen que están atrincherados junto al puente, en espera de refuerzos. Quesque quieren tomar este pueblo otra vez. Éntrele, cómase algo.

Desmontó. Caminó sin prisa a las hogueras del patio, donde se mecían sobre los palos cruzados las ollas de barro y se levantaba el rumor de las manos de mujer cacheteando la masa de harina. Metió el cucharón en el caldo hirviente del menudo, pellizcó la cebolla, el chile en polvo, el orégano; masticó las tortillas norteñas, duras, frescas; las patas de cerdo. Estaba vivo.

Arrancó del círculo de fierro oxidado la tea que alumbraba la entrada al cuartel. Hundió las espuelas en la panza del caballo negro: los que aún caminaban por la calle se hicieron a un lado; el caballo sorprendido trató de encabritarse, pero él apretó las bridas, volvió a hundir las espuelas y sintió, al fin, que el caballo entendía. Ya no era el caballo del hombre herido, del hombre dudoso que esa tarde atravesó la montaña. Era otro caballo: entendió. Agitó la crin para que él entendiera: contaba con una montura de guerra, tan furiosa y veloz como su jinete. Y el jinete levantaba la tea e iluminaba, ya, el campo por donde se rodeaba el pueblo para desembarcar en el puente sobre la barranca.

Una fogata, también, iluminaba la entrada al puente. Los kepís de los pelones reverberaban con palidez rojiza. Pero los cascos del caballo negro arrastraban toda la fuerza de la tierra, iban recogiendo hierba y polvo y espina, iban dejando una estela de chispas derramadas por la tea empuñada por el hombre que se lanzó sobre el puesto del puente, saltó por encima de la fogata, disparó la pistola contra los ojos azorados, contra las nucas oscuras, sobre los cuerpos que no entendían, que hacían retroceder los cañones, que no sabían distinguir en la noche la soledad del jinete que debe llegar al sur, al siguiente pueblo, donde lo esperan...

—¡Abran paso, pelones jijos de su repelona! —gritan las mil voces de ese hombre.

La voz del dolor y del deseo, la voz de la pistola, el brazo que arrima la tea a las cajas de pólvora y hace estallar los cañones y pone en fuga a los caballos sin jinete, en medio del caos de relinchos y llamaradas y estallidos que ahora tienen un eco lejano en las voces perdidas del pueblo, en la campana que comienza a repicar en la torre rojiza de la iglesia, en el latir de la tierra que soporta los cascos de la caballería revolucionaria, que ahora cruza el puente y encuentra la destrucción y la fuga y las fogatas apagadas, pero que no encuentra ni a los federales ni al teniente, el que cabalga hacia el sur, con la tea en alto, con los ojos incendiados de su caballo: hacia el sur, con el hilo entre las manos, hacia el sur.

Yo sobreviví. Regina. ¿Cómo te llamabas? No. Tú Regina. ¿Cómo te llamabas tú, soldado sin nombre? Sobreviví. Ustedes murieron. Yo sobreviví. Ah, me han dejado en paz. Creen que estoy dormido. Te recordé, recordé tu nombre. Pero tú no tienes nombre. Y los dos avanzan hacia mí, tomados de la mano, con sus cuencas vaciadas, creyendo que van a convencerme, a provocar mi compasión. Ah, no. No les debo la vida a ustedes. Se la debo a mi orgullo, ¿me oyen?, se la debo a mi orgullo. Reté. Osé. ¿Virtudes? ¿Humildad? ¿Caridad? Ah, se puede vivir sin eso, se puede vivir. No se puede vivir sin orgullo. ¿Caridad? ¿A quién le hubiera servido? ¿Humildad? Tú, Catalina, ¿qué habrías hecho de mi humildad? Con ella me habrías vencido de desprecio, me habrías abandonado. Ya sé que te perdonas imaginando la santidad de ese sacramento. Je. De no ser por mi riqueza, bien poco te habría importado divorciarte. Y tú, Teresa, si a pesar de que te mantengo me odias, me insultas, ¿qué habrías hecho odiándome en la miseria, insultándome en la pobreza? Imagínense sin mi orgullo, fariseas, imagínense perdidas en esa multitud de pies hinchados, esperando eternamente un camión en todas las esquinas de la ciudad, imagínense empleadas en un comercio, en una oficina, tecleando máquinas, envolviendo paquetes, imagínense ahorrando para comprar un coche en abonos, prendiendo veladoras a la virgen para mantener la ilusión, pagando mensualidades de un terreno, suspirando por un refrigerador, imagínense sentadas en un cine de barrio todos los sábados, comiendo cacahuates, tratando de encontrar un taxi a la salida, merendando fuera una vez al mes, imagínense con todas las justificaciones que yo les evité, imagínense teniendo que gritar como México no hay dos para sentirse vivas, imagínense teniendo que sentirse orgullosas de los sarapes y Cantinflas y la música de mariachi y el mole poblano para sentirse vivas, ah-jay, imagínense teniendo que confiar realmente en la manda, la peregrinación a los santuarios, la eficacia de la oración para mantenerse vivas,

—*Domine, non sum dignus...*

"—Salud. Primero, quieren cancelar todos los empréstitos de bancos norteamericanos al ferrocarril del Pacífico. ¿Sabe usted cuánto paga anualmente el ferrocarril por intereses sobre los empréstitos? 39 millones de pesos. Segundo, quieren correr a todos los consejeros de la rehabilitación de los ferrocarriles. ¿Sabe cuánto ganamos? 10 millones al año. Tercero, quieren correr a todos los que administramos los empréstitos norteamericanos a los ferrocarriles. ¿Sabe usted cuánto ganó y cuánto gané yo el año pasado...?

"—*Three million pesos each...*

"—Eso mismo. Y no termina allí la cosa. Haga el favor de telegrafiarle a la National Fruits Express que estos líderes comunistas quieren cancelar el alquiler de carros refrigeradores que le reporta a la compañía 20 millones de pesos anuales y a nosotros una buena comisión. Salud."

Je, Je. Eso estuvo bien explicado. Tarugos. Si no les defiendo yo sus intereses, tarugos. Oh, lárguense todos, déjenme oír. A ver si no me entienden. A ver si no comprenden lo que quiere decir un brazo doblado así...

"—Toma asiento, pollita. Ahora te atiendo. Díaz: tenga mucho cuidado que no se vaya a filtrar una sola línea sobre la represión de la policía contra estos alborotadores.

"—Pero parece que hay un muerto, señor. Además, fue en el centro mismo de la ciudad. Va a ser difícil...

"—Nada, nada. Son órdenes de arriba.

"—Pero sé que una hoja de los trabajadores va a publicar la noticia.

"—¿Y en qué está pensando? ¿No le pago yo para pensar? ¿No le pagan en su 'fuente' para pensar? Avise a la procuraduría para que cierren esa imprenta..."

Qué poco necesito para pensar. Una chispa. Una chispa para dar vida a esta red compleja, enorme. Otros seres necesitan una generación eléctrica que a mí me mataría. Necesito navegar en aguas turbias, comunicarme a largas distancias, repeler a los enemigos. Ah sí. Gira eso. No me interesa.

"—María Luisa. Este Juan Felipe Couto, como siempre, quiere pasarse de listo... Es todo, Díaz... Pásame el vaso de agua, muñeca. Digo: quiere pasarse de listo. Igual que con Federico Robles, ¿te acuerdas? Pero conmigo no se va a poder...

"—¿Cuándo, mi capitán?

"—Obtuvo con mi ayuda la concesión para construir esa carretera en Sonora. Incluso lo ayudé para que le aprobaran un presupuesto como tres veces superior al costo real de la obra, en la inteligencia de que la carretera pasaría por los distritos de riego que le compré a los ejidatarios. Acabo de informarme de que el lángara también compró sus tierritas por aquel rumbo y piensa desviar el trazo de la carretera para que pase por sus propiedades...

"—¡Pero qué cerdo! Tan decente que parece.

"—Entonces, muñequita, ya sabes; metes unos cuantos chismes en tu columna hablando del inminente divorcio de nuestro prohombre. Muy suavecito, no más para que se nos asuste.

"—Además tenemos unas fotos de Couto en un cabaret con una güerota que de plano no es madame Couto.

"—Resérvatela, por si no responde..."

Dicen que las células de la esponja no están unidas por nada y sin embargo la esponja está unida: eso dicen, eso recuerdo porque dicen que si se rasga violentamente a la esponja, la esponja hecha trizas vuelve a unirse, nunca pierde su unidad, busca la manera de agregar otra vez sus células dispersas, nunca muere, ah, nunca muere.

—Esa mañana lo esperaba con alegría. Cruzamos el río a caballo.

—Lo dominaste y me lo arrancaste.

Se pone de pie entre las voces indignadas de las mujeres y las toma del brazo y yo sigo pensando en el carpintero y luego en su hijo y en lo que nos hubiéramos evitado si lo dejan suelto con sus 12 agentes de relaciones públicas, suelto como una cabra, viviendo del cuento de los milagros, sacando las comidas gratis, las camas gratis y compartidas para los curanderos sagrados, hasta que la vejez y el olvido lo derrotaran y Catalina y Teresa y Gerardo se sientan en los sillones al fondo de la recámara. ¿Cuánto tardarán en traer un cura, apresurar mi muerte, arrancarme confesiones? Ah, quisieran saber. Cómo me voy a divertir. Cómo cómo. Tú, Catalina, serías capaz de decirme lo que nunca me dijiste con tal de ablandarme y saber eso. Ah, pero yo sé lo que tú quisieras saber. Y el rostro afilado de tu hija no lo oculta. No tardará en aparecer por aquí ese pobre diablo a inquirir, a lagrimear, a ver si al fin puede disfrutar de todo esto. Ah, qué mal me conocen. ¿Creen que una fortuna así se dilapida entre tres farsantes, entre tres murciélagos que ni siquiera saben volar? Tres murciélagos sin alas: tres ratones. Que me desprecian. Sí. Que no pueden evitar el odio de los limosneros. Que detestan las pieles que las cubren, las casas que habitan, las joyas que lucen, porque yo se las he dado. No, no me toquen ahora...

—Déjenme...

—Es que ha venido Gerardo... Gerardito... tu yerno... míralo.

—Ah, el pobre diablo...

—Don Artemio...

—Mamá, no aguanto, ¡no aguanto no aguanto!

—Está enfermo...

—Bah, ya me levantaré, ya verán...

—Te dije que se estaba haciendo.

—Déjalo descansar.

—¡Te digo que se está haciendo! Fingiendo como siempre para burlarse de nosotros como siempre como siempre.

—No no, el médico dice...

—Qué sabe el médico. Yo lo conozco mejor. Es otra burla.

—¡No digas nada!

No digas nada. Ese aceite. Me untan ese aceite en los labios. En los párpados. En las ventanas nasales. No saben lo que costó. Ellas no tuvieron que decidir. En las manos. En los pies helados que ya no siento. Ellas no saben. Ellas no tuvieron que exponerlo todo. En los ojos. Me abren las piernas y me untan ese aceite en los muslos.

—*Ego te absolvo.*

Ellos no saben. Ella no habló. No dijo.

Tú vivirás 71 años sin darte cuenta: no te detendrás a pensar en que tu sangre circula, tu corazón late, tu vesícula se vacía de líquidos serosos, tu hígado segrega bilis, tu riñón produce orina, tu páncreas regula el azúcar en tu sangre: no has provocado esas funciones con tu pensamiento: sabrás que respiras, pero no lo pensarás porque no depende de tu pensamiento: te desentenderás y vivirás: podrías dominar tus funciones, fingir la muerte, cruzar el fuego, soportar un lecho de vidrios: simplemente, vivirás y dejarás que las funciones se las entiendan solas. Hasta hoy. Hoy en que las funciones involuntarias te obligarán a darte cuenta, te dominarán y acabarán por destruir tu personalidad: pensarás que respiras cada vez que el aire pase trabajosamente hacia tus pulmones, pensarás que la sangre te circula cada vez que las venas del abdomen te latan con esa presencia dolorosa: te vencerán porque te obligarán a darte cuenta de la vida en vez de vivirla. Triunfo. Tú tratarás de imaginarlo —es tal la lucidez que te obliga a percibir el menor latido, todos los movimientos de atracción, de separación, y aun el más terrible, el movimiento de lo que ya no se mueve— y adentro de ti, en tu entraña, esa membrana serosa revestirá la cavidad de tu abdomen y se plegará en torno a las vísceras y uno de sus repliegues, ese repliegue de tejido, vasos sanguíneos y linfáticos que une el estómago y el intestino con las paredes abdominales, ese repliegue de células adiposas, dejará de ser irrigado por la gruesa arteria del río celiaco de tu sangre que alimenta tu estómago y tus vísceras abdominales, penetra en la raíz del repliegue y desciende oblicuamente a la raíz del intestino medio, después de haber corrido detrás del páncreas, originando otra arteria que irriga el tercio de tu duodeno y la mandíbula del páncreas; penetra cruzando tu duodeno, tu aorta, tu vena cava inferior, tu uretra derecha, tu nervio génito-femoral y las venas de tus testículos. Esa arteria correrá, manchada, espesa, encarnada, durante 71 años, sin que tú lo sepas. Hoy lo sabrás. Se va a detener. El cauce se va a secar. Durante 71 años esa arteria hará un esfuerzo agobiante: en el curso de su descenso, hay un momento en el que, presionada por un segmento de tu columna vertebral, deberá avanzar, al mismo tiempo, hacia abajo, hacia adelante y abruptamente hacia atrás otra vez. Durante 71 años tu arteria mesentérica pasará, presionada, por esta prueba, por este salto mortal. Hoy ya no podrá. Hoy no resistirá la presión. Hoy, en el veloz movimiento de pistón hacia abajo, hacia adelante, hacia atrás, se detendrá, convulsa, congestionada, agotada, masa de sangre paralizada, roca morada que obstruirá tu intestino: sentirás ese latido de la presión creciente, lo sentirás: es tu sangre que se detiene por primera vez, que esta vez no alcanza la orilla de tu vida, se detiene a congelarse dentro del hervor de tu intestino, a pudrirse, estancada, sin haber alcanzado la orilla de tu vida:

Y es cuando Catalina se acercará a ti, te preguntará si no se te ofrece nada, a ti que sólo podrás atender a tu dolor creciente, tratar de repelerlo con la voluntad de sueño, de reposo, mientras Catalina no pueda evitar ese gesto, esa mano adelantada que en seguida retirará, temerosa, para unirla con la otra junto a sus pechos de matrona, para separarla de nuevo y, esta vez, acercarla, temblando, a tu frente: acariciará tu frente y tú no te darás cuenta, perdido en la concentración aguda del dolor, no te darás cuenta de que por primera vez en muchas décadas Catalina acerca su mano a tu frente, acaricia tu frente, aparta los mechones canosos, empapados de sudor, que la cubren y vuelve a acariciarla, con un temor agradecido, al cabo, de que la ternura lo venza, con una ternura avergonzada de sí misma, con una vergüenza que al cabo parece ser aplacada por la certeza de que tú no te das cuenta de que ella te acaricia, quizá te pasa con los dedos, a la frente, unas palabras que quieren mezclarse con ese recuerdo tuyo que no deja de correr, perdido en el fondo de estas horas, inconsciente, ajeno a tu voluntad pero fundido en tu memoria involuntaria, la que se desliza entre los resquicios de tu dolor y te repite, ahora, las palabras que no escuchaste entonces. Ella también pensará en su orgullo. Allí nacerá la chispa. Allí la escucharás, en ese espejo común, en ese estanque que reflejará los rostros de ambos, que los ahogará cuando traten de besarse, el uno al otro, en el reflejo líquido de sus rostros: ¿por qué no miras a un lado?; allí estará Catalina en su carne; ¿por qué tratas de besarla en el frío reflejo del agua?, ¿por qué no acerca ella su rostro al tuyo, por qué, como tú, lo hunde en las aguas estancadas y te repite, ahora que no la escuchas, "Me dejé ir"? Quizá su mano te hable de una libertad excesiva que derrota a la libertad. La libertad que levanta una torre sin fin, no alcanza el cielo, pero cuartea el abismo, rompe la tierra: la nombrarás: separación: te rehusarás: orgullo: sobrevivirás, Artemio Cruz: sobrevivirás porque te expondrás: te expondrás al riesgo de la libertad: vencerás el riesgo y, sin enemigos, te convertirás en tu propio enemigo para continuar la batalla del orgullo: vencidos todos, sólo te faltará vencerte a ti mismo: tu enemigo saldrá del espejo a librar la última batalla: la ninfa enemiga, la ninfa de aliento espeso, hija de dioses, madre del seductor cabrío, madre del único dios muerto en tiempo del hombre: del espejo saldrá la madre del gran dios Pan, la ninfa del orgullo, tu doble, otra vez tu doble: tu último enemigo, en la tierra despoblada de los vencidos por tu orgullo: sobrevivirás: descubrirás que la virtud es sólo deseable, pero la soberbia es sólo necesaria: y sin embargo, esa mano que en este momento acaricia tu frente llegará al fin, con su pequeña voz, a silenciar el grito de los retos, a recordarte que sólo al final, aunque sea el final, la soberbia es superflua y la humildad necesaria: sus dedos pálidos tocarán tu frente afiebrada, querrán calmar tu dolor, querrán decirte hoy lo que no te dijeron hace 43 años:

1924: 3 DE JUNIO

Él no la escuchó decirlo, cuando ella despertó de su insomnio. "Me dejé ir." Recostada al lado de él. La cabellera castaña le cubría el rostro y en todos los pliegues de la carne sintió esa humedad fatigada, ese cansancio del verano. Se pasó una mano por la boca y previó el nuevo día de sol vertical, el aguacero de la tarde, el tránsito nocturno del bochorno a la frescura y no quiso recordar lo sucedido durante la noche. Escondió el rostro en la almohada y repitió:

—Me dejé ir.

El alba borró los penachos de la noche y entró, fría y clara, por la ventana entreabierta de la recámara. Definió de nuevo los detalles que la oscuridad confundió en un solo abrazo.

"Soy joven; tengo derecho..."

Se puso el camisón y huyó del lado del hombre antes de que el sol remontase la línea de montañas.

"Tengo derecho; está bendito por la Iglesia."

Ahora, desde la ventana de su recámara, lo vio coronando el lejano Citlaltépetl. Arrulló entre los brazos al niño y permaneció junto a la ventana.

"Oh, qué debilidad; siempre el despertar, esta debilidad, este odio, este desprecio que no acabo de sentir..."

Su mirada se cruzó con la de ese indio sonriente que traspasaba la verja del huerto, se quitaba el sombrero de paja e inclinaba la cabeza...

"...cuando despierto y miro su cuerpo dormido junto a mí..."

Los dientes blancos le brillaban, sobre todo cuando él se acercaba.

"¿Me quiere de verdad?"

El amo se fajó la camisa dentro de los pantalones estrechos y el indio dio la espalda a la ventana de la mujer.

"Han pasado cinco años ya..."

Ella dio la espalda al campo.

—¿Qué te trae tan de mañana, Ventura?

—Me vienen guiando mis orejas. ¿Me deja llenar el guaje?

—¿Está todo listo en el pueblo?

Ventura asintió; caminó hacia el jagüey; hundió el guaje en el agua; bebió un trago; volvió a llenarlo.

"Quizá él mismo ha olvidado las razones de nuestro matrimonio..."

—¿Y qué te dicen tus orejas?

—Que el viejo don Pizarro no lo puede ver a usted ni pintado.

—Eso ya lo sé.

—Y dicen las orejas que va a aprovecharse del alboroto de hoy domingo para desquitarse...

"...y ahora me ame de verdad..."

—Benditas sean tus orejas, Ventura.

—Bendita sea mi madre que me instruccionó a traerlas siempre bien lavadas y sin cerilla.

—Ya sabes lo que hay que hacer.

"...me ame a mí y admire mi belleza..."

El indio rió sin sonido, acarició los bordes de su sombrero deshebrado y miró hacia la terraza cubierta por un alero de tejas, donde esa hermosa mujer ya había tomado asiento sobre la mecedora.

"...mi pasión..."

Ventura la recordaba, desde hace años, sentada siempre allí, a veces con el vientre redondo y grande, otras esbelta y silenciosa, siempre ajena al trajín de las carretas colmadas de grano, a los bramidos de los toros herrados, al desprendimiento seco de los tejocotes durante el verano en la huerta plantada por el nuevo señor alrededor de la casa de campo. "...lo que yo soy..."

Ella observaba a los dos hombres. Observaba con la mirada de un conejo que mide la distancia que lo separa de los lobos. La muerte de don Gamaliel la había desnudado, súbitamente, de las defensas orgullosas de los primeros meses: el padre representó una continuidad del orden y las jerarquías y en seguida el primer embarazo justificó el alejamiento, el pudor y las advertencias.

"Dios mío, ¿por qué no puedo ser la misma de noche que de día?"

Y él, al voltear el rostro para seguir la mirada del indio, encontró el rostro inmóvil de su mujer y pensó que durante esos primeros años la frialdad le había sido indiferente; él mismo había carecido de voluntad para atender ese mundo, ese mundo secundario de lo que no acaba de integrarse, formarse, encontrar su nombre, sentirse antes de nombrarse.

"...¿de noche que de día?..."

Otro, más urgente, lo solicitaba.

("—El señor gobierno no se ocupa de nosotros, señor Artemio, por eso venimos a pedirle que usted nos dé una mano.

"—Para eso estoy, muchachos. Tendrán su camino vecinal, se los prometo, pero con una condición: que ya no lleven sus cosechas al molino de don Cástulo Pizarro. ¿No ven que ese viejo se niega a repartir ni un cacho de tierra? No lo favorezcan. Traigan todo a mi molino y déjenme a mí colocar las cosechas en el mercado.

"—Tiene usted razón, no más que don Pizarro nos va a matar si hacemos eso.

"—Ventura: repárteles sus rifles a los muchachos para que aprendan a defenderse.")

Ella se meció lentamente. Recordaba, contaba días y a menudo meses durante los cuales sus labios no se abrieron. "Él jamás me ha reprochado la frialdad con que lo trato durante el día."

Todo parecía moverse sin su participación y el hombre fuerte que desmontaba con los dedos encallecidos y la frente plisada de polvo y sudor pasaba de largo con el fuete entre las manos a derrumbarse en la cama para volver a despertar antes que el sol y emprender, todos los días, el largo paseo de la fatiga a lo largo de las tierras que debían producir, rendir: ser, conscientemente, su pedestal.

"Parece bastarle esta pasión con que lo acepto durante la noche."

Tierras de maíz, en la breve cuenca irrigada que rodeaba los cascos de las viejas haciendas: Bernal, Labastida, Pizarro; tierras de maguey y pulque más allá, donde el tepetate comenzaba otra vez.

("—¿Hay quejas, Ventura?

"—Pues las disimulan, amo, porque, a pesar de todo, ahora están mejor que antes. Pero se dan cuenta de que usted nomás repartió pura tierra de temporal y se quedó con la de riego.

"—¿Y qué más?

"—Pues que usted sigue cobrando intereses por lo que presta, igual que don Gamaliel antes.

"—Mira, Ventura. Ve y explícales que los intereses de veras altos se los estoy cobrando a los latifundistas, como este Pizarro y a los comerciantes. Ahora, que si ellos se sienten lesionados con mis préstamos, yo los suspendo. Creía que les estaba haciendo un servicio...

"—No, eso no...

"—Cuéntales que dentro de poco voy a cobrarle las hipotecas a Pizarro y entonces sí les voy a entregar los terrenos de riego que le quite al viejo. Diles que se aguanten y tengan confianza, que ya verán.")

Era un hombre.

"Pero ese cansancio, esa preocupación lo alejaban. Yo no pedí ese amor apresurado que me dio de tarde en tarde."

Don Gamaliel, enamorado de la sociedad, los paseos y las comodidades de la ciudad de Puebla, olvidó el caserón campirano y dejó que el yerno administrara todo a su gusto.

"Acepté como él quiso. Él me pidió que no aceptara dudas o razonamientos. Mi padre. Estaba comprada y debía permanecer aquí..."

Pero mientras su padre viviese y ella, cada 15 días, pudiese viajar a Puebla y pasar la jornada a su lado, llenar las alacenas de los dulces y quesos preferidos, cumplir con él las devociones del templo de San Francisco, hincarse ante la momia del beato Sebastián de Aparicio, recorrer el mercado del Parián, dar la vuelta a la plaza de armas, persignarse en las grandes pilas de piedra de la catedral herreriana y simplemente mirar el ir y venir de su padre por la biblioteca del patio...

"Ah sí, cómo no, él me protegía, me apoyaba."

...las razones de una vida mejor no se perderían del todo y el mundo acostumbrado y querido, los años de la infancia, tendrían realidad suficiente para permitirle regresar al campo, al marido, sin pena.

"Sin voz ni actitud, comprada, testigo mudo de él."

Podía imaginarse a sí misma como una visita de paso en aquel mundo ajeno, levantado desde el lodo por su esposo.

Poseía su mundo real en el patio sombreado de Puebla, en los placeres del lino fresco tendido sobre la mesa de caoba, en el tacto de las vajillas pintadas a mano y los cubiertos de plata, en el olor.

"...de peras rebanadas, membrillo, compotas de durazno..."

("—Ya sé que redujo usted a la ruina a don León Labastida. Esas tres casotas de Puebla valen una fortuna.

"—Ya ve usted, Pizarro. Labastida nada más pide y pide préstamos, sin importarle los intereses. Él mismo tejió la reata para colgarse.

"—Ha de gozar viendo cómo se derrumban los viejos orgullos. Pero conmigo no se va a poder. Yo no soy ningún catrín poblano como ese Labastida.

"—Usted cumpla puntualmente sus compromisos y no se ande adelantando a lo que pueda pasar.

"—A mí no me quiebra nadie, Cruz, eso se lo juro por ésta.")

Don Gamaliel sintió la vecindad de la muerte y él mismo preparó sus exequias con detalle y lujo. El yerno no pudo negarle los mil pesos sonantes que el viejo exigió. El catarro crónico se fue endureciendo, como una burbuja de vidrio hirviente puesta al sol y pronto el pecho se le cerró y los pulmones no pudieron tomar más aire que el delgado, frío, que lograba colarse entre las rendijas de una masa de flema, irritación y sangre.

"Ah sí, objeto de un placer ocasional."

El viejo ordenó una carroza chapeada de plata, cubierta por un palio de terciopelo negro y arrastrada por ocho caballos que debían lucir bridas de plata y un plumaje negro sobre el tupé. Se hizo conducir en silla de ruedas hasta el balcón de la sala mientras la carroza y los caballos enjaezados pasaban, una y otra vez, por la calle y frente a su mirada de fiebre.

"¿Madre? ¡Qué parto sin alegría, sin dolor!"

A la joven esposa le dijo que sacara los cuatro grandes candelabros de oro de la vitrina y los puliera: debían rodearlo tanto en el velorio como en la misa de cuerpo presente. Le rogó que ella misma lo afeitara, porque la barba seguía creciendo durante varias horas: el cuello y los pómulos solamente, y un poco de tijera en la piocha y los bigotes. Que le vistiera con la pechera dura y el frac y le diera un veneno al mastín.

"Inmóvil y muda; por orgullo."

Heredó a la hija sus propiedades y designó al yerno usufructuario y administrador. Sólo en el testamento lo mencionó. A ella la trató, más que nunca, como a la niña que había crecido a su lado y jamás habló de la muerte del hijo, ni de aquella visita, la primera. La muerte parecía la ocasión para apartar piadosamente todos esos hechos y restaurar, en un acto final, el mundo perdido.

"¿Tengo derecho a destruir su amor, si su amor es verdadero?"

Dos días antes de morir, abandonó la silla de ruedas y se acostó en la cama. Recargado contra una masa de almohadas, mantenía su postura elegante y erguida, su perfil aguileño y sedoso. A veces alargaba la mano para asegurarse de la cercanía de su hija. El mastín gimoteaba debajo de la cama. Los labios lineares, al fin, se abrieron con un espasmo de terror y la mano ya no pudo alargarse. Permaneció sobre el pecho inmóvil. Ella se quedó allí, contemplando esa mano. Era la primera vez que presenciaba la muerte. Su madre había muerto cuando ella era muy pequeña. Gonzalo murió lejos.

"Entonces, es esta quietud tan cercana, esta mano que no se mueve."

Muy pocas familias acompañaron la gran carroza en su recorrido hacia el templo de San Francisco primero y al cementerio del cerro después. Temían, quizá, encontrarse con él. Su esposo mandó alquilar la casa de Puebla.

"Qué desamparo, esta vez. No bastaba el niño. No bastó Lorenzo. Me di a pensar en lo que pudo haber sido mi vida al lado de aquél, el de los barrotes; la vida que éste impidió."

("—Ahí está todo el día el viejo Pizarro sentado frente al casco de la hacienda, con una escopeta entre las manos. Ya no más le queda el casco.

"—Sí, Ventura. No más le queda el casco.

"—También le quedan unos muchachos que se dicen muy valiosos y que le son fieles hasta la muerte.

"—Sí, Ventura. No te olvides de sus caras.")

Una noche ella se dio cuenta de que lo espiaba sin querer. Insensiblemente, fue olvidando esa indiferencia sin afectación de los primeros años para empezar a buscar, en las horas pardas del atardecer, la mirada de su esposo, los movimientos pausados del hombre que alargaba las piernas sobre el taburete de cuero o se agachaba para encender la vieja chimenea durante las horas frías del campo.

"Ah, debió ser una mirada débil, llena de compasión por mí misma, solicitando la de él; inquieta, sí, porque no podía dominar la tristeza y el desamparo en que me dejó esa muerte. Creí que esa inquietud era sólo mía..."

No se dio cuenta de que, al mismo tiempo, un hombre nuevo comenzó a observarla con unos nuevos ojos de reposo y confianza, como si quisiera darle a entender que el tiempo duro ya había pasado.

("—Ora sí, todos dicen que cuándo les reparte las tierras de don Pizarro.

"—Diles que se aguanten. ¿No ven que Pizarro todavía no se acaba de rendir? Diles que se aguanten con sus rifles por si el viejo se atreve a meterse conmigo. Cuando las cosas se pongan en calma, ya les repartiré las tierras.

"—Yo le guardo su secreto. Yo ya sé que las buenas tierras de don Pizarro ya se las anda usted vendiendo a unos colonos a cambio de lotes allá en Puebla.

"—Los pequeños propietarios les darán trabajo a los campesinos también, Ventura. Anda, toma esto y quédate sosiego...

"—Gracias, don Artemio. Ya sabe que yo...")

Y que ahora, asegurados los cimientos del bienestar, empezaba otro hombre, dispuesto a demostrarle que su fuerza también servía para los actos de la
felicidad. La noche en que esas miradas, al fin, se detuvieron para regalarse un instante de atención silenciosa, ella pensó por primera vez en mucho tiempo en
el arreglo de su cabello, y se llevó una mano a la nuca
de pelo castaño.

"...mientras él me sonreía, de pie junto a la chimenea, con eso, con un como candor... ¿Tengo derecho a
negarme a mí misma una felicidad posible...?"

("—Diles que me devuelvan los rifles, Ventura. Ya
no les hacen falta. Ahora cada uno tiene su parcela y las
extensiones mayores son mías o de mis protegidos. Ya no
tienen nada que temer.

"—Cómo no, amo. Ellos están conformes y le agra-
decen su ayuda. Algunos andaban soñando con mucho
más, pero ahora están conformes otra vez y dicen que
peor es nada.

"—Escoge a unos 10 o 12 entre los más machos y a
ellos les das los rifles. No sea que vaya a haber descon-
tentos de un lado o del otro.")

"Después sentí rencor. Me dejé ir... Y me gustó. Qué
vergüenza."

Él deseaba borrar el recuerdo del origen y hacerse
querer sin memorias del acto que la obligó a tomarlo por
esposo. Recostado al lado de su mujer, pedía en silencio
—eso lo supo— que los dedos entrelazados de esa hora
fuesen algo más que una respuesta inmediata.

"Quizá con aquél hubiera sentido algo más; no lo sé;
sólo conocí el amor de mi esposo; ah, entregado con una
pasión exigente, como si no pudiese vivir un momento
más sin saber que yo le correspondo..."

Se reprochaba pensando que las apariencias hacían prueba en su contra. ¿Cómo hacerle creer que la había amado desde el momento en que la vio pasar por una calle de Puebla, antes de saber quién era?

"Pero cuando nos separamos, cuando dormimos, cuando empezamos a vivir un nuevo día, carezco de eso, de los gestos, de los ademanes que puedan prolongar en la vida diaria ese amor de la noche."

Pudo habérselo dicho, pero una explicación obligaría a otra y todas las explicaciones conducirían a un día y un lugar, un calabozo, una noche de octubre. Quería evitar ese regreso; supo que para lograrlo sólo podía hacerla suya sin palabras; se dijo que la carne y la ternura hablarían sin palabras. Entonces, otra duda le asaltaba. ¿Comprendería esta muchacha todo lo que él quería decirle al tomarla entre los brazos? ¿Sabría apreciar la intención de la ternura? ¿No era demasiado excesiva, imitada, aprendida, la respuesta sexual de ella? ¿No se perdía en esta representación involuntaria de la mujer cualquier promesa de comprensión verdadera?

"Quizá fue pudor. Quizá unas ganas de que este amor a oscuras fuese, de verdad, excepcional."

Pero él no se atrevía a preguntar, a hablar. Confiaba en que los hechos acabarían por imponerse; la costumbre, la fatalidad, la necesidad también. ¿Hacia dónde podía mirar ella? Su único futuro era al lado de él. Quizá esta simple evidencia terminaría por hacerla olvidar aquello, lo del principio. Se dormía junto a la mujer con este deseo, sueño ya.

"Yo pidiendo perdón por haber olvidado en el gusto las razones de mi rencor... dios mío, ¿cómo puedo responder a esta fuerza, al brillo de estos ojos verdes? ¿Cuál puede ser mi propia fuerza, una vez que ese cuerpo feroz, tierno, me toma entre sus brazos y no me pide permiso, ni perdón por lo que yo pudiera echarle en cara... Ah, no tiene nombre; las cosas pasan antes de que pueda darles un nombre..."

("—Hay tanto silencio esta noche, Catalina... ¿Temes romperlo? ¿Te dice algo?

"—No... No hables.

"—Nunca me pides nada. Me gustaría que a veces...

"—Dejo que tú hables. Tú sabes —las cosas— que...

"—Sí. No es necesario hablar. Me gustas, me gustas... Nunca pensé...")

Se dejaría ir. Se dejaría querer; pero al despertar volvería a recordarlo todo y opondría su rencor silencioso a la fuerza del hombre.

"No te lo diré. Me vences de noche. Te venzo de día. No te lo diré. Que nunca creí lo que nos contaste. Que mi padre sabía esconder su humillación detrás de su señorío, ese hombre cortés, pero que yo puedo vengarlo en secreto y a lo largo de toda la vida."

Se levantaba de la cama, trenzando el pelo suelto, sin mirar hacia el lecho desordenado. Encendía la veladora y oraba en silencio, como en silencio demostraría, durante las horas del sol, que no había sido vencida, aunque la noche, el segundo embarazo, el vientre grande, dijera lo contrario. Y sólo en los momentos de verdadera soledad, cuando ni el rencor de lo pasado ni la vergüenza del placer ocupaban su pensamiento, sabía decirse con honradez que él, su vida, su fuerza,

"...me ofrecen esta extraña aventura, que me llena de temor..."

Era una invitación a la aventura, a lanzarse de cabeza a un futuro desconocido, en el que los procedimientos no estarían sancionados por la santidad del uso. Todo lo inventaba y lo creaba desde abajo, como si nada hubiese sucedido antes, Adán sin padre, Moisés sin tablas. No era así la vida, no era así el mundo ordenado por don Gamaliel.

"¿Quién es? ¿Cómo ha surgido de sí mismo? No, no tengo el valor necesario para acompañarlo. Debo contenerme. No debo llorar cuando recuerdo mi vida de niña. ¡Qué nostalgia!"

Comparaba los días felices de la niñez con este galope incomprensible de rostros duros, ambiciones, fortunas derrumbadas o creadas de la nada, hipotecas vencidas, intereses caducos, orgullos sometidos.

("—Nos ha reducido a la miseria. No podemos tener trato contigo; tú eres parte de lo que él nos hace.")

Era cierto. Este hombre.

"Este hombre que me gusta irremediablemente, este hombre que quizá me ama de verdad, este hombre al que no sé qué decirle, este hombre que me lleva y me trae del placer a la vergüenza, de la vergüenza más deprimente al placer más, más..."

Este hombre había venido a destruirlos: los había destruido ya, y ella sólo salvó su cuerpo, pero no su alma, vendiéndose a él. Largas horas pasó frente a la ventana abierta sobre el campo, perdida en la contemplación del valle sombreado de pirules, meciendo a veces la cuna del niño, esperando el segundo parto, imaginando el futuro que podría ofrecerles el aventurero. Entró al mundo como entró al cuerpo de su esposa, venciendo el pudor, con esa alegría, rompiendo las reglas de la decencia, con ese gusto. Sentó a la mesa a esos hombres, capataces de las tierras, peones de mirada brillante, gente que desconocía las buenas maneras. Abolió todas las jerarquías encarnadas por don Gamaliel. Convirtió aquella casa

113

en un establo de gañanes que hablaban de cosas incomprensibles, tediosas, sin gracia. Empezó a recibir comisiones de vecinos, a escuchar frases de adulación. Debía ir a México, al nuevo congreso. Ellos lo postularían. ¿Quién si no él podía representarlos de verdad? Si él y su señora quisieran recorrer los pueblos el domingo, verían cómo eran queridos y qué segura estaba la diputación.

Ventura volvió a inclinar la cabeza antes de colocarse el sombrero. La calesa fue conducida por un peón hasta la verja y él le dio la espalda al indio y caminó hacia la mecedora donde se encontraba la mujer preñada.

"¿O es mi deber mantener hasta el fin el rencor que siento?"

Extendió la mano y ella la tomó. Los tejocotes podridos se abrieron bajo sus pies, los perros ladraron y corrieron alrededor de la calesa y las ramas de los ciruelos esparcieron la frescura del rocío. Al darle su apoyo para que subiera a la calesa, él apretó involuntariamente el brazo de su esposa y sonrió.

—No sé si te haya ofendido en algo. Si lo he hecho, te ruego que me perdones.

Esperó unos instantes. Si ella, por lo menos, mostrara cierta turbación. Eso le habría bastado: un gesto que, aun cuando no fuese de cariño, delatara la mínima debilidad, el signo suficiente de una ternura, de un deseo de protección.

"Si sólo pudiera decidirme, si sólo pudiera."

Igual que durante su primer encuentro, él corrió la mano hacia la palma de ella y volvió a tocar una carne sin emoción. Tomó las riendas y ella se sentó a su lado y abrió la sombrilla azul, sin dirigir la mirada a su esposo.

—Cuiden al niño.

"He dividido mi vida en noche y día, como para satisfacer a las dos razones. ¿Por qué no puedo escoger una sola, dios mío?"

Él miró fijamente hacia el oriente. La tierra del maíz, surcada por hilos de agua que los campesinos canalizaban, con las manos, hacia los sembradíos jóvenes, protegiendo los montículos donde se escondía la semilla, pasó a lo largo del camino. Los gavilanes planeaban a lo lejos: emergieron los cetros verdes de los magueyes; los machetes trabajan cortando incisiones en los troncos: esa savia. Sólo el gavilán, desde lo alto, podía distinguir la mancha húmeda y feraz que rodeaba los cascos de las tierras del nuevo señor, que fueron antiguas tierras de Bernal, Labastida y Pizarro.

"Sí: él me quiere, debe quererme."

La saliva plateada de los riachuelos se agotaba pronto y la excepción cedía su lugar a la regla: el llano calizo de los magueyes. Al paso de la calesa, los trabajadores abandonaron machetes y azadones, los arrieros chicotearon a los borricos: las nubes de polvo se levantaron sobre otra tierra, seca sin transición. Adelante de la calesa, como un enjambre negro, iba la procesión religiosa que no tardaron en alcanzar.

"Debía darle todas las razones para que me quisiera. ¿No me halaga su pasión por mí? ¿No me halagan sus palabras de amor, su osadía, las pruebas de su placer? Aun así. Aun embarazada, no me deja. Sí, sí me halagan."

El lento avance de los peregrinos los detuvo: niños vestidos con túnicas blancas de filetes dorados, a veces con halos de papel plateado y alambre temblando sobre las cabezas negras, tomados de las manos de las mujeres enrebozadas, pómulos rojos y miradas de vidrio, que se santiguaban y murmuraban las letanías antiguas: de rodillas, con los pies desnudos y las manos encadenadas a los rosarios: quiénes detenían al hombre de piernas llagadas que iba a cumplir la manda, quiénes azotaban al pecador que recibía con gozo los cordelazos sobre la espalda desnuda y la cintura ceñida con pencas espinosas: las coronas de espina abrían heridas sobre las frentes morenas, los escapularios de nopal sobre los pechos lampiños: los murmullos en lengua indígena no se levantaban más allá del ras de tierra punteada de gotas rojas que los pies lentos aplanaban y en seguida ocultaban: pies de costra dura, encallecidos, acostumbrados a llevar esa segunda capa de piel lodosa. La calesa no avanzaba.

"¿Por qué no sé aceptar todo eso sin algo extraño en mi corazón, sin una reserva? Quiero entenderlo como la demostración de que él no puede resistir el atractivo de mi cuerpo y sólo puedo entenderlo como una prueba de que lo he sometido, de que puedo arrancarle todas las noches ese amor y al día siguiente despreciarlo con mi frialdad y lejanía. ¿Por qué no decidirme? ¿Por qué debo decidirme?"

Los enfermos apretaban los chiqueadores de cebolla contra las sienes o se dejaban recorrer por las ramas santas de las mujeres: cientos, cientos: sólo un aullido sin interrupción quebraba el silencio bajo de los murmullos: aun los perros babeantes, de piel sarnosa, jadeaban bajo, corriendo entre la multitud de paso lento que esperaba la aparición, en la lejanía, de las torres de yeso rosado, la portada de azulejo y las cúpulas de mosaico amarillo. Los guajes subían a los labios delgados de los penitentes y por los mentones escurría la flema espesa del pulque. Ojos en blanco, agusanados; rostros manchados por la tiña; cabezas rapadas de los niños enfermos; narices picadas por la viruela; cejas borradas por la sífilis: la marca del conquistador en los cuerpos de los conquistados que avanzaban de rodillas, a gatas, a pie, hacia el santuario erigido para honrar al dios de los teúles. Centenares, centenares: pies, manos, signos, sudor, lamentos, ronchas, pulgas, lodo, labios, dientes: centenares.

"Debo decidirme; no tengo otra posibilidad en la vida que ser, hasta mi muerte, la mujer de este hombre. ¿Por qué no aceptarlo? Sí, es fácil pensarlo. No es tan fácil olvidar los motivos de mi rencor. Dios. Dios, dime si yo misma estoy destruyendo mi felicidad, dime si debo preferirlo a mis deberes de hermana y de hija..."

La calesa se abría paso con dificultad por el sendero de polvo, entre los cuerpos que no conocían la prisa, que avanzaban de rodillas, a pie, a gatas, hacia el santuario. Los flancos de maguey impedían salirse del camino para dar un rodeo y la mujer blanca se defendía del sol con la sombrilla entre los dedos, era mecida suavemente por los hombros de los peregrinos: los ojos de gacela, los lóbulos sonrosados, la blancura pareja de la tez, el pañuelo que le cubría la nariz y la boca, los senos altos detrás de la seda azul, el vientre grande, los pequeños pies cruzados y las zapatillas de raso.

"Tenemos un hijo. Mi padre y mi hermano están muertos. ¿Por qué me hipnotiza lo pasado? Debería mirar hacia adelante. Y no sé decidirme. ¿Voy a permitir que los hechos, la suerte, algo fuera de mí decida por mí? Es posible. Dios. Espero otro hijo..."

Las manos se alargaron hacia ella: primero el miembro calloso de un indio viejo y encanecido, en seguida los brazos, desnudos bajo el rebozo, de las mujeres; un murmullo quedo de admiración y cariño, un ansia de tocarla, unas sílabas aflautadas: "Mamita, mamita." La calesa se detuvo y él saltó, empuñando el fuete sobre las cabezas oscuras, gritando que abrieran paso:

alto, vestido de negro, con el sombrero galoneado metido hasta las cejas...

"...dios, ¿por qué me has puesto en este compromiso?..."

Ella tomó las riendas, dirigió violentamente el caballo hacia la derecha, arrojando al suelo a los peregrinos, hasta que el caballo relinchó, levantó las patas delanteras, rompió las vasijas de barro, los huacales con gallinas que cacarearon, revolotearon, golpeó las cabezas de los indios caídos por tierra, giró en redondo, sudoroso y brillante, con los nervios del cuello estirados y los ojos bulbosos: ella sintió sobre su cuerpo todos los sudores y las llagas, la gritería sorda, los bichos, el ascenso del tufo del pulque; chicoteó, levantada, equilibrada por la gravedad del vientre, las riendas sobre el lomo del animal. La multitud abrió paso, con pequeños chillidos de inocencia y asombro, brazos levantados, cuerpos arrojados hacia la muralla de maguey y ella corrió de regreso,

"¿Por qué me has dado esta vida en la que debo elegir? No nací para eso..."

Jadeante, lejos de esa gente, hacia el casco perdido en las reverberaciones, oculto por la rápida altura de los árboles frutales que él plantó.

"Soy una mujer débil. Sólo quería una vida tranquila, en la que otros escogieran por mí. No... no sé decidirme... No puedo... No puedo..."

Las largas mesas fueron dispuestas cerca del santuario, a pleno sol; las moscas volaron en escuadrillas tupidas sobre las grandes ollas de frijol y los tacos duros amontonados encima de un mantel de papel periódico; las garrafas de pulque curado en guinda y los elotes secos y los jamoncillos de almendra tricolor rompían la opacidad de la comida y de las ollas. El presidente municipal se subió a un templete y lo presentó y lo elogió y él aceptó su postulación para diputado federal, arreglada meses antes en Puebla y en México con el gobierno que reconocía sus méritos revolucionarios, su buen ejemplo al retirarse del ejército para cumplir los postulados de la Reforma Agraria y sus excelentes servicios al suplir la ausencia de autoridad en la comarca, instaurando por su cuenta y riesgo el orden. Los rodeaba el murmullo sordo y persistente de los peregrinos que entraban y salían del templo, lloraban en voz alta a su virgen y su dios, plañían, oían los discursos y bebían de los garrafones. Alguien gritó. Sonaron varios tiros. El candidato no perdió la compostura, los indios mascaban los tacos y él cedió la palabra a otro letrado de la región, mientras la tambora indígena lo saludaba y el sol se escondía detrás de las montañas.

—Lo que le avisé —murmuró Ventura cuando las gotas redondas de la lluvia puntual empezaron a sonar sobre su sombrero—. Allí estaban los matones de don Pizarro, apuntándole apenas se subió usted al templete.

Él, sin sombrero, se metió por la cabeza el gabán de hojas de elote.

—¿Cómo quedaron?

—Bien fríos —sonrió Ventura—. Los teníamos rodeados desde antes que comenzara la función.

Metió el pie en el estribo del caballo.

—Tírenselos en su mera puerta a Pizarro.

La odió cuando entró a la sala encalada, desnuda, y la encontró sola, meciéndose en la silla y acariciándose los brazos como si la llegada del hombre la llenase de un frío intangible, como si el aliento del hombre, el sudor seco de su cuerpo, el tono temido de su voz, acarrearan un viento helado. Tembló la nariz delgada y recta de la mujer: él arrojó el sombrero sobre la mesa y las espuelas avanzaron rayando el piso de ladrillo.

—Me... me asustaron...

Él no habló. Se sacó el gabán y lo tendió cerca de la chimenea. El agua corría con un siseo entre las tejas del techo. Era la primera vez que ella intentaba una justificación.

—Preguntaron por mi mujer. Hoy fue un día importante para mí.

—Sí, lo sé...

—Cómo te diré... todos... todos necesitamos testigos de nuestra vida para poder vivirla...

—Sí...

—Tú...

—¡Yo no escogí mi vida! —dijo ella con la voz alta, apretando con las manos los brazos de la mecedora—. Si tú obligas a las personas a hacer tu voluntad, luego no exijas de nadie gratitud ni...

—¿Contra tu voluntad? ¿Por qué te gusto, entonces? ¿Por qué andas ahí bramando en la cama si después nada más vas a poner caras largas? ¿Quién te entiende?

—¡Miserable!

—Anda, hipócrita, contesta, ¿por qué?

—Sería igual con cualquier hombre.

Levantó los ojos para enfrentarse a él. Ya estaba dicho. Prefería rebajarse.

—¿Qué sabes tú? Puedo darte otra cara y otro nombre...

—Catalina... Yo te he querido... De mi parte no ha quedado.

—Déjame. Estoy en tus manos para siempre. Ya tienes lo que querías. Conténtate y no pidas imposibles.

—¿Por qué renuncias? Yo sé que te gusto...

—Déjame. No me toques. No me eches en cara mi debilidad. Te juro que no volveré a dejarme ir... con eso.

—Eres mi mujer.

—No te acerques. No te faltaré. Eso te pertenece... Es parte de tus triunfos.

—Sí, y vas a tener que soportarlo el resto de tu vida.

—Ahora ya sé cómo consolarme. Con dios de mi lado, con mis hijos, nunca me faltará alivio...

—¿Por qué ha de estar dios de tu lado, farsante?

—No me importan tus insultos. Yo ya sé cómo consolarme.

—¿De qué?

—No te alejes. De saber que vivo con el hombre que humilló a mi padre y traicionó a mi hermano.

—Te va a pesar, Catalina Bernal. Me vas metiendo la idea en la cabeza de recordarte a tu padre y a tu hermano cada vez que me abras las piernas...

—Ya no puedes ofenderme.

—No andes tan segura.

—Haz lo que gustes. ¿Te duele la verdad? Mataste a mi hermano.

—Tu hermano no tuvo tiempo de que lo traicionaran. Tenía ganas de ser mártir. No quiso salvarse.

—Él murió y tú estás aquí, bien vivo y aprovechando su herencia. Eso es todo lo que yo sé.

—Entonces arde, y piensa que nunca renunciaré a ti, nunca, ni cuando me muera, pero que yo también sé humillar. Te va a doler no haberte dado cuenta...

—¿Crees que no distinguí tu cara de animal cuando decías quererme?

—No te quería apartada, sino metida en mi vida...

—No me toques. Eso es lo que nunca podrás comprar.

—Olvídate de este día. Piensa que vamos a vivir toda la vida juntos.

—Aléjate. Sí. En eso pienso. En tantos años por delante.

—Perdóname, entonces. Te lo pido otra vez.

—¿Tú me perdonarás a mí?

—No tengo nada que perdonarte.

—¿Me perdonarás que yo no te perdone el olvido en que va cayendo el otro, el que me gustaba de verdad? Si sólo pudiera recordar bien su cara... Por eso te odio también, porque me has hecho olvidar su cara... Si sólo hubiera tenido ese amor primero, ya podría decir que viví... Trata de entenderme; lo odio a él más que a ti, porque se dejó asustar y nunca volvió... Puede que te diga estas cosas porque no puedo decírselas a él... sí, dime que es una cobardía pensar así... no sé; yo... yo soy débil... y tú, si quieres, puedes amar a muchas mujeres, pero yo estoy atada a ti. Si él me hubiera tomado a la fuerza, hoy no tendría que recordarlo y odiarlo sin poder recordar cómo era su cara. Me quedé insatisfecha para siempre, ¿me entiendes?... óyeme, no te alejes... y como no tengo el valor de culparme a mí misma de todo lo que ha pasado y tampoco lo tengo a él cerca para odiarlo, te echo la culpa a ti, y te odio a ti, que eres tan fuerte, que puedes cargar con todo... Dime si me perdonas esto, porque yo no podré perdonarte mientras no me perdone a mí misma y a él, que se fue... tan débil... Pero no quiero pensar ni hablar; déjame vivir en paz y pedirle perdón a dios, no a ti...

—Cálmate. Te prefería con tus silencios taimados.

—Ya lo sabes. Puedes herirme cuantas veces quieras. Hasta esa arma te he dado. De repente porque quiero que tú me odies también y se nos acaben de una vez las ilusiones...

—Sería más sencillo olvidarlo todo y empezar de nuevo.

—No estamos hechos así.

La mujer inmóvil recordó su primera decisión, cuando don Gamaliel le advirtió lo que pasaba. Sucumbir con fuerza. Dejarse victimar para poder desquitarse.

—Nada me puede detener, ¿ves? Dime una razón que me pueda detener.

—Es que esto es más fácil.

—¡Te digo que no me toques, no me acaricies!

—Es más fácil el odio, te digo. El amor es más difícil y exige más...

—Esto es lo natural. Es lo que me sale.

—No hace falta cultivarlo y quererlo. Sale solo.

—¡Que no me toques!

No miró más a su marido. La ausencia de palabras borraba la cercanía de ese hombre alto y oscuro, de bigote espeso, que sentía las cejas y la nuca oprimidas por un dolor de piedra. Adivinó algo más en los ojos hermosos y nublados de su esposa. Esa boca cerrada le echaba en cara, con un rictus de desprecio disimulado, las palabras que nunca diría.

"¿Crees que después de hacer todo lo que has hecho, tienes todavía derecho al amor? ¿Crees que las reglas de la vida pueden cambiarse para que, encima de todo, recibas esas recompensas? Perdiste tu inocencia en el mundo de afuera. No podrás recuperarla aquí adentro, en el mundo de los afectos. Quizá tuviste tu jardín. Yo también tuve el mío, mi pequeño paraíso. Ahora ambos lo hemos perdido. Trata de recordar. No puedes encontrar en mí lo que ya sacrificaste, lo que ya perdiste para siempre y por tu propia obra. No sé de dónde vienes. No sé qué has hecho. Sólo sé que en tu vida perdiste lo que después me hiciste perder a mí: el sueño, la inocencia. Ya nunca seremos los mismos."

Él quiso leerlas en el rostro inmóvil de su esposa. Involuntariamente, se sintió cerca de la razón que ella no expresaba. La palabra regresó a su temor oculto. Cainita: esa palabra atroz no debía brotar, jamás, de los labios de la mujer que, aunque se perdiera la esperanza de amor, sería sin embargo su testigo —mudo, receloso— durante los años por venir. Apretó las mandíbulas. Sólo un acto podría, quizá, deshacer este nudo de la separación y el rencor. Sólo unas palabras, dichas ahora o nunca más. Si ella las aceptaba, podrían olvidar y empezar de nuevo. Si no las aceptaba...

"Sí, estoy vivo y a tu lado, aquí, porque dejé que otros murieran por mí. Te puedo hablar de los que murieron porque yo me lavé las manos y me encogí de hombros. Acéptame así, con estas culpas, y mírame como a un hombre que necesita... No me odies. Tenme misericordia, Catalina amada. Porque te quiero; pesa de un lado mis culpas y del otro mi amor y verás que mi amor es más grande..."

No se atrevía. Se preguntaba por qué no se atrevía. ¿Por qué no le exigía ella la verdad —a él, incapaz de revelarla, consciente de que esta cobardía los alejaba aún más y lo hacía a él, también, responsable del amor fracasado— para que los dos se limpiaran de la culpa que, para ser redimido, este hombre quería compartir?

"Solo no; solo no puedo."

Durante ese breve minuto íntimo y silencioso...

"Yo ya soy fuerte. Mi fuerza es aceptar sin lucha estas fatalidades."

...él aceptó también la imposibilidad de remontarse, de regresar... Ella se incorporó murmurando que el niño dormía solo en la recámara. Él quedó solo e imaginó, la imaginó de hinojos, frente al crucifijo de marfil, cumpliendo el último acto que la desprendía

"de mi destino y de mi culpa, aferrada a tu salvación personal, rechazando esto, esto que debió ser nuestro, aunque te lo ofreciera en silencio; ya no regresarás..."

Cruzó los brazos y salió a la noche del campo, levantando la cabeza para saludar la brillante compañía de Venus, la primera estrella de una bóveda que se poblaba velozmente de luces. Otra noche pasada había mirado hacia los astros; nada ganaba con recordarlo. Ya no era aquél, ni los astros eran los mismos que su mirada juvenil contempló.

La lluvia había cesado. El huerto desprendía un olor profundo de guayaba y tejocote, ciruelo y perón. Él había plantado los árboles del jardín. Él había levantado la cerca que deslindaba la casa y la huerta, su dominio íntimo, de las tierras de labranza.

Cuando las botas pisaron la tierra húmeda, clavó las manos en las bolsas del pantalón y caminó lentamente hacia la verja. La abrió y siguió hacia el caserío vecino. Durante el primer embarazo de su esposa, esa joven india le había recibido ocasionalmente, con un silencio inerte y una ausencia total de preguntas o previsiones.

Entró sin avisar, empujando la puerta de golpe, a la casucha de adobes rotos. La tomó del brazo, levantándola del sueño, tocando ya el calor de la carne oscura, dormida. La muchacha miró con susto la cara descompuesta del amo, el pelo rizado que le caía sobre los ojos de vidrio verdoso, los gruesos labios rodeados de un vello revuelto y áspero.

—Ven, no te asustes.

Ella levantó los brazos para pasarse la blusa blanca y alargó una mano para recoger el rebozo. Él la condujo hacia afuera. Ella mugía bajo, como un becerrillo lazado. Y él levantó el rostro hacia el cielo, tapizado esta noche con todas sus lumbres.

—¿Ves aquella estrellota brillante? Parece que está a la mano, ¿no es cierto? Pero si hasta tú sabes que nunca la vas a tocar. Hay que decirle que no a lo que no podemos tocar con las manos. Ven; vas a vivir conmigo en la casa grande.

La joven entró con la cabeza baja a la huerta.

Los árboles lavados por el aguacero brillaron en la oscuridad. La tierra fermentada se llenó de olores gruesos y él respiró hondo.

Y arriba, en la recámara, ella dejó la puerta entreabierta y se recostó. Encendió la veladora. Dio la cara a la pared, cruzó las manos sobre los hombros y recogió las piernas. Un instante después, las alargó y buscó a tientas las zapatillas en el piso. Se levantó y caminó a lo largo del cuarto, levantando y bajando la cabeza. Arrulló, sin darse cuenta, al niño dormido en la cama pequeña. Se acarició el vientre. Volvió a recostarse y ya permaneció así esperando que los pasos del hombre se escucharan en el corredor.

Yo dejo que hagan, yo no puedo pensar ni desear; yo me acostumbro a este dolor: nada puede durar eternamente sin convertirse en costumbre; el dolor que siento debajo de las costillas, alrededor del ombligo, en los intestinos, ya es mi dolor, un dolor que roe: el sabor de vómitos en mi lengua es mi sabor; el abultamiento de mi vientre es mi parto, lo asemejo al parto, me da risa. Trato de tocarlo.

Lo recorro del ombligo al pubis. Nuevo. Redondo. Pastoso. Pero el sudor frío cede. Ese rostro sin color que alcanzo a ver en los vidrios sin simetría de la bolsa de mano de Teresa, que pasa junto a mi cama, nunca se desprende de su bolsa, como si hubiera ladrones en la recámara. Yo sufro ese colapso. Yo ya no sé. El médico se ha ido. Dijo que iba a buscar otros médicos. No quiere hacerse responsable de mí. Yo ya no sé. Pero los veo. Han entrado. Se abre, se cierra la puerta de caoba y los pasos no se escuchan sobre el tapete hondo. Han cerrado las ventanas. Han corrido, con un siseo, las cortinas grises. Han entrado. Ah, hay una ventana. Hay un mundo afuera. Hay este viento alto, de meseta, que agita unos árboles negros y delgados. Hay que respirar...

—Abran la ventana...

—No, no. Puedes resfriarte y complicarlo todo.

—Abran...

—*Domine non sum dignus...*

—Me cago en dios...

—...porque crees en él...

Muy listo. Eso fue muy listo. Me calma. Ya no pienso en esas cosas. Sí, ¿para qué voy a insultarlo, si no existe? Me hace bien esto. Voy a admitir todo esto porque rebelarme es conceder que existen esas cosas. Eso voy a hacer. No sé en qué pensaba. Perdón. El cura me entiende. Perdón. No voy a darles la razón rebelándome. Así es mejor. Debo poner una cara de tedio. Es la que conviene. Cuánta importancia se le está dando a todo esto. A un hecho que para el más interesado, para mí, significa el fin de la importancia. Sí. Así vamos bien. Así. Cuando me doy cuenta de que todo dejará de tener importancia, los demás tratan de convertirlo en lo más importante: el propio dolor, la salvación del alma ajena. Lanzo este

127

sonido hueco por las ventanillas de la nariz y los dejo hacer y cruzo los brazos sobre el estómago. Oh, lárguense todos, déjenme oír. A ver si no me entienden. A ver si no comprenden lo que quiere decir un brazo doblado así...

"—...alegan que aquí en México se pueden fabricar esos mismos carros. Pero nosotros vamos a impedirlo, ¿verdad? Veinte millones de pesos son un millón y medio de dólares...

"—*Plus our commissions...*

"—No le va a sentar muy bien el hielo con ese catarro.

"—*Just hay fever. Well, I'll be...*

"—No termino. Además, dicen que los fletes cobrados a las compañías mineras por el transporte del centro de la república a la frontera son bajísimos, que equivalen a un subsidio, que cuesta más caro transportar legumbres que acarrear los minerales de nuestras compañías...

"—*Nasty, nasty...*

"—Cómo no. Usted comprende que si aumentan los fletes, nos será incosteable trabajar las minas...

"—*Less profits, sure, lessprofitsure lesslesslesss...*"

¿Qué pasa, Padilla? Hombre, Padilla. ¿Qué cacofonía es ésa? Hombre, Padilla.

—Se acabó el carrete. Un instante. Sigue del otro lado.

—Él no escucha, licenciado.

Padilla ha de sonreír como él sabe. Padilla me conoce. Yo escucho. Oh, yo escucho, ay. Ese ruido me llena de electricidad el cerebro. Ese ruido de mi propia voz, mi voz reversible, sí, que vuelve a chillar y puede escucharse corriendo hacia atrás, con un chillido de ardilla, pero mi voz como mi nombre que sólo tiene 11 letras y puede escribirse de mil maneras Amuc Reoztrir Zurtec Marzi

Itzau Erimor pero que tiene su clave, su patrón, Artemio Cruz, ah mi nombre, me suena mi nombre que chilla, se detiene, corre en sentido contrario:

"—Sea usted amable, míster Corkery. Telegrafíe todo esto a las matrices interesadas en los Estados Unidos. Que muevan a la prensa de allá contra los ferrocarrileros comunistas de México.

"—*Sure, if you say they're commies, I feel it my duty to uphold by any means our...*

"—Sí, sí, sí. Qué bueno que nuestros ideales coinciden con nuestros intereses, ¿verdad que sí? Y otra cosa: hable usted con su embajador, que ejerza presión sobre el gobierno mexicano, que está recién estrenado y medio verdecito todavía.

"—*Oh, we never intervene.*

"—Perdone mi brusquedad. Recomiéndele que estudie el asunto serenamente y ofrezca su opinión desinteresada, dada su natural preocupación por los intereses de los ciudadanos norteamericanos en México. Que les explique que es necesario mantener un clima favorable para la inversión, y con estas agitaciones...

"—*OK OK*"

Oh, qué bombardeo de signos, de palabras, de estímulos para mi oído cansado; oh, qué fatiga; oh, qué lenguaje sin lenguaje; oh, pero lo dije, es mi vida, debo escucharla; oh, no entenderán mi gesto porque apenas puedo mover los dedos: que lo corten ya, ya me aburrió, qué tiene que ver, qué lata, qué lata... Tengo algo que decirles:

—Lo dominaste y me lo arrancaste.

—Esa mañana lo esperaba con alegría. Cruzamos el río a caballo.

—Te echo la culpa. A ti. Tú eres el culpable.

Teresa deja caer el diario. Catalina dice al acercarse al lecho, como si yo no pudiera escucharla:

—Se ve muy mal.

—¿Ya dijo dónde está? —pregunta Teresa en voz más baja.

Catalina niega con la cabeza.

—Los abogados no lo tienen. Debe estar escrito a mano. Aunque él sería capaz de morir intestado, con tal de complicarnos la vida.

Las escucho con los ojos cerrados y disimulo, disimulo.

—¿El padre no pudo sacarle nada?

Catalina ha debido negar. Siento que se arrodilla junto a la cabecera y dice con la voz lenta y quebrada:

—¿Cómo te sientes?... ¿No tienes ganas de platicar un poquito?... Artemio... Hay algo muy grave... Artemio... No sabemos si has dejado testamento. Quisiéramos saber dónde...

El dolor va pasando. Ellas no ven el sudor frío que desciende por mi frente, ni mi inmovilidad tensa. Escucho las voces, pero sólo ahora vuelvo a distinguir las siluetas. Todo regresa a su foco normal y las distingo enteras, con sus rostros y ademanes, y quiero que el dolor regrese a mi vientre. Me digo, me digo lúcido que no las quiero, que nunca las he querido.

—...quisiéramos saber dónde...

Imagínense ante un tendero que no fía, cabronas, ante un desahucio de domicilio, ante un abogado chicanero, ante un médico estafador, imagínense en la pinche clase media, cabronas, haciendo cola, haciendo cola para comprar leche adulterada, pagar impuestos prediales, obtener audiencia, conseguir un préstamo, haciendo cola para soñar que pueden llegar más alto, envidiando el paso de la mujer y la hija de Artemio Cruz en su automóvil, envidiando una casa en las Lomas de Chapultepec, envidiando un abrigo de mink, un collar de esmeraldas, un viaje al extranjero, imagínense en un mundo sin mi orgullo y mi decisión, imagínense en un mundo en el que yo fuera virtuoso, en el que yo fuera humilde: hasta abajo, de donde salí, o hasta arriba, donde estoy: sólo allí, se lo digo, hay dignidad, no en el medio, no en la envidia, la monotonía, las colas: todo o nada: ¿conocen mi albur?, ¿lo entienden?: todo o nada, todo al negro o todo al rojo, con güevos, ¿eh?, con güevos, jugándosela, rompiéndose la madre, exponiéndose a ser fusilado por los de arriba o por los de abajo; eso es ser hombre, como yo lo he sido, no como ustedes hubieran querido, hombre a medias, hombre de berrinchitos, hombre de gritos destemplados, hombre de burdeles y cantinas, macho de tarjeta postal, ¡ah, no, yo, no!, yo no tuve que gritarles a ustedes, yo no tuve que emborracharme para asustarlas, yo no tuve que golpearlas para imponerme, yo no tuve que humillarme para rogarles su cariño: yo les di la riqueza sin esperar recompensa, cariño, comprensión y porque nada les exigí ustedes no han podido abandonarme, se han prendido a mi lujo, maldiciéndome como quizá no hubieran maldecido mi pobre sueldo envuelto en papel manila, pero obligadas a respetarme como no hubieran respetado mi mediocridad, ah viejas ojetes, viejas presumidas, viejas impotentes que han tenido todos los objetos de la riqueza y siguen teniendo la cabeza de la mediocridad: si al menos hubieran aprovechado lo que les di, si al menos hubieran comprendido para qué sirven, cómo se usan las cosas del lujo: mientras yo lo tuve todo, ¿me oyen?, todo lo que se compra y todo lo que no se compra, tuve a Regina, me oyen, amé a Regina, se llamaba Regina y me amó, me amó sin dinero, me siguió, me dio la vida allá abajo, ¿me oyen?: te oí, Catalina, escuché lo que le dijiste un día:

"—Tu padre; tu padre, Lorenzo... ¿Crees...? ¿Crees que se puede aprobar...? No sé, de hombres santos... de verdaderos mártires..."

—*Domine non sum dignus...*

Tú olerás, en el fondo de tu dolor, ese incienso que no acaba de disiparse y sabrás, detrás de tus ojos cerrados, que las ventanas han sido cerradas también, que ya no respiras el aire fresco de la tarde: sólo el tufo del incienso, el rostro del sacerdote que pasará a darte la absolución, un oficio extremo que tú no pedirás, que aceptarás, sin embargo, para no gratificarlos con tu rebeldía de última hora: querrás que todo suceda sin que tú le debas nada a nadie y querrás recordarte en una vida que a nadie le deberá nada: ella te lo impedirá, el recuerdo de ella la nombrarás: Regina; la nombrarás: Laura; la nombrarás: Catalina; la nombrarás: Lilia; que sumará todos tus recuerdos y te obligará a reconocerla: pero aun esa gratitud la transformarás —lo sabrás, detrás de cada grito de dolor agudo— en compasión de ti mismo, en pérdida de tu pérdida: nadie te dará más, para quitarte más, que esa mujer, la mujer que amaste con sus cuatro nombres distintos: ¿quién más?:

Te resistirás: habrás formulado un voto secreto: no reconocer tus deudas: habrás envuelto en el mismo olvido a Teresa y Gerardo: un olvido que justificarás porque nada sabrás de ellos, porque la muchacha crecerá al lado de su madre, lejos de ti que sólo tendrás vida para tu hijo, porque Teresa se casará con ese muchacho cuyo rostro nunca podrás fijar en la memoria, ese muchacho borroso, ese hombre gris que no deberá gastar y ocupar el tiempo de gracia acordado a tu memoria: y Sebastián: no querrás recordar al maestro Sebastián: no querrás recordar esas manos cuadradas que te halarán las orejas, te pegarán con una regla: no querrás recordar tus nudillos adoloridos, tus dedos blanqueados de tiza, tus horas frente al pizarrón aprendiendo a escribir, a multiplicar, a dibujar cosas elementales, casas y círculos, no querrás: es tu deuda:

gritarás y los brazos te detendrán: querrás levantarte y caminar para calmar tu dolor:

olerás el incienso,

olerás el jardín cerrado,

pensarás que no se puede escoger, que no se debe escoger, que aquel día no escogiste: dejaste hacer, no fuiste responsable, no creaste ninguna de las dos morales que aquel día te solicitaron: no pudiste ser responsable de las opciones que tú no creaste: soñarás, apartado de tu cuerpo que grita y se tuerce, apartado de ese machete que se ha clavado en tu estómago hasta arrancarte lágrimas, soñarás en ese ordenamiento de la vida, creado por ti mismo, que nunca podrás revelar porque el mundo no te dará la oportunidad, porque el mundo sólo te ofrecerá sus tablas establecidas, sus códigos en pugna, que tú no soñarás, que tú no pensarás, que tú no vivirás:

el incienso será un olor con tiempo, un olor que se cuenta:

el padre Páez vivirá en tu casa, será escondido en el sótano por Catalina: tú no tendrás la culpa, no tendrás la culpa:

no recordarás lo que digan, tú y él, esa noche, en el sótano: no recordarás si él, si tú lo dicen: ¿cómo se llama el monstruo que voluntariamente se disfraza de mujer, que voluntariamente se castra, que voluntariamente se emborracha con la sangre ficticia de un dios?: ¿quién dirá eso?: pero que ama, se lo juro, porque el amor de dios es muy grande y habita todos los cuerpos, los justifica: tenemos nuestros cuerpos por gracia y bendición de dios, para darles los minutos de amor de los que la vida quisiera despojarnos: no sientas vergüenza, no sientas nada y en cambio olvidarás tus penas: que no puede ser pecado porque todas las palabras y todos los actos de nuestro amor breve, apresurado, de hoy y nunca de mañana, son sólo una consolación que nos damos tú y yo, una aceptación de los males necesarios de la vida que después justifique nuestra contrición pues ¿cómo ha de haber contrición verdadera sin el reconocimiento del mal verdadero en nosotros? ¿cómo hemos de darnos cuenta del pecado cuyo perdón hemos de implorar de rodillas si antes no cometemos el mismo pecado?: olvida tu vida, déjame apagar la luz, olvídalo todo y después rogaremos juntos por nuestro perdón y levantaremos una plegaria que borre nuestros minutos de amor: para consagrar este cuerpo que fue creado por dios y dice dios en cada deseo incumplido o satisfecho, dice dios en cada caricia secreta, dice dios en la entrega de un semen que dios plantó entre tus muslos:

vivir es traicionar a tu dios; cada acto de la vida, cada acto que nos afirma como seres vivos, exige que se violen los mandamientos de tu dios;

hablarás esa noche con el mayor Gavilán en un burdel, con todos los viejos compañeros y no recordarás lo que se dijeron, aquella noche, no recordarás si ellos lo dicen, si tú lo dices, con la voz fría que no será la voz de los hombres: la voz fría del poder y del interés: deseamos el mayor bien posible para la patria: mientras sea compatible con nuestro bienestar personal: seamos inteligentes: podemos llegar lejos: hagamos lo necesario no lo imposible: determinemos de una vez todos los actos de fuerza y crueldad que nos sean útiles de una vez: para no tener que repetirlos: vamos escalonando los beneficios para que el pueblo los saboree: la revolución puede hacerse muy de prisa: pero mañana nos exigirían más y más y más: y entonces no tendríamos nada que ofrecer si ya lo hemos hecho y dado todo: salvo acaso nuestro sacrificio personal: ¿para qué morir si no vamos a ver los frutos de nuestra heroicidad?: tengamos siempre algo en reserva: somos hombres no mártires: todo nos será permitido si mantenemos el poder: pierde el poder y te chingan: date cuenta de nuestra fortuna: somos jóvenes pero estamos nimbados con el prestigio de la revolución armada y triunfante: ¿para qué peleamos?: ¿para morirnos de hambre?: cuando es necesario la fuerza es justa: el poder no se comparte:

¿y mañana? Estaremos muertos, diputado Cruz; que se las arreglen como puedan los que nos sucedan:

domine non sum dignus, domine non sum dignus: sí, un hombre que puede hablar dolorosamente con dios un hombre que puede perdonar el pecado porque lo ha cometido, un sacerdote que tiene derecho a serlo porque su miseria humana le permite actuar la redención en su propio cuerpo antes de otorgarla a los demás: *domine non sum dignus:*

tú rechazarás la culpa; tú no serás culpable de la moral que no creaste, que te encontraste hecha: tú hubieras querido

querido

querido

querido

oh, si eran felices aquellos días con el maestro Sebastián al que no querrás recordar más, sentado en sus rodillas, aprendiendo esas cosas elementales de las cuales debe partirse para ser un hombre libre, no un esclavo de los mandamientos escritos sin consultarte: oh, si eran felices aquellos días de aprendizaje, aquellos oficios que él te enseñó para que pudieras ganarte la vida: aquellos días con la forja y los martillos, cuando el maestro Sebastián regresaba cansado e iniciaba esas clases sólo para ti, para que tú pudieras valerte en la vida y crear tus propias reglas: tú rebelde, tú libre, tú nuevo y único: no querrás recordarlo: él te mandó, tú te fuiste a la revolución: no sale de mí este recuerdo, no te alcanzará:

no tendrás respuesta para los dos códigos opuestos e impuestos;

tú inocente,

tú querrás ser inocente,

tú no escogiste, aquella noche.

1927: 23 DE NOVIEMBRE

Él miró con los ojos verdes hacia la ventana y el otro le preguntó si no quería nada y él pestañeó y miró con los ojos verdes hacia la ventana. Entonces el otro, que hasta ese momento había permanecido muy, muy calmado, sacó violentamente la pistola del cinturón y la colocó con un golpe sobre la mesa: él escuchó la reverberación de los vasos y las botellas y alargó la mano pero el otro ya sonreía, antes de que él pudiera darle un nombre a la sensación física que el gesto abrupto, el golpe y su efecto sobre esos vasos de cristal azul, esas botellas blancas, despertó en la boca de su estómago. Pero el otro sonrió y un automóvil pasó velozmente por el callejón, entre rechiflas y mentadas de madre y los faros iluminaron la cabeza redonda del otro. El otro hizo girar la cámara del revólver y le indicó que sólo había dos balas; giró de nuevo, ajustó el gatillo y se colocó la boca del arma junto a la sien. Él trató de desviar la mirada, sólo que ese cuartito no ofrecía un punto fijo para la atención: las paredes desnudas, pintadas de añil y el piso de tezontle parejo y las mesas, las dos sillas, los dos hombres. El otro esperó hasta que los ojos verdes dejaran de circular por el cuarto y regresaran al puño, al revólver y a la sien. Sonreía, pero sudaba, y él también. Trató de distinguir en silencio el tictac del reloj guardado en la bolsa derecha del chaleco. Quizá latía menos que su corazón; daba lo mismo, porque la detonación de la pistola ya estaba en sus oídos, desde antes, y al mismo tiempo el silencio dominaba todos los demás ruidos, incluso el posible —todavía no— de un revólver. El otro esperó. Él lo vio. El otro tiró del gatillo y un clic seco y metálico se perdió en el silencio y afuera la noche seguía idéntica, sin luna. El otro permaneció con el arma apuntada contra la sien y empezó a sonreír, a reír a carcajadas: el cuerpo gordo temblaba desde adentro, como un flan, desde adentro porque no se movía por fuera. Así permanecieron varios segundos y él tampoco se movía; ahora respiraba el olor de incienso que desde esa mañana lo acompañaba a todas partes y sólo a través del humo imaginario pudo distinguir el rostro del otro, que seguía riendo desde adentro antes de volver a colocar la pistola sobre la mesa, alargar los dedos chatos, amarillos y empujar lentamente el arma hacia él. La felicidad turbia en los ojos del otro podría ser un anuncio de lágrimas retenidas; él no quiso averiguar. Le dolía en el estómago el recuerdo, que todavía no lo era, de esa figura obesa con el arma pegada a la sien; el miedo en el otro, sobre todo el miedo dominado, le encogía los intestinos y le impedía hablar: sería el fin: que lo encontraran en este cuarto con el gordo muerto, que hubiera un argumento contra él. Ya había reconocido su propia pistola, guardada siempre en el cajón del armario, sin darse cuenta hasta ahora que el gordo se la acercaba con los dedos cortos, con el puño envuelto en ese pañuelo que quizá se habría desprendido de la mano si el otro... Pero en caso de no desprenderse, el suicidio era evidente. ¿Para quién? Un comandante de la policía muere en una pieza vacía con su enemigo enfrente. ¿Quién dispuso de quién? El otro se aflojó el cinturón y bebió de un golpe hasta el fondo del vaso. El sudor le manchaba las axilas y le corría por el cuello. Los dedos, mochos de tan cortos, insistieron en acercarle la pistola. ¿Qué diría? Que ya estaba todo probado de su parte; ¿él no se iba rajar?; ¿verdad que no? Él preguntó que qué cosa estaba probada y el otro dijo que estaba probado que por su parte no quedaba, que si se trataba de morir él no se rajaba, que no se trataba de seguir dándole vuelo a la hilacha para siempre y que así eran las cosas. Si eso no lo convencía, pues ya no sabía qué podía convencerlo. Era una prueba —le dijo el otro— de que él debía pasarse con ellos; ¿o a poco uno de su bando estaba dispuesto a demostrarle a costa de su vida que lo querían de ese lado? Encendió un cigarrillo y le ofreció otro y él mismo encendió el suyo y acercó el fósforo al rostro café del gordo, pero el gordo lo apagó de un soplido y él se sintió rodeado. Tomó la pistola y dejó el cigarrillo en un equilibrio precario sobre el borde del vaso, sin darse cuenta de que la ceniza cayó dentro del tequila y se depositó en el fondo. Apretó la boca de la pistola contra la sien y no sintió temperatura alguna, aunque imaginó que debía sentir frío y recordó que tenía 38 años, pero que eso no le importaba a nadie y menos al gordo y menos aún a él mismo.

Y esa mañana se había vestido frente al gran espejo ovalado de su recámara y el incienso había llegado hasta su nariz y él se hizo del olfato gordo. También ascendió del jardín un olor de castaña sobre esa tierra seca y limpia del mes. Vio al hombre fuerte, de brazos fuertes, estómago liso y sin grasa, de músculos firmes plegados en torno al ombligo oscuro donde moría el vello del sexo y del estómago. Se pasó una mano por los pómulos, por la nariz quebrada y volvió a oler el incienso. Escogió una camisa limpia en el armario y no se dio cuenta de que el revólver ya no estaba allí y terminó de vestirse y abrió la puerta de la recámara. "No tengo tiempo; en verdad, no tengo tiempo. Te digo que no tengo tiempo."

El jardín había sido plantado con hortalizas de adorno dispuestas en herradura y flor de lis, con rosales y arbustos y su franja verde rodeaba la casa de un piso, construida según el estilo florentino, con columnas esbeltas y frisos de yeso a la entrada del pórtico. Los muros exteriores fueron pintados de rosa y en los salones, que él recorrió esta mañana, la luz incierta de la hora aislaba los perfiles tachonados de los candiles, la estatuaria de mármol, los cortinajes de terciopelo, los altos sillones de brocado, las vitrinas y los filetes de oro de los sillones de amor. Pero se detuvo junto a la puerta lateral al fondo del salón, con la mano sobre la manija de bronce y no quiso abrir y descender.

"Era de unos que se fueron a vivir a Francia. La compramos por cualquier cosa pero la restauración nos costó mucho. Le dije a mi marido: déjame hacer todo, déjalo de mi cuenta, yo sé cómo..."

El gordo saltó de la silla, ligero, lleno de aire y desvió la mano que empuñaba la pistola: el tiro no lo escuchó nadie, porque era tarde y estaban solos, sí, quizá fue por eso que nadie lo escuchó, y fue a incrustarse en el muro azul de la pieza mientras el comandante reía y decía que ya estaba bien de juegos por esta vez, y de juegos peligrosos: ¿para qué, si todo podía arreglarse tan fácilmente? Tan fácilmente, pensó él; ya es tiempo de que las cosas se arreglen fácilmente; ¿nunca viviré tranquilo?

—¿Por qué no me dejan en paz? ¿Por qué no?

—Pero si es de lo más fácil, mi cuate. De ti depende.

—¿En dónde estamos?

No llegó; lo trajeron; y aunque estaban en el centro de la ciudad, el chofer lo mareó, se desvió a la izquierda, se desvió a la derecha, convirtió esa traza española, de rectángulos, en un laberinto de succiones imperceptibles. Todo esto era imperceptible, como la mano corta y frágil del otro, que le arrebató el arma, riendo siempre, y regresó a sentarse, otra vez pesado, gordo, sudoroso, con los ojos chispeantes.

—¿A poco no somos los meros chingones? ¿Sabes? Escoge siempre a tus amigos entre los grandes chingones, porque con ellos no hay quien te chingue a ti. Vamos a beber.

Brindaron y el gordo dijo que este mundo se divide en chingones y pendejos y que hay que escoger ya. También dijo que sería una lástima que el diputado —él— no supiera escoger a tiempo, porque ellos eran muy reatas, muy buenas gentes y le daban a todos la oportunidad de escoger, nada más que no todos eran tan vivos como el diputado, les daba por sentirse muy machos y luego se levantaban en armas, cuando era tan facilito cambiar de lugar como quien no quiere la cosa y amanecer del buen lado. ¿A poco era la primera vez que él chaqueteaba? ¿Pues dónde había pasado los últimos 15 años? Lo adormecía la voz, gorda como la carne, susurrante y aterrada como una culebra: una garganta de anillos contráctiles, lubricada por el alcohol y los habanos:

—¿No gustas?

El otro lo miró fijamente y él siguió acariciando la hebilla del cinturón sin darse cuenta, hasta que retiró los dedos porque la chapa de plata le recordaba el frío o el calor de la pistola y quería tener las manos libres.

—Mañana van a ser fusilados los curas. Te lo digo también como prueba de amistad, porque estoy seguro que tú no eres de esos pitoflojos...

Apartaron las sillas. El otro se dirigió a la ventana y pegó duro sobre el vidrio con los nudillos. Hizo un signo y después le tendió la mano al hombre. El otro se quedó en la puerta mientras él bajaba por el cubo apestoso y oscuro y volteó un basurero y todo olió a cáscara de naranja podrida, a periódico húmedo. El hombre que estaba junto a la puerta se llevó un dedo al sombrero blanco y le indicó que la avenida 16 de septiembre quedaba de aquel lado.

—¿Qué crees?

—Que debemos pasarnos del lado del otro.

—Pues yo no.

—¿Y tú?

—Los oigo.

—¿Nadie más nos oye?

—La Saturno es de confianza y de su casa no sale un rumor...

—Y si no salen, los salgo...

—Nos hicimos con el jefe y con el jefe nos quiebran.

—Está perdido. El nuevo le ha tendido un cuatro muy bien tendido.

—¿Qué propones?

—Hay que hacerse presente, digo yo.

—Primero me dejo cortar las orejas. ¿Somos o no somos?

—¿Cómo?

—Hay maneras.

—Pero así, no muy aparentes, ¿no?

—Seguro. Quién quita...

—No, no, si yo no digo nada.

—Que como que sí y como que no al mismo tiempo...

—Yo digo enteros, como machos, con éste o con el otro...

—Despierte, mi general, que está clareando.

—¿Entonces?

—Pues... ahí queda la cosa. Cada uno sabe para dónde jala.

—Pues... quién sabe.

—Yo diría.

—¿De plano crees que no sale adelante nuestro caudillo?

—Se me hace, se me hace...

—¿Qué?

—No, nada más se me hace.

—¿Y tú, por fin?

—Pues se me empieza a hacer también...

—Nada más que a la hora de la verdad ni se acuerden de que hoy platicamos.

—¿Quién se va a andar acordando de nada?

—Yo digo, por si las dudas.

—Las cochinas dudas.

—Tú cállate. Tráenos algo, ándale.

—Las cochinas dudas, monsiú.

—Entonces, ¿nada de jalar juntos?

—Juntos sí, nomás que cada chivito por su caminito...

—...que al fin la bellota de encino la sigan repartiendo donde siempre...

—Allí mismito. Eso sí.

—¿Usted no va a comer, mi general Jiménez?

—Cada quien sabe su cuento.

—Ahora, que si alguien afloja la lengua...

—Pero, ¿en qué piensas, mi hermano? ¿No somos todos hermanos aquí?

—Yo diría que sí, pero luego uno se acuerda de la mamacita que nos parió y, francamente, empiezan las dudas...

—Las cochinas dudas, como dice la Saturno...

—Las cochinísimas, mi coronel Gavilán.

—Y uno nomás se acuerda.

—Uno va y decide solito, y ya estuvo.

—Pero uno quiere salvar el pellejo, ¿eh?

—Con honor, señor diputado, con honor siempre.

—Con honor, mi general, no faltaba más.

—Entonces...

—Aquí no ha pasado nada.

—Nada, nadita, nada.

—¿Pero de veras se va a llevar la rechimuela a nuestro mero jefe?

—Cuál, ¿el de antes o el de ahora?

—El de antes, el de antes...

Chicago, Chicago, that toddlin' town: la Saturno levantó la aguja del fonógrafo y palmeó las manos: —Hijitas, hijitas, en orden... mientras él se colocó el carrete y apartó las cortinas, riendo, y sólo las vio de soslayo, reflejadas en el espejo manchado de esa sala, morenas pero polveadas y encremadas, los lunares postizos dibujados sobre las mejillas, sobre los pechos, junto a los labios, las zapatillas de raso y charol, las faldas cortas, los párpados azulosos y la mano del cerbero endomingado polveado también:

—¿Mi regalito, señor?

Y aquello iba a seguir muy bien, él lo sabía, al frotarse el abdomen con la mano derecha y detenerse en el jardincillo frente a la casa de citas para respirar el rocío de la pelusa y la frescura del agua en su fuente de terciopelo lamoso: bien, el general Jiménez ya se habría quitado los anteojos azules y se estaría frotando los párpados secos, las escamas de la conjuntivitis que le nevaban la barba: pediría que le quitaran las botas, que alguien le quitara las botas porque estaba cansado y porque estaba acostumbrado a que le quitaran las botas y todos reirían porque el general iba a aprovechar la postura de la muchacha para levantarle las faldas y mostrar las nalguillas redondas y oscuras cubiertas por la seda lilácea, aunque los demás preferirían el raro espectáculo de esos ojos siempre velados, abiertos por una vez como grandes ostiones insípidos y todos, los amigos, los hermanos, los cuates, estirarían los brazos y se harían quitar los sacos por las jóvenes pensionistas de la Saturno, pero ellas irían como abejas alrededor de los que vestían la túnica del ejército, como si ninguna supiera qué cosa podía haber debajo del uniforme, los botones con el águila y la serpiente, las espigas de oro: él las había visto revolotear así, húmedas, salidas apenas del huso larvado, con los brazos mestizos en alto y la polvera y la mota en las manos, blanqueando las cabezas de los amigos, los hermanos, los cuates recostados sobre las camas con las piernas abiertas y las camisas manchadas de coñac, las sienes empapadas y las manos secas, mientras se filtraba el ritmo del charleston, mientras ellas los iban desvistiendo lentamente y besaban cada parte desnuda y chillaban cuando ellos alargaban los dedos: se miró las uñas con sus puntos blancos que se decían prueba de la mentira y la media luna del pulgar y el perro ladró cerca de él. Se levantó las solapas del saco y caminó hacia su casa, aunque prefería regresar al otro lugar y dormir abrazado por los cuerpos polveados y soltar ese ácido que le restiraba los nervios y le obligaba a permanecer con los ojos abiertos, mirando innecesariamente esas hileras de casas bajas, grises, rodeadas de balcones cargados de macetas de porcelana y vidrio, esas hileras de palmeras secas y polvosas de la avenida, oliendo innecesariamente los restos de elotes enchilados y vinagretas.

Se pasó la mano por las púas de la mejilla. Buscó entre el manojo de llaves incómodas. Ella estaría allá abajo en este momento: ella, que subía y bajaba las escaleras alfombradas sin hacer ruido y siempre se asustaba al verlo entrar: —¡Ay! Qué susto me has dado. No te esperaba. No, no te esperaba tan pronto; te juro que no te esperaba tan pronto— y él se preguntaba por qué motivo ella tomaba las actitudes de la complicidad para echarle en cara la culpa. Pero ésos eran nombres y los encuentros, la atracción repelida antes de iniciar su movimiento, el rechazo que a veces los acercaba, no poseían aún nombre, ni antes de nacer ni después de consumarse, porque ambos actos eran el mismo. Una vez, en la oscuridad, sus dedos y los de ella se encontraron en el pasamanos de la escalera y ella le apretó la mano y él encendió la luz para que no tropezara, porque no sabía que ella bajaba mientras él subía, pero el rostro de ella no era el sentimiento de la mano y ella apagó la luz y él quiso llamarlo perversidad pero ése tampoco era el nombre, porque la costumbre no puede ser perversa, en cuanto deja de ser premeditada y excepcional. Conocía un objeto, suave, envuelto en seda y sábanas de lino, un objeto del tacto porque las luces de la recámara jamás se prendían en esos momentos: sólo en aquel momento de la escalera y entonces ella no ocultó el rostro, ni lo fingió. Fue sólo una vez, que no era necesario recordar y que no obstante le removía el estómago con un afán dulciamargo de repetirla. Lo pensó y lo sintió cuando ya se había repetido, cuando se repitió esa misma madrugada y la misma mano tocó la suya, esta vez en el barandal que conducía al sótano de la casa, aunque ninguna luz se prendió y ella sólo le preguntó: "¿Qué buscas aquí?", antes de corregirse y repetir con la voz pareja: "¡Ay, qué susto! No te esperaba. Te juro que no te esperaba tan pronto": pareja, sin burla y él sólo respiraba ese olor casi encarnado, ese olor con palabras, con sonsonete.

Abrió la puerta de la bodega y al principio no lo distinguió, porque también parecía hecho de incienso; ella tomó el brazo del huésped secreto que intentaba esconder los pliegues de la sotana entre las piernas y esfumar el olor sagrado con el revoloteo de los brazos, antes de darse cuenta de la inutilidad de todo —la protección de ella, los aspavientos negros— y bajar la cabeza en un signo imitativo de consumación que debió confortarlo y asegurarle que cumplía, para su propia satisfacción si no para la de los testigos que no lo miraban a él, que se miraban entre sí, las actitudes consagradas de la resignación. Quiso, pidió que el hombre que acababa de entrar lo mirara, lo reconociera: de soslayo, el cura vio que no podía arrancar los ojos de la mujer, ni ella de él, por más que ella abrazara, cubriera a este ministro del Señor que sentía en el espasmo de la vesícula, en la inyección amarilla de los ojos y la lengua, la promesa de un terror que, llegado el momento —el siguiente momento, porque no habría otro— no sabría ocultar. Sólo le quedaba este momento, pensó el sacerdote, para aceptar el destino, pero en este momento no había testigos. Ese hombre de ojos verdes pedía: le pedía a ella que pidiera, que se atreviera a pedir, que tentara el sí o el no del azar y ella no podía responder; ya no podía contestar. El cura imaginó que, otro día, al sacrificar esta posibilidad de responder o de pedir, ella había sacrificado desde entonces esta vida, la vida del sacerdote. Las velas destacaban la opacidad de la piel, materia que sostiene la transparencia y el brillo; las velas doblaban de un gemelo negro todas las blancuras del rostro, el cuello, los brazos. Esperó a que se lo pidiera. Vio la contracción de esa garganta que quería besar. El cura suspiró: ella no lo pediría y a él sólo le quedaba, frente al hombre de ojos verdes, este momento para actuar la resignación, porque mañana no podría, sin duda le sería imposible, mañana la resignación olvidaría su nombre y se llamaría vísceras y las vísceras no conocen las palabras de dios.

Durmió hasta el mediodía. Lo despertó la música de un cilindro en la calle y no se preocupó por identificar la canción, porque el silencio de la noche anterior —o su recuerdo, que era la noche y el silencio— imponía largos momentos muertos que cortaban la melodía y en seguida volvía a comenzar el ritmo lento y melancólico, que se colaba por la ventana entreabierta, antes de que esa memoria sin ruidos volviese a interrumpirlo. Sonó el teléfono y él lo descolgó y escuchó la risa contenida del otro y dijo:

—Bueno.

—Ya lo tenemos en la comandancia, señor diputado.

—¿Sí?

—El señor Presidente está enterado.

—Entonces...

—Tú sabes. Un gesto. Una visita. Sin necesidad de
decir nada.

—¿A qué horas?

—Cáete por aquí a eso de las dos.

—Nos vemos.

Ella lo escuchó desde la recámara contigua y comenzó a llorar, pegada a la puerta, pero después ya no
escuchó nada y se secó las mejillas antes de sentarse frente al espejo.

Le compró el periódico a un voceador y trató de leer-
lo mientras manejaba, pero sólo pudo echar un vistazo
a los encabezados que hablaban del fusilamiento de los
que atentaron contra la vida del otro caudillo, el candidato. Él lo recordó en los grandes momentos, en la campaña
contra Villa, en la presidencia, cuando todos le juraron
lealtad y miró esa foto del padre Pro, con los brazos abiertos, recibiendo la descarga. Corrían a su lado las capotas
blancas de los nuevos automóviles, pasaban las faldas cortas y los sombreros de campana de las mujeres y los pantalones *baloon* de los lagartijos de ahora y los limpiabotas
sentados en el suelo, alrededor de la fuente de la rana,
pero no era la ciudad lo que corría frente a esa mirada vidriosa y fija, sino la palabra. La saboreó y la vio en las
miradas rápidas que desde las aceras se cruzaron con la
suya, la vio en las actitudes, en los guiños, en los gestos
pasajeros, en los hombros encogidos, en los signos soeces
de los dedos. Se sintió peligrosamente vivo, prendido al

volante, mareado por los rostros los gestos los dedos-pingas de las calles, entre dos oscilaciones del péndulo. Hoy debía hacerlo porque mañana, fatalmente, los ultrajados de hoy lo ultrajarían a él. Un reflejo del cristal lo cegó y se llevó la mano a los párpados: siempre había escogido bien, al gran chingón, al caudillo emergente contra el caudillo en ocaso. Se abrió el inmenso zócalo, con los puestos entre las arcadas y las campanas de catedral entonaron el bronce profundo de las dos de la tarde. Mostró la credencial de diputado al guardia de la entrada de Moneda. El invierno cristalino de la meseta recortaba la silueta eclesiástica del México viejo y grupos de estudiantes en época de exámenes bajaban por las calles de Argentina y Guatemala. Estacionó el automóvil en el patio. Subió en el ascensor de jaula. Recorrió los salones de palo-de-rosa y arañas luminosas y tomó asiento en la antesala. A su alrededor, las voces más bajas sólo se levantaban para pronunciar con unción las tres palabras:

—El Señor Presidente.

—Ol Soñor Prosodonto.

—Al Sañar Prasadanta.

—¿El diputado Cruz? Pase.

El gordo le tendió los brazos y los dos se palmearon las espaldas y las cinturas y se frotaron las caderas y el gordo rió como siempre, desde adentro y hacia adentro e hizo con el dedo índice el gesto de disparar a la cabeza y volvió a reír sin voz, con la agitación silenciosa de la barriga y las mejillas oscuras. Se abotonó con dificultad el cuello del uniforme y le preguntó si había leído la prensa y él dijo que sí, que ya entendía el juego pero que todo eso no tenía importancia y que él sólo venía a reiterarle su adhesión al señor Presidente, su adhesión incondicional, y el gordo le preguntó si deseaba algo y él le habló de algunos terrenos baldíos en las afueras de la ciudad, que no valían gran cosa hoy pero que con el tiempo se podrían fraccionar y el otro prometió arreglar el asunto porque después de todo ya eran cuates, ya eran hermanos, y el señor diputado venía luchando, uuuy, desde el año '13 y ya tenía derecho a vivir seguro y fuera de los vaivenes de la política: eso le dijo y le acarició el brazo y volvió a palmearle las espaldas y las caderas para sellar la amistad. Se abrió la puerta de manijas doradas y salieron del otro despacho el general Jiménez, el coronel Gavilán y otros amigos que anoche habían estado con la Saturno y pasaron sin verlo a él, con las cabezas inclinadas y el gordo volvió a reír y le dijo que muchos amigos suyos habían venido a ponerse a la disposición del señor Presidente en esta hora de unidad y extendió el brazo y le invitó a que pasara.

Al fondo del despacho, junto a una luz verdosa, vio esos ojos atornillados al fondo del cráneo, esos ojos de tigre en acecho y bajó la cabeza y dijo:

—A sus órdenes, señor Presidente... Para servir a usted incondicionalmente, se lo aseguro, señor Presidente...

Yo huelo ese óleo viejo que me embarran en los ojos, la nariz, los labios, los pies fríos, las manos azules, los muslos, cerca del sexo y pido que abran la ventana: quiero respirar. Lanzo este sonido hueco por las ventanillas de la nariz y los dejo hacer y cruzo los brazos sobre el estómago. El lino de la sábana, su frescura. Eso sí es importante. ¿Qué saben ellos, Catalina, el cura, Teresa, Gerardo?

—Déjenme...

—Qué sabe el médico. Yo lo conozco mejor. Es otra burla.

—No digas nada.

—Teresita, no contradigas a tu padre... digo, a tu madre... No ves que...

—Ja. Tú eres tan responsable como él. Tú por débil y cobarde, él por... por...

—Basta. Basta.

—Buenas tardes.

—Por aquí.

—Basta, por dios.

—Sigan, sigan.

¿En qué estaba pensando? ¿Qué recordaba?

—...como limosneros, ¿por qué obliga a Gerardo a trabajar?

¿Qué saben ellos, Catalina, el cura, Teresa, Gerardo? ¿Qué importancia van a tener sus aspavientos de duelo o las expresiones de honor que aparecerán en los periódicos? ¿Quién tendrá la honradez de decir, como yo lo digo ahora, que mi único amor ha sido la posesión de las cosas, su propiedad sensual? Eso es lo que quiero. La sábana que acaricio. Y todo lo demás, lo que ahora pasa frente a mis ojos. Un piso de mármol italiano, veteado de verde y negro. Las botellas que conservan el verano de aquellos lugares. Los cuadros viejos, de barniz descascarado, que recogen en un solo manchón la luz del sol o de los candiles, que permiten recorrerlos pausadamente con la vista y el tacto, sentado sobre un sofá de cuero blanco con chapas de oro, con el vaso de coñac en una mano y el puro en la otra, vestido con un smoking ligero, de seda y zapatillas de charol suaves plantadas sobre un tapete hondo y silencioso de merino. Allí se posesiona un hombre del paisaje y de los rostros de otros hombres. Allí, o sentado en la terraza frente al Pacífico, mirando la puesta de sol y repitiendo con los sentidos, los más tensos, ah sí, los más deliciosos, el ir y venir, la fricción de ese oleaje plateado sobre la arena húmeda. Tierra. Tierra que puede traducirse en dinero. Terrenos cuadriculados de la ciudad sobre los que empieza a levantarse el bosque de varillas de la construcción. Terrenos verdes y amarillos del campo, siempre los mejores, cerca de las presas, recorridos por el zumbido del tractor. Terrenos verticales de las montañas mineras, cofres pardos. Máquinas: ese olor sabroso de la rotativa que vomita sus hojas con un ritmo acelerado...

"—Eh, don Artemio, ¿se siente mal?

"—No, es el calor. Esta resolana. ¿Qué hay, Mena? ¿Quiere abrir las ventanas?

"—Ahora mismo..."

Ah, los ruidos de la calle. De un golpe. No es posible separar unos de otros. Ah, los ruidos de la calle.

"—¿Qué usted desea, don Artemio?

"—Mena, usted sabe con cuánto entusiasmo defendimos aquí, hasta el último momento, al presidente Batista. Pero ahora que ya no está en el poder, no es tan fácil, y menos defender al general Trujillo, aunque siga en el poder. Usted representa a los dos y debe comprender... Resulta exiguo...

"—Bueno, usted no se preocupe, don Artemio, que yo veré de arreglarlo. Aunque con tanto siquitrillado... Y ya que hablamos de eso, aquí le traigo ahora unas cuartillas explicando la obra del Benefactor... Más nada...

"—Cómo no. Déjemelas. Ah, mire, Díaz, qué bueno que llega. Publique esto en la página editorial con una firma inventada... Buenos días, Mena, espero sus noticias..."

Sus noticias. Noticias. Espero sus noticias. Noticias de mis labios blancos, aaay, una mano, denme una mano, ay otro pulso para reavivar el mío, labios blancos...

—Te echo la culpa.

—¿Te sientes aliviada? Hazlo. Cruzamos el río a caballo. Regresamos a mi tierra. Mi tierra.

—...quisiéramos saber dónde...

Por fin, por fin me dan ese placer de venir, físicamente arrodilladas, a pedirme eso. El cura ya lo anticipó. Algo debe rondarme muy de cerca cuando también ellas llegan hasta mi cabecera con ese temblorcillo que no escapa a mi atención. Tratan de adivinar mi burla, esa burla final que tanto he saboreado a solas, esa humillación definitiva cuyas consecuencias totales ya no podré gozar, pero cuyos espasmos iniciales me deleitan en este momento. Quizá será éste el último calorcillo de triunfo...

—Dónde... —murmuro con tanta dulzura, tanto disimulo...—. Dónde... Déjenme pensar... Teresa, creo que recuerdo... ¿No hay un estuche de caoba... donde guardo los puros...? Tiene doble fondo...

No necesito terminar. Las dos se incorporan y corren a la enorme mesa de herradura donde ellas creen que a veces, de noche, paso las horas de insomnio leyendo cosas: ellas quisieran que así fuera. Las dos mujeres forcejean las gavetas, desparraman papeles y encuentran, al fin, la caja de ébano. Ah, entonces allí estaba. Allí había otra. O la trajeron. Sus dedos deben abrir apresuradamente el segundo fondo, deslizándolo de la base con ese respeto. No hay nada. ¿Cuándo comí por última vez? Oriné hace mucho. Pero comer. Vomité. Pero comer.

"—El subsecretario al teléfono, don Artemio..."

Corrieron las cortinas, ¿verdad? Es de noche, ¿verdad? Hay plantas que necesitan la luz de la noche para florecer. Esperan hasta que salga la oscuridad. El convólvulo abre sus pétalos al atardecer. El convólvulo. En esa choza había un convólvulo, en la choza junto al río. Se abría al caer la tarde, sí.

"—Gracias, señorita... Bueno... sí, es Artemio Cruz. No, no, no, no hay conciliación que valga. Es un intento claro de derrocar al gobierno. Ya han logrado que el sindicato en masa abandone el partido oficial; si esto sigue, ¿sobre qué se van a sostener ustedes, señor subsecretario?... Sí... Ése es el único camino: declarar inexistente la huelga, mandarles a la tropa, destruirlos a garrotazo limpio y encarcelar a los cabecillas... Cómo no va a ser seria la cosa, señor..."

La mimosa también, recuerdo que también la mimosa tiene sentimientos; puede ser sensitiva y púdica, casta y palpitante, viva, la mimosa...

"—...sí, seguro... y algo más, para hablar claro: si ustedes se muestran débiles, yo y mis asociados de plano colocamos nuestros capitales fuera de México. Necesitamos garantías. Oiga, ¿qué pasaría si en dos semanas huyeran del país con 100 millones de dólares, por ejemplo?... ¿eh?... No, si ya entiendo. ¡No faltaba más!..."

Ya. Se acabó. Ah. Eso fue todo. ¿Eso fue todo? Quién sabe. No me acuerdo. Hace tiempo que no escucho las voces de esa grabadora. Hace tiempo que disimulo y en realidad estoy pensando en cosas que me gusta comer, sí, es más importante pensar en comida porque no he comido desde hace muchas horas y Padilla desconecta el aparato y yo he mantenido los ojos cerrados y no sé qué piensen, qué digan Catalina, Teresa, el Gerardo, la niña —no, Gloria salió, se fue hace un buen rato con el hijo de Padilla, se están besuqueando en la sala, aprovechando que no hay nadie— porque sigo con los ojos cerrados y sólo pienso en chuletas de puerco, en lomo asado, en barbacoa, en pavos rellenos, en las sopas que me gustan tanto, casi tanto como los postres, ah sí, siempre fui muy dulcero y aquí los dulces son deliciosos, dulces de almendra y piña, de coco y leche cuajada, ah, ah, leche quemada también, chongos zamoranos, pienso en los chongos zamoranos, frutas cristalizadas, y huachinangos, robalos, lenguados, pienso en ostras y jaibas.

—Cruzamos el río a caballo. Y llegamos hasta la barra y el mar. En Veracruz, percebes y calamares, pulpos y ceviches, pienso en la cerveza, amarga como el mar, la cerveza, pienso en el venado yucateco, en que no soy viejo, no, aunque un día lo fui, frente a un espejo, y los quesos podridos, cómo me gustan, pienso, quiero, cómo me alivia esto, cómo me aburre escuchar mi propia voz exacta, insinuante, autoritaria, desempeñando ese mismo papel, siempre, qué tedio, cuando podría estar comiendo comiendo: como, duermo, fornico y lo demás ¿qué?, ¿qué?, ¿qué?, ¿quién quiere comer dormir fornicar con mi dinero?, tú Padilla y tú Catalina y tú Teresa y tú Gerardo y tú Paquito Padilla, ¿así te llamas?, que te has de estar comiendo los labios de mi nieta en la penumbra de mi sala o de esta sala, tú, que eres joven todavía, porque yo no vivo aquí, ustedes son jóvenes, yo sé vivir bien, por eso no vivo aquí, yo soy un viejo, ¿eh?, un viejo lleno de manías, que tiene derecho a tenerlas porque se chingó, ¿ven?, se chingó chingando a los demás, escogió a tiempo, como aquella noche, ah ya la recordé, aquella noche, aquella palabra, aquella mujer: que me den de comer: ¿por qué no me dan de comer?, lárguense: ay dolor: lárguense: chinguen a su madre:

Tú la pronunciarás: es tu palabra: y tu palabra es la mía; palabra de honor: palabra de hombre: palabra de rueda: palabra de molino: imprecación, propósito, saludo, proyecto de vida, filiación, recuerdo, voz de los desesperados, liberación de los pobres, orden de los poderosos, invitación a la riña y al trabajo, epígrafe del amor, signo del nacimiento, amenaza y burla, verbo testigo, compañero de la fiesta y de la borrachera, espada del valor, trono de la fuerza, colmillo de la marrullería, blasón de la raza, salvavida de los límites, resumen de la historia: santo y seña de México: tu palabra:

—Chingue a su madre
—Hijo de la chingada
—Aquí estamos los meros chingones
—Déjate de chingaderas
—Ahoritita me lo chingo
—Ándale, chingaquedito
—No te dejes chingar
—Me chingué a esa vieja
—Chinga tú
—Chingue usted
—Chinga bien, sin ver a quién
—A chingar se ha dicho
—Le chingué mil pesos
—Chínguense aunque truenen
—Chingaderitas las mías
—Me chingó el jefe
—No me chingues el día
—Vamos todos a la chingada
—Se lo llevó la chingada
—Me chingo pero no me rajo

—Se chingaron al indio

—Nos chingaron los gachupines

—Me chingan los gringos

—Viva México, jijos de su rechingada:

tristeza, madrugada, tostada, tiznada, guayaba, el mal dormir: hijos de la palabra. Nacidos de la chingada, muertos en la chingada, vivos por pura chingadera: vientre y mortaja, escondidos en la chingada. Ella da la cara, ella reparte la baraja, ella se juega el albur, ella arropa la reticencia y el doble juego, ella descubre la pendencia y el valor, ella embriaga, grita, sucumbe, vive en cada lecho, preside los fastos de la amistad, del odio y del poder. Nuestra palabra. Tú y yo, miembros de esa masonería: la orden de la chingada. Eres quien eres porque supiste chingar y no te dejaste chingar; eres quien eres porque no supiste chingar y te dejaste chingar: cadena de la chingada que nos aprisiona a todos: eslabón arriba, eslabón abajo, unidos a todos los hijos de la chingada que nos precedieron y nos seguirán: heredarás la chingada desde arriba; la heredarás hacia abajo: eres hijo de los hijos de la chingada; serás padre de más hijos de la chingada: nuestra palabra, detrás de cada rostro, de cada signo, de cada leperada: pinga de la chingada, verga de la chingada, culo de la chingada: la chingada te hace los mandados, la chingada te desflema el cuaresmeño, te chingas a la chingada, la chingada te la pela, no tendrás madre, pero tendrás tu chingada: con la chingada te llevas a toda madre, es tu cuatezón, tu carnal, tu manito, tu vieja, tu peor-es-nada: la chingada: te truenas el esqueleto con la chingada; te sientes a todo dar con la chingada, te pones un pedorrales de órdago con la chingada, se te frunce el cutis con la chingada, pones los güevos por delante con la chingada: no te rajas con la chingada: te prendes a la ubre de la chingada:

157

¿a dónde vas con la chingada?

oh misterio, oh engaño, oh nostalgia: crees que con ella regresarás a los orígenes: ¿a cuáles orígenes? no tú: nadie quiere regresar a la edad de oro mentirosa, a los orígenes siniestros, al gruñido bestial, a la lucha por la carne del oso, por la cueva y el pedernal, al sacrificio y a la locura, al terror sin nombre del origen, al fetiche inmolado, al miedo del sol, miedo de la tormenta, miedo del eclipse, miedo del fuego, miedo de las máscaras, terror de los ídolos, miedo de la pubertad, miedo del agua, miedo del hambre, miedo del desamparo, terror cósmico: chingada, pirámide de negaciones, teocalli del espanto

oh misterio, oh engaño, oh espejismo: crees que con ella caminarás hacia adelante, te afirmarás: ¿a cuál futuro? no tú: nadie quiere caminar cargado de la maldición, de la sospecha, de la frustración, del resentimiento, del odio, de la envidia, del rencor, del desprecio, de la inseguridad, de la miseria, del abuso, del insulto, de la intimidación, del falso orgullo, del machismo, de la corrupción de tu chingada chingada:

déjala en el camino, asesínala con armas que no sean las suyas: matémosla: matemos esa palabra que nos separa, nos petrifica, nos pudre con su doble veneno de ídolo y cruz: que no sea nuestra respuesta ni nuestra fatalidad:

ora, mientras ese cura te embarra los labios, la nariz, los párpados, los brazos, las piernas, el sexo con la unción final: ruega: que no sea nuestra respuesta ni nuestra fatalidad: la chingada, hijos de la chingada, la chingada que envenena el amor, disuelve la amistad, aplasta la ternura, la chingada que divide, la chingada que separa, la chingada que destruye, la chingada que emponzoña: el coño erizado de serpientes y metal de la madre de piedra, la chingada: el eructo borracho del sacerdote en la pirámide, del señor en el trono, del jerarca en la catedral: humo, España y Anáhuac, humo, abonos de la chingada, excrementos de la chingada, mesetas de la chingada, sacrificios de la chingada, honores de la chingada, esclavitudes de la chingada, templos de la chingada, lenguas de la chingada: ¿a quién chingarás hoy, para existir?, ¿a quién mañana? ¿a quién chingarás: a quién usarás?: los hijos de la chingada son estos objetos, estos seres que tú convertirás en objetos de tu uso, tu placer, tu dominación, tu desprecio, tu victoria, tu vida: el hijo de la chingada es una cosa que tú usas: peor es nada

te fatigas

no la vences

oyes los murmullos de las otras oraciones que no escuchan tu propia oración: que no sea nuestra respuesta ni nuestra fatalidad: lávate de la chingada:

te fatigas

no la vences

la has acarreado durante toda tu vida: esa cosa:

eres un hijo de la chingada

del ultraje que lavaste ultrajando a otros hombres

del olvido que necesitas para recordar

de esa cadena sin fin de nuestra injusticia

te fatigas

me fatigas; me vences; me obligas a descender contigo a ese infierno; quieres recordar otras cosas, no eso: me obligas a olvidar que las cosas serán, nunca que son, nunca que fueron: me vences con la chingada

te fatigas

reposa

sueña con tu inocencia

di que intentaste, que tratarás: que un día la violación te pagará con la misma moneda, te devolverá su otra cara: cuando quieras ultrajar como joven lo que debías agradecer como viejo: el día en que te darás cuenta de algo, del fin de algo: un día en que amanecerás —te venzo— y te verás al espejo y verás, al fin, que habrás dejado algo atrás: lo recordarás: el primer día sin juventud, primer día de un nuevo tiempo: fíjalo, lo fijarás, como una estatua, para poder verlo en redondo: apartarás las cortinas para que entre esa brisa temprana: ah, cómo te llenará, ah, te hará olvidar ese olor de incienso, ese olor que te persigue, ah, cómo te limpiará: no te permitirá insinuar siquiera la duda: no te conducirá al filo de esa primera duda:

1947: 11 DE SEPTIEMBRE

Él apartó las cortinas y respiró el aire limpio. Había entrado la brisa temprana, agitando las cortinas para anunciarse. Miró hacia afuera: estas horas del amanecer eran las mejores, las más despejadas, las de una primavera diaria. No tardaría en sofocarlas el sol palpitante. Pero a las siete de la mañana, la playa frente al balcón se iluminaba con una paz fresca y un contorno silencioso. Las olas apenas murmuraban y las voces de los escasos bañistas no alcanzaban a distraer el encuentro solitario del sol naciente, el océano tranquilo y la arena peinada por la marea. Apartó las cortinas y respiró el aire limpio. Tres chiquillos caminaban por la playa con sus cubetas, recogiendo los tesoros de la noche: estrellas, caracoles, maderos pulidos. Un velero se bamboleaba cerca de la costa; el cielo transparente se proyectaba sobre la tierra a través de un filtro del verde más pálido. Ningún automóvil corría por la avenida que separaba al hotel de la playa.

Dejó caer la cortina y caminó hacia el baño de azulejos moriscos. Miró en el espejo ese rostro hinchado por un sueño que, sin embargo, era tan breve, tan distinto. Cerró la puerta con suavidad. Abrió los grifos y taponó el lavabo. Arrojó la camisa del pijama sobre la tapa del excusado. Escogió una hoja nueva, la despojó de su envoltura de papel ceroso y la colocó en el rastrillo dorado. Luego dejó caer la navaja en el agua caliente, humedeció una toalla y se cubrió el rostro con ella. El vapor empañó el cristal. Lo limpió con una mano y encendió el cilindro de luz neón colocado sobre el espejo. Exprimió el tubo de un nuevo producto norteamericano, la crema de afeitar de aplicación directa; embarró la sustancia blanca y refrescante sobre las mejillas, el mentón y el cuello. Se quemó los dedos al sacar la navaja del agua. Hizo un gesto de molestia y con la mano izquierda extendió una mejilla y comenzó a afeitarse, de arriba abajo, con esmero, torciendo la boca. El vapor le hacía sudar; sentía correr las gotas por las costillas. Ahora se descañonaba lentamente y después se acariciaba el mentón para asegurarse de la suavidad. Volvió a abrir los grifos, a empapar la toalla, a cubrirse la cara con ella. Se limpió las orejas y se roció el rostro con una loción excitante que le hizo exhalar con placer. Limpió la hoja y volvió a colocarla en el rastrillo, y éste en su estuche de cuero. Tiró del tapón y contempló, por un instante, la succión del charco gris de jabón y vello emplastado. Observó las facciones: quiso descubrir al mismo de siempre, porque al limpiar de nuevo el vaho que empañaba el cristal, sintió sin saberlo —en esa hora temprana, de quehaceres insignificantes pero indispensables, de malestares gástricos y hambres indefinidas, de olores indeseados que rodeaban la vida inconsciente del sueño— que había pasado mucho tiempo sin que, mirándose todos los días al espejo de un baño, se viera. Rectángulo de azogue y vidrio y único retrato verídico de este rostro de ojos verdes y boca enérgica, frente ancha y pómulos salientes. Abrió la boca y sacó la lengua raspada de islotes blancos; luego buscó en el reflejo los huecos de los dientes perdidos. Abrió el botiquín y tomó los puentes que dormían en el fondo de un vaso con agua. Los enjuagó rápidamente y, dando la espalda al espejo, se los colocó. Embarró la pasta verdosa sobre el cepillo y se limpió los dientes. Hizo gárgaras y se desprendió del pantalón del pijama. Abrió los grifos de la regadera. Tomó la temperatura con la palma de la mano y sintió el chorro desigual sobre la nuca, mientras pasaba el jabón sobre el cuerpo magro, de costillas salientes, el estómago fláccido y los músculos que aún conservaban cierta tirantez nerviosa, pero que ahora tendían a colgarse hacia adentro, de una manera que le parecía grotesca, si él no mantenía una vigilancia enérgica y postiza... y sólo cuando era observado, como estos días, por esas miradas impertinentes del hotel y la playa. Dio la cara a la regadera, cerró los grifos y se frotó con la toalla. Volvió a sentirse contento cuando se fregó el pecho y las axilas con el agua de lavanda y pasó el peine sobre la cabellera crespa. Tomó del clóset el calzón de baño azul y la camisa blanca de polo. Calzó las zapatillas italianas de lona y cuerda y abrió con lentitud la puerta del baño.

La brisa continuaba agitando las cortinas y el sol no acababa de brillar: sería una lástima, una verdadera lástima que el día se echara a perder. En septiembre nunca se sabe. Miró hacia la cama matrimonial. Lilia seguía durmiendo, con esa postura espontánea, libre: la cabeza apoyada en el hombro y el brazo extendido sobre la almohada, la espalda al aire y una rodilla doblada, fuera de la sábana. Se acercó al cuerpo joven, sobre el cual esa luz primera jugaba grácilmente, iluminando el vello dorado de los brazos y los rincones húmedos de los párpados, los labios, la axila pajiza. Se agachó para mirar las perlas de sudor sobre los labios y sentir la tibieza que ascendía del cuerpo de animalillo en reposo, tostado por el sol, inocentemente impúdico. Extendió los brazos, con el deseo de voltearla y ver el frente del cuerpo. Los labios entreabiertos se cerraron y la muchacha suspiró. Él bajó a desayunar.

Cuando terminó el café, se limpió los labios con la servilleta y miró a su alrededor. Siempre, a esta hora, parecían desayunar los niños, acompañados de las nanas. Las cabezas lisas y húmedas eran de los que no habían resistido la tentación de un baño antes del desayuno y ahora se disponían a regresar, con las trusas mojadas, a la playa que acogía ese tiempo sin tiempo en el que sólo la imaginación de cada niño daría el ritmo querido a las horas, largas o cortas, de castillos y murallas en construcción, de alegres prólogos de enterramiento, de paseos chapoteados y juegos revolcados, de cuerpos tendidos sin tiempo al tiempo del sol, de griterías en la envoltura intangible del agua. Era extraño verlos, tan niños, buscando ya en el espacio abierto la guarida singular de un entierro ficticio, de un palacio de arena. Ahora se retiraban los niños y entraban los huéspedes adultos del hotel.

Encendió un cigarrillo y se dispuso a ese mareo leve que de unos meses a esta parte acompañaba siempre a la primera bocanada del día. Dirigió la mirada lejos del comedor, hacia la curva de la playa recortada que se iba serpenteando en espuma desde el extremo del océano abierto hasta la media luna más recogida de la bahía, ahora punteada de veleros y un rumor ascendente de actividad. Un matrimonio conocido pasó a su lado y le saludó con un gesto. Él inclinó la cabeza y volvió a tomar una bocanada de humo.

Aumentaron los ruidos del comedor: los cubiertos sobre los platos, las cucharillas batidas dentro de las tazas, las botellas destapadas y el burbujeo de agua mineral, las sillas acomodadas, las conversaciones de las parejas, de los grupos de turistas. Y el rumor creciente del oleaje, que no se resignaba a que lo venciera el rumor humano. Desde la mesa, se veía la explanada del nuevo frente moderno de Acapulco, levantado con premura para satisfacer la comodidad del gran número de viajeros norteamericanos a los que la guerra había privado de Waikiki, Portofino o Biarritz, y también para ocultar el traspatio chaparro, lodoso, de los pescadores desnudos y sus chozas con niños barrigones, perros sarnosos, riachuelos de aguas negras, triquina y bacilos. Siempre los dos tiempos, en esta comunidad jánica, de rostro doble, tan lejana de lo que fue y tan lejana de lo que quiere ser.

Fumaba, sentado, con un ligero entumecimiento en las piernas que ya no toleraban, ni siquiera a las 11 de la mañana, esta ropa veraniega. Se frotó disimuladamente la rodilla. Debía ser un frío dentro de él, porque la mañana estallaba en una sola luz redonda y el cráneo del sol hervía con un penacho naranja. Y Lilia entraba, con los ojos escondidos detrás de gafas oscuras. Él se puso de pie y acercó la silla a la muchacha. Hizo una seña al mozo. Notó el cuchicheo del matrimonio conocido. Lilia pidió papaya y café.

—¿Dormiste bien?

La muchacha asintió, sonrió sin separar los labios y acarició la mano morena del hombre, recortada sobre el mantel.

—¿No habrán llegado los periódicos de México? —dijo mientras recortaba en trocitos la rebanada de fruta—. ¿Por qué no miras?

—Sí. Apúrate, que a las 12 nos espera el yate.

—¿Dónde vamos a comer?

—En el club.

El hombre caminó hacia la administración. Sí, sería un día como el de ayer, de conversación difícil, de preguntas y respuestas ociosas. Pero la noche, sin palabras, era otra cosa. ¿Por qué iba a pedir más? El contrato, tácito, no exigía verdadero amor, ni siquiera una semblanza de interés personal. Quería una chica para las vacaciones. La tenía. El lunes todo terminaría, no la volvería a ver. ¿Quién iba a exigir más? Compró los diarios y subió a ponerse unos pantalones de franela.

En el automóvil, Lilia se metió en los periódicos y comentó algunas noticias de cine. Cruzó las piernas bronceadas y dejó que una zapatilla se le descolgara. Él encendió el tercer cigarrillo de la mañana, no le dijo que ese periódico lo editaba él, se distrajo observando los anuncios que coronaban los nuevos edificios y esa extraña transición del hotel de 15 pisos y el restaurante de hamburguesas a la montaña rapada, de entrañas descubiertas por la pala mecánica, que caía con su vientre rojizo sobre la carretera.

Cuando Lilia saltó graciosamente a la cubierta y él trató de equilibrarse y al fin dio pie en el yate, el otro ya estaba allí y fue quien les dio la mano para que pasaran del muelle bamboleante.

—Xavier Adame.

Casi desnudo, con un traje de baño muy corto y el rostro oscuro, aceitado alrededor de los ojos azules y las cejas espesas y juguetonas. Tendió la mano con un movimiento de lobo inocente: audaz, cándido, secreto.

—Don Rodrigo dijo que si no les importaba compartir el barco conmigo.

Él asintió y buscó un lugar en la cabina sombreada. Adame le decía a Lilia:

—...el viejo me lo tenía ofrecido desde hace una semana y luego se le olvidó...

Lilia sonrió y extendió la toalla sobre la popa asoleada.

—¿No apeteces nada? —le preguntó el hombre a Lilia cuando el mozo de a bordo se acercó con el carro de las bebidas y las botanas.

Lilia, acostada, dijo que no con un dedo. Él acercó el carro y picoteó las almendras mientras el mozo le preparaba un gin-and-tonic. Xavier Adame había desaparecido sobre el toldo de la cabina. Se escucharon sus pisadas firmes, un diálogo rápido con alguien que estaba sobre el muelle, después el movimiento del cuerpo al recostarse sobre el toldo.

El pequeño yate salió lentamente de la bahía. Él tomó su gorra con visera transparente y se reclinó a beber el gin-and-tonic.

Frente a él, el sol se untaba sobre Lilia. La muchacha deshizo el nudo del sostén y ofreció la espalda. Todo el cuerpo hizo un gesto de alegría. Levantó los brazos y se anudó el pelo suelto, de un cobrizo brillante, sobre la nuca. Un sudor finísimo le corría por el cuello, lubricando la carne suave y redonda de los brazos y la espalda lisa, de separación acentuada. La miraba desde el fondo de la cabina. Ahora se dormiría en la misma postura de la mañana. Recargada sobre el hombro, con una rodilla doblada. Vio que se había afeitado la axila. El motor arrancó y las olas se abrieron en dos crestas veloces, levantando una llovizna salada, pareja, cortada, que caía sobre el cuerpo de Lilia. El agua de mar mojó el pantaloncillo de baño y lo pegó sobre las caderas y lo encajó entre las nalgas. Las gaviotas se acercaron, chirriando, a la nave veloz y él sorbió lentamente los popotes de su bebida. Ese cuerpo joven, lejos de excitarlo, lo llenaba de contención, de una especie de austeridad malévola. Jugaba, sentado sobre la silla de lona al fondo de la cabina, al aplazamiento de sus deseos, a su almacenamiento para la noche silenciosa y solitaria, cuando los cuerpos desaparecían en la oscuridad y no podían ser objeto de comparaciones. En la noche, sólo tendría para ella las manos experimentadas, amantes de la lentitud y la sorpresa. Bajó la mirada y vio esas manos morenas, de venas verdosas, prominentes que suplían el vigor y la impaciencia de otras edades.

Se encontraban en mar abierto. La costa deshabitada, de matorrales desgreñados y bastiones de roca, levantaba sobre sí misma un reverberar ardiente. El yate dio un viraje en el mar picado y una ola se estrelló, empapó el cuerpo de Lilia: gritó alegremente y levantó el busto, detenido por esos botones rosados que parecían atornillar los senos duros. Volvió a recostarse. El mozo se acercó con una bandeja olorosa de ciruelas magulladas, duraznos y naranjas peladas. Él cerró los ojos y dio paso a una sonrisa difícil, impuesta por el pensamiento: ese cuerpo lúbrico, ese talle estrecho, esos muslos llenos, también llevaban escondidos en una célula ahora minúscula, el cáncer del tiempo. Maravilla efímera, ¿en qué se distinguiría, al cabo de los años, de este otro cuerpo que ahora la poseía? Cadáver al sol chorreando aceites y sudor, sudando su juventud rápida, perdida en un abrir y cerrar de ojos, capilaridad marchita, muslos que se ajarían con los partos y la pura, angustiosa permanencia sobre la tierra y sus rutinas elementales, siempre repetidas, exhaustas de originalidad. Abrió los ojos. La miró.

Xavier se descolgó del toldo. Él vio aparecer las piernas velludas, luego el nudo del sexo escondido, en fin los pechos ardientes. Sí: caminaba como lobo, al agacharse para entrar a la cabina abierta y tomar dos duraznos del platón depositado sobre una fuente de hielo. Le dirigió una sonrisa y salió con la fruta empuñada. Se puso en cuclillas frente a Lilia, con las piernas abiertas frente al rostro de la muchacha; le tocó el hombro. Lilia sonrió y tomó uno de los duraznos ofrecidos con unas palabras que él no pudo entender, sofocadas por el motor, la brisa, las olas veloces. Ahora esas dos bocas mascaban a un tiempo y el jugo les escurría por las barbillas. Si al menos... Sí. El joven cerró las piernas y se recargó, extendiéndolas, a babor. Levantó los ojos sonrientes, frunciendo el ceño, al cielo blanco del mediodía. Lilia lo miraba y movía los labios. Xavier indicó algo, movió el brazo y señaló hacia la costa. Lilia trataba de mirar hacia allá, tapándose los senos. Xavier se volvió a acercar y ambos rieron cuando él le amarró el sostén de tela y ella se sentó con el busto húmedo y dibujado y se tapó la frente con una mano para ver lo que él señalaba en la línea lejana de una playuela caída, como una concha amarilla, entre el espesor de la selva. Xavier se puso de pie y gritó una orden al lanchero. El yate dio un nuevo viraje y enfiló hacia la playa. La joven también se recostó a babor y acercó el bolso para ofrecerle un cigarrillo a Xavier. Hablaban.

Él veía los dos cuerpos, sentados lado a lado, parejamente oscuros y parejamente lisos, hechos de una sola línea sin interrupciones, de la cabeza a los pies extendidos. Inmóviles pero tensos con una espera segura;

identificados en su novedad, en su afán apenas disimulado de probarse, de exponerse. Sorbió los popotes y se puso las gafas negras, que unidas a la gorra de visera casi disfrazaban el rostro.

Hablaban. Terminaban de chupar el hueso del durazno y dirían:

"Sabe bien",

o quizá,

"Me gusta...",

algo que nadie había dicho antes, dicho por cuerpos, por presencias que estrenaban la vida. Dirían...

—¿Por qué no nos hemos visto antes? Yo siempre ando por el club...

—No, yo no... Anda, vamos a tirar los huesos. A la una...

Los vio arrojar los huesos a un tiempo, con una risa que no llegó hasta él; vio la fuerza de los brazos.

—¡Te gané! —dijo Xavier cuando los huesos se estrellaron sin ruido, lejos del yate. Ella rió. Volvieron a acomodarse.

—¿Te gusta esquiar?

—No sé.

—Ándale, te enseño...

¿Qué dirían? Tosió y acercó el carro para prepararse otra bebida. Xavier averiguaría la clase de pareja que formaban Lilia y él. Ella contaría su pequeña y sórdida historia. Él se encogería de hombros, la obligaría a preferir el cuerpo de lobo, por lo menos para una noche, para variar. Pero amarse... amarse...

—Es cuestión de mantener los brazos rígidos, ¿ves?, no doblar los brazos...

—Primero veo cómo lo haces tú...

—Cómo no. Deja que lleguemos a la playita.

¡Ah, sí! Ser joven y rico.

El yate se detuvo a unos metros de la playa escondida. Se meció, cansado, y dejó escapar su aliento de gasolina, manchando el mar de cristales verdes y fondo blanco. Xavier tomó los esquíes y los arrojó al agua; después se zambulló, emergió sonriendo y los calzó.

—¡Tírame la cuerda!

La muchacha buscó la agarradera y la arrojó al joven. El yate volvió a arrancar y Xavier se levantó del agua, siguiendo la estela de la nave con un brazo de saludo en alto mientras Lilia lo contemplaba y él bebía el gin-and-tonic: esa franja de mar que separaba a los jóvenes los acercaba de una manera misteriosa; los unía más que una cópula apretada y los fijaba en una cercanía inmóvil, como si el yate no surcara el Pacífico, como si Xavier fuese una estatua esculpida para siempre, arrastrada por la nave, como si Lilia se hubiese detenido sobre una, cualquiera, de las olas que en apariencia carecían de sustancia propia, se levantaban, se estrellaban, morían, volvían a integrarse —otras las mismas— siempre en movimiento y siempre idénticas, fuera del tiempo, espejo de sí mismas, de las olas del origen, del milenio perdido y del milenio por venir. Hundió el cuerpo en ese sillón bajo y cómodo. ¿Qué iba a elegir ahora? ¿Cómo escaparía a ese azar colmado de necesidades que huían del dominio de su voluntad?

Xavier soltó la agarradera y cayó al mar frente a la playa. Lilia se zambulló sin mirarlo, sin mirarlo a él. Pero la explicación llegaría. ¿Cuál? ¿Lilia le explicaría a él? ¿Xavier le pediría una explicación a Lilia? ¿Lilia le daría una explicación a Xavier? Cuando la cabeza de Lilia, iluminada en mil vetas extrañas por el sol y el mar, apareció en el agua junto a la del joven, supo que nadie, salvo él, osaría pedir una explicación; que allá abajo, en el mar tranquilo de esta rada transparente, nadie buscaría las razones o detendría el encuentro fatal, nadie corrompería lo que era, lo que debía ser. ¿Qué cosa se levantaba entre los jóvenes? ¿Este cuerpo hundido en la silla, vestido con camisa de polo, pantalón de franela y gorra de visera? ¿Esta mirada impotente? Allá abajo, los cuerpos nadaban en silencio y la borda le impedía ver lo que sucedía. Xavier chifló. El yate arrancó y Lilia apareció, por un instante, sobre la superficie del mar. Cayó; el yate se detuvo. Las risas redondas, abiertas, llegaron hasta su oído. Nunca la había escuchado reír así. Como si acabara de nacer, como si no hubiera atrás, siempre atrás, lápidas de historia e historias, sacos de vergüenza, hechos cometidos por ella, por él.

Por todos. Ésa era la palabra intolerable. Cometidos por todos. La mueca agria no pudo contener esa palabra que le desbordaba. Que rompía todos los resortes del poder y la culpa, del dominio singular de otros, de alguien, de una muchacha en su poder, comprada por él, para hacerlos ingresar a un mundo ancho de actos comunes, destinos similares, experiencias sin etiquetas de posesión. ¿Entonces esa mujer no había sido marcada para siempre? ¿No sería, para siempre, una mujer poseída ocasionalmente por él? ¿No sería ésa su definición y su fatalidad: ser lo que fue porque en un momento dado fue suya? ¿Podía Lilia amar como si él nunca hubiese existido?

Se incorporó, caminó hacia la popa y gritó:

—Se hace tarde. Hay que regresar al club para comer a tiempo.

Sintió su propio rostro, toda su figura, rígidos y cubiertos de un almidón pálido cuando se dio cuenta de que su grito no era escuchado por nadie, pues mal podían oír dos cuerpos ligeros que nadaban bajo el agua opalina, paralelos, sin tocarse, como si flotaran en una segunda capa de aire.

Xavier Adame los dejó en el muelle y volvió al yate: quería seguir esquiando. Se despidió desde la proa. Agitó la blusa y en sus ojos no había nada de lo que él hubiese querido ver. Como durante el almuerzo a la orilla de la rada, bajo el techo de palma, hubiese querido ver lo que no encontró en los ojos castaños de Lilia. Xavier no había preguntado. Lilia no había contado esa triste historia de melodrama que él saboreaba para sus adentros mientras distinguía los sabores mezclados del *Vichysoisse*. Ese matrimonio de clase media, con el lépero de siempre, el machito, el castigador, el pobre diablo; el divorcio y la putería. Quisiera contárselo —ah, quizá debiera contárselo— a Xavier. Le costaba recordar la historia, sin embargo, porque había huido de los ojos de Lilia, esta tarde, como si durante la mañana el pasado hubiese huido de la vida de la mujer.

Pero el presente no podía huir porque lo estaban viviendo, sentados sobre esos sillones de paja y comiendo mecánicamente el almuerzo especialmente ordenado: *Vichysoisse*, langosta, *Côtes du Rhone*, *Baked Alaska*. Estaba sentada allí, pagada por él. Detuvo el pequeño tenedor de mariscos antes de llegar a la boca: pagada por él, pero se le escapaba. No podía tenerla más. Esa tarde, esa misma noche, buscaría a Xavier, se encontrarían en secreto, ya habían fijado la cita. Y los ojos de Lilia, perdidos en el paisaje de veleros y agua dormida, no decían nada. Pero él podría sacárselo, hacer una escena... Se sintió falso, incómodo y siguió comiendo la langosta... Ahora cuál camino... un encuentro fatal que se sobrepone a su voluntad... Ah, el lunes todo terminaría, no la volvería a ver, no volvería a buscarla a oscuras, desnudo, seguro de encontrar esa tibieza reclinada entre las sábanas, no volvería...

—¿No tienes sueño? —murmuró Lilia cuando les sirvieron el postre—. ¿No te da mucha modorra el vino?

—Sí. Un poco. Sírvete.

—No; no quiero helado... Quisiera dormir la siesta.

Al llegar al hotel, Lilia se despidió con una seña de los dedos y él atravesó la avenida y pidió a un muchacho que le colocase una silla bajo la sombra de las palmeras. Le costó encender el cigarrillo: un viento invisible, sin localización en la tarde calurosa, se empeñaba en apagarle los fósforos. Ahora algunas parejas jóvenes sesteaban cerca de él, abrazadas, algunas entrelazando las piernas, otras con las cabezas escondidas debajo de las toallas. Comenzó a desear que Lilia bajase y recostara su cabeza sobre las rodillas enfraneladas, delgadas, duras. Sufría o se sentía herido, molesto, inseguro. Sufría con el misterio de ese amor que no podía tocar. Sufría con el recuerdo de esa complicidad inmediata, sin palabras, pactada ante su mirada con actitudes que en sí nada decían, pero que en presencia de ese hombre, de ese hombre hundido en una silla de lona, hundido detrás de la visera, las gafas oscuras... Una de las jóvenes recostadas se desperezó con un ritmo lánguido en los brazos y empezó a chorrear, con la mano, una lluvia de arena fina sobre el cuello de su compañero. Gritó cuando el joven saltó fingiendo cólera y la tomó del talle. Los dos rodaron por la arena; ella se levantó y corrió; él detrás, hasta volver a tomarla, jadeante, nerviosa y llevarla en brazos hacia el mar. Él se despojó de las zapatillas italianas y sintió la arena caliente bajo la planta de los pies. Recorrer la playa, hasta su fin, solo. Caminar con la mirada puesta en sus propias huellas, sin advertir que la marea las iba borrando y que cada nueva pisada era el único, efímero testimonio de sí misma.

El sol estaba a la altura de los ojos.

Los amantes salieron del mar —él, confuso, no pudo medir el tiempo de ese coito prolongado, casi a la vista de la playa, pero arropado en la sábanas del mar argentino del poniente— y aquel alarde juguetón con el que entraron al agua sólo era, esta vez, dos cabezas unidas en silencio y la mirada baja de esa muchacha espléndida, morena, joven... Joven. Los jóvenes volvieron a recostarse, tan cerca de él, y a taparse las cabezas con la misma toalla. También se cubrían de la noche, la lenta noche del trópico. El negro que alquilaba las sillas empezó a recogerlas. Él se levantó y caminó hacia el hotel.

Decidió darse un chapuzón en la piscina antes de subir. Entró al desvestidor situado junto a la alberca y volvió a quitarse, sentado sobre un banco, las zapatillas. Los clósets de fierro donde se guardaba la ropa de los huéspedes lo escondían. Se escucharon unos pasos húmedos sobre el tapete de goma, a espaldas de él; unas voces sin respiración rieron; se secaron los cuerpos con las toallas. Él se quitó la camisa de polo. Del otro lado del locker, se levantó un olor penetrante de sudor, tabaco negro y agua de colonia. Una fumarola voló hacia el techo.

—Hoy no aparecieron la bella y la bestia.

—No, hoy no.

—Está cuerísimo la vieja...

—Lástima. El pajarraco ese no le ha de cumplir.

—De repente se muere de apoplejía.

—Sí. Apúrate.

Volvieron a salir. Él calzó las zapatillas y salió poniéndose la camisa.

Subió por la escalera a la recámara. Abrió la puerta. No tenía de qué sorprenderse. Allí estaba la cama revuelta de la siesta, pero Lilia no. Se detuvo a la mitad del cuarto. El ventilador giraba como un zopilote capturado. Afuera, en la terraza, otra noche de grillos y luciérnagas. Otra noche. Cerró la ventana para impedir que el olor escapara. Sus sentidos tomaron ese aroma de perfume recién derramado, sudor, toallas mojadas, cosméticos. No eran ésos sus nombres. La almohada, aún hundida, era jardín, fruta, tierra mojada, mar. Se movió lentamente hacia el cajón donde ella... Tomó entre las manos el sostén de seda, lo acercó a la mejilla. La barba naciente lo raspó. Debía estar preparado. Debía bañarse, afeitarse de nuevo para esta noche. Soltó la prenda y caminó con un nuevo paso, otra vez contento, hacia el baño.

Prendió la luz. Abrió el grifo del agua caliente. Arrojó la camisa sobre la tapa del excusado. Abrió el botiquín. Vio esas cosas de los dos. Tubos de pasta dental, crema de afeitar mentolada, peines de carey, *cold cream*, tubo de aspirina, pastillas contra la acidez, tapones higiénicos, agua de lavanda, hojas de afeitar azules, brillantina, colorete, píldoras contra los espasmos, gargarizante amarillo, preservativos, leche de magnesia, bandas adhesivas, botella de yodo, frasco de shampoo, pinzas, tijeras para las uñas, lápiz labial, gotas para los ojos, tubo nasal de eucalipto, jarabe para la tos, desodorante. Tomó la navaja. Estaba llena de vellos castaños, gruesos, prendidos entre la hoja y el rastrillo. Se detuvo con la navaja entre las manos. La acercó a los labios y cerró, involuntariamente, los ojos. Al abrirlos, ese viejo de ojos inyectados, de pómulos grises, de labios marchitos, que ya no era el otro, el reflejo aprendido, le devolvió una mueca desde el espejo.

Yo los veo. Han entrado. Se abre, se cierra la puerta de caoba y los pasos no se escuchan sobre el tapete hondo. Han cerrado las ventanas. Han corrido, con un siseo, las cortinas grises. Yo quisiera pedirles que las abrieran, que abrieran las ventanas. Hay un mundo afuera. Hay este viento alto, de meseta, que agita unos árboles negros y delgados. Hay que respirar... Han entrado.

—Acércate, hijita, que te reconozca. Dile tu nombre.

Huele bien. Ella huele bonito. Ah, sí, aún puedo distinguir las mejillas encendidas, los ojos brillantes, toda la figura joven, graciosa, que a pasos cortados se acerca a mi lecho.

—Soy... soy Gloria...

—Esa mañana lo esperaba con alegría. Cruzamos el río a caballo.

—¿Ves en qué terminó? ¿Ves, ves? Igual que mi hermano. Así terminó.

—¿Te sientes aliviada? Hazlo.

—*Ego te absolvo...*

El ruido fresco y dulce de billetes y bonos nuevos cuando los toma la mano de un hombre como yo. El arranque suave de un automóvil de lujo, especialmente construido, con clima artificial, bar, teléfono, cojines para la cintura y taburetes para los pies ¿eh, cura, eh?, ¿también allá arriba, eh? Y ese cielo que es el poder sobre los hombres, incontables, de rostros escondidos, de nombres olvidados: apellidos de las mil nóminas de la mina, la fábrica, el periódico: ese rostro anónimo que me lleva mañanitas el día de mi santo, que me esconde los ojos debajo del casco cuando visito las excavaciones, que me doblega la nuca en signo de cortesía cuando recorro los campos, que me caricaturiza en las revistas de oposición: ¿eh, eh? Eso sí existe, eso sí es mío. Eso sí es ser dios, ¿eh?, ser temido y odiado y lo que sea, eso sí es ser dios, de verdad, ¿eh? Dígame cómo salvo todo eso y lo dejo cumplir todas sus ceremonias, me doy golpes en el pecho, camino de rodillas hasta un santuario, bebo vinagre y me corono de espinas. Dígame cómo salvo todo eso, porque el espíritu...

—...del hijo y del espíritu santo, amén...

Allí sigue, de rodillas, con la cara lavada. Trato de darle la espalda. El dolor de costado me lo impide. Aaaay. Ya habrá terminado. Estaré absuelto. Quiero dormir. Allí viene la punzada. Allí viene. Aaaah-ay. Y las mujeres. No, no éstas. Las mujeres. Las que aman. ¿Cómo? Sí. No. No sé. He olvidado ese rostro. Por dios, he olvidado el rostro. Era mío, cómo lo voy a olvidar.

"—Padilla... Padilla... Llámeme al jefe de información y a la cronista de sociales."

Tu voz, Padilla, la recepción hueca de tu voz a través de ese interfón...

"—Sí, don Artemio. Don Artemio, hay un problema urgente. Los indios esos andan agitando. Quieren que se les pague la deuda por talar sus bosques.

"—¿Qué? ¿Cuánto es?

"—Medio millón.

"—¿Nada más? Dígale al comisario ejidal que me los meta en cintura, que para eso le pago. Sólo faltaba...

"—Aquí está Mena en la antesala. ¿Qué le digo?

"—Hágalo pasar."

Ah Padilla, no puedo abrir los ojos y verte, pero puedo ver tu pensamiento Padilla, detrás de la máscara de dolor: el hombre que agoniza se llama Artemio Cruz, nada más Artemio Cruz; sólo este hombre muere, ¿eh?, nadie más. Es como un golpe de suerte que aplaza las otras muertes. Esta vez sólo muere Artemio Cruz. Y esa muerte puede serlo en lugar de otra, quizá de la tuya, Padilla... Ah. No. Tengo cosas por hacer todavía. No estén tan seguros, no...

—Te dije que se estaba haciendo.

—Déjalo descansar.

—¡Te digo que se está haciendo!

Yo las veo, de lejos. Sus dedos abren apresuradamente el segundo fondo, deslizándole de la base con respeto. No hay nada. Pero yo ya agito el brazo, señalando hacia el muro de encino, el largo clóset que abarca todo un costado de la recámara. Ellas corren hacia allá, corren todas las puertas, corren todos los ganchos cargados de trajes azules, a rayas, de dos botones, de pelusa irlandesa, sin recordar que no son mis trajes, que mi ropa está en mi casa, corren todos los ganchos mientras yo les indico, con las dos manos que apenas puedo mover, que quizá el documento está guardado en una de las bolsas interiores derechas de algún traje. Crece la premura de Teresa y Catalina, hurgan ya sin recato, arrojan a la alfombra los sacos vacíos, hasta que los revisan todos y me dan las caras. No puedo mantener una cara más seria. Estoy parapetado por los almohadones y respiro con dificultad, pero mi mirada no pierde un solo detalle. La siento veloz y ávida. Pido con la mano que se acerquen:

—Ya recuerdo... en un zapato... ya recuerdo bien...

Verlas a las dos en cuatro patas, sobre el reguero de sacos y pantalones, ofreciéndome sus anchas caderas, moviendo las nalgas con un jadeo obsceno, entre mis zapatos, y sólo entonces la agria dulzura nubla mis ojos, me llevo la mano al corazón y cierro los párpados.

—Regina...

El murmullo de indignación y esfuerzo de las dos mujeres se va perdiendo en la oscuridad. Muevo los labios para murmurar aquel nombre. No hay mucho tiempo para recordar ya, para recordar al otro, al que amó... Regina...

"—Padilla... Padilla... Quiero comer algo ligero... No estoy muy bien del estómago. Venga a acompañarme en cuanto eso esté listo..."

¿Cómo? Seleccionas, construyes, haces, preservas, continúas: nada más... Yo...

"—Sí, hasta pronto. Mis respetos.

"—Bien hablado, señor. Es fácil aplastarlos.

"—No, Padilla, no es fácil. Pásame ese platón... ése, el de los sandwichitos... Yo he visto a esta gente en marcha. Cuando se deciden, es difícil contenerlos..."

¿Cómo iba la canción? Desterrado me fui para el sur, desterrado por el gobierno y al año volví; ay qué noches tan intranquilas paso sin ti, sin ti; ni un amigo ni un pariente que se duela; sólo el amor, sólo el amor, de esa mujer, me hizo volver...

"—Por eso hay que actuar ahora, cuando el descontento contra nosotros nace, y aplastarlos de raíz. Carecen de organización y se están jugando el todo por el todo. Éntrele, éntrele a los sandwichitos, que hay para dos...

"—Agitación estéril..."

Tengo mi par de pistolas con su cacha de marfil para agarrarme a balazos con los del ferrocarril yo soy rielera tengo mi Juan él es mi encanto yo soy su querer: si porque me ves con botas piensas que soy militar soy un pobre rielerito del ferrocarril central.

"—No, si tienen razón. Y no la tienen. Pero usted, que fue marxista allá en sus mocedades, ha de entender mejor. Usted, téngale miedo a lo que está pasando. Yo ya no...

"—Allí afuera está Campanela."

¿Qué dijeron? ¿quiste? ¿hemorragia? ¿hernia? ¿oclusión? ¿perforación? ¿vólvulos? ¿cólicos?

Ah, Padilla, yo debo tocar un botón porque tú entras, Padilla, no te veo porque tengo los ojos cerrados, tengo los ojos cerrados porque no me fío ya de ese parche minúsculo, imperfecto, de mi retina: ¿qué tal si abro los ojos y la retina ya no recibe nada, ya no traslada nada al cerebro?, ¿qué tal?

—Abran la ventana.

—Te echo la culpa. Igual que mi hermano.

Sí.

Tú no sabrás, no entenderás por qué Catalina, sentada a tu lado, quiere compartir contigo ese recuerdo, ese recuerdo que quiere imponerse a todos los demás: ¿tú en esta tierra, Lorenzo en aquélla?, ¿qué es lo que quiere recordar?, ¿tú con Gonzalo en esta prisión?, ¿Lorenzo sin ti en aquella montaña?: no sabrás, no entenderás si tú eres él, si él será tú, si aquel día lo viviste sin él, con él, él por ti, tú por él. Recordarás. Sí, aquel último día tú y él estuvieron juntos —entonces no vivió aquello él por ti, o tú por él, estuvieron juntos— en aquel lugar. Él te preguntó si iban juntos hasta el mar; iban a caballo; te preguntó si irían juntos, a caballo, hasta el mar: te preguntará dónde iban a comer y te dijo —te dirá— papá, sonreirá, levantará el brazo con la escopeta y saldrá del vado con el torso desnudo, sosteniendo en alto la escopeta y las mochilas de lona. Ella no estará allí. Catalina no recordará eso. Por eso tú tratarás de recordarlo, para olvidar lo que ella quiere que tú recuerdes. Ella vivirá encerrada y temblará cuando él regrese, por unos días, a la ciudad de México, a despedirse. Si sólo regresara a despedirse. Ella lo cree. Él no lo hará. Tomará el vapor en Veracruz, se irá. Se iría. Ella deberá recordar esa alcoba donde los humores del sueño pugnan por permanecer aunque el aire de la primavera entre por el balcón abierto. Ella deberá recordar las camas separadas, los cuartos separados, las cabeceras de seda, las sábanas revueltas de los dos cuartos separados, la depresión de los colchones, la silueta persistente de los que durmieron en esas camas. Ella no podrá recordar las ancas de la yegua, semejantes a dos joyas negras, lavadas por el río legamoso. Tú sí. Al cruzar el río, tú y él distinguirán en la otra ribera un espectro de tierra levantado sobre la fermentación brumosa de la mañana. Esa lucha de la manigua oscura y el sol ardiente se incorporará en un reflejo doble de todas las cosas, en un fantasma de la humedad abrazada a la reverberación. Olerá a plátano. Será Cocuya. Catalina nunca sabrá qué fue, qué es, qué será Cocuya. Ella se sentará a esperar al borde del lecho, con el espejo en una mano y el cepillo en la otra, desganada, con el sabor de bilis en la boca, decidiendo que permanecerá así, sentada, con la mirada perdida, sin ganas de hacer nada, diciéndose que así la dejan siempre las escenas: vacía. No: sólo tú y él sentirán los cascos del caballo sobre la tierra porosa de la ribera. También, al salir del agua, sentirán la frescura mezclada con el hervor de la selva y mirarán hacia atrás: ese río lento que remueve con dulzura los líquenes de la otra orilla. Y más lejos, al fondo del sendero de tabachines en flor, pintado de nuevo, el casco de la hacienda de Cocuya asentado sobre una explanada sombreada. Catalina repetirá: "dios mío, no merezco esto"; levantará el espejo y se preguntará si eso es lo que verá Lorenzo cuando regrese, si regresa: esa deformidad creciente del mentón y el cuello. ¿Se dará cuenta de las arrugas disfrazadas que empezarán a correrle por los párpados y las mejillas? Verá en el espejo otra cana y la arrancará. Y tú, con Lorenzo a tu lado, te internarás en la selva. Verás frente a ti la espalda desnuda de tu hijo, que también alternará las sombras del manglar con los rayos granulados del sol que atravesará el tupido techo de ramas. Las raíces nudosas de los árboles romperán la costra de la tierra, se asomarán bravas y torcidas, a lo largo del sendero abierto por el machete. Un sendero que en poco tiempo volverá a enredarse de lianas. Lorenzo trotará erguido, sin mover la cabeza, chicoteando los flancos de la yegua para espantar a las moscas zumbonas. Catalina se repetirá que no le tendrá confianza, no le tendrá confianza si no la ve como antes, como cuando era niño, y se recostará con un gemido, con los brazos abiertos, con la mirada nublada y dejará escapar de los pies las zapatillas de seda y pensará en su hijo, tan parecido al padre, tan delgado, tan oscuro. Tronarán las ramas secas bajo los cascos y se abrirá la llanura blanca con sus copetes de caña ondulante. Lorenzo apretará las espuelas. Volteará el rostro y sus labios se separarán en una sonrisa que llegará a tus ojos acompañada de un grito de alegría y el brazo levantado: brazo fuerte, piel oliva, sonrisa blanca como las de tu juventud: tú recordarás tu juventud por él y por estos lugares y no querrás decirle a Lorenzo cuánto significa para ti esta tierra porque de hacerlo quizá forzarías su afecto: recordarás para recordar dentro del recuerdo. Catalina, sobre la cama, recordará las caricias infantiles de Lorenzo, desde los días duros de la muerte del viejo Gamaliel, recordará al niño arrodillado junto a ella, con la cabeza recostada sobre el regazo de la madre, mientras ella lo llamaba alegría de su vida, porque antes de que él naciera no había sufrido mucho, y sin poder decirlo, porque ella tenía deberes sagrados y el niño la miraba sin comprender: porque, porque, porque. Tú traerás a Lorenzo a vivir aquí para que aprenda a querer esta tierra por sí mismo, sin necesidad de que tú le expliques los motivos del cariñoso empeño con que habrás reconstruido las paredes incendiadas de la hacienda y abierto al cultivo los suelos de la llanura. No porque, sin porque, porque. Saldrán al sol. Tú tomarás el sombrero de anchas alas, te lo pondrás sobre la cabeza. El viento arrancado por el galope a la atmósfera quieta y reverberante te llenará la boca, los ojos, la cabeza: Lorenzo se adelantará, levantando un polvo blanco, por el camino abierto entre los plantíos y detrás de él, al galope, tú tendrás la seguridad de que ambos sienten lo mismo: la carrera ensancha las venas, hace que la sangre fluya, alimenta el poder de la vista, la abre sobre esta tierra ancha y saviosa, tan distinta de las mesetas, de los desiertos que conocerás, parcelada en grandes cuadros, rojos, verdes, negros, punteada de altas palmeras, turbia y honda, olorosa a excrementos y cáscaras de fruta, que devuelve sus sentidos labrados a los sentidos despiertos, exaltados de tu hijo y de ti mismo, tú y tu hijo que corren velozmente y salvan del torpor todos los nervios, todos los músculos olvidados del cuerpo. Tus espuelas rayarán el vientre del otero, hasta sangrarlo: sabrás que Lorenzo quiere carrera. Su mirada interrogante cortará las frases de Catalina. Ella se detendrá, se preguntará hasta dónde puede llegar, se dirá que es cuestión de tiempo, de ir develando las razones poco a poco, sí, hasta que él las entienda bien. Ella sentada en el sillón y él a sus pies, con los brazos recargados sobre las rodillas. La tierra tronará bajo los cascos; tú agacharás la cabeza, como si quisieras acercarla a la oreja del caballo y acicatearlo con palabras, pero hay ese peso, ese peso del yaqui que será recostado, boca abajo, sobre las ancas de la misma bestia, el yaqui que alargará un brazo para prenderse a tu cinturón: el dolor te adormecerá: el brazo y la pierna te colgarán inertes y el yaqui seguirá abrazándote la cintura y gimiendo con el rostro congestionado: se sucederán los túmulos de roca y ustedes marcharán cobijados por las sombras, en el cañón de la montaña, descubriendo valles interiores de piedra, hondas barrancas que descansan sobre cauces abandonados, caminos de abrojos y matorrales: ¿quién recordará contigo? ¿Lorenzo sin ti en aquella montaña? ¿Gonzalo contigo en este calabozo?:

1915: 22 DE OCTUBRE

Él se envolvió en la manta azul, porque el viento helado de esas horas desmentía, con un rumor de rastrojo agitado, el calor vertical del día. Habían pasado toda la noche en campo abierto, sin comer. A menos de dos kilómetros se levantaban las coronas de basalto de la sierra, con la raíz hundida en el desierto duro. Desde tres días antes, el destacamento de exploración caminaba sin pedir rumbo ni señas, guiado sólo por el olfato del capitán, que creía conocer las mañas y las rutas de las columnas, ahora jironeadas y en fuga, de Francisco Villa. Detrás, a 60 kilómetros de distancia, quedaron las fuerzas que sólo esperaban la llegada, a matacaballo, de un emisario del destacamento para lanzarse sobre los restos de Villa e impedirles que se unieran con tropas frescas en Chihuahua. Pero, ¿dónde estarían esos jirones del cabecilla? Él creía saberlo: en algún vericueto de la montaña, siguiendo el camino más difícil. Al cuarto día —éste— el destacamento debería internarse en la sierra mientras las fuerzas leales a Carranza avanzaban hacia el lugar que, al alba, él y sus hombres habrían de dejar. Desde ayer, se habían agotado las bolsas de pinole. Y el sargento que al anochecer salió a caballo, cargando con las cantimploras de todo el destacamento, hacia el riachuelo que se derrumbaba por las rocas y se agotaba al primer contacto con el desierto, no lo encontró. Sí pudo ver el cauce de vetas rojizas, limpio y arrugado, vacío. Y es que dos años antes habían pasado por este mismo lugar en época de aguas y ahora sólo un astro redondo se mecía, del alba al crepúsculo, sobre las cabezas hirvientes de los soldados. Habían acampado sin prender lumbres; algún vigía podría distinguirlos desde la montaña. Además, no era necesario. Ningún alimento se cocinaría, y en la inmensidad del llano desértico, mal podría calentar a nadie una fogata aislada. Envuelto en el sarape, él se acarició el rostro delgado: la prolongación del bigote crespo en la barba de los últimos días; las incrustaciones de polvo en las comisuras de los labios, en las cejas, en el caballete de la nariz. Dieciocho hombres formaban el campo, a unos metros del jefe: él duerme o vigila solo, siempre, con un tramo de tierra que lo separa de sus hombres. Cerca, las crines de los caballos se agitaban con el viento y sus siluetas negras se recortaban sobre la piel amarilla de la tierra. Quería ascender: el nacimiento del arroyo estaba en la montaña y entre sus rocas se formaba ese derrame de frescura breve y solitario. Quería ascender: el enemigo no debía andar lejos. Su cuerpo se sintió tenso esa noche. El ayuno y la sed le ahondaron y abrieron más los ojos, esos ojos verdes de mirada pareja y fría.

La máscara teñida de polvo permaneció fija y despierta. Esperaba la primera línea del alba para ponerse en marcha: al cuarto día, de acuerdo con lo convenido. Casi nadie dormía, porque lo miraban de lejos, sentado con las rodillas dobladas, envuelto en la manta, inmóvil. Los que intentaban cerrar los ojos luchaban contra la sed, el hambre y el cansancio. Los que no miraban al capitán miraban la fila de caballos con los tupés doblados. Las bridas fueron amarradas a un mezquite grueso que emergía, como un dedo perdido, de la tierra. Hacia la tierra miraban los caballos cansados. El sol debía aparecer detrás de la montaña. Ya era tiempo.

Todos esperaban ese momento en que el jefe se incorporó, arrojó el sarape azul y descubrió el pecho cargado de cananas, la hebilla brillante de la túnica de oficial, las polainas de cuero de marrano. Sin decir palabra, el destacamento se puso de pie y se acercó a las cabalgaduras. Tenía razón el capitán: el resplandor abanicado apareció detrás de las cimas más bajas y lanzó un arco de luz que corearon los pajarillos invisibles, lejanos, pero dueños del vasto silencio de la tierra abandonada. Él le hizo una señal al yaqui Tobías y le dijo en su idioma:

—Tú te quedas hasta atrás, para que, en cuanto divisemos al enemigo, salgas a la carrera a avisar.

El yaqui asintió, colocándose el sombrero chaparro, de copa redonda, adornado por una pluma roja clavada en la banda. El capitán saltó a la silla y la fila de hombres inició el trote ligero hacia la puerta de la sierra: el cañón de desfiladeros ocres.

Tres cornisas se volaban en el corte del cañón. La tropa agarró hacia la segunda: la menos ancha, pero capaz de admitir el paso de las cabalgaduras en fila india: la que conducía al surtidor. Las cantimploras vacías golpeaban hueco los muslos de los hombres; la caída de los pedruscos bajo las herraduras repetía ese sonido vacío y hondo, que se perdía sin ecos, con el único golpe seco de un tambor estirado, a lo largo del cañón. Desde lo alto del desfiladero, la corta columna se veía cabizbaja, avanzando a tientas. Sólo él mantenía la vista en las cimas, guiñando los ojos contra el sol, dejando que el caballo atendiera los accidentes del suelo. Al frente del destacamento, no sentía temor ni orgullo. El miedo había quedado atrás, no en los primeros, sino en los repetidos encuentros que habían hecho del peligro la vida habitual y de la tranquilidad el elemento sorprendente. Por eso, este silencio total del cañón le alarmaba en secreto y por eso apretaba las riendas y, sin darse cuenta, preparaba los músculos del brazo y de la mano para tomar velozmente la pistola. Creía no conocer la soberbia. El temor antes, la costumbre después, lo habían impedido. No podía sentir orgullo cuando las primeras balas le silbaban cerca del oído y esa vida milagrosa se imponía cada vez que el proyectil perdía el blanco: entonces sólo podía sentir asombro ante la sabiduría ciega de su cuerpo para esquivar, para levantarse o agacharse, para esconder el rostro detrás de un tronco de árbol; asombro y desprecio, cuando pensaba en la tenacidad con que el cuerpo, más veloz que la voluntad, se defendía a sí mismo. No podía sentir orgullo cuando, más tarde, ni siquiera escuchaba ese silbido pertinaz, acostumbrado. Sólo vivía una zozobra, dominada y seca, en estos momentos en que la tranquilidad imprevista le rodeaba. Adelantó la quijada, con el gesto de la duda.

El silbido insistente de un soldado, a sus espaldas, le confirmó en el peligro de este paseo por el cañón. Y el silbido fue roto por una descarga repentina y un aullido bien conocido: los caballos villistas eran lanzados por sus jinetes de boca, verticalmente, desde el tope del cañón en un descenso suicida, mientras los fusiles parapetados en el tercer risco herían a los hombres del destacamento y los caballos sangrantes se encabritaban y rodaban, envueltos en un estruendo de pólvora, hasta el fondo de las rocas picudas: él sólo pudo volver la cara y ver a Tobías desbarrancarse, imitando a los villistas, por las laderas cortadas a pico, en un intento inútil de cumplir las órdenes: el caballo del yaqui perdió pie y voló durante un segundo, antes de estrellarse en el fondo del desfiladero y aplastar bajo su peso al jinete. El aullido creció, acompañado de un fuego tupido; él se desprendió del lomo izquierdo del caballo y rodó, dominando su caída con volteretas y apoyos, hacia el fondo: en su visión quebrada, las panzas de los caballos encabritados pulsaban en los altos, junto con los disparos, inútiles también, de los hombres sorprendidos sobre aquel risco estrecho, sin posibilidad de guarecerse o maniobrar sus monturas. Cayó, arañando las laderas, y cayeron los jinetes de Villa sobre el segundo risco, a librar el encuentro cuerpo a cuerpo. Ahora continuaba la rodadera salvaje de cuerpos entrelazados y caballos locos, mientras él tocaba con las manos ensangrentadas el fondo oscuro del cañón y desenfundaba la pistola. Sólo le aguardaba un nuevo silencio. Las fuerzas habían sido aniquiladas. Se arrastró, con el brazo y la pierna adoloridos, hacia una roca gigantesca.

—Salga, capitán Cruz, ríndase ya...

Y contestó la garganta seca:

—¿A que me fusilen? Aquí aguanto.

Pero la mano derecha, tullida por el dolor, apenas podía sostener la pistola. Al levantar el brazo, sintió una punzada profunda en el vientre: disparó, con la cabeza caída, porque el dolor le impedía levantar la mirada: disparó hasta que el gatillo sólo repitió una imitación metálica. Arrojó la pistola al otro lado del peñasco y la voz de arriba volvió a gritar:

—Salga con las manos sobre la nuca.

Del otro lado de la roca, yacían más de 30 caballos, muertos o moribundos. Algunos trataban de levantar la cabeza; otros se apoyaban en una pata doblada; los más lucían florones rojos en la frente, en el cuello, en el vientre. Y a veces encima, a veces debajo de las bestias, los hombres de ambos bandos ocupaban posturas distraídas: boca arriba, como si buscaran el chorro del arroyo seco; boca abajo, abrazados a las rocas. Muertos todos, con excepción de ese hombre que gemía, atrapado por el peso de una yegua marrón.

—Déjenme sacar a éste —le gritó al grupo de la cima—. Puede ser uno de ustedes.

¿Cómo? ¿Con qué brazos? ¿Con qué fuerza? Apenas se dobló para tomar de las axilas el cuerpo apresado de Tobías, una bala de acero chifló y pegó contra la piedra. Levantó la mirada. El jefe del grupo vencedor —un *sarakof* blanco, visible desde la sombra de la cima— apaciguó al tirador con un movimiento de los brazos. El sudor, emplastado, polvoso, le escurrió por las muñecas y si una casi no podía moverse, la otra logró arrastrar el tórax de Tobías con una voluntad concentrada.

Escuchó, a sus espaldas, los cascos veloces de los villistas que se desprendieron de la columna para capturarlo. Estaban encima de él cuando las piernas rotas del yaqui salieron debajo del cuerpo del animal. Las manos de los villistas le arrancaron las cananas del pecho.

Eran las siete de la mañana.

Casi no recordaría, al entrar a las cuatro de la tarde a la prisión de Perales, la marcha forzada que el coronel villista Zagal impuso a sus hombres y a los dos prisioneros para librar, en nueve horas, los vericuetos de la sierra y descender al poblado chihuahuense. En la cabeza atravesada de dolores espesos, él apenas supo distinguir el camino que tomaba. El más difícil, en apariencia. El más sencillo para quien, como Zagal, había acompañado a Pancho Villa desde las primeras persecuciones y llevaba 20 años de recorrer estas sierras y apuntar sus escondites, pasos, cañones, atajos. La forma de hongo del *sarakof* ocultaba la mitad del rostro de Zagal, pero sus dientes largos y apretados sonreían siempre, enmarcados por el bigote y la barbilla negros. Sonrieron cuando él fue montado con dificultades sobre el caballo y el cuerpo roto del yaqui fue recostado, boca abajo, sobre las ancas de la misma bestia. Sonrieron cuando Tobías alargó el brazo y se prendió al cinturón del capitán. Sonrieron cuando la columna emprendió la marcha, adentrándose por una boca oscura, una verdadera cueva de dos aberturas, desconocida por él y por los demás carrancistas, que permitía cumplir en una hora un trayecto de cuatro sobre los caminos abiertos. Pero de todo esto sólo se dio cuenta a medias. Sabía que ambos bandos de la guerra de facciones fusilaban inmediatamente a los oficiales del grupo contrario y se preguntó por qué motivo, ahora, el coronel Zagal le conducía a un destino desconocido.

El dolor lo adormeció. El brazo y la pierna, magullados por la caída, le colgaban inertes y el yaqui seguía abrazándole y gimiendo, con el rostro congestionado. Los túmulos de roca escarpada se sucedieron y ellos marcharon cobijados por las sombras; en la base de las montañas, descubriendo valles interiores de piedra, hondas barrancas que descansaban sobre cauces abandonados, caminos en los que los abrojos y matorrales ofrecían un techo de decepción para el paso de la columna. Quizá sólo los hombres de Pancho Villa han cruzado esta tierra, pensó, y por eso pudieron ganar, antes, ese rosario de victorias guerrilleras que quebraron el espinazo de la dictadura. Maestros de la sorpresa, del cerco, de la fuga veloz después del golpe. Todo lo contrario de su escuela de armas, la del general Álvaro Obregón, que era la de la batalla formal, en llano abierto, con dispositivos exactos y maniobras sobre terreno explorado.

—Juntos, en orden. No se me desperdiguen —gritaba el coronel Zagal cada vez que se desprendía de la cabeza de la columna y cabalgaba hacia atrás, tragando polvo y afilando los dientes—. Ahora salimos de la montaña y quién sabe qué nos espere. Listos todos; agachados; ojos vivos para distinguir las polvaredas; todos juntos vemos mejor que yo solito...

Las masas de roca se iban abriendo. La columna estaba sobre una cima aplanada y el desierto de Chihuahua, ondulante, moteado de mezquite, se abría a sus pies. El sol era cortado por ráfagas de aire alto: capa fresca que nunca tocaba los bordes ardientes de la tierra.

—Vamos a tomar por la mina, para bajar más aprisa —gritó Zagal—. Que se agarre bien su compañero, Cruz, que la bajada es a pico.

La mano del yaqui apretó el cinturón de Artemio; pero había en su presión algo más que el deseo de no caer: una insistencia comunicativa. Artemio bajó la cabeza, acarició el cuello del caballo y luego volvió el rostro hacia la cara congestionada de Tobías.

El indio murmuró en su lengua:

—Vamos a pasar junto a una mina abandonada hace mucho. Cuando pasemos junto a una de las bocas de entrada, rueda del caballo y corre hacia adentro; eso está lleno de chiflones y allí no te han de encontrar...

Él no dejó de acariciar la crin. Volvió a levantar la cabeza y trató de distinguir, en el descenso hacia el desierto, esa entrada de la que hablaba Tobías.

El yaqui murmuró:

—Olvídate de mí. Tengo las piernas rotas.

¿Las 12? ¿La una? El sol era cada vez más pesado.

Aparecieron unas cabras sobre un risco y algunos de los soldados les apuntaron con los rifles. Una huyó, la otra cayó redonda desde su pedestal y un soldado villista se desmontó y la cargó sobre las espaldas.

—¡Que sea la última vez que alguien venadea! —dijo Zagal con su voz ronca y sonriente—. Esos balazos te van a faltar algún día, cabo Payán.

Después, alzándose sobre los estribos, le dijo a toda la columna:

—Entiendan una cosa, cabrones: que vamos con los carranclanes pisándonos las patas. No me vuelvan a desperdiciar el parque. ¿Qué se andan creyendo? ¿Que vamos victoriosos hacia el sur, como antes? Pues no. Vamos derrotados, hacia el norte, de donde salimos.

—Oiga mi coronel —gimió con su voz cerrada el cabo—, pero ya tenemos un poco de merienda.

—Lo que tenemos es muy poca madre —gritó Zagal.

La columna rió y el cabo Payán amarró la cabra muerta sobre las ancas de su caballo.

—Nadie toque l'agua o el pinole hasta llegar allá abajo —ordenó Zagal.

Pero él ya tenía el pensamiento fijo en los vericuetos del descenso. Allí estaba, a la vuelta de ese recodo, la boca abierta de la mina.

Las herraduras de Zagal chocaron contra los rieles estrechos que avanzaban medio metro fuera de la entrada. Ahora Cruz se arrojó del caballo y rodó por la ligera pendiente cuando los fusiles sorprendidos apenas se alistaban y cayó de rodillas en la oscuridad: sonaron los primeros tiros y las voces de los villistas se alborotaron. El frío repentino aligeró la cabeza del hombre; la oscuridad la mareó. Hacia adelante: las piernas corrieron olvidando el dolor, hasta que el cuerpo se estrelló contra la roca: al abrir los brazos, los alargó hacia dos tiros divergentes. Por uno soplaba un viento fuerte; en el otro, un calor enclaustrado. Las manos extendidas sintieron, en las yemas de los dedos, estas temperaturas opuestas. Volvió a correr, por el lado caliente, que debía ser el más hondo. Atrás, corrían también, con su música de espuelas, los pies de los villistas. Un fósforo lanzó su resplandor anaranjado y él perdió el suelo y cayó por un chiflón vertical y sintió el golpe seco de su cuerpo sobre unas vigas carcomidas. Arriba, el ruido de las espuelas no cesaba y un murmullo de voces rebotaba sobre las paredes de la mina. El perseguido se levantó penosamente; trató de distinguir las dimensiones del lugar en el que había caído, la salida por donde continuar la fuga.

"Más vale esperar aquí..."

Las voces de arriba crecieron, como si discutieran. Luego se escuchó, claramente, la carcajada del coronel Zagal. Las voces se retiraron. Alguien chifló a lo lejos: un solo chiflido de atención, ríspido. Al escondite llegaron otros rumores indefinibles, pesados, que se prolongaron durante varios minutos. Después, nada. Los ojos empezaron a acostumbrarse: la oscuridad.

"Parece que se han ido. Puede que sea una celada. Más vale esperar aquí."

En el calor del chiflón abandonado, se tocó el pecho, se palpó el costado adolorido por los golpes. Estaba en un redondo espacio sin salida: seguramente, el punto final de una excavación. Algunas vigas rotas estaban por tierra; otras sostenían el débil techo de arcilla. Se cercioró de la estabilidad de una de ellas y se recargó, sentado, a esperar el paso de las horas. Una de las maderas se prolongaba hacia el boquete por donde había caído: no era difícil trepar por ella y alcanzar otra vez la cueva de entrada. Tocó varias roturas en su pantalón, en la túnica cuyas espiguillas doradas se habían desprendido. Y cansancio, hambre, sueño. Un cuerpo joven estiró las piernas y sintió el pulso fuerte en los muslos. La oscuridad y el reposo, el leve jadeo y los ojos cerrados. Pensó en las mujeres que quisiera conocer; el cuerpo de las conocidas huía de su imaginación. La última fue en Fresnillo. Una prostituta endomingada. Una de ésas que lloran cuando se les pregunta: "¿De dónde éres? ¿Por qué viniste a dar aquí?" La pregunta de siempre, para empezar la conversación y porque a todas les encanta inventar cuentos. Ésa no; nada más lloraba. Y la guerra sin acabarse. Claro que éstas eran las últimas operaciones. Cruzó los brazos sobre el pecho y trató de respirar regularmente. Una vez que dominaran al ejército desbaratado de Pancho Villa, habría paz. Paz.

"¿Qué voy a hacer cuando esto se acabe? ¿Y para qué pensar que se va acabar? Así nunca pienso yo."

Quizá la paz significaría buenas oportunidades de trabajo. En su recorrido en crucigrama por el territorio de México, sólo había asistido a la destrucción. Pero se destruían campos que podrían sembrarse de nuevo. En el Bajío, una vez, vio un campo precioso, junto al cual podría construirse una casa de arcadas y patios floreados y vigilar las siembras. Ver cómo crece una semilla, cuidarla, atender el brote de la planta, recoger los frutos. Podría ser una buena vida, una buena vida...

"No te duermas, estate listo..."

Se pellizcó el muslo. Los músculos de la nuca le tiraron la cabeza hacia atrás.

Ningún ruido descendía de lo alto. Podía explorar. Se apoyó en la viga ascendente para alcanzar, con el pie, las postillas rocosas del boquete. Se fue columpiando, con el brazo fuerte, de postilla en postilla, hasta clavar las uñas en la plataforma superior. Emergió su cabeza. Estaba en el tiro caliente. Pero ahora parecía más oscuro y sofocado que antes. Caminó hacia la cueva de distribución. La reconoció porque al lado del tiro mal ventilado estaba el otro, el del ventarrón. Pero más lejos, la luz no entraba por la abertura original. ¿Habría anochecido? ¿Habría perdido la cuenta de las horas?

A ciegas, sus manos buscaron la entrada. No era la noche la que la había clausurado, sino una barricada de rocas pesadas, levantadas por los villistas antes de partir. Lo habían sellado en esta tumba de vetas agotadas.

Sintió en los nervios del estómago eso: que estaba aplastado. Automáticamente, ensanchó las ventanillas de la nariz en un esfuerzo imaginario de respiración. Se llevó los dedos a las sienes y las acarició. El otro tiro, el ventilado. Ese aire venía de afuera, subía del desierto, lo chicoteaba el sol. Corrió hacia el segundo pasaje. Su nariz se pegó a ese aire dulce, corriente, y con las manos apoyadas sobre los muros fue dando traspiés en la oscuridad.

Una gota le mojó la mano. Acercó la boca abierta al muro, buscando el origen del agua. En el techo negro goteaban esas perlas lentas, aisladas. Recogió otra con la lengua; esperó la tercera, la cuarta. Colgó la cabeza. El tiro parecía terminar. Husmeó el aire. Venía de abajo, lo sentía alrededor de los tobillos. Se arrodilló, buscó con las manos. De esa abertura invisible, de allí surgía: era el tiro encajonado lo que le daba una fuerza mayor que la del origen. Las piedras estaban sueltas. Comenzó a tirar de ellas, hasta que la rendija se amplió y, al cabo, se derrumbó: una nueva galería, iluminada por venas plateadas, se abría detrás del derrumbe. Coló el cuerpo y, en el nuevo pasaje, se dio cuenta de que no podía caminar de pie: sólo cabía de estómago. Así fue arrastrándose, sin saber a dónde conducía su carrera de reptil. Vetas grises, reflejos dorados de las espiguillas de oficial: sólo estas luces disparejas iluminaban su lentitud de culebra amortajada. Los ojos reflejaban los rincones más negros de la oscuridad y un hilo de saliva le corría por el mentón. Sintió la boca llena de tamarindos: acaso el recuerdo involuntario de una fruta que aun en la memoria agita las glándulas salivales, quizá el mensajero exacto de un olor desprendido de una huerta lejana y que, acarreado por el aire inmóvil del desierto, habría llegado hasta el estrecho pasaje. El olfato despierto percibió algo más. Una bocanada completa de aire. Un pulmón lleno. Un sabor inconfundible de tierra cercana: inconfundible para uno que llevaba tanto tiempo encerrado en el gusto de roca. La galería baja iba en descenso; ahora se detenía abruptamente y caía, a tajo, sobre un ancho espacio interior y un suelo de arena. Se descolgó de la galería alta y se dejó caer en el lecho blanco. Algunos brazos vegetales habían entrado hasta aquí. ¿Por dónde?

"Sí, ahora vuelve a subir. ¡Pero si es luz! Parecía un reflejo de la arena, ¡y es luz!"

Corrió, con el pecho lleno, hacia la abertura bañada de sol.

Corrió sin escuchar ni ver. Sin escuchar el guitarreo lento y la voz que lo coreaba, una voz guanga y sensual de soldado cansado.

Las muchachas durangueñas se visten
    [de azul y verde,
de las ocho en adelante, la que
    [no pellizca muerde...

Sin ver el pequeño fuego sobre el cual se mecía el esqueleto de la cabra cazada en la montaña y los dedos que le arrebataban jirones de pellejo.

Cayó, sin escuchar ni ver, sobre la primera franja de tierra iluminada. Cómo iba a ver, bajo ese sol de las tres de la tarde, derretido, que iluminaba como un hongo de cal el *sarakof* del hombre que reía y le alargaba la mano.

—Ándele, capitán, que nos va a hacer llegar tarde. Mire nomás cómo le entra el yaqui al rancho. Y ahora sí, las cantimploras pueden usarse.

Las muchachas chihuahuenses ya no
    [saben ni qué hacer,
pidiendo a dios que haya un hombre
    [que las sepa bien querer...

El prisionero levantó el rostro y antes de ver al grupo reclinado del coronel Zagal, dejó que los ojos se le perdieran en el paisaje seco, de pedruscos y órganos espinosos, largo y lento, silencioso y aplomado. Después, se incorporó y llegó hasta el pequeño campamento. El yaqui lo miraba fijamente. Él alargó el brazo, arrancó un jirón chamuscado del lomo de la cabra y se sentó a comer.

Perales.

Era un pueblo de adobes, que en poco se distinguía de los demás. Sólo una cuadra, la que pasaba frente a la presidencia municipal, estaba empedrada. Las demás eran de polvo aplanado por los pies desnudos de los niños, los tarsos de los guajolotes que se esponjaban en las bocacalles, las patas de la jauría de perros que a veces dormían al sol y a veces corrían todos juntos, ladrando, sin rumbo. Quizá había una o dos casas buenas, con portones grandes y chapas de fierro y canales de latón: eran siempre la del agiotista y la del jefe político (cuando uno y otro no eran el mismo), ahora huyendo de la justicia expedita de Pancho Villa. Las tropas habían ocupado las dos residencias llenando los patios —escondidos detrás de los largos muros que daban su rostro de fortaleza a la calle— de caballada y paja, cajas de parque y herramientas: lo que la División del Norte, derrotada, lograba salvar en su marcha hacia el origen. El color del pueblo era pardo; sólo la fachada de la presidencia lucía un tono rosa, que en seguida se perdía, por los costados y los patios, en el mismo tono grisáceo de la tierra. Había un aguaje cercano; por eso se fundó el pueblo, cuya riqueza se limitaba a unos cuantos pavos y gallinas, unas cuantas milpas secas cultivadas sobre las callejas de polvo, un par de forjas, una carpintería, una tienda de abarrotes y algunas industrias domésticas. Se vivía de milagro. Se vivía en silencio. Como en la mayoría de las aldeas mexicanas, era difícil saber dónde se escondían sus moradores. En la mañana como en la tarde, en la tarde como en la noche, podría quizá escucharse el golpe de un martillo, insistente, o el chillido de un recién nacido, pero sería difícil encontrarse en las calles ardientes con un ser vivo. Los niños se asomaban a veces, pequeñísimos, descalzos. También la tropa permanecía detrás de los muros de las casas incautadas o escondida en los patios de la presidencia, que era hacia donde se encaminaba la columna fatigada. Cuando desmontaron, un piquete se acercó y el coronel Zagal señaló al indio yaqui.

—Ése al calabozo. Usted venga conmigo, Cruz.

Ahora el coronel no reía. Abrió las puertas del despacho encalado y con una manga se secó el sudor de la frente. Se aflojó el cinturón y se sentó. El prisionero lo contempló de pie.

—Jálese una silla, capitán, y vamos platicando a gusto. ¿Quiere un cigarro?

El prisionero lo tomó y el fuego del mechero acercó los dos rostros.

—Bueno —volvió a sonreír Zagal—, si la cosa es muy sencilla. Usted podría decirnos cuáles son los planes de los que nos vienen persiguiendo y nosotros lo pondríamos en libertad. Le soy franco. Sabemos que estamos perdidos, pero así y todo nos queremos defender. Usted es buen soldado y entiende esto.

—Seguro. Por eso mismo no voy a hablar.

—Sí. Pero sería muy poco lo que tendría que contarnos. Usted y todos esos muertos que se quedaron en el cañón formaban un destacamento de exploración, eso se veía claro. Eso quiere decir que el grueso de las tropas no andaba lejos. Hasta se olieron la ruta que hemos tomado hacia el norte. Pero como ustedes no conocen bien ese paso por la montaña, seguro que han tenido que atravesar todo el llano y eso toma varios días. Ahora: ¿cuántos son, hay tropas que se hayan adelantado por tren, en cuánto calcula usted sus provisiones de parque, cuántas piezas de artillería vienen arrastrando? ¿Qué táctica han decidido? ¿Dónde se van a juntar las brigadas sueltas que nos vienen siguiendo la pista? Fíjese qué sencillo: usted me cuenta todo esto y sale libre. Palabra que sí.

—¿De cuándo acá esas garantías?

—Caramba, capitán, si de todas maneras vamos a perder. Yo le soy franco. La División está desintegrada. Se ha fraccionado en bandas que se perderán por las montañas, cada vez más deshilachadas, porque a lo largo del camino se van quedando en sus pueblos, en sus rancherías. Estamos cansados. Son muchos años de pelear, desde que nos levantamos contra don Porfirio. Luego peleamos con Madero, luego contra los colorados de Orozco, luego contra los pelones de Huerta, luego contra ustedes los carranclanes de Carranza. Son muchos años. Ya nos cansamos. Nuestras gentes son como las lagartijas, van tomando el color de la tierra, se meten a las chozas de donde salieron, vuelven a vestirse de peones y vuelven a esperar la hora de seguir peleando, aunque sea dentro de 100 años. Ellos ya saben que esta vez perdimos, igual que los zapatistas en el sur. Ganaron ustedes. ¿Para qué ha de morírsenos usted cuando la pelea está ganada por los suyos? Déjenos perder dando la batalla. Nomás eso le pido. Déjenos perder con tantito honor.

—Pancho Villa no está en este pueblo.

—No. Él va más adelante. Y la gente se nos va quedando. Ya somos muy pocos.

—¿Qué garantías me dan?

—Lo dejamos vivo aquí en la cárcel hasta que sus amigos lo rescaten.

—Eso, si los nuestros ganan. Si no...

—Si los derrotamos, le doy un caballo para que se largue.

—Y así puedan fusilarme por la espalda cuando salga corriendo.

—Usted dirá...

—No. No tengo nada que contar.

—En el calabozo están su amigo el yaqui y el licenciado Bernal, un enviado de Carranza. Espere usted con ellos la orden de fusilamiento.

Zagal se incorporó.

Ninguno de los dos tenía sentimientos. Eso, cada cual, en su bando, lo había perdido, limado por los hechos cotidianos, por el remache sin tregua de su lucha ciega. Habían hablado automáticamente, sin comprometer sus emociones. Zagal solicitaba la información y daba la oportunidad de escoger entre la libertad y el paredón, el prisionero negaba la información: pero no como Zagal y Cruz, sino como engranajes de dos máquinas de guerra opuestas. Por esto, la noticia del fusilamiento era recibida por el prisionero con indiferencia absoluta. Una indiferencia, justamente, que le obligaba a darse cuenta de la tranquilidad monstruosa con que aceptaba su propia muerte. Entonces también él se puso de pie y cuadró la quijada.

—Coronel Zagal, llevamos mucho tiempo obedeciendo órdenes, sin darnos tiempo para hacer algo ¿cómo le diré?, algo que diga: esto lo hago como Artemio Cruz; ésta me la juego yo solo, no como oficial del ejército. Si me ha de matar, máteme como Artemio Cruz. Ya lo dijo usted que esto se va a terminar, que estamos cansados. Yo no quiero morir como el último sacrificado de una causa victoriosa y usted tampoco ha de querer morir como el último de una causa perdida. Sea usted hombre, coronel, y déjeme serlo. Le propongo que nos batamos con pistolas. Trace una raya en el patio y salgamos los dos armados de dos esquinas opuestas. Si usted logra herirme antes de que yo cruce la raya, me remata. Si yo la cruzo sin que usted me pegue, me deja libre.

—¡Cabo Payán! —gritó Zagal con un brillo en los ojos—. Condúzcalo a la celda.

Luego le dio la cara al prisionero.

—No se les avisará la hora de la ejecución, de manera que estén listos. Como puede ser dentro de una hora, puede ser mañana o pasado. Usted no más piense en lo que le dije.

Por los barrotes entraba el sol poniente y recortaba en amarillo las siluetas de esos dos hombres, uno de pie, el otro recostado. Tobías trató de murmurar un saludo; el otro, el que se paseaba nerviosamente, se acercó a él en cuanto la puerta de la celda rechinó y las llaves del cabo de guardia rasparon la cerradura.

—¿Usted es el capitán Artemio Cruz? Yo soy Gonzalo Bernal, enviado del primer jefe Venustiano Carranza.

Vestía traje de civil: un traje de casimir café con cinturón postizo en la parte trasera. Y él lo observó como a todos los civiles que de vez en cuando se arrimaban al núcleo sudoroso de los que peleaban: con una mirada rápida de burla e indiferencia, hasta que Bernal continuó, pasándose un pañuelo por la frente amplia y el bigote rubio:

—Está muy mal el indio. Tiene una pierna rota.

El capitán se encogió de hombros.

—Para lo que va a durar.

—¿Qué sabe usted? —preguntó Bernal y detuvo el pañuelo sobre los labios, de manera que las palabras salieron sofocadas.

—Nos van a tronar a todos. Pero no dicen a qué horas. No habíamos de morirnos de catarro.

—¿No hay esperanzas de que lleguen los nuestros antes?

Ahora fue el capitán el que se detuvo —había estado girando, observando el techo, las paredes, la ventanilla embarrotada, el suelo de polvo: la búsqueda instintiva del boquete por donde huir— y miró a un nuevo enemigo: el delator plantado en la celda.

Preguntó:

—¿Qué no hay agua?

—Se la bebió el yaqui.

El indio gimió. Él se acercó al rostro cobrizo recargado contra la cabecera de piedra de esa banca desnuda que servía de cama y asiento. Su mejilla se detuvo junto a la de Tobías y por primera vez, con una fuerza que lo obligó a retirarse, sintió la presencia de ese rostro que nunca había sido más que una plasta oscura, parte de la tropa, más reconocible en la integridad nerviosa y rápida de su cuerpo guerrero que en esta serenidad, este dolor. Tobías tenía un rostro; él lo vio. Centenares de rayas blancas —rayas de risa y enojo y ojos guiñados contra el sol— recorrían las esquinas del párpado y cuadriculaban los anchos pómulos. Los labios gruesos y prominentes sonreían con dulzura y en los ojos pardos, angostos, había algo semejante a un pozo de luz turbia, encantada, dispuesta.

—Verdad que has llegado —dijo Tobías en su lengua, aprendida por el capitán en el trato diario con las tropas de la sierra sinaloense.

Apretó la mano nervuda del yaqui.

—Sí, Tobías. Más vale que sepas una cosa: nos van a fusilar.

—Así ha de ser. Igual harías tú.

—Sí.

Permanecieron en silencio, mientras el sol desaparecía. Los tres hombres se dispusieron a pasar la noche juntos. Bernal se paseaba lentamente por la celda: él se incorporó y en seguida se sentó otra vez sobre el polvo y trazó rayas en el piso. Afuera, en el corredor, se prendió una lámpara de petróleo y se escuchó el movimiento de los maxilares del cabo de guardia. Un viento frío se levantó sobre el campo desértico.

De pie nuevamente, él se acercó a la puerta de la celda: maderos gruesos, ocote sin pulir, y esa pequeña abertura a la altura de la mirada. Del otro lado, se levantaba la fumarola del cigarro de hoja que encendía el cabo. Él cerró los puños alrededor de los barrotes oxidados y observó el perfil chato de su guardián. Los mechones negros brotaban de la gorra de lona y se agotaban en el pómulo cuadrado y lampiño. El prisionero buscó su mirada y el cabo respondió con un gesto rápido, un "¿qué quiere?" silencioso de la cabeza y la mano libre. La otra apretaba la carabina con la costumbre del oficio.

—¿Ya tienen la orden para mañana?

El cabo lo miró con los ojos largos y amarillos. No respondió.

—Yo no soy de aquí. ¿Y tú?

—De allá arriba —dijo el cabo.

—¿Cómo es el lugar?

—¿Dónde?

—Donde nos van a fusilar. ¿Qué se ve desde allí?

Se detuvo y le hizo una seña para que el cabo le pasara el mechero.

—¿Qué se ve?

Sólo entonces recordó que siempre había mirado hacia adelante, desde la noche en que atravesó la montaña

204

y escapó del viejo casco veracruzano. Desde entonces no había vuelto a mirar hacia atrás. Desde entonces quería saberse solo, sin más fuerzas que las propias... Y ahora... no podía resistir esta pregunta —cómo es, qué se ve desde allí— que quizá era su manera de disfrazar esa ansia de recuerdo, esa pendiente hacia una imagen de helechos frondosos y ríos lentos, de flores tubulares sobre una choza, de una falda almidonada y un cabello suave, oloroso a membrillo...

—Ahí se los llevan al patio de detrás —iba diciendo el cabo— y lo que se ve, ¿pues qué ha de ser? Una pura pared alta, toda como cacariza de tanto afusilado como nos cae por aquí...

—¿Y la montaña? ¿No se ve la montaña?

—Pues la mera verdad no me acuerdo.

—¿Has visto a muchos...?

—Uuuuuh...

—Puede que el que fusile vea mejor que los fusilados lo que está pasando.

—¿A poco tú nunca has estado en un afusile?

("Sí, pero sin fijarme, sin pensar nunca en lo que se podría sentir, en que alguna vez podría tocarme a mí. Por eso no tengo derecho a preguntarte a ti, ¿verdad? Tú sólo has matado como yo, sin fijarte en nada. Por eso nadie sabe lo que se siente y nadie puede contarlo. Si se pudiera regresar, si se pudiera contar qué es eso de escuchar una descarga y sentirla sobre el pecho, en la cara. Si se pudiera contar la verdad de eso, puede que ya no nos atreviéramos a matar, nunca más; o puede que a nadie le importara morir... Puede ser terrible... pero puede ser tan natural como nacer... ¿Qué sabemos tú y yo?")

—Oye capitán, las espiguitas ésas ya no te han de servir. Dámelas.

El cabo introdujo la mano entre los barrotes y él le dio la espalda. El soldado rió con un chillido sofocado.

Ahora el yaqui estaba murmurando cosas en su lengua y él se fue arrastrando los pies hasta la cabecera dura, a tocar con la mano la frente afiebrada del indio y a escuchar sus palabras. Corrían con un sonsonete dulce.

—¿Qué dice?

—Cuenta cosas. De cómo el gobierno les quitó las tierras de siempre para dárselas a unos gringos. De cómo ellos pelearon para defenderlas y entonces llegó la tropa federal y empezó a cortarles las manos a los hombres y a perseguirlos por el monte. De cómo subieron a los jefes yaquis a un cañonero y desde allí los tiraron al mar cargados de pesas.

El yaqui hablaba con los ojos cerrados.

—Los que quedamos fuimos arrastrados a una fila muy larga y desde allá, desde Sinaloa, nos hicieron caminar hasta el otro lado, hasta Yucatán.

—De cómo tuvieron que marchar hasta Yucatán y las mujeres y los viejos y los niños de la tribu se iban quedando muertos. Los que lograron llegar a las haciendas henequeneras fueron vendidos como esclavos y separados los esposos de sus mujeres. De cómo obligaron a las mujeres a acostarse con los chinos, para que olvidaran su lengua y parieran más trabajadores...

—Volví, volví. Apenas supe que había estallado la guerra, volví con mis hermanos a luchar contra el daño.

El yaqui rió quedamente y él sintió ganas de orinar. Se levantó y abrió la bragueta del pantalón caqui; buscó un rincón y escuchó el chapoteo contra el polvo. Frunció el ceño pensando en el desenlace acostumbrado de los valientes que mueren con una mancha húmeda en el pantalón militar. Bernal, ahora con los brazos cruzados, parecía buscar, a través de los altos barrotes, un rayo de luna para esta noche fría y oscura. A veces, ese martilleo persistente del pueblo llegaba hasta ellos; los perros aullaban. Algunas conversaciones perdidas, sin sentido, lograban atravesar las paredes. Él se espolvoreó la túnica y se acercó al joven licenciado.

—¿Hay cigarros?

—Sí... creo que sí... Por aquí andaban.

—Ofrécele al yaqui.

—Ya le ofrecí antes. No le gustan los míos.

—¿Trae los suyos?

—Parece que se le acabaron.

—Puede que los soldados tengan cartas.

—No; no me podría concentrar. Creo que no podría...

—¿Tienes sueño?

—No.

—Tienes razón. No hay que dormir.

—¿Crees que algún día te vas a arrepentir?

—¿Cómo?

—Digo, de haber dormido antes...

—Está chistoso eso.

—Ah, sí. Entonces más vale recordar. Dicen que es bueno recordar.

—No hay mucha vida por detrás.

—Cómo no. Ésa es la ventaja del yaqui. Puede que por eso no le guste hablar.

—Sí. No, no te entiendo...

—Digo que el yaqui sí tiene muchas cosas que recordar.

—Puede que en su lengua no se recuerde igual.

—Toda esa caminata, desde Sinaloa. Lo que nos contó hace un rato.

—Sí.

—...

—Regina...

—¿Cómo?

—No. No más repito nombres.

—¿Qué edad tienes?

—Voy para 26. ¿Y tú?

—Veintinueve. Tampoco tengo mucho que recordar. Y eso que la vida se volvió tan agitada, tan de repente.

—¿Cuándo se empezará a recordar la niñez, por ejemplo?

—Es cierto; cuesta trabajo.

—¿Sabes? Ahora, mientras hablábamos...

—¿Sí?

—Bueno; me repetí unos nombres. ¿Sabes? Ya no me suenan; ya no quieren decir nada.

—Va a amanecer.

—No te fijes.

—Me suda mucho la espalda.

—Dame el cigarro. ¿Qué pasó?

—Perdón. Toma. Puede que no se sienta nada.

—Eso dicen.

—¿Quién lo dice, Cruz?

—Seguro. Los que matan.

—¿Te importa mucho?

—Pues...

—¿Por qué no piensas en...?

—¿Qué? ¿Que todo va a seguir igual, aunque nos maten?

—No, no pienses para adelante, sino para atrás. Yo pienso en todos los que ya han muerto en la revolución.

—Sí; recuerdo a Bule, Aparicio, Gómez, el capitán Tiburcio Amarillas... a unos cuantos.

—Apuesto que no le sabes el nombre ni a 20. Y no sólo a ellos. ¿Cómo se llamaban todos los muertos? No sólo los de esta revolución; los de todas las revoluciones y todas las guerras y hasta los muertos en su cama. ¿Quién se acuerda de ellos?

—Mira: dame un cerillo.

—Perdón.

—Ahora sí ya salió la luna.

—¿Quieres verla? Si te apoyas en mis hombros, puedes alcanzar...

—No. No vale la pena.

—Menos mal que me quitaron el reloj.

—Sí.

—Quiero decir, para no llevar la cuenta.

—Seguro, sí entendí.

—La noche pareció más... más larga...

—Pinche meadera ésta.

—Mira al yaqui. Se durmió. Menos mal que nadie mostró miedo.

—Ahora, otro día metidos aquí.

—Quién sabe. De repente entran al rato.

—Éstos no. Les gusta su juego. Hay demasiada costumbre de fusilar al alba. Van a jugar con nosotros.

—¿No que era tan impulsivo?

—Villa sí. Zagal no.

—¿Qué?

—Morir a manos de uno de los caudillos y no creer en ninguno de ellos.

—¿Qué, iremos los tres juntos o nos sacarán uno por uno?

—Es más fácil de un jalón, ¿qué no? Tú eres el militar.

—¿No se te ocurre ninguna treta?

209

—¿Te cuento una cosa? Mira que es para morirse de la risa.

—¿Qué cosa?

—No te lo diría si no estuviera seguro que de aquí no salgo. Carranza me mandó en esta misión con el puro objeto de que me agarraran y fueran ellos los responsables de mi muerte. Se le metió en la cabeza que más le valía un héroe muerto que un traidor vivo.

—¿Tú traidor?

—Depende de cómo lo mires. Tú nada más has andado en las batallas; has obedecido órdenes y nunca has dudado de tus jefes.

—Seguro. Se trata de ganar la guerra. Qué, ¿tú no estás con Obregón y Carranza?

—Como podía estar con Zapata o Villa. No creo en ninguno.

—¿Y entonces?

—Ése es el drama. No hay más que ellos. No sé si te acuerdas del principio. Fue hace tan poco, pero parece tan lejano... cuando no importaban los jefes. Cuando esto se hacía no para elevar a un hombre, sino a todos.

—¿Quieres que hable mal de la lealtad de nuestros hombres? Si eso es la revolución, no más: lealtad a los jefes.

—Sí. Hasta el yaqui, que primero salió a pelear por sus tierras, ahora sólo pelea por el general Obregón y contra el general Villa. No, antes era otra cosa. Antes de que esto degenerara en facciones. Pueblo por donde pasaba la revolución era pueblo donde se acababan las deudas del campesino, se expropiaba a los agiotistas, se liberaba a los presos políticos y se destruía a los viejos caciques. Pero ve nada más cómo se han ido quedando atrás los que creían que la revolución no era para inflar jefes sino para liberar al pueblo.

—Ya habrá tiempo.

—No, no lo habrá. Una revolución empieza a hacerse desde los campos de batalla, pero una vez que se corrompe, aunque siga ganando batallas militares, ya está perdida. Todos hemos sido responsables. Nos hemos dejado dividir y dirigir por los concupiscentes, los ambiciosos, los mediocres. Los que quieren una revolución de verdad, radical, intransigente, son por desgracia hombres ignorantes y sangrientos. Y los letrados sólo quieren una revolución a medias, compatible con lo único que les interesa: medrar, vivir bien, sustituir a la elite de don Porfirio. Ahí está el drama de México. Mírame a mí. Toda la vida leyendo a Kropotkin, a Bakunin, al viejo Plejanov, con mis libros desde chamaco, discute y discute. Y a la hora de la hora, tengo que afiliarme con Carranza porque es el que parece gente decente, el que no me asusta. ¿Ves qué mariconería? Les tengo miedo a los pelados, a Villa y a Zapata... "Continuaré siendo una persona imposible mientras las personas que hoy son posibles sigan siendo posibles..." Ah sí. Cómo no.

—Te descaras a la hora de la muerte...

—"Tal es el defecto radical de mi carácter: el amor por lo fantástico, las aventuras nunca vistas, las empresas que abren horizontes infinitos e imprevisibles..." Ah sí. Cómo no.

—¿Por qué nunca dijiste eso allá afuera?

—Se lo dije desde el año 1913 a Iturbe, a Lucio Blanco, a Buelna, a todos los militares honrados que nunca pretendieron convertirse en caudillos. Por eso no supieron pararle el juego al viejo Carranza, que toda su vida se ha dedicado a sembrar cizaña y a dividir, porque de otra manera, ¿quién no le iba a comer el mandado, viejo mediocre? Por eso ascendía a los mediocres, a los Pablo

González, a los que no podían hacerle sombra. Así dividió a la revolución, la convirtió en guerra de facciones.

—¿Y por eso te mandaron a Perales?

—Con la misión de convencer a los villistas de que deben rendirse. Como si no supiéramos todos que van huyendo derrotados y en su desesperación pasan por las armas a cuanto carranclán se les pone en frente. Al viejo no le gusta ensuciarse las manos. Prefiere que el enemigo le haga los trabajos sucios. Artemio, Artemio, los hombres no han estado a la altura de su pueblo y de su revolución.

—¿Por qué no te pasas a Villa?

—¿A otro caudillo? ¿Para ver cuánto dura y luego pasarme a otro y otro más, hasta que me vuelva a encontrar en otra celda esperando otra orden de fusilamiento?

—Pero te salvas esta vez...

—No... Créeme, Cruz, me gustaría salvarme, regresar a Puebla. Ver a mi mujer, a mi hijo. A Luisa y a Pancholín. Y mi hermanita Catalina, que tanto depende de mí. Ver a mi padre, mi viejo don Gamaliel, tan noble, tan ciego. Tratar de explicarle por qué me metí en esto. Él nunca comprendió que hay deberes que es necesario cumplir aunque se sepa de antemano que se va al fracaso. Para él aquel orden era eterno; las haciendas, el agio disfrazado, todo eso... Ojalá hubiera alguien a quien pudiera encargarle que fuera a verlos y a decirles cualquier cosa de mi parte. Pero de aquí nadie sale vivo, lo sé. No; todo es un siniestro juego de eliminaciones. Ya estamos viviendo entre criminales y enanos, porque el caudillo mayor prohíja pigmeos que no le hagan sombra y el caudillo menor tiene que asesinar al grande para ascender. Qué lástima, Artemio. Qué necesario es todo lo que está pasando y qué innecesario es corromperlo. No es esto lo que quisimos cuando hacíamos la revolución con todo el pueblo, en 1913. Y tú, vete decidiendo. En cuanto eliminen a Zapata y Villa, quedarán sólo dos jefes, tus jefes actuales. ¿Con cuál vas a jalar?

—Mi jefe es el general Obregón.

—Menos mal que te has decidido ya. A ver si no te cuesta la vida; a ver si...

—Te olvidas de que nos van a fusilar.

Bernal rió con sorpresa, como si hubiese intentado volar y el peso olvidado de unos grilletes se lo hubiese impedido. Apretó el hombro del otro prisionero y dijo:

—¡Maldita manía política! O puede que sea intuición. ¿Por qué no te pasas tú con Villa?

No pudo distinguir bien el rostro de Gonzalo Bernal, pero en la oscuridad sintió esos ojillos burlones, ese airecillo de sabelotodo de estos licenciadetes que nunca peleaban, que nada más hablaban mucho mientras ellos ganaban batallas. Alejó bruscamente su cuerpo del de Bernal.

—¿Qué hubo? —sonrió el licenciado.

Él gruñó y encendió su cigarro apagado.

—Así no se habla —dijo entre dientes—. ¿Qué? ¿Te hablo derecho? Pues me cagan los cojones los que se abren sin que nadie les pida razón y más a la hora de la muerte. Quédese callado, mi licenciado, y dígase para sus adentros lo que quiera, pero a mí déjeme morir sin que me raje.

La voz de Gonzalo se cubrió con una capa metálica:

—Oye, machito, somos tres hombres condenados. El yaqui nos contó su vida...

Y la rabia era contra sí mismo, porque él se había dejado llevar a la confidencia y a la plática, se había abierto a un hombre que no merecía confianza.

—Ésa fue una vida de hombre. Tenía derecho.

—¿Y tú?

—No más peleando. Si hubo más, no me acuerdo.

—Quisiste a alguna mujer...

Apretó los puños.

—...tuviste padres; qué sé yo si hasta tienes un hijo. ¿Tú no? Yo sí, Cruz; yo sí pienso que tuve vida de hombre, que quisiera estar libre para seguirla; ¿tú no?; ¿tú no quisieras ahorita estar acariciando...?

La voz de Bernal se descomponía cuando las manos de él lo buscaron en la oscuridad, lo azotaron contra la pared, sin decir palabra, con un mugido opaco, con las uñas clavadas en la solapa de casimir de este nuevo enemigo armado de ideas y ternuras, que sólo estaba repitiendo el mismo pensamiento oculto del capitán, del prisionero, de él: ¿qué sucederá después de nuestra muerte? Y Bernal lo repetía, a pesar de los puños cerrados que lo violaban:

—...¿si no nos hubieran matado antes de cumplir 30 años?... ¿qué habría sido de nuestras vidas?; yo quería hacer tantas cosas...

Hasta que él, con la espalda sudorosa y el rostro muy cerca del de Bernal, también murmuró:

—...que todo va a seguir igual, ¿a poco no lo sabes?; que va a salir el sol; que van a seguir naciendo escuincles, aunque tú y yo estemos bien tronados, ¿a poco no lo sabes?

Los dos hombres se desprendieron del abrazo violento. Bernal se dejó caer sobre el piso; él caminó hacia la puerta de la celda, decidido: le contaría un plan falso a Zagal, pediría la vida del yaqui, dejaría a Bernal correr su suerte.

Cuando el cabo de guardia, canturreando, lo condujo hacia la presencia del coronel, él sólo sentía ese dolor perdido de Regina, esa memoria dulce y amarga que tanto había escondido y que ahora brotaba a flote, pidiéndole que siguiera viviendo, como si una mujer muerta necesitara del recuerdo de un hombre vivo para seguir siendo algo más que un cuerpo devorado por los gusanos en un hoyo sin nombre, en un pueblo sin nombre.

—Va a ser difícil que nos tome el pelo —dijo con su eterna voz sonriente el coronel Zagal—. Ahoritita mismo salen dos destacamentos a ver si lo que nos cuenta es cierto, y si no lo es, o si el ataque viene por otro lado, vaya encomendándose al cielo y piense que no más ganó unas cuantas horas de vida, pero a costa de su honor.

Zagal estiró las piernas y movió en escala los dedos encalcetinados de los pies. Las botas estaban sobre la mesa, cansadas y sin armazón.

—¿Y el yaqui?

—Eso no estaba en lo pactado. Mire: la noche se está haciendo larga. ¿Para qué ilusionar a esos pobrecitos con un nuevo sol? ¡Cabo Payán!... Vamos a mandar a mejor vida a los dos presos. Sáquemelos de la celda y llévenlos allá atrás.

—El yaqui no puede caminar —dijo el cabo.

—Denle marihuana —carcajeó Zagal—. A ver, sáquenlo en camilla y apóyenlo como puedan contra el muro.

¿Qué vieron Tobías y Gonzalo Bernal? Lo mismo que el capitán, aunque éste les ganara en altura, parado junto a Zagal sobre la azotea de la presidencia. Allá abajo, el yaqui era sacado en camilla y Bernal caminaba cabizbajo y los dos hombres eran colocados contra el paredón y entre dos lámparas de petróleo.

Una noche en la que los resplandores del alba tardaban en hacerse sentir y en la que la silueta de las montañas

215

no se dejaba ver, ni siquiera cuando los fusiles tronaron con espasmos rojizos y Bernal alargó la mano para tocar el hombro del yaqui. Tobías se quedó apoyado contra el muro, parapetado por la camilla. Las lámparas alumbraron su rostro deshecho, marcado por las balas. Sólo iluminaron los tobillos del cuerpo caído de Gonzalo Bernal, por donde empezaron a correr los hilos de sangre.

—Ahí tiene sus muertos —dijo Zagal.

Y otra fusilata, lejana y tupida, comentó sus palabras y en seguida se le unió un cañón ronco que hizo volar una esquina del edificio. La gritería de los villistas ascendió confusa hasta la azotea blanca donde Zagal gritaba con una interrogación desarticulada:

—¡Ya llegaron! ¡Ya nos hallaron! ¡Son los carran-clanes!

Mientras él lo derribaba y apretaba la mano —rediviva, concentrada con toda su fuerza— sobre la funda de la pistola del coronel. Sintió en sus manos la sequedad metálica del arma. La clavó en la espalda de Zagal y con el brazo derecho rodeó el cuello del coronel, lo apretó y lo mantuvo sobre el suelo, con las quijadas duras y la espuma entre los labios. Por encima de la cornisa, pudo ver la confusión que reinaba en el patio de ejecuciones. Los soldados del pelotón corrían, pisoteando los cadáveres de Tobías y Bernal, volteando las lámparas de petróleo: las explosiones granizadas se sucedían en todo el pueblo de Perales, acompañadas de gritos e incendios, de galopes y relinchos. Más villistas salieron al patio, poniéndose las guerreras, fajándose los pantalones. Las luces caídas dibujaban una línea dorada en cada perfil, en cada cinturón, en cada botonadura. Las manos se alargaron para tomar los fusiles y las cartucheras. La tranca del establo fue abierta con prisa y los caballos relinchantes salieron al patio, fueron montados por los jinetes y arrancaron por el portón abierto. Algunos rezagados corrieron detrás de la caballería y al fin el patio quedó desierto. Los cadáveres de Bernal y el yaqui. Dos lámparas de petróleo. La gritería se alejó; iba al encuentro del ataque enemigo. El prisionero soltó a Zagal. El coronel se mantuvo de rodillas, tosiendo, acariciándose el cuello estrangulado. La voz apenas pudo levantarse:

—No se rindan. Aquí estoy yo.

Y la mañana, al fin, mostró su párpado azul sobre el desierto.

Cesó el estruendo inmediato. Por las calles corrían villistas al encuentro del sitio. Sus blusas blancas se tiñeron de azul. Ni un murmullo ascendió desde el patio. Zagal se puso de pie, desabotonándose la túnica grisácea, en ademán de ofrecer el pecho. El capitán se adelantó también, con la pistola en la mano.

—Vale lo ofrecido —le dijo con una voz seca al coronel.

—Vamos abajo —dijo Zagal y soltó los brazos.

En la oficina, Zagal tomó la Colt que tenía en una gaveta.

Caminaron, armados los dos, a través de los pasillos fríos hasta el patio. Calcularon la mitad del cuadrángulo. El coronel hizo a un lado, con el pie, la cabeza de Bernal. El capitán levantó las lámparas de petróleo.

Cada uno se colocó en una esquina. Avanzaron.

Zagal disparó primero y su bala hirió de nuevo al yaqui Tobías. El coronel se detuvo y una esperanza iluminó sus ojos negros: el otro avanzaba sin disparar. El acto se consumaba como un gesto de honor. El coronel se aferró —un segundo, dos segundos, tres segundos—

217

a la esperanza de que el otro respetaría su valentía, de que los dos se encontrarían a la mitad del patio sin un nuevo disparo.

Ambos se detuvieron a la mitad del patio.

La sonrisa volvió al rostro del coronel. El capitán atravesó la línea imaginaria. Zagal, riendo, hizo un gesto de amistad con la mano cuando dos tiros repetidos le atravesaron el estómago y el otro lo miró doblarse y caer a sus pies. Entonces soltó la pistola sobre el cráneo empapado de sudor del coronel y permaneció, sin moverse, de pie.

El viento del desierto le sacudió los mechones rizados de la frente, las rasgaduras de la túnica manchada de sudor, las tiras rotas de las polainas de cuero. La barba de cinco días se erizaba sobre las mejillas y los ojos verdes se perdían detrás de las pestañas polvosas y las lágrimas secas. De pie, héroe solitario sobre el campo cercado de los muertos. De pie, héroe sin testigos. De pie, rodeado de abandono, mientras la batalla se libraba fuera del pueblo, con ese latido de tambores.

Bajó la mirada. El brazo muerto del coronel Zagal se extendía hacia la cabeza muerta de Gonzalo. El yaqui estaba sentado, con el cuerpo contra el paredón; su espalda había dejado una firma rayada sobre la lona de la camilla. Se hincó junto al coronel y le cerró los ojos.

Se incorporó velozmente y respiró un aire en el que quiso encontrar, agradecer, dar nombre a su vida y a su libertad. Pero estaba solo. No tenía testigos. No tenía compañeros. Un grito sordo se le escapó de la garganta, apagado por la metralla pareja en la lejanía.

"Estoy libre; estoy libre."

Juntó los puños sobre el estómago y el rostro se torció de dolor.

Levantó la mirada y vio, por fin, lo que debía ver un ajusticiado al alba: la lejana línea de montañas, el cielo ya blanquecino, los muros de adobe del patio. Escuchó lo que debía escuchar un ajusticiado al alba: los chirríos de los pájaros escondidos, un grito agudo de niño hambriento, ese martilleo extraño de algún trabajador del pueblo, ajeno al estruendo invariable, monótono, perdido, del cañoneo y la fusilata que continuaban a sus espaldas. Trabajo anónimo, más fuerte que el estruendo, seguro de que pasada la lucha, la muerte, la victoria, el sol volvería a salir, todos los días...

Yo no puedo desear: yo dejo que hagan. Trato de tocarlo. Lo recorro del ombligo al pubis. Redondo. Pastoso. Yo ya no sé. El médico se ha ido. Dijo que iba a buscar a otros médicos. No quiere hacerse responsable de mí. Yo ya no sé. Pero los veo. Han entrado. Se abre, se cierra la puerta de caoba y los pasos no se escuchan sobre el tapete hondo. Han cerrado las ventanas. Han corrido, con un siseo, las cortinas grises. Han entrado.

—Acércate, hijita... que te reconozca... dile tu nombre...

Huele bien. Ella huele bonito. Ah, sí, aún puedo distinguir las mejillas encendidas, los ojos brillantes, toda la figura joven, graciosa, que a pasos cortados se acerca a mi lecho.

—Soy... soy Gloria...

Trato de murmurar su nombre. Sé que no se escuchan mis palabras. Por lo menos esto debo agradecerle a Teresa: haberme acercado el cuerpo joven de su hija. Si sólo distinguiera mejor su rostro. Si sólo pudiera ver mejor su mueca. Debe darse cuenta de este olor de escamas muertas, de vómito y sangre; debe mirar este pecho hundido, esta barba gris y revuelta, estas orejas cerosas, este fluido incontenible de la nariz, esta saliva seca sobre los labios y el mentón, estos ojos sin rumbo que deben ensayar otra mirada, estos...

La alejan de mí.

—Pobrecita... se ha impresionado...

—¿Eh?

—Nada, papá; descanse.

Dicen que es novia del hijo de Padilla. Cómo debe besarla, qué palabras debe decirle, ah, sí, qué rubor. Entran y salen. Me tocan el hombro, mueven las cabezas, murmuran frases de aliento, sí, no saben que los escucho, a pesar de todo: escucho las conversaciones más apartadas, las pláticas en los rincones de la recámara, no las cercanas, las palabras dichas junto a mi cabecera.

—¿Cómo lo ve, señor Padilla?

—Mal, mal.

—Deja todo un imperio.

—Sí.

—¡Tantos años a la cabeza de sus negocios!

—Será muy difícil sustituirlo.

—Le diré. Después de don Artemio, nadie más indicado que usted...

—Sí, estoy compenetrado...

—¿Y quién tomaría el puesto de usted, en ese caso?

—Sobran gentes preparadas.

—Entonces, ¿se calculan varios ascensos?

—Cómo no. Toda una nueva distribución de responsabilidades.

Ah, Padilla, acércate. ¿Trajiste la grabadora?

—¿Usted se hace responsable?

—Don Artemio... Aquí le traigo...

"—Sí, patrón.

"—Esté usted listo. El gobierno va a actuar con mano de hierro y usted debe estar preparado para tomar la dirección del sindicato.

"—Sí, patrón.

"—Le advierto que varios viejos zorros también se están preparando. Yo ya le insinué a las autoridades que usted es el que cuenta con nuestra confianza. ¿No gusta algo?

"—Gracias pero ya comí. Comí hace rato.

"—No se deje comer el mandado. Dese su vueltecita, pero ya, por la Secretaría, por la CTM, por ahí...

"—Cómo no, patrón. Cuente conmigo.

"—Adiós, Campanela. A tenebrosear. Mucho ojo. Abusado. Vamos, Padilla..."

Ya. Se acabó. Ah. Eso fue todo. ¿Eso fue todo? Quién sabe. No me acuerdo. Hace tiempo que no escucho las voces de esa grabadora. Hace tiempo que disimulo. ¿Quién me toca? ¿Quién está tan cerca de mí? Qué inútil, Catalina. Me digo: qué inútil, qué inútil caricia. Me pregunto: ¿qué vas a decirme?, ¿crees que has encontrado al fin las palabras que nunca te atreviste a pronunciar? Ah, ¿tú me quisiste?, ¿por qué no lo dijimos? Yo te quise. Ya no recuerdo. Tu caricia me obliga a verte y no sé, no entiendo por qué, sentada a mi lado, compartes al fin este recuerdo conmigo y esta vez sin reproches en tu mirada. El orgullo. Nos salvó el orgullo. Nos mató el orgullo.

—...por un sueldo miserable, mientras nos ofende con esa mujer, nos refriega el lujo en las narices, nos da lo que nos da como si fuéramos unos pordioseros...

No entendieron. No hice nada por ellos. No los tomé en cuenta. Lo hice por mí. No me interesan estas historias. No me interesa recordar la vida de Teresa y Gerardo. No me importan.

—¿Por qué no le exigiste que te diera tu lugar, Gerardo? Tú eres tan responsable como él...

No me interesan.

—Cálmate, Teresita, comprende mi posición; yo no me quejo.

—Un poco de personalidad; ni eso...

—Déjenlo descansar.

—¡No te pongas de su lado! A nadie hizo sufrir más que a ti...

Yo sobreviví. Regina. ¿Cómo te llamabas? No. Tú Regina. ¿Cómo te llamabas tú, soldado sin nombre? Gonzalo. Gonzalo Bernal. Un yaqui. Un pobrecito yaqui. Sobreviví. Ustedes murieron.

—Y también a mí. Cómo voy a olvidarlo. Ni siquiera se presentó en la boda. En mi boda, la boda de su hija...

Nunca comprendieron. No las necesité. Me hice solo. Soldado. Yaqui. Regina. Gonzalo.

—Si hasta lo que quiso lo destruyó, mamá, tú lo sabes.

—No hables. Por dios, ya no hables...

¿El testamento? No se preocupen: existe un papel escrito, timbrado, levantado ante notario; no olvido a nadie: ¿para qué iba a olvidarlos, a odiarlos?; ¿no me lo habrían agradecido, en secreto?, ¿no les habría dado placer pensar que hasta el último momento pensé en ustedes para burlarme?: no, los recuerdo con la indiferencia de un trámite frío, querida Catalina, hija amable, nieta, yerno: les parcelo una riqueza extraña, que ustedes adjudicarán, en público, a mi esfuerzo, a mi tesón, a mi sentido de responsabilidad, a mis cualidades personales.

Háganlo. Siéntanse tranquilos. Olviden que esa riqueza la gané exponiendo el pellejo, sin saberlo, en una lucha que no quise entender porque no me convenía saberla, entenderla, porque sólo podían saberla, entenderla quienes no esperaban nada de su sacrificio. Eso es el sacrificio, ¿no es verdad?: darlo todo a cambio de nada. ¿Cómo se llamará, entonces, darlo todo a cambio de todo? Pero aquéllos no me lo ofrecieron todo a mí. Ella me lo ofreció todo. No lo tomé. No supe tomarlo. ¿Cómo se llamará?

"—*O.K. The picture's clear enough. Say, the old boy at the Embassy wants to make a speech comparing this Cuban mess with the old-time Mexican Revolution. Why don't you prepare the climate with an editorial...?*

"—Sí, sí. Lo haremos. ¿Unos 20 mil pesos?

"—*Seems fair enough. Any ideas?*

"—Sí. Dígale que establezca un claro contraste entre un movimiento anárquico, sangriento, destructor de la propiedad privada y de los derechos humanos con una revolución ordenada, pacífica y legal como la de México, que fue dirigida por una clase media inspirada por Jefferson. Al fin la gente tiene mala memoria. Dígale que nos halague.

"—*Fine. So long, Mr. Cruz, it's always...*"

Oh, qué bombardeo de signos, de palabras, de estímulos para mi oído cansado; oh, qué fatiga; no entenderán mi gesto porque apenas puedo mover los dedos: que lo corten ya, ya me aburrió, qué tiene que ver, qué lata, qué lata...

—En el nombre del Padre, del Hijo...

—Esa mañana lo esperaba con alegría. Cruzamos el río a caballo.

—¿Por qué lo arrancaste de mi lado?

Les legaré las muertes inútiles, los nombres muertos de Regina, del yaqui... Tobías, ahora recuerdo, le decían Tobías... de Gonzalo Bernal, de un soldado sin nombre. ¿Y ella? Otra.

—Abran la ventana.

—No. Puedes resfriarte y complicarlo todo.

Laura. ¿Por qué? ¿Por qué sucedió así todo? ¿Por qué?

Tú sobrevivirás: volverás a rozar las sábanas y sabrás que has sobrevivido, a pesar del tiempo y el movimiento que a cada instante acortan tu fortuna: entre la parálisis y el desenfreno está la línea de la vida: la aventura: imaginarás la seguridad mayor, jamás moverte: te imaginarás inmóvil, al resguardo del peligro, del azar, de la incertidumbre: tu quietud no detendrá al tiempo que corre sin ti, aunque tú lo inventes y midas, al tiempo que niega tu inmovilidad y te somete a su propio peligro de extinción: aventurero, medirás tu velocidad con la del tiempo:

el tiempo que inventarás para sobrevivir, para fingir la ilusión de una permanencia mayor sobre la tierra: el tiempo que tu cerebro creará a fuerza de percibir esa alternación de luz y tinieblas en el cuadrante del sueño; a fuerza de retener esas imágenes de la placidez amenazada por los cúmulos concentrados y negros de las nubes, el anuncio del trueno, la posteridad del rayo, la descarga turbonada de la lluvia, la aparición segura del arco iris; a fuerza de escuchar las llamadas cíclicas de los animales en el monte; a fuerza de gritar los signos del tiempo: aullido del tiempo de la guerra, aullido del tiempo del luto, aullido del tiempo de la fiesta; a fuerza, en fin, de decir el tiempo, de hablar el tiempo, de pensar el tiempo inexistente de un universo que no lo conoce porque nunca empezó y jamás terminará: no tuvo principio, no tendrá fin y no sabe que tú inventarás una medida del infinito, una reserva de razón:

tú inventarás y medirás un tiempo que no existe,

tú sabrás, discernirás, enjuiciarás, calcularás, imaginarás, prevendrás, acabarás por pensar lo que no tendrá otra realidad que la creada por tu cerebro, aprenderás a dominar tu violencia para dominar la de tus enemigos: aprenderás a frotar dos maderos hasta incendiarlos porque necesitarás arrojar una tea a la entrada de tu cueva y espantar a las bestias que no te distinguirán, que no diferenciarán tu carne de la carne de otras bestias y tendrás que construir mil templos, dictar mil leyes, escribir mil libros, adorar mil dioses, pintar mil cuadros, fabricar mil máquinas, dominar mil pueblos, romper mil átomos para volver a arrojar tu tea encendida a la entrada de la cueva,

y harás todo eso porque piensas, porque habrás desarrollado una congestión nerviosa en el cerebro, una red espesa capaz de obtener información y trasmitirla del frente hacia atrás: sobrevivirás, no por ser el más fuerte, sino por el azar oscuro de un universo cada vez más frío, en el que sólo sobrevivirán los organismos que sepan conservar la temperatura de su cuerpo frente a los cambios del medio, los que concentren esa masa nerviosa frontal y puedan predecir el peligro, buscar el alimento, organizar su movimiento y dirigir su nado en el océano redondo, proliferante, atestado de los orígenes: quedarán en el fondo del mar las especies muertas y perdidas, tus hermanas, millones de hermanas que no emergieron del agua con sus cinco estrellas contráctiles, sus cinco dedos clavados en la otra orilla, en la tierra firme, en las islas de la aurora: emergerás con la amiba, el reptil y el pájaro cruzados: las aves que se arrojarán de las nuevas cimas para estrellarse en los nuevos abismos, aprendiendo en el fracaso, mientras los reptiles ya vuelen y la tierra se enfríe: sobrevivirás con las aves protegidas de plumas, arropadas por la velocidad de su calor, mientras los reptiles fríos duerman, invernen y al cabo mueran y tú clavarás las pezuñas en la tierra firme, en las islas de la aurora, y sudarás como un caballo, y treparás a los árboles nuevos con tu temperatura constante y descenderás con tus células cerebrales diferenciadas, tus funciones vitales automatizadas, tus constantes de hidrógeno, azúcar, calcio, agua, oxígeno: libre para pensar más allá de los sentidos inmediatos y las necesidades vitales

descenderás con tus 10 mil millones de células cerebrales, con tu pila eléctrica en la cabeza, plástico, mutable, a explorar, satisfacer tu curiosidad, proponerte fines, realizarlos con el menor esfuerzo, evitar las dificultades, prever, aprender, olvidar, recordar, unir ideas, reconocer formas, sumar grados al margen dejado libre por la necesidad, restar tu voluntad a las atracciones y rechazos del medio físico, buscar las condiciones favorables, medir la realidad con el criterio de lo mínimo, desear secretamente lo máximo, no exponerte, sin embargo, a la monotonía de la frustración:

acostumbrarte, amoldarte a las exigencias de la vida en común:

desear: desear que tu deseo y el objeto deseado sean la misma cosa; soñar en el cumplimiento, en la identificación sin separaciones del deseo y lo deseado:

reconocerte a ti mismo:

reconocer a los demás y dejar que ellos te reconozcan: y saber que te opones a cada individuo, porque cada individuo es un obstáculo más para alcanzar tu deseo:

elegirás, para sobrevivir elegirás, elegirás entre los espejos infinitos uno solo, uno solo que te reflejará irrevocablemente, que llenará de una sombra negra los demás espejos, los matarás antes de ofrecerte, una vez más, esos caminos infinitos para la elección:

decidirás, escogerás uno de los caminos, sacrificarás los demás: te sacrificarás al escoger, dejarás de ser todos los otros hombres que pudiste haber sido, querrás que otros hombres —otro— cumplan por ti la vida que mutilaste al elegir: al elegir sí, al elegir no, al permitir que no tu deseo, idéntico a tu libertad, te señalara un laberinto sino tu interés, tu miedo, tu orgullo:

temerás al amor, ese día:

pero podrás recuperarlo: reposarás con los ojos cerrados, pero no dejarás de ver, no dejarás de desear, porque así harás tuya la cosa deseada:

la memoria es el deseo satisfecho

hoy que tu vida y tu destino son la misma cosa.

1934: 12 DE AGOSTO

Él escogió un fósforo, lo raspó contra el costado lijoso de la caja, contempló la llama y la acercó al cabo del cigarrillo. Cerró los ojos. Aspiró el humo. Alargó las piernas y se arrellanó en la butaca de terciopelo; rozó el terciopelo con la mano libre y olió la fragancia de unos crisantemos acomodados dentro de un jarrón de cristal, en la mesa, a sus espaldas. Escuchó la música lenta, reproducida por el fonógrafo, también a sus espaldas.

—Ya casi estoy lista.

Buscó a tientas, con la mano libre, el álbum abierto colocado sobre la pequeña mesa de nogal, a su derecha.

Tocó las pastas de cartón, leyó Deutschen Grammophon Gesellschaft y escuchó la entrada majestuosa del cello que apartaba, se hacía presente, al fin vencía el refrán de los violines y los relegaba al segundo término del coro. Dejó de escuchar. Se arregló la corbata y durante algunos segundos acarició la seda abultada, esa seda que crujía levemente cuando la tocaban los dedos.

—¿Te preparo algo?

Se dirigió a la mesa baja, sobre ruedas, dedicada a sostener la variedad de botellas y vasos de donde escogió una de escocés y uno pesado, de cristal de Bohemia, y midió dos dedos de whisky dentro del vaso, después seleccionó un cubo de hielo y vació un poco de agua natural.

—Lo que tú tomes.

Entonces él repitió la operación y tomó ambos vasos entre las manos, los hizo chocar, girar un poco desde las palmas para mezclar bien el whisky y el agua y se acercó a la puerta de la recámara.

—Un minuto.

—¿Lo escogiste por mí?

—Sí. ¿Recuerdas?

—Sí.

—Perdóname el retraso.

Regresó a la butaca. Volvió a tomar el álbum, lo colocó sobre las rodillas. Werke von Georg Friedrich Händel. Escucharon los dos conciertos en esa sala excesivamente calentada y por casualidad les tocó quedar sentados juntos, escuchar —ella— que él hablaba español y comentaba con su amigo que había demasiada calefacción en la sala. Él le pidió en inglés el programa y ella sonrió y le dijo, en español, que con mucho gusto. Los dos sonrieron. Concerti Grossi, opus 6.

Se dieron cita el mes entrante, cuando ambos deberían llegar a esa ciudad, en ese café de la Rue Caumartin, cerca del Boulevard des Capucines, que él volvería a visitar años después, sin ella, sin poder localizarlo exactamente, deseando volverlo a ver, volver a pedir lo mismo, que localizó como un café de decorado rojo y sepia, con curules romanas y una larga barra de madera rojiza, no un café al aire libre, pero sí abierto, sin puertas. Bebieron menta con agua. Lo volvió a pedir. Ella dijo que septiembre era el mejor mes, fines de septiembre y principios de octubre. El verano indio. El regreso de las vacaciones. Pagó. Ella lo tomó del brazo, riendo, respirando, y atravesaron los patios del Palais Royal, caminaron entre las galerías y los patios, pisando las primeras hojas muertas, acompañados de las palomas, y entraron a ese restaurante de mesas pequeñas y respaldos de terciopelo y paredes de espejo pintado, decorado con una vieja pintura, un viejo barniz de oro, azul y sepia.

—Lista.

Miró sobre el hombro y la vio salir de la recámara, prendiéndose los aretes a los lóbulos, arreglándose con una mano el cabello liso, color de miel. Le ofreció el whisky preparado y ella bebió un pequeño sorbo, frunciendo la nariz y tomó asiento en la butaca roja, cruzó la pierna derecha sobre la otra y levantó el vaso a la altura de los ojos. Él correspondió con un gesto idéntico y le sonrió, mientras ella se sacudía algo de la solapa del traje negro. El clavecín conducía el refrán central de ese descenso, acompañado de los violines: él lo imaginó como un descenso de la altura, no como una marcha hacia adelante: un descenso leve, imperceptible, que al tocar la tierra se convertía en alegría de contrapuntos entre los tonos graves y agudos de los violines. El clavecín sólo había servido, como las alas, para descender y tocar la tierra. Ahora la música, en la tierra, bailaba. Los dos se miraron.

—Laura...

Ella hizo un signo con el dedo índice y los dos continuaron escuchando; ella sentada, con el vaso entre las manos; él de pie, haciendo girar sobre su eje el globo del firmamento, deteniéndolo de vez en cuando para distinguir las figuras dibujadas con punta de plata sobre la supuesta figura de las constelaciones: cuervo, escudo, lebrel, pez, altar, centauro. La aguja giró sobre el silencio; él caminó hasta el fonógrafo, la apartó del disco, la colocó sobre su descanso.

—Te quedó muy bien el apartamento.

—Sí. Está curioso. Pero no me cupieron todas las cosas.

—Está muy bien.

—Tuve que alquilar una bodega para guardar todo lo que no cupo.

—Si quisieras podrías...

—Gracias —lo dijo riendo—: Si sólo quisiera un caserón, seguiría con él.

—¿Quieres oír más música, o nos vamos?

—No. Terminemos el vaso y salimos.

Se detuvieron frente a ese cuadro y ella dijo que le gustaba mucho y siempre venía a verlo porque esos trenes detenidos, ese humo azul, esos caserones azul y ocre del fondo, esas figuras borradas, apenas insinuadas, ese techo horrible, de fierro y vidrios opacos, de la terminal de Saint Lazare pintada por Monet le gustaban mucho, eran lo que le gustaba de esta ciudad donde las cosas, quizá, no eran muy hermosas vistas aisladamente, en detalle, pero eran irresistibles vistas en conjunto. Él le dijo que ésa era una idea y ella rió y le acarició la mano y le dijo que tenía razón, que simplemente le gustaba, le gustaba todo, estaba contenta y él, años después, volvió a ver esa pintura, cuando ya estaba instalada en el Jeu-de-Paume y el guía especial le dijo que era notable, en 30 años ese cuadro había cuadruplicado su valor, ahora costaba varios miles de dólares, era notable.

Él se acercó, se detuvo detrás de ella, acarició el respaldo del sillón y después tocó los hombros de Laura. Ella inclinó la cabeza sobre la mano del hombre, rozó la mejilla con los dedos. Suspiró una nueva sonrisa, se apartó y sorbió un poco de whisky. Arrojó la cabeza hacia atrás, con los ojos cerrados, y tragó el sorbo después de haberlo detenido entre la lengua y el paladar.

—Podríamos regresar el año entrante. ¿No te parece?

—Sí. Podríamos regresar.

—Recuerdo mucho cómo paseábamos por las calles.

—Yo también. Nunca habías ido al Village. Recuerdo que yo te llevé.

—Sí. Podríamos regresar.

—Hay algo tan vital en esa ciudad. ¿Recuerdas? No habías aprendido a distinguir el olor de río y mar unidos. No lo habías localizado. Caminamos hasta el Hudson y cerramos los ojos para distinguirlo.

Él tomó la mano de Laura, le besó los dedos. Sonó el timbre del teléfono y él se adelantó a tomar la bocina, la levantó y escuchó la voz que repetía:

—*Bueno... ¿Bueno, bueno?... ¿Laura?*

Colocó una mano sobre la bocina negra y la ofreció a Laura. Ella dejó el vaso sobre la mesita y caminó hasta el teléfono.

—¿Sí?

—*Laura. Es Catalina.*

—Sí. Cómo estás.

—*¿No te interrumpo?*

—Iba a salir.

—*No, no te quitaré mucho tiempo.*

—Dime.

—*¿No te quito el tiempo?*

—No, te digo que no.

—*Creo que cometí un error. Debí habértelo dicho.*

—¿Sí?

—*Sí, sí. Debí haberte comprado el sofá. Ahora que estoy instalando la nueva casa me di cuenta. ¿Recuerdas el sofá, ese sofá con los brocados de punto? Fíjate que le iría muy bien al vestíbulo, porque compré unos gobelinos, unos gobelinos para adornar el vestíbulo y creo que lo único que le va es tu sofá de bordados...*

—Quién sabe. Puede que sean demasiados bordados.

—*No, no, no. Es que mis gobelinos son de tono oscuro y tu sofá de tono claro, de manera que hay un bonito contraste.*

—Pero sabes que ese sofá lo instalé aquí, en el apartamento.

—*Ay, no seas así. A ti te sobran muebles. ¿No me contaste que habías metido más de la mitad en una bodega? Sí, me lo contaste, ¿verdad?*

—Sí. Pero es que he arreglado la sala de tal manera que...

—*Entonces piénsalo. ¿Cuándo vienes a ver la casa?*

—Cuando gustes.

—*No, no así, tan indefinido. Escoge una fecha y tomamos el té juntas y platicamos.*

—¿El viernes?

—*No, el viernes no puedo, pero el jueves sí.*

—Entonces el jueves.

—*Pero te digo que sin tu mueble se echa a perder el vestíbulo, casi preferiría no tener vestíbulo, ¿ves?, se echaría a perder. Un apartamento se arregla fácil. Ya verás.*

—Entonces el jueves.

—*Y vi a tu marido pasar por la calle. Me saludó muy atento. Laura, es un pecado, un pecado que se vayan a divorciar. Lo encontré guapísimo. Se ve que le haces falta. ¿Por qué, Laura, por qué?*

—Eso ya pasó.

—*Entonces el jueves. Las dos solitas, para platicar a gusto.*

—Sí, Catalina. Hasta el jueves.

—*Adiós.*

La invitó a bailar y atravesaron los salones de palmeras en maceta del hotel Plaza y se dirigieron al salón y él la tomó en sus brazos y ella acarició los dedos largos del hombre, tocó el calor de la palma de la mano, reclinó la cabeza contra el hombro de su compañero, la apartó, lo miró fijamente, como él la miraba a ella: mirándose, mirándose, verdes los ojos, grises los de ella, mirándose, solos en el salón de baile con esa orquesta que tocaba un blues muy lento, mirándose, con los dedos, el talle abrazado, girando lentamente, esa falda de holanes, esa falda...

Ella colgó y lo miró a él y esperó. Caminó hacia el sofá de bordados y lo acarició y volvió a mirar al hombre.

—¿Quieres prender la luz? Ésa que está a tu lado. Gracias.

—Ella no sabe nada.

Laura se apartó del sofá y lo miró.

—No, es demasiada luz. Es que todavía no sé distribuirlas bien. No es lo mismo iluminar una casa grande que esto...

Se sintió cansada, se sentó sobre el sofá, tomó un pequeño libro, encuadernado en cuero, de la mesa lateral y lo hojeó. Hizo a un lado la melena rubia que le cubría la mitad del rostro, buscó la luz de la lámpara y murmuró en voz baja lo que leía, con las cejas altas y una tenue resignación en los labios. Leyó y cerró el libro y dijo: —Calderón de la Barca, y repitió de memoria, mirando al hombre:

—¿No ha de haber placer un día? Dios, di, para qué crió flores, si no ha de gozar el olfato del blando olor de sus fragantes aromas...

Se alargó sobre el sofá, tapándose los ojos con las manos, repitiendo con una voz precisa, cansada, una voz que no quería escucharse o ser escuchada: —...¿si el oído no ha de oírlas?... ¿si no han de verlo los ojos?... y sintió la mano de él sobre su cuello, tocando las perlas vivas, en contacto con la piel del pecho.

—Yo no te obligué...

—No, tú no tienes nada que ver. Eso venía desde atrás.

—¿Por qué pasó?

—Oh, quizá porque tengo una idea demasiado presuntuosa de mí misma... porque creo tener derecho a otro trato... a no ser un objeto sino una persona...

—¿Y conmigo?

—No sé. No sé. Tengo 35 años. Cuesta empezar de nuevo, a menos que alguien nos dé la mano... Hablamos aquella noche, ¿recuerdas?

—En Nueva York.

—Sí. Dijimos que debíamos conocernos...

—...que era más peligroso cerrar las puertas que abrirlas... ¿No me conoces ya?

—Nunca dices nada. Nunca me pides nada.

—Eso debía hacer, ¿verdad? ¿Por qué?

—No sé...

—No sabes. Sólo si te deletreo sabrías...

—Quizá.

—Yo te quiero. Tú me has dicho que me quieres. No, no quieres comprender... Dame un cigarrillo.

Sacó la cajetilla de la bolsa del saco. Escogió un fósforo, lo encendió mientras ella tomaba el cigarrillo y sentía el papel entre los labios, lo humedecía, apartaba la costra arrancada, pegada al labio, con dos dedos y la hacía circular entre los dos dedos, la arrojaba livianamente y esperaba. Y él la miraba.

—Ahora quizá reanude mis clases. A los 15 años quería pintar. Después lo olvidé.

—¿No vamos a salir?

Ella se quitó los zapatos, acomodó la cabeza en un cojín, espiró hacia el techo las volutas de humo.

—No, ya no vamos a salir.

—¿Quieres otro escocés?

—Sí, dame otro.

Él tomó de la mesa el vaso vacío, miró la mancha de pintura labial en los bordes, escuchó la sonaja del cubo de hielo agitado contra el cristal, caminó hacia la mesa baja, volvió a medir el whisky, tomó otro cubo de hielo con las tenazas de plata...

—Sin agua, por favor.

Ella le preguntó si no le inquietaba saber hacia dónde miraba, a quién o qué cosa miraba la muchacha que está de pie sobre el columpio, vestida de blanco —de blanco y sombra— con los moños azules a lo largo del vestido; le dijo que algo quedaba siempre fuera del cuadro, porque el mundo representado por el cuadro debía alargarse, extenderse más allá y estar lleno de otros colores, otras presencias, otras solicitudes, gracias a las cuales el cuadro se componía y era. Salieron al sol de septiembre. Caminaron, riendo, bajo las arcadas de la Rue de Rivoli y ella le dijo que debía conocer la Place des Vosges, que era quizá la más hermosa. Detuvieron un taxi. Él extendió sobre las rodillas el mapa del metropolitano y ella fue siguiendo con un dedo la línea roja, la línea verde, tomada de su brazo, con el aliento muy cerca del suyo, diciendo que esos nombres le encantaban, no se cansaba de repetirlos, Richard Lenoir, Ledru-Rollin, Filles du Calvaire...

Le entregó el vaso y volvió a hacer girar el globo de los cielos, a leer los nombres *lupus, crater, sagittarius, piscis, horologium, argo navis, libra, serpens*. Lo hizo girar, dejando que su dedo rozara la esfera, tocara las frías, lejanas estrellas.

—¿Qué haces?

—Miro el mundo este.

—Ah.

Se hincó y le besó el pelo suelto; ella asintió con la cabeza, sonrió.

—Tu mujer quiere este sofá.

—Ya oí.

—¿Qué me recomiendas? ¿Debo ser generosa?

—Como quieras.

—¿O indiferente? ¿Olvidar que me habló? Prefiero ser indiferente. La generosidad es como un insulto feo y sin chiste a veces, ¿no crees?

—No te entiendo.

—Pon un poco de música.

—¿Cuál quieres ahora?

—El mismo. Pon el mismo, por favor.

Leyó los números de las cuatro caras. Las ordenó, apretó el botón, dejó que cayera el disco, que cayera con su bofetada seca sobre el platillo de gamuza. Olió esa mezcla de cera y tubos calientes y madera pulida y volvió a escuchar las alas del clavicordio, la caída suave hacia la alegría, la renuncia del clavicordio, renuncia al aire, para tocar con los violines la tierra firme, el sostén, las espaldas del gigante.

—¿Así está bien de volumen?

—Un poco más alto. Artemio...

—¿Sí?

—Ya no puedo más, mi amor. Tienes que escoger.

—Ten paciencia, Laura. Date cuenta...

—¿De qué?

—No me obligues.

—¿De qué? ¿Me tienes miedo?

—¿No estamos bien así? ¿Hace falta algo?

—Quién sabe. Puede que no haga falta nada.

—No te oigo bien.

—No, no bajes el volumen. Escúchame a pesar de la música. Me estoy cansando.

—No te engañé. No te obligué.

—No te transformé, que es distinto. No estás dispuesto.

—Te quiero así, como hemos sido hasta ahora.

—Como el primer día.

—Sí, así.

—Ya no es el primer día. Ahora me conoces. Dime.

—Date cuenta, Laura, por favor. Esas cosas dañan. Hay que saber cuidar...

—¿Las apariencias? ¿O el miedo? Si no pasará nada, ten la seguridad de que no pasará nada.

—Debíamos salir.

—Ya no. No, ya no. Ponlo más alto.

Los violines chocaron contra los cristales: la alegría, la renuncia. La alegría de esa mueca forzada debajo de los ojos claros y brillantes. Él tomó el sombrero de una

237

silla. Caminó hacia la puerta del apartamento. Se detuvo con la mano sobre la perilla. Miró hacia atrás. Laura acurrucada, con los cojines entre los brazos, de espaldas a él. Salió. Cerró la puerta con cuidado.

Yo despierto otra vez, pero esta vez con un grito: alguien me ha clavado un puñal largo y frío en el estómago; alguien desde fuera: yo no puedo atentar contra mi propia vida de esta manera: hay alguien, hay otro que me ha clavado un acero en las entrañas: alargo los brazos, hago un esfuerzo para levantarme y ya están allí las manos, los brazos ajenos sujetándome, pidiendo calma, diciendo que debo permanecer quieto y un dedo marca de prisa los números en el teléfono, se equivoca, vuelve a probar, vuelve a equivocarse, por fin logra la comunicación, llama al doctor, pronto, de prisa, porque quisiera levantarme y disfrazar el dolor con el movimiento y ellos no me dejan —¿quiénes serán? ¿quiénes serán?— y las contracciones ascienden, las imagino como los anillos de una serpiente, ascienden hacia el pecho, hacia la garganta, y me llenan la lengua, la boca, de ese pasto molido, amargo, de alguna vieja comida que ya olvidé y que ahora vomito, boca abajo, buscando en vano una porcelana y no ese tapete manchado por el líquido hediondo y grueso de mi estómago: no se detiene, me rasga el pecho, es tan amargo y me da risa en la garganta, me hace unas cosquillas espantosas: sigue, no se detiene, es una vieja digestión con sangre, vomitada sobre la alfombra de la recámara y no necesito verme para sentir la palidez del rostro, la lividez de los labios, el ritmo acelerado del corazón mientras el pulso desaparece de la muñeca: me han clavado un puñal en el ombligo, el mismo ombligo que me nutrió de vida una vez, una vez y no puedo creer lo que los dedos me dicen cuando toco ese vientre pegado a mi cuerpo pero que no es mi vientre: inflado, hinchado, abultado por esos gases que siento circular y que no puedo arrojar, por más que puje: esos pedos que suben hasta la garganta y vuelven a descender al vientre, a los intestinos, sin que pueda arrojarlos: pero sí puedo aspirar mi propio aliento fétido, ahora que logro recostarme y sentir que a mi lado limpian apresuradamente el tapete: huelo el agua enjabonada, el trapo mojado que trata de vencer ese olor de vómito: quiero levantarme; si camino por el cuarto el dolor se irá, yo sé que se irá:

—Abran la ventana.

—Si hasta lo que quiso lo destruyó, mamá, tú lo sabes.

—No hables. Por dios, ya no hables.

—¿No mató a Lorenzo, no...?

—¡Cállate, Teresa! Te prohibo que sigas hablando. Me estás hiriendo.

¿Eh, Lorenzo? No importa. No me importa. Que digan todo. Sé desde hace mucho lo que dicen sin atreverse a decírmelo. Que lo digan ahora. Que se aprovechen. Yo me impuse. Ellos no entendieron. Ellos me miran como estatuas mientras el sacerdote me unta el óleo en los párpados, las orejas, los labios, los pies y las manos, entre las piernas, cerca del sexo. Enchufa la grabadora, Padilla.

—Cruzamos el río...

Y me detiene ella, Teresa, y esta vez sí veo el miedo en sus ojos, el pánico en la mueca despintada de los labios, y en los brazos de Catalina un peso insoportable de palabras jamás pronunciadas y que yo le impido pronunciar: logran recostarme: no puedo, no puedo, el dolor me dobla la cintura, tengo que tocarme las puntas de los pies con las puntas de las manos para saber que los pies están allí y no han desaparecido, helados, muertos ya, aaaaah-aaay, muertos ya y sólo ahora me doy cuenta de que siempre, toda la vida, había un movimiento imperceptible en los intestinos, todo el tiempo, un movimiento que sólo ahora reconozco porque de repente no lo siento: se ha detenido, era un movimiento de ondas que me acompañó toda la vida, y ahora no lo siento, no lo siento, pero miro mis uñas cuando alargo las manos para tocar los pies helados que ya no siento, miro mis nuevas uñas azules, negruzcas, estrenadas para morir, aaaah-aaay, no, ya pasará, no quiero esa piel azul, esa piel pintada de sangre muerta, no, no no la quiero, azul otra cosa, azul el cielo, azul los recuerdos, azul los caballos que cruzan los ríos, azul los caballos lustrosos y verde el mar, azul las flores, azul yo no, no, no, no, aaaaa-aaaay, y tengo que caer de espaldas porque no sé a dónde dirigirme, cómo moverme, no sé a dónde dirigir los brazos y las piernas que no siento, no sé para dónde mirar, ya no quiero levantarme porque no sé hacia dónde ir, sólo tengo ese dolor en el ombligo, ese dolor en el vientre, ese dolor junto a las costillas, ese dolor del recto mientras pujo inútilmente, pujo rasgándome, pujo con las piernas abiertas y ya no huelo nada, pero escucho los llantos de Teresa y siento la mano de Catalina sobre mi espalda.

No sé, no entiendo por qué, sentada a mi lado, compartes al fin este recuerdo conmigo y esta vez sin reproche en tu mirada. Ah, si entendiera. Si entendiéramos. Quizá hay otra membrana detrás de los ojos abiertos y sólo ahora vamos a romperla, a ver. Puede salir del cuerpo tanto como el propio cuerpo puede recibir de la mirada, de la caricia ajenas. Me tocas. Me tocas la mano y siento la tuya sin sentir la mía. Me toca. Catalina me acaricia la mano. Será amor. Me pregunto. No entiendo. ¿Será amor? Estábamos tan acostumbrados. A que si yo ofrecía amor, ella devolviese reproche; a que si ella ofrecía amor, yo devolviese orgullo: quizá dos mitades y un solo sentimiento, quizá. Me toca. Quiere recordar conmigo eso, sólo eso; comprenderlo.

—¿Por qué?

—Cruzamos el río a caballo...

Yo sobreviví. Regina. ¿Cómo te llamabas? No. Tú Regina. ¿Cómo te llamabas tú, soldado sin nombre? Sobreviví. Ustedes murieron. Yo sobreviví.

—Acércate, hijita... que te reconozca... dile tu nombre...

Pero escucho los llantos de Teresa y siento la mano de Catalina sobre mi espalda y el paso rápido y rechinante de ese hombre que me palpa el estómago, me toma el pulso, me abre violentamente los párpados e inunda mis ojos de una luz falsa que se prende y apaga, se prende y se apaga y vuelve a palparme el estómago, me introduce un dedo por el ano, me introduce el termómetro caliente y alcohólico en la boca y las demás voces se suspenden y el recién llegado dice algo a lo lejos, en el fondo de un túnel:

—No es posible saber. Puede ser una hernia estrangulada. Puede ser una peritonitis. Puede ser un cólico nefrítico. Me inclino a pensar que es un cólico nefrítico. En ese caso, habría que inyectarle dos centigramos de morfina. Pero puede ser peligroso. Creo que debemos tener la opinión de otro médico.

Ay dolor que se está venciendo a sí mismo, ay dolor que te prolongas hasta no importar, hasta convertirte en la normalidad: ay dolor, ya no soportaría tu ausencia, ya me acostumbro a ti, ay dolor, ay...

—Diga algo, don Artemio. Hable, por favor. Hable.

—...no la recuerdo, ya no la recuerdo, sí, cómo la voy a olvidar...

—Mire: el pulso se detiene totalmente cuando habla.

—Inyéctelo, doctor; que ya no sufra...

—Tiene que verlo otro médico. Es peligroso.

—...cómo lo voy a olvidar...

—Descanse, por favor. No diga nada. Así. ¿Cuándo orinó por última vez?

—Esta mañana... no, hace dos horas, sin darse cuenta.

—¿No la conservaron?

—No... No.

—Pónganle el pato. Guárdenla; es preciso analizarla.

—No estuve allí; ¿cómo voy a recordar?

Otra vez ese artefacto frío. Otra vez el miembro muerto colocado en la boca metálica. Aprenderé a vivir con todo esto. Un ataque; un ataque le puede venir a un viejo de mi edad; un ataque no es nada del otro mundo; ya pasará; tiene que pasar; pero hay tan poco tiempo, ¿por qué no me dejan recordar eso?; sí, cuando el cuerpo era joven; una vez fue joven; fue joven... Ah, el cuerpo se muere de dolor, pero el cerebro se llena de luz: se separan, sé que se separan: porque ahora recuerdo ese rostro.

—Haga un acto de contrición:

tengo un hijo, yo lo hice: porque ahora recuerdo ese rostro: por dónde lo tomo, por dónde para que no se escape, por dónde, por dios, por dónde, por favor, por dónde.

Tú clamarás desde lo hondo de tu memoria: tú bajarás la cabeza como si quisieras acercarla a la oreja del caballo y acicatearlo con palabras. Sentirás —y tu hijo deberá sentir lo mismo— ese aliento feroz, humeante, ese sudor, esos nervios tensos, esa mirada vidriosa del esfuerzo. Las voces se perderán bajo el estruendo de los cascos y él gritará: "¡Nunca has podido con la yegua, papá!" "¿Quién te enseñó a montar?, ¿eh?" "¡Te digo que no puedes con la yegua!" "¡Vamos a ver!" "Debes contármelo todo, Lorenzo, como hasta ahora, igual... igual que hasta ahora... nada debe avergonzarte si se lo cuentas a tu madre; no, no, nunca te turbes en mi presencia; soy tu mejor amigo, quizá tu único amigo..." Lo repetirá esa mañana, tendida sobre la cama, esa mañana de primavera y se repetirá todas las conversaciones que había preparado desde la niñez de su hijo, sustrayéndotelo, cuidando de él el día entero, negándose a aceptar una nana, encerrando a la niña desde los seis años, en el internado religioso, para que todo el tiempo fuese para Lorenzo, para que Lorenzo se acostumbrara a esa vida cómoda, sin opciones. La velocidad te arrancará lágrimas a los ojos: abrazarás con las piernas el vientre del otero, te arrojarás violentamente sobre la crin, pero la yegua negra seguirá sacándote tres cuerpos de ventaja. Te erguirás, cansado; disminuirás el galope. Te parecerá más hermoso ver a la yegua y al joven jinete alejarse, con ese estrépito perdido en el coro de guacamayas, en los balidos que descenderán de las laderas: deberás guiñar para no perder de vista la yegua de Lorenzo, que ahora se desviará del sendero para volver a trotar hacia la espesura, de regreso al curso del río. No: sin opciones difíciles, sin necesidades alarmantes de escoger, se dirá Catalina, pensando en que tú, al principio, la habías ayudado con tu indiferencia, sin quererlo, porque tú pertenecías a otro mundo, ese mundo de trabajo y fuerza que ella conoció cuando tú tomaste las tierras de don Gamaliel, dejando que el niño se incorporara, al principio, al otro mundo de las recámaras a media luz: pendiente natural, clima de exclusiones e incorporaciones casi insensibles, fabricado por ella entre murmullos sagrados, disimulaciones quedas. La yegua de Lorenzo se desviará del sendero para volver a trotar hacia la espesura, de regreso al curso del río. El brazo levantado del muchacho indicará hacia el oriente, por donde salió el sol, hacia la laguna separada del mar por la barra del río. Cerrarás los ojos al sentir, nuevamente, el ascenso del vapor caluroso hacia tu rostro, el descenso de la sombra fresca sobre tu cabeza. Dejarás que el caballo siga por su cuenta el camino y te mezca sobre la silla empapada. Detrás de tus párpados cerrados, se esparcirá en ondas invisibles la forma del sol y la forma de la sombra, recortará el espectro azul de la figura joven y fuerte. Habrás despertado esa mañana, como todas, con la alegría esperada. "Siempre he dado la otra mejilla", repetirá Catalina, con el niño cerca de ella, "siempre; siempre lo he soportado todo; si no fuera por ti", y querrás esos ojos asombrados, interrogantes, que se dejarán conducir: "Algún día te contaré..." No te equivocarás al traer a Lorenzo a Cocuya desde los 12 años; lo repetirás: no. Sólo para él habrás comprado las tierras, reconstruido la hacienda y lo habrás dejado en ella, niño-amo, responsable de las cosechas, abierto a la vida de los caballos y la caza, del nado y la pesca. Lo verás desde lejos, a caballo, y te dirás que ya es la imagen de tu juventud, esbelto y fuerte, moreno, con los ojos verdes hundidos en los altos pómulos. Aspirarás la podredumbre lodosa de la ribera. "Algún día te contaré... Tu padre; tu padre, Lorenzo..." Desmontarán junto a las hierbas ondulantes de la laguna. Liberados, los caballos bajarán el hocico, lamerán el agua, se lamerán el uno al otro con los belfos húmedos. Y en seguida correrán lentamente, con un trote hipnótico, separando las hierbas ancladas, agitando las crines, levantando una espuma deshecha, dejándose dorar por el sol y el reflejo del agua. Lorenzo colocará la mano sobre tu hombro. "Tu padre; tu padre, Lorenzo... Lorenzo: ¿amas en verdad a Dios Nuestro Señor? ¿Crees en todo lo que te he enseñado? ¿Sabes que la Iglesia es el cuerpo de dios en la tierra y los sacerdotes los ministros del Señor...? ¿Crees...?" Lorenzo colocará la mano sobre tu hombro. Se verán a los ojos, sonreirán. Tú tomarás del cuello a Lorenzo; el muchacho fingirá un golpe contra tu estómago; tú lo despeinarás, riendo; se abrazarán en una lucha fingida pero fuerte, entregada, jadeante, hasta caer rendidos sobre la hierba, riendo, sofocados, riendo... "Dios mío, ¿por qué te pregunto esto? No tengo derecho, en realidad no tengo derecho... No sé, de hombres santos... de verdaderos mártires... ¿Crees que se puede aprobar?... No sé por qué te pregunto..." Regresarán los caballos, cansados como ustedes y ya caminarán, tomándolos de las bridas, a lo largo del puente de arena que conduce al mar, al mar libre, Lorenzo, Artemio, al mar abierto, hacia donde correrá Lorenzo, ágil, hacia las olas que le estallan alrededor de la cintura, hacia el mar verde del trópico que le mojará los pantalones, el mar vigilado por el vuelo bajo de las gaviotas, el mar que sólo asoma su lengua cansada sobre la playa, el mar que tú, impulsivamente, tomarás en la palma de tu mano y llevarás a tus labios: el mar que sabe a cerveza amarga, huele a melón, guanábana, guayaba, membrillo, fresa: los pescadores arrastrarán sus pesadas redes hacia la arena, ustedes se acercarán, romperán con ellos las conchas de las ostras, comerán con ellos las jaibas y los langostinos y Catalina, sola, tratará de cerrar los ojos y dormir, esperará el regreso del muchacho al que no ve desde hace dos años, desde que cumplió 15 y Lorenzo, al romper el caparazón rosado de los langostinos y agradecer la rebanada de limón que le pasan los pescadores, te preguntará si nunca piensas en lo que hay del otro lado del mar, porque él cree que la tierra se parece toda, que sólo el mar es distinto. Tú le dirás que hay islas. Lorenzo dirá que en el mar pasan tantas cosas, que es como si tuviéramos que ser más grandes, más completos cuando vivimos en el mar. Y tú sólo quisieras, al recostarte sobre la arena y escuchar la vihuela jarocha de los pescadores, sólo quisieras explicarle que los años pasados, hace 40, algo se rompió aquí, para que algo comenzara o para que algo, aún más nuevo, no empezara jamás. Bajo el sol brumoso de la aurora, en el sol duro y fundido del mediodía, sobre los senderos negros y junto a este mar, éste, quieto ahora, denso, verde, existía para ti un espectro, no real aunque verdadero, que pudo... No fue eso —la verdad misma de esas posibilidades perdidas— lo que te inquietó tanto, lo que te llevó de regreso a Cocuya con Lorenzo de la mano, sino algo más difícil —lo dirás con tus ojos cerrados, con el sabor de marisco en la boca, con el son veracruzano en tus oídos, perdido en la enormidad de este atardecer— de expresar, de pensar a solas; y aunque quisieras decírselo a tu hijo, no te atreverás: él debe entender por sí mismo: tú lo escuchas entender, colocarse de cuclillas, de cara al mar abierto, con los 10 dedos abiertos, bajo el cielo encapotado, súbitamente oscuro: "Sale un barco dentro de 10 días. Ya tomé pasaje": el cielo y la mano de Lorenzo que se extiende a recibir las primeras gotas de la lluvia, como si las mendigara: "¿Tú no harías lo mismo, papá? Tú no te quedaste en tu casa. ¿Creer? No sé. Tú me trajiste aquí, me enseñaste todas estas cosas. Es como si hubiera vuelto a vivir tu vida, ¿me entiendes?" "Sí." "Ahora hay ese frente. Creo que es el único frente que queda. Voy a irme."... Oh, ese dolor, ay esa punzada, ay, qué ganas tendrás de levantarte, correr, olvidar el dolor caminando, trabajando, gritando, ordenando: y no te dejarán, te tomarán de los brazos, te obligarán a quedarte quieto, te obligarán, físicamente, a seguir recordando, y tú no querrás, quieres, ay, no quieres: sólo habrás soñado días tuyos: no quieres saber de un día que es más tuyo que otro cualquiera, porque será el único que alguien viva por ti, el único que podrás recordar en nombre de alguien; un día corto, terror, un día de álamos blancos, Artemio, tu día también, tu vida también... ay...

1939: 3 DE FEBRERO

Él estaba sobre la azotea, con un rifle entre las manos, y recordaba cuando los dos salían de cacería a la laguna. Pero éste era un fusil oxidado, que no servía para la caza. Desde la azotea, se veía la fachada del obispado. Sólo quedaba el frente, como una cáscara sin pisos ni techos. Detrás de la fachada, las bombas lo habían derrumbado todo. Se podían ver unos muebles viejos, sepultados; por la calle caminaban en fila un hombre con cuello de paloma y dos mujeres vestidas de negro. Guiñaban los ojos y llevaban unos bultos entre las manos e iban con paso de asombro junto a la fachada. Bastaba verlos para reconocer a los enemigos.

—¡Eh, a la otra acera!

Les gritó desde ese lugar en la azotea y el hombre levantó el rostro y el sol le cegó los anteojos. Agitó el brazo para indicarles que cruzaran la calle y evitaran el peligro de la fachada que parecía a punto de derrumbarse. Cruzaron la calle y a lo lejos sonaron las salvas de la artillería de los fascistas —se escuchaban huecas cuando retumbaban en las hondonadas de la montaña y agudas cuando silbaban en el aire—. Después se sentó sobre un saco de arena. A su lado estaba Miguel. No se apartaba para nada de la ametralladora. Vieron desde la azotea las calles desiertas de la población. Había cráteres en las calles, postes de telégrafos rotos y cables enmarañados —ese eco interminable de las salvas y el pac-pac-pac de algunos fusiles, las baldosas secas y frías—: sólo la fachada del antiguo obispado quedaba en pie en esa calle.

—Sólo nos queda una cinta de cartuchos para la ametralladora —le dijo a Miguel y Miguel contestó:

—Esperemos hasta el atardecer. Después...

Se recargaron contra el muro y encendieron cigarrillos. Miguel se abufandó hasta esconder la barba rubia. Allá lejos, las montañas estaban nevadas; la nieve había bajado mucho, aunque el sol brillaba. En la mañana, la sierra se recortaba y parecía avanzar hacia ellos. Después, al atardecer, se retiraría; ya no podrían verse los senderos y los pinos de las laderas. Al final del día, sería sólo una masa lejana y morada.

Pero ese mediodía, Miguel miró al sol y guiñó los ojos y le dijo:

—Si no fuera por los cañones y el paqueo, se diría que estamos en paz. Son hermosos estos días de invierno. Mira hasta dónde ha bajado la nieve.

Él miró las arrugas blancas y hondas que corrían de los párpados de Miguel a la mejilla barbada; esas arrugas eran como la nieve de su rostro. No las olvidaría, porque en ellas había aprendido a ver la alegría, el valor, la rabia, la serenidad. A veces habían ganado, antes de que volvieran a arrojarlos hacia atrás. A veces sólo habían perdido. Pero antes de ganar o perder, ya estaba en las líneas de la cara de Miguel la actitud que debían tener. Aprendió mucho en la cara de Miguel. Sólo le faltaba verlo llorar.

Apagó el cigarro sobre el piso y la punta se regó como un fuete de centellas y le preguntó a Miguel por qué estaban perdiendo y él señaló hacia las montañas de la frontera y dijo:

—Porque nuestras ametralladoras no pasaron por ahí.

También Miguel apagó el cigarro y comenzó a canturrear:

> Los cuatro generales, los cuatro generales,
> los cuatro generales, mamita mía,
> que se han alzado...

y él contestó, recargado también contra los sacos de arena:

> Para la nochebuena, mamita mía,
> serán ahorcados, serán ahorcados...

Cantaron mucho, para matar el tiempo. Había muchas horas como ésta, en las que vigilaban y no pasaba nada y entonces cantaban. No anunciaban que iban a cantar. Tampoco sentían vergüenza de cantar en voz alta enfrente de los demás. Igual que cuando reían sin motivo y jugaban a las peleas y también cantaban en la playa cerca de Cocuya, con los pescadores. Sólo que ahora cantaban para darse ánimo, aunque la letra pareciera una burla, porque los cuatro generales no fueron ahorcados, sino que los tenían copados en este pueblo y frente a ellos estaba la frontera de la montaña. Ya no tenían a dónde ir.

El sol empezó a esconderse temprano, como a las cuatro de la tarde, y él acarició su viejo fusil naranjero, con su mango pintado de amarillo, y se puso la gorra. Se abufandó, igual que Miguel. Desde hace días, quería proponerle una cosa. Sus botas estaban gastadas, pero todavía aguantaban. Miguel, en cambio, andaba con unas alpargatas viejas, envueltas en trapos y amarradas con cordeles. Quería decirle que podían alternar las botas: un día él y otro día yo. Pero no se atrevía. Las arrugas de la cara le decían que no debía hacerlo. Ahora se soplaron las manos, porque ya sabían lo que es pasar una noche de invierno sobre la azotea. Entonces, del fondo de la calle, como si hubiera salido de unos de esos cráteres, apareció corriendo un soldado nuestro, republicano. Agitaba los brazos y por fin cayó, boca abajo. Detrás de él, varios soldados republicanos golpeaban con las botas las aceras bombardeadas. Aquel cañoneo, que parecía tan lejano, se acercó de un solo golpe y desde la calle uno de los soldados gritó:

—¡Armas, por favor, armas!

—¡No se detengan! —gritó el hombre que iba al frente de nuestros soldados—. ¡No sean un blanco fácil!

Pasaron corriendo debajo de ellos y ellos apuntaron la ametralladora hacia la retaguardia de sus compañeros: creyeron que los venían persiguiendo.

—Ya deben andar cerca —le dijo a Miguel.

—Apunta, mexicano, apunta bien —le dijo Miguel y tomó entre las palmas de las manos la última cinta de cartuchos que les quedaba.

Pero se les adelantó otra ametralladora. A dos o tres cuadras de distancia, otro nido emboscado, pero éste de los fascistas, había esperado el momento de nuestra retirada y ahora la metralla estaba salpicando la calle y matando a nuestros soldados. No a su jefe, que cayó de boca y gritó:

—¡Arrojándose de barriga! ¡Nunca aprenderán!

Él cambió la posición de la ametralladora para tirar sobre ese nido emboscado y el sol se perdió detrás de las montañas. El fuego de la ametralladora en sus manos le cimbraba el cuerpo y Miguel murmuró:

—No bastan los riñones. Los moros rubios tienen mejor equipo.

Porque sobre sus cabezas zumbaron los motores.

—Ya llegaron los Caproni.

Combatían lado a lado, pero ya no se veían en la oscuridad. Miguel alargó el brazo y le tocó el hombro. Por segunda vez este día, la aviación italiana bombardeaba la población.

—Vamos, Lorenzo. Ya regresaron los Caproni.

—¿A dónde vamos? ¿Qué? ¿Dejamos la ametralladora?

—Ya no sirve. No tenemos balas.

La ametralladora enemiga también había callado. Debajo de ellos, por la calle, pasó un grupo de mujeres. Las distinguieron porque iban cantando, a pesar de todo, con las voces altas:

> Con Líster y Campesino,
> con Galán y con Modesto,
> con el comandante Carlos,
> no hay milicianos con miedo...

Eran voces extrañas, entre tanto ruido de bombas, pero más fuertes que las bombas porque éstas caían de cuando en cuando y las voces cantaban todo el tiempo. "Y no es que fueran voces muy marciales, papá, sino voces de mujeres enamoradas. Les estaban cantando a los guerreros de la república como a sus enamorados, y allá arriba, antes de abandonar la ametralladora, Miguel y yo nos tocamos accidentalmente las manos y pensamos lo mismo. Que nos cantaban a nosotros, a Miguel y a Lorenzo y que nos amaban..."

Entonces se derrumbó la fachada del obispado y ellos se arrojaron al piso, cubiertos de polvo, y él pensó en Madrid, cuando llegó, en los cafés llenos de gente hasta las dos y tres de la madrugada, cuando sólo hablaban de la guerra y sentían una gran euforia, una gran seguridad de que ganarían y él pensó en que Madrid seguía resistiendo y en que con las bombas las madrileñas se hacían tirabuzones... Se arrastraron hasta la escalera. Miguel estaba inerme. Él iba arrastrando su fusil naranjero. Sabía que sólo tenían un fusil por cada cinco combatientes. Decidió no soltar su fusil.

Bajaron por la escalera de caracol.

"Creo que un niño lloraba en un cuarto. No sé, porque pude confundir el llanto con el de las alarmas aéreas."

Pero lo imaginó allí, abandonado. Bajaron a tientas, en la oscuridad. Era tanta, que al salir a la calle les pareció de día. Miguel dijo: "No pasarán", y las mujeres le contestaron: "¡No pasarán!" Les cegó la noche y debieron caminar un poco desorientados, porque una de las mujeres corrió hacia ellos y les dijo:

—Por allí no. Venid con nosotras.

Cuando se acostumbraron a la luz de la noche, estaban todos boca abajo sobre la acera. El derrumbe los aisló de las ametralladoras enemigas: la calle estaba cortada; él respiró el polvo suelto, pero también el sudor de las muchachas recostadas a su lado. Trató de ver sus caras. Sólo vio una boina, una gorra de estambre, hasta que la muchacha arrojada a su lado levantó el rostro y él vio su pelo suelto, castaño, blanqueado por la cal del derrumbe y ella le dijo:

—Soy Dolores.

—Lorenzo. Ése es Miguel.

—Yo soy Miguel.

—Perdimos al grupo.

—Éramos del Cuarto Cuerpo.

—¿Cómo salimos de aquí?

—Es preciso dar un rodeo y cruzar el puente.

—¿Vosotros conocéis el lugar?

—Miguel lo conoce.

—Sí, yo lo conozco.

—¿De dónde eres?

—Soy mexicano.

—Ah, entonces no es difícil entenderse.

Los aviones se alejaron y todos se pusieron de pie. Nuri con la boina y María con la gorra de estambre dijeron sus nombres y ellos repitieron los suyos. Dolores llevaba pantalones y una chaqueta y las otras dos overoles y mochilas. Avanzaron en fila por la calle desierta, muy cerca de los muros de las casas altas, debajo de los balcones oscuros con sus ventanas abiertas, como si fuera un día de verano. Oían ese paqueo interminable, pero no sabían de dónde venía. A veces, pisaban los cristales rotos o Miguel, que iba al frente de la fila, decía que tuvieran cuidado con un cable. Un perro les ladró en una bocacalle y Miguel le arrojó una piedra. En un balcón estaba sentado en su mecedora un viejo con la bufanda amarrada alrededor de la cabeza. No los miró cuando pasaron y ellos no entendieron qué hacía allí: si esperaba el regreso de alguien o si aguardaba la salida del sol o qué. No los miró.

Él respiró hondo. Dejaron atrás el pueblo y llegaron a un campo de álamos desnudos. Ese otoño, nadie recogió las hojas secas que crujieron bajo sus pies, ennegrecidas ya por la humedad. Miró los trapos empapados que envolvían los pies de Miguel y quiso, otra vez, ofrecerle sus botas, pero el compañero caminaba con tal firmeza, lo sostenían dos piernas tan fuertes y esbeltas, que se dio cuenta de lo inútil que sería ofrecerle lo que no necesitaba. A lo lejos, les esperaban esas laderas oscuras. Quizá, entonces, las necesitaría. Ahora no. Ahora estaba allí el puente y debajo de él corría un río turbulento y hondo y todos se detuvieron a verlo.

—Pensé que estaría congelado —él hizo un gesto de enfado.

—Los ríos de España nunca se hielan —murmuró Miguel—. Corren siempre.

—¿Por qué? —le preguntó Dolores a él.

—Porque así podríamos evitar el puente.

—¿Por qué? —dijo ahora María y las tres, con las preguntas en las miradas, eran como unas niñas curiosas.

Miguel dijo:

—Porque generalmente los puentes están minados.

El pequeño grupo no se movió. El río rápido y blanco que pasaba a sus pies los hipnotizó. No se movieron. Hasta que Miguel levantó el rostro y miró hacia la montaña y dijo:

—Si cruzamos el puente, podemos llegar a la montaña y de allí a la frontera. Si no lo cruzamos, nos fusilarán...

—¿Entonces? —dijo María con un sollozo reprimido y por primera vez los dos hombres vieron su mirada vidriosa y cansada.

—¡Que ya perdimos! —gritó Miguel y apretó los puños vacíos y se movió así, como si buscara en el suelo tapizado de hojas negras un fusil—. ¡Que no hay vuelta atrás! ¡Que ya no tenemos ni aviación, ni artillería, ni nada!

Él no se movió. Se quedó mirando a Miguel hasta que Dolores, la mano caliente de Dolores, los cinco dedos que acababa de retirar de la axila, tomaron los cinco dedos del joven y él comprendió. Buscó sus ojos y él vio, también por primera vez, los de ella. Pestañeó y los vio verdes, igual que el mar cerca de nuestra tierra. La vio despeinada y sin pintura, con las mejillas enrojecidas por el frío y los labios llenos y resecos. Los otros tres no se fijaron. Caminaron, ella y él, tomados de la mano y pisaron el puente. Él dudó un momento. Ella no. Los 10 dedos unidos les dieron calor, el único calor que él había sentido en todos estos meses.

"...el único calor que sentía en todos estos meses de retirada lenta hacia Cataluña y los Pirineos..."

Escucharon el ruido del río debajo de ellos y el crujido de las planchas de madera del puente. Si Miguel y las muchachas gritaron desde la otra orilla, ellos no los escucharon. El puente se alargaba, parecía atravesar un océano y no este río encabritado.

"Mi corazón latía de prisa. El latido debió sentirse en mi mano, porque ella la levantó y la llevó a su pecho y allí sentí la fuerza de su corazón..."

Entonces ya caminaban lado a lado sin miedo y el puente se acortó.

Del otro lado del río, surgió lo que no habían visto. Un gran olmo sin hojas, grande, hermoso, blanco. No lo cubría la nieve, sino un hielo brillante. Brillaba como una joya, de tan blanco, en la noche. Él sintió el peso de su fusil sobre el hombro, el peso de sus piernas, sus pies de plomo sobre la madera del puente: así de ligero, luminoso y blanco le parecía ese olmo que los esperaba. Apretó los dedos de Dolores. El viento helado les cegaba. Cerró los ojos.

"Cerré los ojos, papá, y los abrí, temiendo que el árbol ya no estuviera allí…"

Entonces los pies sintieron la tierra, se detuvieron, no miraron hacia atrás, corrieron los dos hacia el olmo, sin atender los gritos de Miguel y las dos muchachas, sin escuchar la nueva carrera de los compañeros sobre el puente, corrieron y abrazaron el tronco desnudo, blanco y cubierto de hielo, lo mecieron mientras esas perlas de frío caían sobre sus cabezas, se tocaron las manos abrazándolo y se separaron violentamente de su árbol para abrazarse Dolores y él, para que él le acariciara la frente y ella la nuca; ella se alejó para que él viera mejor los ojos verdes, húmedos, y la boca entreabierta antes de hundir la cabeza en el pecho del muchacho y levantar el rostro y darle sus labios, antes de que los compañeros los rodearan, pero sin abrazar el árbol como ellos lo habían hecho…

"…Qué tibia, Lola, qué tibia eres y cómo te amo ya."

Acamparon en las estribaciones de la sierra, debajo de la corona de nieve. Miguel y el joven buscaron ramas e hicieron un fuego. Él se sentó junto a Lola y volvió a tomarle la mano. María sacó de su mochila una vasija rota y la llenó de nieve y la derritió sobre el fuego y también sacó un pedazo de queso de cabra. Después, riendo, Nuri sacó del pecho unas bolsitas arrugadas de té Lipton y todos rieron con la cara de ese capitán de yate inglés que adornaba las bolsas de té.

Nuri contó que antes de la caída de Barcelona habían llegado paquetes de tabaco, té y leche condensada mandados por los americanos. Nuri era regordeta y alegre y trabajó antes de la guerra en una fábrica de tejidos, pero María hablaba y recordaba los días en que estudiaba en Madrid y vivía en la Residencia de Estudiantes y salía a las huelgas contra Primo de Rivera y lloraba en los estrenos de Lorca.

"Yo te escribo, con el papel apoyado contra las rodillas, mientras las oigo hablar y trato de decirles cuánto amo a España y sólo se me ocurre hablar de mi primera visita a Toledo, una ciudad que yo imaginaba como la pintó El Greco, envuelta en una tormenta de relámpagos y nubes verdosas, asentada sobre un Tajo ancho, una ciudad, ¿cómo te diré?, que estuviera en guerra contra sí misma. Y encontré una ciudad bañada de sol, una ciudad de sol y silencio y un alcázar bombardeado, porque el cuadro de El Greco —trato de decirles— es toda España y si el Tajo de Toledo es más angosto, el Tajo de España se abre de mar a mar. Esto he visto aquí, papá. Esto trato de decirles..."

Eso les dijo, antes de que Miguel empezara a contar cómo se unió a la brigada del coronel Asensio y cuánto le costó aprender a pelear. Les dijo que todos los del ejército popular eran muy valientes, pero que eso no bastaba para ganar. Había que saber pelear. Y los soldados improvisados tardaban mucho en comprender que hay reglas para la seguridad y que más vale seguir viviendo para seguir luchando. Además, una vez que aprendían a defenderse, todavía les faltaba aprender cómo atacar. Y cuando ya sabían todo eso, les faltaba aprender lo más difícil de todo, ganar la victoria más dura, que era la victoria sobre sí mismos, sobre sus costumbres y comodidades. Habló mal de los anarquistas, que según Miguel eran unos derrotistas, y habló mal de los traficantes que le prometían a la República armas que ya le habían vendido a Franco. Dijo que su gran dolor, el que se llevaría a la tumba, era no entender por qué todos los trabajadores del mundo no se habían levantado en armas para defendernos en España, porque si España perdía, era como si perdieran todos juntos. Dijo esto y partió un cigarrillo y le dio la mitad al mexicano y los dos fumaron, él junto a Dolores, y le pasó la colilla para que ella también fumara.

Escucharon un bombardeo muy duro, a lo lejos. Desde el campamento, se veía un fulgor amarillento, un abanico de polvo en la noche.

—Es Figueras —dijo Miguel—. Están bombardeando Figueras.

Miraron hacia Figueras. Lola estaba cerca de él. No les habló a todos. Sólo le habló a él, en voz baja, mientras miraban ese polvo y ese ruido lejanos. Dijo que tenía 22 años, tres más que él, y él se aumentó la edad y dijo que ya había cumplido los 24. Ella dijo que era de Albacete y que había ido a la guerra para seguir a su novio. Los dos habían estudiado juntos —habían estudiado química— y ella lo siguió, pero a él lo fusilaron los moros en Oviedo. Él le contó que venía de México y que allá vivía en un lugar caliente, cerca del mar, lleno de frutas. Ella le pidió que le hablara de las frutas tropicales y le dieron risa los nombres que nunca había escuchado y le dijo que mamey parecía nombre de veneno y guanábana nombre de pájaro. Él le dijo que amaba los caballos y que cuando llegó estuvo en la caballería, pero ahora no había caballos ni nada. Ella le dijo que nunca había montado; él trató de explicarle la alegría que da montar, sobre todo en la playa al amanecer, cuando el aire sabe a yodo y el norte se está aplacando pero todavía llueve ligero y la espuma que levantan los cascos se mezcla con la llovizna y uno va con el pecho desnudo y los labios llenos de sal. Esto le gustó. Dijo que quizá le quedaba todavía un recuerdo de sal en la boca a él y lo besó. Los otros se habían dormido junto al fuego y el fuego se estaba apagando. Él se levantó para atizarlo, todavía con ese sabor de Lola en la boca. Vio que sí, que todos se habían dormido, abrazados los tres para darse calor y regresó al lado de Lola. Ella le abrió la chaqueta forrada de lana de borrego y él unió las manos sobre la espalda de la muchacha y su blusa de dril y ella le cubrió la espalda con la chaqueta. Ella le dijo al oído que debían fijar un lugar para volverse a encontrar, en caso de que se separaran. Él le dijo que se encontrarían en un café que él conocía cerca de la Cibeles, cuando liberáramos Madrid, y ella le contestó que se verían en México y él dijo que sí, en la plaza del puerto de Veracruz, bajo las arcadas, en el café de La Parroquia. Tomarían café y comerían cangrejos.

Ella sonrió y él también y él le dijo que quería despeinarla y besarla y ella se adelantó y le quitó la gorra y le revolvió el cabello mientras él metía las manos bajo la blusa de dril, le acariciaba la espalda, buscaba los senos sueltos y entonces él ya no pensaba en nada y ella tampoco, seguramente, porque su voz no pronunciaba palabras pero vaciaba todo lo que pensaba en ese murmullo continuo que era al mismo tiempo gracias te quiero no me olvides ven...

Van arando la montaña y por primera vez Miguel camina con dificultad y no por el ascenso, que es duro. El frío se le ha metido a los pies, un frío con dientes que todos sienten en la cara. Dolores se apoya en el brazo de su amante y si él la ve de reojo, va preocupada, pero si la mira directamente sonríe. El sólo pide —lo piden todos— que no haya tormenta. Él es el único que lleva fusil y su fusil sólo tiene dos balas. Miguel les ha dicho que no deben temer.

"Yo no temo. Del otro lado está la frontera y pasaremos esta noche en Francia, en una cama, bajo techo. Cenaremos bien. Me acuerdo de ti y pienso que no sentirías vergüenza, que harías lo mismo que yo. Tú también luchaste, y te daría gusto saber que siempre hay uno que sigue la lucha. Sé que te daría gusto. Pero ahora esta lucha va a terminar. En cuanto crucemos la frontera, se habrá acabado el miembro rezagado de las brigadas internacionales y empezará otra cosa. Nunca olvidaré esta vida, papá, porque en ella aprendí todo lo que sé. Es muy sencillo. Te lo contaré cuando regrese. Ahora no se me ocurren las palabras."

Tocó con un dedo la carta que llevaba en el parche de la camisa. No podía abrir la boca en este frío. Respiraba jadeando. Echó entre los dientes cerrados un vaho blanco. Iban tan despacio. La fila de refugiados era enorme; se perdía de vista. Iban delante de ellos las carretas llenas de trigo y chorizos que llevaban a Francia los campesinos; iban las mujeres cargando el colchón y la manta, y otros que llevaban cuadros y sillas, aguamaniles y espejos. Los campesinos decían que en Francia seguirían sembrando. Avanzaban muy lentamente. Iban niños también, algunos de pecho. La tierra de la montaña era seca, áspera, abrojosa, llena de matorrales. Iban arando la montaña. Él sintió el puño de Dolores escondido en su costado y también sintió que debía salvarla y protegerla. La quería más que anoche. Y sabía que mañana la querría más que hoy. Ella a él también. No había necesidad de decirlo. Se gustaban. Eso es. Nos gustamos. Ya sabían reír juntos. Tenían cosas que contarse.

Dolores se separó de él y corrió hacia María. La miliciana se había detenido junto a una roca, con una mano sobre la frente. Dijo que no era nada. Se sintió muy cansada. Tuvieron que hacerse a un lado para que pasaran los rostros colorados, las manos heladas, las carretas pesadas. María volvió a decir que se sintió un poco mareada. Lola la tomó del brazo y siguieron el camino y fue entonces, sí, entonces cuando sintieron cerca el ruido del motor y se detuvieron. No se distinguía el avión. Todos lo buscaron, pero el cielo estaba lechoso. Miguel fue el primero en distinguir las alas negras, la cruz gamada y el primero en gritarles a todos:

—¡Abajo! ¡De boca!

Todos de boca, entre las rocas, debajo de las carretas. Todos, menos ese fusil que todavía tiene dos balas. Y no tira, maldito naranjero, maldita escoba oxidada, no tira por más que apriete el gatillo, de pie, hasta que el ruido pase sobre las cabezas, los llene de esa sombra veloz y de una metralla que gotea sobre la tierra y truena sobre la piedra...

"¡Abajo, Lorenzo, abajo, mexicano!"

Abajo, abajo, abajo, Lorenzo, y esas botas nuevas sobre la tierra seca, Lorenzo, y tu fusil al suelo, mexicano, y una marea dentro de tu estómago, como si llevaras el océano en las entrañas y ya tu rostro sobre la tierra con tus ojos verdes y abiertos y un sueño a medias, entre el sol y la noche, mientras ella grita y tú sabes que al fin las botas le van a servir al pobrecito de Miguel con su barba rubia y sus arrugas blancas y dentro de un minuto Dolores se arrojará sobre ti, Lorenzo, y Miguel le dirá que es inútil, llorando por primera vez, que deben seguir el camino, que la vida está del otro lado de las montañas, la vida y la libertad, porque sí, ésas fueron las palabras que escribió: tomaron esa carta, la sacaron de la camisa manchada, ella la apretó entre las manos, ¡qué calor!, si cae la nieve lo sepultará, cuando lo besaste otra vez, Dolores, arrojada sobre su cuerpo y él quiso llevarte al mar, a caballo, antes de tocar su sangre y dormirse contigo en sus ojos... qué verde... no te olvides...

Yo me diría la verdad, si no sintiera mis labios blancos, si no me doblara en dos, incapaz de contenerme a mí mismo, si soportara el peso de las cobijas, si no volviera a tenderme, retorcido, boca abajo, a vomitar esta flema, esta bilis: me diría que no bastaba reiterar el tiempo y el lugar, la pura permanencia; me diría que algo más, un deseo que nunca expresé, me obligó a conducirlo —ay, no sé, no me doy cuenta—, sí, a obligarlo a encontrar los cabos del hilo que yo rompí, a reanudar mi vida, a completar mi otro destino, la segunda parte que yo no pude cumplir, y ella sólo me pregunta, sentada junto a mi cabecera:

—¿Por qué fue así? Dime: ¿por qué? Yo lo crié para otra cosa. ¿Por qué te lo llevaste?

—¿No envió a la muerte a su propio hijo mimado? ¿No lo separó de ti y de mí para deformarlo? ¿No es cierto?

—Teresa, tu padre no te escucha...

—Se hace. Cierra los ojos y se hace.

—Cállate.

—Cállate.

Yo ya no sé. Pero los veo. Han entrado. Se abre, se cierra la puerta de caoba y los pasos no se escuchan sobre el tapete hondo. Han cerrado las ventanas. Han corrido, con un siseo, las cortinas grises. Han entrado.

—Soy... soy Gloria...

El ruido fresco y dulce de billetes y bonos nuevos cuando los toma la mano de un hombre como yo. El arranque suave de un automóvil de lujo, especialmente construido, con clima artificial, bar, teléfono, cojines para la cintura y taburetes para los pies, ¿eh, cura, eh?, también allá arriba, ¿eh?

—Quiero volver allá, a la tierra...

—¿Por qué fue así? Dime: ¿por qué? Yo lo crié para otra cosa. ¿Por qué te lo llevaste?

y no se da cuenta de que hay algo más doloroso que el cadáver abandonado, que el hielo y el sol que lo sepultaron, que los ojos abiertos para siempre, devorados por las aves: Catalina deja de frotar el algodón contra mis sienes y se aparta y no sé si llora: trato de levantar mi mano para encontrarla; el esfuerzo me corre en punzadas entrecortadas del brazo al pecho y del pecho al vientre: que a pesar del cadáver abandonado, que a pesar del hielo y el sol que lo sepultaron, que a pesar de los ojos abiertos para siempre, devorados por las aves, hay algo peor: este vómito incontenible, este deseo incontenible de defecar sin poder hacerlo, sin lograr que los gases siquiera se me salgan de este vientre abultado, sin poder detener este dolor difuso, sin poder encontrar el pulso en la muñeca, sin poder sentir las piernas ya, sintiendo que la sangre se me revienta, se me vierte adentro, sí, adentro, yo lo sé y ellos no y no puedo convencerlos, no la ven correr desde mis labios, entre mis piernas: no lo creen, sólo dicen que ya no tengo temperatura, ah, temperatura, sólo dicen colapso, colapso, sólo adivinan tumefacción, tumefacción de contornos fluidos, eso dicen

263

mientras me retienen, me palpan, hablan de mármoles, sí, los oigo, mármoles violáceos en el vientre que yo ya no siento, ya no veo: que a pesar del cadáver abandonado, que a pesar del hielo y el sol que lo sepultaron, que a pesar de los ojos abiertos para siempre, devorados por las aves, hay algo peor: no poder recordarlo, sólo poder recordarlo por esos retratos, esos objetos dejados en la recámara, esos libros anotados: ¿pero qué huele a su sudor?, nada repite el color de su piel: que no puedo pensarlo cuando ya no puedo verlo y sentirlo;

iba montado a caballo, aquella mañana;

eso lo recuerdo: recibí una carta con timbres extranjeros

pero pensarlo

ah, soñé, imaginé, supe esos nombres, recordé esas canciones, ay gracias, pero saber, ¿cómo puedo saber?; no sé, no sé cómo fue esa guerra, con quién habló antes de morir, cómo se llamaban los hombres, las mujeres que lo acompañaron a la muerte, lo que dijo, lo que pensó, cómo iba vestido, qué comió ese día, no lo sé: invento paisajes, invento ciudades, invento nombres y ya no los recuerdo: ¿Miguel, José, Federico, Luis? ¿Consuelo, Dolores, María, Esperanza, Mercedes, Nuri, Guadalupe, Esteban, Manuel, Aurora? ¿Guadarrama, Pirineos, Figueras, Toledo, Teruel, Ebro, Guernica, Guadalajara?: el cadáver abandonado, el hielo y el sol que lo sepultaron, los ojos abiertos para siempre, devorados por las aves:

ay, gracias, que me enseñaste lo que pudo ser mi vida,

ay, gracias, que viviste ese día por mí,

que hay algo más doloroso:

¿eh, eh? Eso sí existe, eso sí es mío. Eso sí es ser dios, ¿eh?, ser temido y odiado y lo que sea, eso sí es ser dios, de verdad, ¿eh? Dígame cómo salvo todo eso, cura, y lo dejo cumplir todas las ceremonias, me doy golpes en el pecho, camino de rodillas hasta un santuario, bebo vinagre y me corono de espinas. Dígame cómo salvo todo eso, porque el espíritu...

—...del hijo y del espíritu santo, amén...

Que hay algo más doloroso:

—No, en ese caso habría un tumor blando, sí, pero también una dislocación o salida parcial de una u otra víscera...

—Repito: son vólvulos. Ese dolor sólo lo causa el retorcimiento de las asas intestinales, y de allí la oclusión...

—En ese caso, habría que operar...

—Puede estarse desarrollando la gangrena, sin que la evitemos...

—La cianosis ya es evidente...

—Facies...

—Hipotermia...

—Lipotimia...

Cállense... ¡Cállense!

—Abran las ventanas.

No puedo moverme; no sé hacia dónde mirar, hacia dónde dirigirme; no siento la temperatura, sólo el frío que va y viene de las piernas, pero no el frío y el calor de todo lo demás, de todo lo guardado, que nunca he visto...

—Pobrecita... se ha impresionado...

...cállense..., adivino mi semblante, no lo digan... sé que tengo las uñas negruzcas, la piel azulada... cállense...

—¿Apendicitis?

—Debemos operar.

—Es un riesgo.

—Repito: cólico nefrítico. Dos centigramos de morfina y se calma.

—Es un riesgo.

—No hay hemorragia.

Gracias. Pude haber muerto en Perales. Pude haber muerto con ese soldado. Pude haber muerto en aquel cuarto desnudo, frente a ese hombre gordo. Yo sobreviví. Tú moriste. Gracias.

—Deténganlo. La porcelana.

—¿Ves en qué terminó? ¿Ves, ves? Igual que mi hermano. Así terminó.

—Deténganlo. La porcelana.

Deténganlo. Se va. Deténganlo. Vomita. Vomita ese sabor que antes sólo había olido. Ya no puede voltearse. Vomita boca arriba. Vomita su mierda. Le escurre por los labios, por las mandíbulas. Sus excrementos. Ellas gritan. Ellas gritan. No las oigo, pero hay que gritar. No pasa. Esto no sucede. Hay que gritar para que no suceda. Me detienen, me apresan. Ya no. Se va. Se va sin nada, desnudo. Sin sus cosas. Deténganlo. Se va.

Tú leerás esa carta, fechada en un campo de concentración, timbrada en el extranjero, firmada Miguel, que envolverá la otra, escrita rápidamente, firmada Lorenzo: recibirás esa carta, leerás "Yo no temo... Me acuerdo de ti... No sentirías vergüenza... Nunca olvidaré esta vida, papá, porque en ella aprendí todo lo que sé... Te lo contaré cuando regrese": tú leerás y escogerás otra vez: tú escogerás otra vida:

tú escogerás dejarlo en manos de Catalina, no lo llevarás a esa tierra, no lo pondrás al borde de su propia elección: no lo empujarás a ese destino mortal, que pudo haber sido el tuyo: no lo obligarás a hacer lo que tú no hiciste, a rescatar tu vida perdida: no permitirás que en una senda rocosa, esta vez, mueras tú y se salve ella;

tú escogerás abrazar a ese soldado herido que entra al bosquecillo providencial, recostarlo, limpiarle el brazo ametrallado con las aguas de ese manantial breve, quemado por el desierto, vendarlo, permanecer con él, mantener su aliento con el tuyo, esperar, esperar a que los descubran, los capturen, los fusilen en un pueblo de nombre olvidado, como aquel polvoso, como aquel hecho todo de adobe y pencas: fusiles al soldado y a ti, a dos hombres sin nombre, desnudos, enterrados en la fosa común de los ajusticiados, sin lápida: muerto a los 24 años, sin más avenidas, sin más laberintos, sin más elecciones: muerto, tomado de la mano de un soldado sin nombre salvado por ti: muerto:

tú le dirás a Laura: sí

tú le dirás a ese hombre gordo en ese cuarto desnudo, pintado de añil: no

tú elegirás permanecer allí con Bernal y Tobías, seguir su suerte, no llegar a ese patio ensangrentado a justificarte, a pensar que con la muerte de Zagal lavaste la de tus compañeros

tú no visitarás al viejo Gamaliel en Puebla

tú no tomarás a Lilia cuando regrese esa noche, no pensarás que nunca podrás tener, ya, a otra mujer

tú romperás el silencio esa noche, le hablarás a Catalina, le pedirás que te perdone, le hablarás de los que murieron por ti, le pedirás que te acepte así, con esas culpas, le pedirás que no te odie, que te acepte así

tú te quedarás con Lunero en la hacienda, nunca abandonarás ese lugar

tú permanecerás al lado del maestro Sebastián —cómo era, cómo era—, no irás a unirte a la revolución en el norte,

tú serás un peón

tú serás un herrero

tú quedarás fuera, con los que quedaron fuera

tú no serás Artemio Cruz, no tendrás 71 años, no pesarás 79, no medirás un 1.82, no usarás dientes postizos, no fumarás cigarrillos negros, no usarás camisas de seda italiana, no coleccionarás mancuernillas, no encargarás tus corbatas a una casa neoyorquina, no vestirás esos trajes azules de tres botones, no preferirás la cachemira irlandesa, no beberás ginebra con tónico, no tendrás un volvo, un cadillac y una camioneta rambler, no recordarás y amarás ese cuadro de Renoir, no desayunarás huevos poché y tostadas con mermelada Blackwell's, no leerás un periódico de tu propiedad todas las mañanas, no ojearás *Life* y *Paris Match* algunas noches, no estarás escuchando a tu lado esa incantación, ese coro, ese odio que te quiere arrebatar la vida antes de tiempo, que invoca, invoca, invoca, invoca lo que tú pudiste imaginar, sonriendo, hace poco y ahora no tolerarás:

De profundis clamavi

De profundis clamavi

Mírame ya, óyeme, alumbra mis ojos, no me duerma en la muerte / Porque el día que de él comas ciertamente morirás / No te alegres de la muerte de uno, acuérdate de que todos morimos / La muerte y el infierno fueron arrojados al estanque de fuego y ésta fue la segunda muerte / Lo que temo, eso me llega, lo que me atemoriza, eso me posee / ¡Cuán amarga es tu memoria para el hombre que se siente satisfecho con sus riquezas! / ¿Se te han abierto las puertas de la muerte? / Por la mujer tuvo principio el pecado y por ella morimos todos / ¿Has visto

las puertas de la región tenebrosa? / Bueno es tu fallo
para el indigente y agotado de fuerzas / ¿Y qué frutos
obtuvieron entonces? Aquellos de los que ahora se aver-
güenzan, porque su fin es la muerte / Porque el apetito
de la carne es muerte:

palabra de dios, vida, profesión de la muerte,
de profundis clamavi, domine,
omnes eodem cogimur, omnium versatur urna
quae quasi saxum Tantalum semper impendet
quid quisque vitet, nunquam homini satis cautum
est in horas
mors tanem inclusum protrahet inde caput
nascentes morimur, finisque ab origine pendet
atque in se sua per vestigia volvitur annus
omnia te vita perfuncta sequentur

coro, sepulcro; voces, pira; tú imaginarás, en la zona
olvídate de tu conciencia, esos ritos, esas ceremonias,
esos ocasos: entierro, cremación, bálsamo: expuesto en lo
alto de una torre, para que no la tierra, sino el aire te
descomponga; encerrado en la tumba con tus esclavos
muertos; llorado por plañideras contratadas; enterrado
con tus objetos más preciados, tu compañía, tus joyas negras: vela, vigilia,

requiem æternam, dona eis Domine
de profundis clamavi, Domine

la voz de Laura, que hablaba de estas cosas, sentada
en el suelo, con las rodillas dobladas, con el pequeño libro encuadernado entre las manos... dice que todo puede
sernos mortal, aun lo que nos da vida... dice que no pu-
diendo curar la muerte, la miseria, la ignorancia, haría-
mos bien, para ser felices, en no pensar en ellas... dice
que sólo la muerte súbita es de temerse; por eso los con-
fesores viven en casa de los poderosos... dice sé hombre;

teme a la muerte fuera del peligro, no en el peligro... dice que la premeditación de la muerte es premeditación de la libertad... dice qué mudos pasos traes, oh muerte fría... dice mal te perdonarán a ti las horas; las horas que limando están los días... dice mostrándome cortado el nudo estrecho... dice ¿que no es mi puerta de doblados metales fabricada?... dice mil muertes se me hará, pues mi vida misma espero... dice que querer hombre vivir cuando dios quiere que muera... dice ¿a qué los tesoros, vasallos, sirvientes...?

¿a qué? ¿a qué? que entonen, que canten, que plañan: no tocarán las tallas suntuosas, las taraceas opulentas, las molduras de yeso y oro, las cajoneras de hueso y carey, las chapas y aldabas, los cofres con cuarterones y bocallaves de hierro, los olorosos escaños de ayacahuite, las sillerías de coro, los copetes y faldones barrocos, los respaldos combados, los travesaños torneados, los mascarones policromos, los tachones de bronce, los cueros labrados, las patas cabriolas de garra y bola, las casullas de hilo de plata, los sillones de damasco, los sofás de terciopelo, las mesas de refectorio, los cilindros y las ánforas, los tableros biselados, las camas de baldaquín y lienzo, los postes estriados, los escudos y las orlas, los tapetes de merino, las llaves de fierro, los óleos cuarteados, las sedas y las cachemiras, las lanas y las tafetas, los cristales y los candiles, las vajillas pintadas a mano, las vigas calurosas, eso no lo tocarán: eso será tuyo:

alargarás la mano:

un día cualquiera, que sin embargo será un día excepcional; hace tres, cuatro años; no recordarás; recordarás por recordar; no, recordarás porque lo primero que recuerdas, cuando tratas de recordar, es un día separado, un día de ceremonia, un día separado de los demás por los números rojos; y éste será el día —tú mismo lo pensarás entonces— en que todos los nombres, personas, palabras, hechos de un ciclo fermentan y hacen crujir la costra de la tierra; será una noche en la que tú celebrarás el nuevo año; tus dedos artríticos tomarán el pasamanos de fierro con dificultad; clavarás la otra mano en el fondo de la bolsa del saco y descenderás pesadamente:

alargarás la mano:

1955: 31 DE DICIEMBRE

Él tomó el pasamanos de fierro con dificultad. Clavó la otra mano en el fondo de la bolsa del saco de casa y descendió pesadamente, sin mirar los nichos dedicados a las vírgenes mexicanas. Guadalupe, Zapopan, Remedios. El sol poniente, al entrar por los vitrales, doró los estofados cálidos, las faldas amponas semejantes a velámenes de plata; enrojeció la madera quemada de las vigas; alumbró medio rostro del hombre. Vestía ya el pantalón, la camisa y la corbata de smoking: cubierto por la bata roja, parecía un prestidigitador viejo y cansado: imaginó la repetición, esa noche, de los actos que alguna vez pudieron revelarse con un encanto singular; hoy, reconocería con fastidio los mismos rostros, las mismas frases que año con año daban el tono a la fiesta de San Silvestre en la enorme residencia de Coyoacán.

Los pasos sonaron huecos sobre el piso de tezontle. Ligeramente apretados dentro de las zapatillas de charol negro, los pies se arrastraron con esa pesantez tambaleante que ya no podía evitar. Alto, columpiado sobre los talones indecisos, con el pecho grueso y las manos colgándole, nerviosas, surcadas de venas gruesas también, recorrió con lentitud los pasillos enjalbegados, pisando los hondos tapetes de lana, mirándose en los espejos patinados y en los cristales dispersos de las cómodas coloniales, rozando con los dedos las chapas y aldabas, los cofres con cuarterones y bocallaves de hierro, los olorosos escaños de ayacahuite, las taraceas opulentas. Un criado le abrió la puerta del gran salón; el viejo se detuvo por última vez frente a un espejo y se arregló la corbata de moño. Se alisó, con la palma de la mano, los escasos cabellos grises, rizados, que rodeaban la frente alta. Apretó la quijada para acomodar bien los dientes postizos y entró al salón de piso pulido, vasta explanada de cedros brillantes despojada de los tapetes para permitir el baile, abierta sobre el jardín de pelusa y terrazas de ladrillo, adornada con cuadros de la Colonia: san Sebastián, santa Lucía, san Jerónimo, san Miguel.

Al fondo, lo esperaban los fotógrafos, reunidos alrededor del sillón de damasco verde, bajo el candil de 50 luces sostenido desde el techo. Sonaron las siete en el reloj colocado sobre la chimenea abierta junto a los taburetes de cuero arrimados al hogar encendido durante estos días de frío. Saludó con la cabeza y tomó asiento en el sillón, arreglándose la pechera tiesa y los puños de piqué. Otro criado se acercó con los dos mastines grises, de belfos rosados y ojos melancólicos y colocó las correas lijosas entre las manos del amo. Los collares de los perros, tachonados de bronce, brillaron con luces contrastadas. Levantó la cabeza y apretó los dientes de nuevo. Los fogonazos alumbraron con tonalidades de cal la gran cabeza gris. A medida que le solicitaban nuevas poses, él insistía en alisarse el pelo y recorrer con los dedos las dos bolsas pesadas que le colgaban de las aletas de la nariz y se perdían en el cuello. Sólo los pómulos altos mantenían la dureza de siempre, aunque los recorrieron las redecillas de arrugas nacidas en los párpados cada día más hundidos, como si quisieran proteger esa mirada entre divertida y amarga, esos iris verdosos escondidos entre los pliegues de carne suelta.

Uno de los mastines ladró y quiso desprenderse de la sujeción. Un fogonazo se disparó en el momento en que él era sacado bruscamente, con una expresión de desconcierto rígido, del sillón por la fuerza del perro. Los demás fotógrafos miraron con severidad al que había tomado la placa. El responsable extrajo el rectángulo negro de la cámara y lo entregó, en silencio, a otro fotógrafo.

Cuando salieron los fotógrafos, él alargó la mano temblorosa y tomó un cigarrillo con filtro de la caja de plata colocada sobre la mesa rústica. Encendió la llama del briquet con dificultad y recorrió lentamente, asintiendo con la cabeza, la hagiografía de óleos viejos, barnizados, manchados por grandes espacios muertos de luz directa que cegaban los detalles centrales de las obras pero que, en recompensa, daban un relieve opaco a los rincones de tono amarillo y sombra rojiza. Acarició el damasco y aspiró el humo filtrado. El criado se acercó sin hacer ruido y le preguntó si podía servirle algo. Él asintió y pidió un martini muy seco. El criado apartó dos hojas de cedro labrado para descubrir la espejería empotrada, el aparador de etiquetas de colores y líquidos enfrascados: ópalo verde esmeralda, rojo, blanco cristalino: Chartreuse, Peppermint, Acquavit, Vermouth, Courvoissier, Long John, Calvados, Armagnac, Beherovka, Pernod y las hileras de vasos de cristal, grueso y cortado, delgado y tintineante. Recibió la copa. Indicó al criado que fuese a la bodega para escoger las tres marcas de la cena. Estiró las piernas y pensó en el detalle con que había cuidado la construcción y las comodidades de ésta, su verdadera casa. Catalina podía vivir en el caserón de Las Lomas, ayuno de personalidad, idéntico a todas las residencias de millonarios. Él prefirió encontrar estos viejos muros, con sus dos siglos de cantera y tezontle, que de una manera misteriosa lo acercaban a episodios del pasado, a una imagen de la tierra que no quería perder del todo. Sí, se daba cuenta de que había en todo ello una sustitución, un pase de magia. Y sin embargo las maderas, la piedra, las rejas, las molduras, las mesas de refectorio, la ebanistería, los peinazos y entrepaños, la labor de torno de las sillas conspiraban para devolverle realmente, con un ligerísimo perfume de nostalgia, escenas, aires, sensaciones táctiles de la juventud.

Lilia se quejaba; pero Lilia jamás comprendería. ¿Qué podía decirle a esta muchacha un techo de vigas antiguas? ¿Qué, una ventana enrejada con opacidades de herrumbre? ¿Qué, el tacto suntuoso de la casulla sobre la chimenea, escamada de oro, bordada con hilos de plata? ¿Qué, el olor de ayacahuite de los arcones? ¿Qué, el brillo lavado de la cocina de azulejo poblano? ¿Qué, la sillería arzobispal del comedor? Tan rica, tan sensual, tan suntuosa era la posesión de estos objetos como la del dinero y los signos más evidentes de la plenitud. Ah, sí, qué gusto redondo, qué sensualidad de las cosas inanimadas, qué placer, qué goce aislado... Sólo una vez al año participaban de todo esto los invitados a la célebre recepción de san Silvestre... Día de goces multiplicados, porque los huéspedes debían aceptar ésta como su verdadera casa y pensar en la Catalina solitaria que, reunida con ellos, con Teresa, el Gerardo, cenaba a esas horas en la residencia de Las Lomas... Mientras él presentaba a Lilia y abría las puertas de un comedor azul, vajilla azul, lino azul, paredes azules... donde los vinos se derraman y los platones corren colmados de carnes raras, peces rosados y mariscos olorosos, hierbas secretas, dulces amasados...

¿Era necesario interrumpir su descanso? El chancleteo desidioso de Lilia sobre el piso. Sus uñas sin pintar sobre la puerta del salón. El rostro embarrado de grasa. Desea saber si el vestido rosa le va bien para la noche. No quiere desentonar como el año pasado, provocar ese enojo desdeñoso. ¡Ah, ya está bebiendo! ¿Por qué no le invita una copa? Le está cansando esa falta de confianza, esa cantina cerrada con candado, ese criado impertinente que le niega el derecho de entrar a la bodega. ¿Se aburre? Como si él no lo supiera. Quisiera estar vieja, fea, para que él la despachara de una vez y la dejara vivir a gusto. ¿Que nadie la detiene? ¿Y luego el dinero, el lujo, la casota? Mucho dinero, mucho lujo, pero sin alegría, sin diversiones, sin el derecho de beber una copita siquiera. Claro, si lo quiere mucho. Se lo ha dicho mil veces. Las mujeres se acostumbran a todo; depende del cariño que les den. Igual puede acostumbrarlas un amor juvenil que un amor paternal. Claro que le tiene cariño; no faltaba más... Ya van para ocho años de vivir juntos y él no hizo escenas, no la regañó... Nada más la obligó... ¡Pero qué bien le vendría otra cana al aire!... ¿Qué? ¿La imaginaba tan tonta?... Ya, ya, nunca ha sabido aguantar una broma. De acuerdo, pero se da cuenta de las cosas... Nadie dura eternamente... Patas de gallo alrededor de los ojos... Los cuerpos... Sólo que él también está acostumbrado a ella, ¿verdad que sí? A su edad le costaría volver a empezar. Por más millones... cuesta trabajo y se pierde mucho tiempo buscando a una mujer... las condenadas... conocen tantas salidas, les gusta tanto hacerse las remolonas...

prolongar los momentos iniciales... la negativa, la duda, la espera, la tentación, ¡ay, todo eso!... y hacer tontos a los viejos... Claro que ella es más cómoda... Y no se queja, no, qué va. Hasta le halaga la vanidad que vengan a rendirle cada Año nuevo... Y lo quiere, sí, se lo jura, ya está demasiado acostumbrada a él... ¡pero cómo se aburre!... a ver, ¿qué hay de malo en tener unas cuantas amigas íntimas, en salir de vez en cuando a divertirse, en... en tomar una copita allá cada semana...?

Él permaneció inmóvil. No le concedía este derecho de hostigarlo y sin embargo... una lasitud tibia y abúlica... ajena por completo a su carácter... le obligaba a permanecer allí... con el martini entre los dedos endurecidos... escuchando las sandeces de esta mujer cada día más vulgar e... e... no, era apetecible aún... aunque insoportable... ¿Cómo la iba a dominar?... Todo lo que dominaba obedecía, ahora, sólo a cierta prolongación virtual, inerte... de la fuerza de sus años jóvenes... Lilia podría abandonarle... le oprimió el corazón... No bastaba para conjurar eso... ese miedo... Quizá no habría otra oportunidad... quedarse solo... Movió con dificultad los dedos, el antebrazo, el codo y el cenicero cayó sobre la alfombra y derramó las colillas mojadas y amarillas en un cabo, el polvo de capa blanca, escama gris, entraña negra. Se agachó, respirando con dificultad.

—No te agaches. Ahorita llamo a Serafín.

—Sí.

Quizá... Tedio. Pero asco, repulsión... Siempre, imaginando de mano de la duda... Una ternura involuntaria le hizo volver el rostro para mirarla...

Lo observaba, desde el marco de la puerta... Rencorosa, dulce... El pelo teñido de rubio ceniza y esa piel morena... Tampoco ella podría regresar... jamás lo recuperaría y eso los igualaba... por más que la edad o el carácter los separara... Escenas ¿para qué?... Se sintió fatigado. Nada más... Decidieron la voluntad y el destino... Nada más... No más cosas, más recuerdos, más nombres que los conocidos... Volvió a acariciar el damasco... Las colillas, la ceniza derramada no olían bien. Y Lilia, detenida allí con el rostro grasoso.

Ella en el umbral. Él sentado en el sillón de damasco.

Entonces ella suspiró y se fue chancleteando a la recámara y él esperó sentado, sin pensar en nada, hasta que la oscuridad le sorprendió al verse reflejado con tanta nitidez en las puertas de cristal que conducían al jardín. El mozo entró con el saco, un pañuelo y una botella de agua de colonia. De pie, el viejo permitió que le pusieran la prenda y después abrió el pañuelo para que el mozo derramara unas gotas de loción. Cuando colocó el pañuelo en la bolsa del corazón, cambió una mirada con el criado. El criado bajó los ojos. No. ¿Por qué iba a pensar en lo que podría sentir ese hombre?

—Serafín, rápido las colillas...

Se incorporó, apoyándose con ambas manos sobre los brazos del sillón. Dio unos cuantos pasos hacia la chimenea y acarició los fierros toledanos y sintió la respiración del fuego sobre el rostro y las manos. Se adelantó al escuchar los primeros murmullos de voces —encantadas, admirativas— en el pasillo de la casa. Serafín terminaba de recoger las colillas.

Ordenó que se atizara el fuego y los Régules entraron mientras el mozo manejaba los fierros y una gran llamarada ascendía por el tiro. De la puerta que comunicaba con el comedor avanzó otro criado con una charola entre las manos. Roberto Régules recibió una copa mientras la pareja joven —Betina y su marido, el joven

Ceballos— tomada de la mano, recorría el salón y elogiaba las viejas pinturas, las molduras de yeso y oro, las tallas suntuosas, los copetes y faldones barrocos, los travesaños torneados, los mascarones policromos. Él daba la espalda a la puerta cuando el vaso se estrelló contra el piso con un ritmo de campana rota y la voz de Lilia gritó algo en son de burla. El viejo y los invitados vieron el rostro a esa mujer despintada que asomaba prendida a la manija de la puerta: —¡Lero, lero! ¡Feliz año nuevo!... No te preocupes, viejito, que en una hora se me baja... y bajo como si nada... no más quería decirte que resolví pasar un año muy suave... ¡pero muy requetesuave!...

Él se dirigió a ella con su paso tambaleante y difícil y ella gritó: —¡Ya me aburrí de ver programas de tele todo el día... viejito!

A cada paso del viejo, la voz de Lilia se aflautaba más. —Ya me sé todas las historias de vaqueros... pum-pum... el marshall de Arizona... el campamento pielroja... pum-pum... ya sueño con las vocecitas esas... viejito... tome pepsi... nada más... viejito... seguridad con comodidad; pólizas...

La mano artrítica abofeteó el rostro despintado y los bucles teñidos cayeron sobre los ojos de Lilia. Dejó de respirar. Dio la espalda y se fue, despacio, tocándose la mejilla. Él regresó al grupo de los Régules y Jaime Ceballos. Los miró fijamente, a cada uno, durante varios segundos, con la cabeza alta. Régules bebió el whisky; escondió la mirada detrás del vaso. Betina sonrió y se acercó al anfitrión con un cigarrillo entre las manos, como si solicitara fuego.

—¿Dónde consiguió ese arcón?

El viejo se apartó y Serafín el criado prendió un fósforo cerca del rostro de la muchacha y ella tuvo que alejar la cabeza del busto del viejo y darle la espalda. Al fondo del pasillo, detrás de Lilia, entraban los músicos, embufandados, tiritando de frío. Jaime Ceballos castañeteó los dedos y giró sobre los talones como un bailarín de flamenco.

Sobre la mesa de patas de delfín, bajo los candiles de bronce, perdices enriquecidas en salsa de tocino y vino rancio, merluzas envueltas en hojas de mostaza tarraconense, patos silvestres cubiertos por cáscaras de naranja, carpas flanqueadas por huevecillos de marisco, *bullinada* catalana espesa con el olor de aceituna, *coq-au-vin* inflamado nadando en *macon*, palomas rellenas con puré de alcachofa, platones de esquinado sobre masas de hielo, brochetas de langosta rosada en una espiral de limón rebanado, champiñones y rajas de tomate, jamón de Bayona, estofados de res rociados de Armagnac, cuellos de oca rellenos de paté de puerco, puré de castaña y piel de manzanas fritas con nueces, salsas de cebolla y naranja, de ajo y pistache, de almendra y caracoles: en los ojos del viejo, al abrirse la puerta labrada con cornucopias y angelillos nalgones, policromada en un convento de Querétaro, brilló ese punto inaccesible: abrió de par en par las puertas y emitió una risa seca, ronca, cada vez que un plato de Dresde era ofrecido por un mozo a uno de los cien invitados, unido a la percusión de los cubiertos sobre la vajilla azul; las copas de cristal se tendían hacia las botellas alargadas por la servidumbre y él ordenó que se abrieran las cortinas que ocultaban el vitral abierto sobre el jardín sombreado de cerezos, de ciruelos desnudos, frágiles, de limpias estatuas de piedra monacal: leones, ángeles, frailes emigrados de los palacios y conventos del Virreinato; estalló la cohetería de luces, los grandes castillos de fuegos fatuos disparados hacia el centro de la bóveda invernal, clara y lejana: anuncio blanco y chisporroteante cruzado con el vuelo rojo de un abanico serpenteado de amarillos: surtidor de las cicatrices abiertas de la noche, monarcas festivos que lucían sus medallones de oro sobre el paño negro de la noche, carrozas de luz en carrera hacia los astros enlutados de la noche. Detrás de los labios cerrados, él rió esa risa gruñida. Los platones vacíos eran repuestos con más aves, más mariscos, más carne sangrante. Los brazos desnudos circularon alrededor del viejo sentado pesadamente en un nicho de la vieja sillería de coro, taraceada, tallada con exuberancia, copetes y faldones caprichosos. Olió, miró los perfumes de las mujeres, las redondeces de los escotes, el secreto afeitado de los sobacos, los lóbulos cargados de joyas, los cuellos blancos y los talles estrechos de donde arrancaba el vuelo de la tafeta, la seda, la malla de oro; aspiró ese olor de lavanda y cigarrillos encendidos, de pintura labial y máscara, de zapatillas femeninas y coñac derramado, de digestiones pesadas y laca de uñas. Levantó la copa y él mismo se puso de pie; el criado le colocó entre los dedos las correas de los perros que le acompañarían durante las horas restantes de la noche; estalló la gritería del nuevo año: las copas se estrellaron contra el piso y los brazos acariciaron, apretaron, se levantaron para festejar esta fiesta del tiempo, este funeral, esta pira de la memoria, esta resurrección fermentada de todos los hechos, mientras la orquesta tocaba *Las golondrinas*, de todos los hechos, palabras y cosas muertas del ciclo, para festejar el aplazamiento de estas cien vidas que suspendían las preguntas, hombres y mujeres, para decirse, a veces con la mirada humedecida, que no habrá más tiempo que ése, el vivido y alargado durante estos instantes artificialmente extendidos por el estallido de cohetes y las campanas echadas al vuelo: Lilia le acarició el cuello como si pidiera perdón: él sabía, quizá, que muchas cosas, muchos deseos pequeños debían reprimirse para poder, en un solo momento de plenitud, gozar completamente, sin gasto previo, y ella debía agradecérselo: él lo decía con un murmullo. Cuando los violines, en la sala, volvieron a tomar el aire de *La pobre gente de París*, ella, con un mohín conocido, lo tomó del brazo pero él negó con la cabeza blanca y caminó precedido de los perros al sillón que ocuparía el resto de la noche, frente a las parejas.... se divertiría viendo los rostros, fingidos, dulces, pícaros, maliciosos, idiotas, inteligentes, pensando en la suerte, en la suerte que tuvieron todos, ellos y él... rostros, cuerpos, bailes de seres libres, cómo él... lo afianzan, lo aseguran al desplazarse ligeramente sobre el piso encerado, bajo la araña luminosa... liberar, opacándolos, sus recuerdos... lo obligan, perversamente, a disfrutar aún más de esta identidad... libertad y poder... no estaba solo... estos danzantes le acompañaban... eso le dijo el calor del vientre, la satisfacción de las entrañas... escolta negra, carnavalesca, de la vejez poderosa, de la presencia encanecida, artrítica, pesada... eco de la sonrisa persistente, ronca, reflejada en el movimiento de los ojillos verdes... blasones recientes, como el suyo... a veces aun más nuevos... giraban, giraban... los conoce... industriales... comerciantes... coyotes... niños bien... agiotistas... ministros... diputados... periodistas... esposas... novias... celestinas... amantes... giraban las palabras cortadas de los que pasaban bailando frente a él...

—Sí... —Vamos después... —...pero mi papá... —...te quiero... —¿...libre...? —Eso me contaron... —...nos sobra tiempo... —Entonces... —...así... —...me gustaría... —¿Dónde? —...dime... —...ya no volveré más... —...¿te gustaba?...

—...difícil... —eso se perdió... —chula... —...sabroso... —se hundió... —...muy merecido... —...hmmm...

¡Hmmm!... sabía adivinar en los ojos, en los movimientos de los labios, de los hombros... podía decirles en silencio lo que pensaban... podía decirles quiénes eran... podía recordarles sus verdaderos nombres... quiebras fraudulentas... devaluaciones monetarias reveladas de antemano... especulación de precios... agio bancario... nuevos latifundios... reportajes a tanto la línea... contratos de obras públicas inflados... jilgueros en giras políticas... despilfarro de la fortuna paterna... coyotaje en las secretarías de Estado... nombres falsos: Arturo Capdevila, Juan Felipe Couto, Sebastián Ibargüen, Vicente Castañeda, Pedro Caseaux, Jenaro Arriaga, Jaime Ceballos, Pepito Ibargüen, Roberto Régules... Y los violines tocaban y las faldas volaban y las colas de los fracs... No hablarán de todo eso... hablarán de viajes y amores, de casas y automóviles, de vacaciones y fiestas, de joyas y criados, de enfermedades y sacerdotes... Pero están allí, allí, en corte... frente al más poderoso... destruirlos o halagarlos con una mención en el periódico... imponerles la presencia de Lilia... instarlos, con una voz secreta, a bailar, comer, beber... sentirlos cuando se acercan...

—Tuve que traerlo, nada más para que viera ese cuadro del arcángel, ése, divino...

—Si lo he dicho siempre: sólo teniendo el gusto de don Artemio...

—¿Cómo podemos corresponderle?

—Con razón no acepta usted invitaciones.

—Todo estuvo tan regio que me he quedado muda; muda, muda, don Artemio; ¡qué vinos!, ¡y esos patos con esas cositas tan regias!

...apartar el rostro y desentenderse... le bastaban los rumores... no quería fijar nada... los sentidos gozaban el puro murmullo de lo circundante... tactos, olores, sabores, imágenes... Que lo llamen, entre risas y cuchicheos, la momia de Coyoacán.. que se burlen de Lilia con sonrisas secretas... Allí están, bailando bajo su mirada...

Levantó un brazo: una seña al director de la orquesta: la música cesó a media pieza y todos dejaron de bailar: el popurrí oriental apuntado por las cuerdas, el pasillo abierto entre la gente, la mujer semidesnuda que avanzó desde la puerta, ondulando los brazos y las caderas hasta ocupar el centro del salón: un grito alegre: la bailarina hincada frente al ritmo de tambores que domina la cintura: cuerpo embarrado de aceite, labios anaranjados, párpados blancos y cejas azules: de pie, bailando alrededor del círculo, moviendo el vientre en espasmos cada vez más rápidos: escogió al viejo Ibargüen y lo arrastró por el brazo al centro de la pista, lo sentó en el suelo, le colocó los brazos en la posición de un dios Vishnú, bailoteó a su derredor y él trató de imitar las ondulaciones: todos sonrieron: ella se acercó a Capdevila, le obligó a despojarse del saco, a bailar alrededor de Ibargüen: el anfitrión rió, hundido en su sillón de damasco, acariciando las correas de los perros; la bailarina montó sobre la espalda de Couto y animó a varias mujeres a imitarla: todos rieron: los caballazos, entre carcajadas, destruyeron los peinados y mancharon de sudor las caras inflamadas de las amazonas: las faldas se arrugaron, levantadas más arriba de las rodillas: algunos jóvenes, entre risas agudas, estiraron las piernas para meter zancadillas a los corceles apopléticos que batallaban entre los dos viejos danzantes y la mujer de muslos abiertos.

Levantó la mirada, como si emergiera de una zambullida a fuerza de lastre: encima de las cabezas despeinadas y de los brazos ondulantes, el claro cielo de vigas y los muros blancos, los óleos del siglo XVII y los estofados angélicos... y en el oído despierto, la carrera escondida de las inmensas ratas —colmillos negros, hocicos afilados— que poblaban las techumbres y los cimientos de este antiguo convento jerónimo, que a veces se escurrían sin pudicia por los rincones de la sala y que en la oscuridad, por millares, encima y debajo de los alegres festejantes, esperaban... quizá... la oportunidad de tomarlos a todos por sorpresa... infectar la fiebre y la jaqueca... el mareo y el temblor frío... la hinchazón dura y dolorosa entre las piernas y las axilas... las manchas negras sobre la piel... el vómito de sangre... si volviese a levantar el brazo... para que los criados cerraran con travesaños de hierro las salidas... los escapes de esta casa de ánforas y cilindros... tableros biselados... camas de baldaquín y lienzo... llaves de fierro... cuarterones y sillerías... puertas de metales redoblados... estatuas de frailes y leones... y la comparsa se viese obligada a permanecer aquí... a no abandonar la nave... rociarse los cuerpos con vinagre... encender hogueras de madera perfumada... colgarse rosarios de tomillo alrededor del cuello... espantar con desidia las moscas verdes y zumbonas... mientras él ordenaba bailar, vivir, beber... Buscó a Lilia entre el mar de gente alborotada: bebía sola y silenciosa en una esquina, con una sonrisa inocente en los labios, dando la espalda a las danzas y a las justas fingidas... algunos hombres salían a orinar... ya llevaban la mano en la bragueta... algunas mujeres a polvearse... ya abrían el bolso de noche... sonrió con dureza... lo único que provocaba el despliegue de alegría y munificencia: cacareó en silencio... los imaginó... todos, cada uno, en fila frente a los dos lavabos de la planta baja... todos orinándose con la vejiga cargada de líquidos espléndidos... todos cagando los restos de la comida preparada durante dos días con una minucia, un gusto, una selección... en todo ajenos a este destino final de los patos y las langostas, los purés y las salsas... ah, sí, el mayor placer de toda la noche...

Se cansaban pronto. La bailarina terminó de bailar y quedó rodeada de indiferencia. La gente volvió a conversar, a pedir más champaña, a sentarse en los sofás hondos; otros regresaban de la excursión, abrochándose las braguetas, guardando las polveras en las bolsas de noche. Se agotaba. La breve orgía prevista... la puntual exaltación programada... las voces regresaban a su tono quedo y cantando... al disimulo de la meseta mexicana... regresaban esas preocupaciones... como si quisieran vengarse del momento pasado, del fugaz instante...

—...no, porque la cortisona me produce erupciones...

—...no sabes qué ejercicios espirituales está dando el padre Martínez...

—...mírala: quién lo diría; dicen que fueron...

—...tuve que correrla...

—... Luis llega tan cansado que sólo le dan ganas...

—...no, Jaime, no le gusta...

—...se puso muy alzada...

—...de ver un rato la tele...

—...ya no se puede con las criadas de hoy...

—...amantes hace como 20 años...

—...¿cómo se le va a dar el voto a esta bola de indios?

—...y la mujer sola en su casa; nunca...

—...son cuestiones de alta política; recibimos la...

—...que el PRI siga eligiendo de dedo y ya...

—...consigna del señor Presidente en la Cámara...

—...yo sí me atrevo...

—...Laura; creo que se llama Laura...

—...trabajamos unos cuantos...

—...si se vuelve a mencionar el *income tax*...

—...para 30 millones de zánganos...

—...yo de plano me llevo mis ahorros a Suiza...

—...los comunistas sólo entienden...

—...no, Jaime, nadie debe molestarlo...

—...va a ser un negocio de fábula...

—...a macanazos...

—...se invierten 100 millones...

—...es un Dalí precioso...

—...y los recuperaremos en un par de años...

—...me lo mandaron los agentes de mi galería...

—...o menos...

—...en Nueva York...

—...vivió muchos años en Francia; decepciones..., dicen...

—...vamos a reunirnos las puras señoras...

—...París es la ciudad luz por antonomasia...

—...para divertirnos solas...

—...si quieres, salimos mañana a Acapulco...

—...de la risa; las ruedas de la industria suiza...

—...me llamó el embajador americano para advertirme...

—...se mueven gracias a los 10 mil millones de dólares...

—...Laura; Laura Rivière; volvió a casarse allá...

—...en la avioneta...

—...que los latinoamericanos tenemos depositados...

—...que ningún país está a salvo de la subversión...

—...cómo no, si lo leí en *Excélsior*...

—...te diré: baila divino...

—...Roma es la ciudad eterna por excelencia...

—...pero no tiene ni un quinto...

—...yo hice mi lana fletándome duro...

—...ay tú, si se siente la divina envuelta en huevo...

—...¿por qué voy a pagarle impuestos a un gobierno de rateros...?

—...le dicen la momia, la momia de Coyoacán...

—...Darling, un modisto sensacional...

—...¿créditos para la agricultura?...

—...te digo que en el *put* siempre falla...

—...pobre Catalina...

—...¿y luego quién controla las sequías y las heladas?...

—...no hay vueltas que darle: sin inversiones americanas...

—...dicen que fue su gran pasión, pero...

—...Madrid, divino; Sevilla, precioso...

—...nunca saldremos del hoyo...

—...pero como México...

—...pudieron más las conveniencias, ¿te enteras?...

—...recupero 40 centavos de cada peso...

—...nos dan su dinero y su *know-how*...

—...desde antes de prestarlo...

—...y todavía nos quejamos...

—...fue hace veintitantos años...

—...de acuerdo: caciques, líderes venales y todo lo que quieras...

—...me decoró todo en blanco y oro, ¡padrísimo!

—...pero el buen político no trata de reformar la realidad...

—...el señor Presidente me honra con su amistad...

—...sino de aprovecharla y trabajar con ella...

—...por los negocios que tiene con Juan Felipe, de plano...

—...hace miles de obras de caridad, pero nunca habla de ellas...

—...yo no más le dije: no hay de qué...

—...todos nos debemos favores, ¿qué no?

—...¡qué diera por dejarlo!...

—...de plano me cortaba, ¡pobre Catalina!...

—...les regateó pero en menos de 10 mil dólares...

—...Laura; creo que le dicen Laura; creo que fue muy guapa...

—...pero qué quieres, así es una de débil...

Los alejaba, los acercaba: la marea del baile y la conversación. Sólo ahora, esta joven de sonrisa abierta y pelo rubio se colocó en cuclillas al lado del viejo, balanceó la copa de champaña con una mano, tomó el brazo del sillón con la otra... El joven preguntó si no lo distanciaría y el viejo le dijo: —No ha hecho usted otra cosa durante toda la noche, señor Ceballos... y no miró al joven... siguió con la mirada fija en el centro del bullicio... una regla no escrita... los invitados no debían acercársele, salvo para elogiar la casa y la cena apresuradamente... respetar su distancia... impune... agradecer la hospitalidad con la diversión... escena y butaca... no se daba cuenta... obviamente el joven Ceballos no se daba cuenta... —¿Sabe? Lo admiro... él hurgó en la bolsa del saco y extrajo un paquete arrugado de cigarrillos... lo encendió lentamente... sin mirar al joven... que decía que sólo un rey podía mirar con el desprecio con que él los miró cuando... y él le preguntó si era la primera vez que asistía a... y el joven respondió que sí... —¿Su suegro no le...? —Cómo no... —Entonces... —Esas reglas fueron hechas sin consultarme, don Artemio... no se resistió... con los ojos lánguidos... volutas de humo... dio la cara a Jaime y el joven le miró sin pestañear... picardía en la mirada... juego de los labios y las quijadas... del viejo... del joven... se reconoció, ah... le desconcertó, ah... —¿Qué cosa, señor Ceballos?... qué cosa sacrificó... —No le entiendo... no le entendía, decía que no le entendía... exhaló una risa por las ventanas de la nariz... —La herida que nos causa traicionarnos, amigo... ¿Con quién piensa que está hablando? ¿Se le ocurre que yo me engaño...? Jaime le acercó el cenicero... ah, cruzaron el río a caballo, aquella mañana... —¿...en una justificación...? ...observaba sin ser observado... —Seguramente su suegro y otras personas con las que usted trata... cruzaron el río, esa mañana... —...que nuestra riqueza se justifica, que hemos trabajado para alcanzarla... —...nuestra recompensa, ¿eh?... le preguntó si irían juntos, hasta el mar... —¿Sabe usted por qué estoy por encima de toda esta gentecita... y la domino?... Jaime le acercó un cenicero; hizo un gesto con el cigarrillo consumido... salió del vado con el torso desnudo... —Ah, usted se acercó, yo no lo llamé... Jaime entrecerró los ojos y bebió de la copa... —¿Pierde sus ilusiones?... Ella repetía, "dios mío, no merezco esto", levantando el espejo, preguntándose si eso es lo que él vería cuando regresara... —Pobre Catalina... —Porque no me engaño... distinguirán en la otra ribera un espectro de tierra, un espectro, sí... —¿Qué le parece esta fiesta?... *vacilón, qué rico vacilón, cha cha chá*... Olía a plátano. Cocuya... —No me importa... él apretó las espuelas; dio el rostro y sonrió... —...mis cuadros, mis vinos, mis cómodas y las domino igual que a ustedes... —¿Le parece...? ...recordaste tu juventud por él y por estos lugares... —El poder vale en sí mismo, eso es lo que sé, y para tenerlo hay que hacer todo... pero no quisiste decirle cuánto significaba para ti porque quizá hubieras forzado su afecto... —...como lo he hecho yo y su suegro y todos esos que bailan allí enfrente... esa mañana lo esperaba con alegría... —...como lo tendrá que hacer usted, si quiere... —Colaborar con usted, don Artemio, ver si en una de sus empresas, pueda usted... el brazo levantado del muchacho indicó hacia el oriente, por donde sale el sol, hacia la laguna... —Generalmente, esto se arregla de otra manera... los caballos corrieron lentamente, separando las hierbas ancladas, agitando las crines, levantando una espuma deshecha... —...el suegro me llama e insinúa que el yerno es... se vieron a los ojos, sonrieron... —Pero ya ve, yo tengo otros ideales... al mar libre, al mar abierto, hacia donde corrió Lorenzo, ágil, hacia las olas que le estallaron alrededor de la cintura... —Aceptó las cosas como son; se hizo realista... —Sí, eso es. Igual que usted, don Artemio... le preguntó si nunca pensaba en lo que hay del otro lado del mar; la tierra se parece toda, sólo el mar es distinto... —¡Igual que yo!... Le dijo que había islas... —...¿luchó en la Revolución, expuso el pellejo, estuvo a punto de ser fusilado? ...el mar sabía a cerveza amarga, olía a melón, membrillo, fresa... —¿Eh?... —No... yo... —Sale un barco dentro de 10 días. Ya tomé pasaje... —Llega usted al final del banquete, amigo. Apresúrese a recoger las migajas... —¿Tú no harías lo mismo, papá?... —...arriba durante 40 años porque fuimos bautizados con la gloria de ésa... —Sí... —...pero ¿usted? ¿Cree que eso se hereda? ¿Con qué cosa van a prolongar...? —Ahora hay ese frente. Creo que es el único que queda... —Sí... —...¿nuestro poder?... —Voy a irme... —Ustedes nos enseñaron cómo... —¡Bah!, llegó usted tarde, le digo... lo esperaba con alegría, esa mañana... —Que traten de engañarlo los demás; yo nunca me he engañado; por eso estoy aquí... cruzaron el río, a caballo... —...apresúrese...

hártese... porque se lo está llevando... le preguntó si irían juntos, hasta el mar... —A mí qué me importa... el mar vigilado por el vuelo bajo de las gaviotas... —Me moriré y me dará risa... el mar que sólo asomaba su lengua cansada sobre la playa... —...y me dará risa pensar... hacia las olas que le estallaron alrededor de la cintura... —...mantener vivo un mundo para el que no tienen tamaños... el viejo acercó la cabeza al oído de Ceballos... el mar que sabe a cerveza amarga... —¿Quiere que le confiese una cosa?... el mar que huele a melón y guayaba... pegó secamente con el dedo índice sobre la copa del joven... los pescadores que arrastraban sus redes hacia la arena... —...el verdadero poder nace siempre de la rebeldía... —¿Creer? No sé. Tú me trajiste aquí, me enseñaste todas estas cosas... —Y usted... ustedes... Con los 10 dedos abiertos, bajo el cielo encapotado, de cara al mar abierto... —...y ustedes... ya no tienen lo que hace falta...

Volvió a mirar hacia el salón.

—Entonces —murmuró Jaime—, ¿puedo pasar a verlo... uno de estos días?

—Hable con Padilla. Buenas noches.

El reloj del salón sonó tres veces. El viejo suspiró y chicoteó las correas de los perros adormecidos, que pararon las orejas y se incorporaron al tiempo que él, apoyándose en los brazos del sillón, se levantaba con esfuerzo y la música cesaba.

Atravesó el salón entre los murmullos de gratitud y las cabezas ladeadas de los invitados. Lilia se abrió paso,

—Con permiso...

y tomó el brazo rígido. Él con la cabeza levantada (Laura, Laura); ella con la mirada baja y curiosa, recorrieron el paso abierto entre los invitados, entre las tallas suntuosas, las taraceas opulentas, las molduras de yeso y oro, las cajoneras de hueso y carey, las chapas y aldabas, los cofres con cuarterones y bocallaves de hierro, los olorosos escaños de ayacahuite, las sillerías de coro, los copetes y faldones barrocos, los respaldos combados, los travesaños torneados, los mascarones policromos, los tachones de bronce, los cueros labrados, las patas cabriolas de garra y bola, las casullas de hilo de plata, los sillones de damasco, los sofás de terciopelo, los cilindros y las ánforas, los tableros biselados, los tapetes de merino, los óleos cuarteados, bajo los cristales de los candiles, las vigas calurosas, hasta llegar al primer peldaño de la escalera. Entonces él acarició la mano de Lilia y la mujer lo ayudó a subir, tomándolo del codo, agachándose para sostenerlo mejor. Sonrió:

—¿No te cansaste mucho?

Él negó con la cabeza y volvió a acariciar la mano.

Yo he despertado... otra vez... pero esta vez... sí... en este automóvil, en esta carroza... no... no sé... corre sin hacer ruido... ésta no debe ser todavía la conciencia verdadera... por más que abra los ojos no puedo distinguirlos... objetos, personas... huevos blancos y luminosos que ruedan frente a mis ojos... pared de leche que me separa del mundo... de las cosas que se pueden tocar y de las voces ajenas... estoy separado... muero... me separo... no, un ataque... un ataque puede venirle a un viejo de mi edad... muerte no, separación no... no lo quiero decir... quiero preguntarlo... pero lo digo... si hiciera un esfuerzo... sí... ya escucho los ruidos superpuestos de la sirena... es la ambulancia... de la sirena y de mi propia garganta... mi garganta estrecha y cerrada... la saliva me gotea por ella... hacia un pozo sin fondo... separarse... ¿testamento?... ah, no se preocupen... existe un papel escrito, timbrado, levantado ante notario... no olvido a nadie... ¿para qué iba a olvidarlos, a odiarlos...? ...¿no les habría dado placer pensar que hasta el último momento pensé en ustedes para burlarme?... ah, qué risa, ah, qué burla... no... los recuerdo con la indiferencia de un trámite frío... les parcelo esta riqueza que atribuirán en público a mi esfuerzo... a mi tesón... a mi sentido de responsabilidad... a mis cualidades personales... háganlo... siéntanse tranquilos... olviden que esa riqueza la gané, la expuse, la gané... darlo todo a cambio de nada... ¿no es verdad?... ¿cómo se llamará darlo todo a cambio de todo?... pónganle el nombre que gusten... regresaron, no se dieron por vencidos... sí, lo pienso y sonrío... me burlo de mí mismo, me burlo de ustedes... me burlo de mi vida... ¿no es mi privilegio?... ¿no es éste el único momento para hacerlo?... no podía burlarme mientras vivía... ahora sí... mi privilegio... les dejaré el testamento... les legaré esos nombres muertos... Regina... Tobías... Páez... Gonzalo... Zagal... Laura, Laura... Lorenzo... para que no me olviden... separado... puedo pensarlo y preguntarme a mí mismo... sin saberlo... porque estas últimas ideas... eso lo sé... pienso, disimulo... corren ajenas a mi voluntad, ah, sí... como si el cerebro, el cerebro... pregunta... la respuesta me llega antes que la pregunta... probablemente... las dos son la misma cosa... vivir es otra separación... con aquel mulato, junto a la choza y el río... con Catalina, si hubiéramos hablado... en aquella prisión, aquella madrugada... no cruces el mar, no hay islas, no es cierto, te engañé... con el maestro... ¿Esteban?... ¿Sebastián?... no recuerdo... me enseñó tantas cosas... no recuerdo... lo dejé y me fui al norte... ah, sí... sí... sí... sí, la vida habría sido distinta... pero sólo eso... distinta... no la vida de este

293

hombre agonizante... no, agonizante no... les digo que no no no... un ataque... un viejo, un ataque... convalecencia, eso es... sino otra... sino la de otro... distinta... pero también separada... ay decepción... ni vida ni muerte... ay decepción... en la tierra del hombre... vida escondida... muerte escondida... plazo fatal... sin sentido... Dios mío... ah, ése puede ser el último negocio... ¿quién me pone las manos sobre los hombros?... creer en Dios... sí, buena inversión, cómo no... ¿quién me obliga a recostarme, como si hubiese querido levantarme de aquí?... ¿hay otra posibilidad de creer que se sigue siendo aun cuando no se crea en ella?... Dios, Dios, Dios... basta repetir mil veces una palabra para que pierda todo sentido y no sea sino un rosario... de sílabas... huecas... Dios, Dios... qué secos mis labios... Dios, Dios... ilumina a los que se quedan... hazlos pensar en mí de vez... en cuando... haz que mi memoria... no se pierda... pienso... pero no los veo bien... no los veo... hombres y mujeres en duelo... se rompe ese huevo negro... de mi mirada y veo... que siguen viviendo... regresan a sus trabajos... ocios... intrigas... sin recordar... al pobre muerto... que escucha las paletadas de tierra... mojada... sobre el rostro... el avance sinuoso... sinuoso... sinuoso... sí... lujurioso... de esos gusanos... la garganta... me gotea como un mar... una voz perdida que... quiere resucitar... resucitar... seguir viviendo... continuar la vida donde la cortó la otra... muerte... no... volver a empezar desde el principio... resucitar... volver a nacer... resucitar... volver a decidir... resucitar... volver a escoger... no... qué hielo en las sienes... qué uñas... azules... qué estómago... hinchado... qué náuseas... de mierda... no te mueras sin razón... no no... ah viejas... viejas impotentes... que han tenido todos... los objetos de la riqueza... y la cabeza... de la mediocridad... si al menos...

hubieran comprendido para qué sirven... cómo se usan... estas cosas... ni eso... mientras yo lo tuve todo... ¿me oyen?... todo... lo que se compra y... todo lo que no se compra... tuve a Regina... ¿me oyen?... amé a Regina... se llamaba Regina... y me amó... me amó sin dinero... me siguió... me dio la vida... allá abajo... Regina, Regina... cómo te amo... cómo te amo hoy... sin necesidad de tenerte cerca... cómo me llenas el pecho de esta satisfacción... cálida... cómo... me inundas... de tu viejo perfume... olvidado, Regina... te recordé... ¿viste?... ve bien... antes te recordé... pude recordarte... tal como eres... como me quieres... como te amé en el mundo... que nadie nos puede arrebatar... Regina, a ti y a mí... que traigo y conservo... protegiéndolo con las dos manos... como... si fuera un fuego... pequeño y vivo... que tú me regalaste... tú me diste... tú me diste... yo habré quitado... pero a ti te di... ay, ojos negros; ay, carne oscura y olorosa, ay labios negros, ay amor oscuro que no puedo tocar, nombrar, repetir: ay tus manos, Regina... tus manos sobre mi cuello y... el olvido de tus encuentros... el olvido... de todo lo que existió... fuera de ti y de mí... ay, Regina... sin pensar... sin hablar... siento en los muslos oscuros... de la abundancia sin tiempo... ay mi orgullo irrepetible... el orgullo de haberte amado... reto sin respuesta... ¿qué puede decirnos el mundo... Regina... qué pudo añadir a eso... qué razón pudo hablarle... a la locura... de querernos?... ¿qué?... paloma, clavel, convólvulo, espuma, trébol, clave, arca, estrella, fantasma, carne: ¿cómo te nombraré... amor... cómo te acercaré... nuevamente... a mi aliento... cómo te suplicaré... la entrega... cómo te acariciaré... las mejillas... cómo te besaré... los lóbulos... cómo te respiraré... entre las piernas... cómo diré... tus ojos... cómo tocaré... tu sabor... cómo abandonaré... la soledad... de mí mismo... para perderme en... la soledad... de los dos... cómo repetiré... que te quiero... cómo desterraré... tu recuerdo esperar tu regreso?... Regina, Regina... esa punzada vuelve, Regina, estoy despertando... de ese medio sueño al que me indujo el calmante... estoy despertando... con el dolor... en el centro... de mis entrañas, Regina, dame la mano, no me abandones, no quiero despertar sin encontrarte a mi lado, mi amor, Laura, mi mujer adorada, mi recuerdo salvador, mi falda de percal, Regina, me duele, mi ternura irrepetible, mi naricilla respingada, me duele, Regina, me doy cuenta de que me duele: Regina, ven para que sobreviva otra vez; Regina, cambia otra vez tu vida por la mía; Regina, muérete de nuevo para que yo viva; Regina. Soldado. Regina. Abrácenme. Lorenzo. Lilia. Laura. Catalina. Abrácenme. No. Qué hielo en las sienes... Cerebro, no te mueras... razón... quiero encontrarla... quiero... quiero... tierra... país... te amé... quise regresar... razón de la sinrazón... contemplar desde un lugar muy alto la vida vivida y no ver nada... y si no veo nada... para qué morir... por qué morir... por qué morir sufriendo... por qué no seguir viviendo... la vida muerta... por qué pasar... de la nada viva a la nada muerta... se agota... se agota jadeante... el ladrido de la sirena... jauría... se detiene la ambulancia... cansado... más cansado no... tierra... entra otra luz a mis ojos... otra voz...

—Opera el doctor Sabines.

¿Razón? ¿Razón?

La camilla corre sobre los rieles, fuera de la ambulancia. ¿Razón? ¿Quién vive? ¿Quién vive?

Tú no podrás estar más cansado; más cansado no; y es que habrás caminado mucho, a caballo, a pie, en los viejos trenes y el país no termina nunca. ¿Recordarás el país? Lo recordarás y no es uno; son mil países con un solo nombre. Eso lo sabrás. Traerás los desiertos rojos, las estepas de tuna y maguey, el mundo del nopal, el cinturón de lava y cráteres helados, las murallas de cúpulas doradas y troneras de piedra, las ciudades de cal y canto, las ciudades de tezontle, los pueblos de adobe, las aldeas de carrizo, los senderos de lodo negro, los caminos de la sequía, los labios del mar, las costas espesas y olvidadas, los valles dulces del trigo y el maíz, los pastizales norteños, los lagos del Bajío, los bosques delgados y altos, las ramas cargadas de heno, las cumbres blancas, los llanos de chapopote, los puertos de la malaria y el burdel, el casco calcáreo del henequén, los ríos perdidos, precipitados, las horadaciones de oro y plata, los indios sin la voz común, voz cora, voz yaqui, voz huichol, voz pima, voz seri, voz chontal, voz tepehuana, voz huasteca, voz totonaca, voz nahua, voz maya, la chirimía y el tambor, la danza terciada, la guitarra y la vihuela, los plumajes, los huesos delgados de Michoacán, la carne chaparra de Tlaxcala, los ojos claros de Sinaloa, los dientes blancos de Chiapas, los huipiles, las peinetas jarochas, las trenzas mixtecas, los cinturones tzotziles, los rebozos de Santa María, la marquetería poblana, el vidrio jalisciense, el jade oaxaqueño, las ruinas de la serpiente, las ruinas de la cabeza negra, las ruinas de la gran nariz, los sagrarios y los retablos, los colores y los relieves, la fe pagana de Tonantzintla y Tlacochaguaya, los nombres viejos de Teotihuacán y Papantla, de Tula y Uxmal: los traes y te pesan, son losas muy pesadas para un solo hombre: no se mueven nunca y las traes amarradas al cuello: te pesan y se te han metido al vientre... son tus bacilos, tus parásitos, tus amibas...

tu tierra

pensarás que hay un segundo descubrimiento de la tierra en ese trajín guerrero, un primer pie sobre montañas y barrancos que son como un puño desafiante al avance desesperado y lento del camino, la presa, el riel y el poste de telégrafo: esta naturaleza que se niega a ser compartida o dominada, que quiere seguir existiendo en soledad abrupta y sólo ha regalado a los hombres unos cuantos valles, unos cuantos ríos, para que en ellos o a su vera se entretengan; ella sigue siendo la dueña arisca de los picachos lisos e inalcanzables, del desierto plano, de las selvas y de la costa abandonada; y ellos, fascinados por ese poder altanero, permanecerán con los ojos fijos en él: si la naturaleza inhóspita da la espalda al hombre, el hombre da la espalda al ancho mar olvidado, pudriéndose en su feracidad caliente, hirviendo con riquezas perdidas

heredarás la tierra

no verás otra vez esos rostros que conociste en Sonora y en Chihuahua, que un día viste dormidos, aguantándose, y al siguiente encolerizados, arrojados a esa lucha sin razones ni paliativos, a ese abrazo de los hombres a los que otros hombres separaron, a ese decir aquí estoy y existo contigo y contigo y contigo también, con todas las manos y todos los rostros vedados: amor, extraño amor común que se agotará en sí mismo: te lo dirás a ti mismo, porque lo viviste y no lo entendiste al vivirlo: sólo al morir lo aceptarás y dirás abiertamente que aun sin comprenderlo lo temiste durante cada uno de tus días de poder: temerás que ese encuentro amoroso vuelva a estallar; ahora morirás y no lo temerás ya porque no lo verás; pero dirás a los demás que lo teman: teman la falsa tranquilidad que les legas, teman la concordia ficticia, la palabrería mágica, la codicia sancionada: teman esta injusticia que ni siquiera saben que lo es:

aceptarán tu testamento: la decencia que conquistaste para ellos, la decencia: le darán gracias al pelado Artemio Cruz porque los hizo gente respetable; le darán gracias porque no se conformó con vivir y morir en una choza de negros; le darán gracias porque salió a jugarse la vida: te justificarán porque ellos ya no tendrán tu justificación: ellos ya no podrán invocar las batallas y los jefes, como tú, y escudarse detrás de ellos para justificar la rapiña en nombre de la Revolución y el engrandecimiento propio en nombre del engrandecimiento de la Revolución: pensarás y te asombrarás: ¿qué justificación van a encontrar ellos? ¿qué barrera van a oponer?: no lo pensarán, disfrutarán de lo que les dejas mientras puedan; vivirán felices, se mostrarán adoloridos y agradecidos —en público, no pedirás más— mientras tú esperas con un metro de tierra sobre el cuerpo; esperas, hasta volver a sentir el tropel de pies sobre tu rostro muerto y entonces dirás

—Regresaron. No se dieron por vencidos

y sonreirás: te burlarás de ellos, te burlarás de ti mismo: es tu privilegio: las nostalgia te tentará: sería la manera de embellecer el pasado: no lo harás:

legarás las muertes inútiles, los nombres muertos, los nombres de cuantos cayeron muertos para que el nombre de ti viviera; los nombres de los hombres despojados para que el nombre de ti poseyera; los nombres de los hombres olvidados para que el nombre de ti jamás fuese olvidado:

legarás este país; legarás tu periódico, los codazos y la adulación, la conciencia adormecida por los discursos falsos de hombres mediocres; legarás las hipotecas, legarás una clase descastada, un poder sin grandeza, una estulticia consagrada, una ambición enana, un compromiso bufón, una retórica podrida, una cobardía institucional, un egoísmo ramplón;

les legarás sus líderes ladrones, sus sindicatos sometidos, sus nuevos latifundios, sus inversiones americanas, sus obreros encarcelados, sus acaparadores y su gran prensa, sus braceros, sus granaderos y agentes secretos, sus depósitos en el extranjero, sus agiotistas engominados, sus diputados serviles, sus ministros lambiscones, sus fraccionamientos elegantes, sus aniversarios y sus conmemoraciones, sus pulgas y sus tortillas agusanadas, sus indios iletrados, sus trabajadores cesantes, sus montes rapados, sus hombres gordos armados de *aqualung* y acciones, sus hombres flacos armados de uñas: tengan su México: tengan tu herencia:

heredarás los rostros, dulces, ajenos, sin mañana porque todo lo hacen hoy, lo dicen hoy, son el presente y son en el presente: dicen "mañana" porque no les importa mañana: tú serás el futuro sin serlo, tú te consumirás hoy pensando en mañana: ellos serán mañana porque sólo viven hoy:

tu pueblo

tu muerte: animal que prevés tu muerte, cantas tu muerte, la dices, la bailas, la pintas, la recuerdas antes de morir tu muerte:

tu tierra:

no morirás sin regresar:

este poblado al pie del monte; habitado por 300 personas y apenas distinguible por unos manchones de teja entre el follaje que, en cuanto echa raíz la piedra de la montaña, se encrespa en la suave ladera que acompaña al río en su curso hasta el mar cercano: como una media luna verde, el arco de Tamiahua a Coatzacoalcos devorará el rostro blanco del mar en un intento inútil —devorado, a su vez, por la corona brumosa de la sierra, asiento y límite de la meseta india— de ligarse al archipiélago tropical de ondulaciones graciosas y carnes quebradas: mano lánguida del México seco, inmutable, triste, del claustro de piedra y polvo encerrado en el altiplano, la media luna veracruzana tendrá otra historia, atada por hilos dorados a las Antillas, al océano y, más allá, al Mediterráneo que en verdad sólo será vencido por los contrafuertes de la Sierra Madre Oriental: donde los volcanes se anudan y las insignias silenciosas del maguey se levantan, morirá un mundo que en ondas repetidas envía sus crestas sensuales desde la partitura del Bósforo y los senos del Egeo, su chapoteo de uvas y delfines desde Siracusa y Túnez, su hondo vagido de reconocimiento desde Andalucía y las puertas de Gibraltar, su zalema de negro empelucado y cortesano desde Haití y Jamaica, sus comparsas de danzas y tambores y ceibas y corsarios y conquistadores desde Cuba: la tierra negra absorbe la marejada: en los balcones de fierro y en los portales cafeteros se fijarán las ondas lejanas: en las columnas blancas de los pórticos campestres y en las entonaciones voluptuosas del cuerpo y de la voz morirán los efluvios: habrá aquí una frontera: luego se levantará el pedestal sombrío de las águilas y los pedernales: una frontera que nadie derrotará: ni los hombres de Extremadura y Castilla que se agotaron en la primera fundación y después fueron vencidos sin saberlo en el ascenso a la plataforma vedada que les dejó destruir y deformar sólo las apariencias: víctimas, al fin, del hambre concentrada de las estatuas de polvo, de la succión ciega de la laguna que se ha tragado el oro, los cimientos, los rostros de cuantos conquistadores la han violado; ni los bucaneros que colmaron sus bergantines con los escudos arrojados desde la cima de la montaña indígena con una carcajada agria; ni los frailes que cruzaron el Paso de la Malinche para entregar nuevos disfraces a dioses inconmovibles que se hacían representar en una piedra destructible pero que habitaban el aire; ni los negros traídos a las plantaciones tropicales y alaciados por las avanzadas indias que ofrecieron sus sexos lampiños como un reducto de victoria sobre la raza crespa; ni los príncipes que desembarcaron de los veleros imperiales y se dejaron engañar por el dulce paisaje del palmacristi y fruta en drupa y ascendieron con sus equipajes cargados de encaje y lavanda a la meseta de paredones acribillados; ni siquiera los caciques de tricornio y charreteras que en la muda opacidad del altiplano encontraron, al cabo, la derrota exasperante de la reticencia, de la burla sorda, de lo indiferente:

tú serás ese niño que sale a la tierra, encuentra la tierra, sale de su origen, encuentra su destino, hoy que la muerte iguala el origen y el destino y entre los dos clava, a pesar de todo, el filo de la libertad:

1903: 18 DE ENERO

Él despertó al escuchar el murmullo del mulato Lunero —Ah borracho, ah borracho— cuando todos los gallos (aves enlutadas que habían caído en la servidumbre silvestre, abandonados los corrales que en otra época fueron el orgullo de esta hacienda porque compitieron con los de pelea del gran amo de la región, hace más de medio siglo) anunciaron la veloz mañana del trópico, que era el fin de la noche para el señor Pedrito, embarcado en una

francachela solitaria más, allá en la terraza de losas coloradas del viejo casco perdido: llegó el canto ebrio del señor hasta el techo de palmas bajo el cual Lunero ya estaba
de pie, rociando el suelo de tierra con manotazos de agua
tomada de la jícara, venida de otro lugar, cuyos patos y
florecillas pintadas habían lucido una laca brillante, en
otros tiempos. Lunero encendió en seguida el brasero para calentar el picadillo de charal, sobra del día pasado; en
la canasta de frutas buscó, guiñando los ojos, las cáscaras
más negras para consumirlas en seguida, antes de que la
corrupción total, hermana de la feracidad, las ablandara y
agusanara. Después, cuando el humo de la plancha de lámina acabó de desamodorrar al niño, el cántico flemoso
se detuvo pero todavía se escuchaban los traspiés del borracho, cada vez más lejanos y luego el portazo final, pre-
ludio de la larga mañana de insomnio: boca abajo sobre el
colchón desnudo y teñido de la gran cama de caoba, en-
redado en el mosquitero, en la cama de baldaquín sin sábanas, desesperado porque las reservas de aguardiente ya
se habían agotado. Antes —recordó Lunero, cuando acarició la cabeza revuelta del niño que se acercó al fuego
con la camiseta corta, mostrando las primeras sombras de
la pubertad—, cuando la tierra era grande, las chozas
quedaban lejos de la casa y no se sabía lo que pasaba en
ella, como las cocineras gordas y las jóvenes cambujas que
manejaban la escoba y almidonaban las camisas no lleva-
ran sus cuentos hasta el otro mundo de los hombres tos-
tados en los campos tabaqueros. Ahora, todo andaba
cerca y en la hacienda angostada por los agiotistas y los
enemigos políticos del antiguo amo muerto, sólo quedaban la casa sin vidrios y la choza de Lunero; y en aquélla
sólo suspiraba el recuerdo de los criados, mantenido por
la flaca Baracoa que seguía cuidando a la abuela encerrada

en el cuarto azul del fondo; en ésta sólo vivían Lunero y el niño y ellos eran los únicos trabajadores.

El mulato se sentó sobre el suelo aplanado y dividió el plato de pescado, vaciando la mitad en la olla de barro y conservando la otra sobre la lámina. Le ofreció un mango al niño y él peló un plátano y los dos comieron en silencio. Cuando el pequeño montículo de cenizas se apagó, entró por la única abertura —puerta, ventana, umbral de los perros husmeantes, frontera de las hormigas rojas detenidas por una raya pintada de cal— la nube pesada del convólvulo que Lunero plantó hace años para disimular los adobes pardos de las paredes y enredar la choza en esa fragancia nocturna de flores tubulares. No hablaban. Pero el mulato y el niño sentían esa misma gratitud alegre de estar juntos que nunca dirían, que nunca, siquiera, expresarían en una sonrisa común, porque estaban allí no para decir o sonreír, sino para comer y dormir juntos y juntos salir cada madrugada, sin excepción silenciosa, cargada de humedad tropical y juntos cumplir las labores necesarias para ir pasando los días y entregarle a la india Baracoa las piezas que cada sábado compraban la comida de la abuela y las damajuanas del señor Pedrito. Eran hermosos estos anchos botellones azules separados del calor por la canasta tejida de carrizos y el asa de cuero: panzones, de cuello corto y estrecho. El señor Pedrito los iba arrumbando a la entrada de la casa y cada mes Lunero se llegaba al poblado al pie de la sierra con la ancha estaca que en la hacienda usaba para acarrear los baldes de agua y regresaba con ella atravesada sobre los hombros y las damajuanas amarradas y colgando, porque la mula de antes se había muerto. Este poblado al pie del monte era la única vecindad. Habitado por 300 personas y apenas distinguible por unos manchones de teja entre el follaje que, al echar raíz la piedra de la montaña, se encrespaba en la suave ladera que acompaña al río en su curso hacia el mar cercano.

El niño salió de la choza y corrió por el sendero de helechos que rodeaban los troncos grises y suaves del mango; la pendiente lodosa le condujo, debajo del cielo escondido por la flor roja y el fruto amarillo, a la ribera donde Lunero, a machetazos, abrió un claro junto al río —aquí comenzaba a ensancharse, turbulento aún— para el trabajo diario. El mulato de largos brazos llegó fajándose el pantalón de mezclilla, ancho en sus aberturas extremas, recuerdo de alguna perdida moda marinera. El niño tomó el calzón corto y azul que pasó la noche, secándose al sereno, sobre el círculo de fierro oxidado al que ahora se acercó Lunero. Algunas cortezas del manglar yacían, abiertas y cepilladas, con las bocas dentro del agua. Lunero se detuvo un momento, con los pies hundidos en el fango. Rumbo al mar, el río ensanchaba su respiración y acariciaba masas crecientes de helecho y platanar. La maleza parecía más alta que el cielo, porque éste era plano, reverberante, bajo. Los dos sabían qué hacer. Lunero tomó la lija y siguió puliendo, con una fuerza que le bailoteaba en los nervios gordos del antebrazo, las cortezas. El niño arrimó un taburete cojo y podrido y lo colocó dentro del círculo de fierro, suspendido de un asta central de madera. De las 10 aberturas horadadas en el círculo colgaban otras tantas mechas de cordón. El niño hizo girar el círculo y después se agachó para encender el fuego debajo de la cacerola: el arrayán derretido burbujeó su espesor; el círculo giró; el niño iba derramando la cera en las horadaciones.

—Ya viene el día de la Purificación —dijo Lunero con tres clavos entre los dientes.

—¿Cuándo?

La pequeña fogata bajo el sol alumbró los ojos verdes del niño.

—El dos, Cruz niño, el dos. Entonces se venderán más velas, no sólo a los de cerca, sino a toda la comarca. Saben que de aquí son las mejores velas.

—Recuerdo el año pasado.

A veces, la cera caliente daba un latigazo; el niño tenía los muslos manchados de pequeñas cicatrices redondas.

—Es el día que la marmota busca su sombra.

—¿Cómo sabes?

—Es un cuento que trajeron de otra parte.

Lunero se detuvo y alcanzó un martillo. Arrugó la frente oscura.

—Niño Cruz, ¿crees que ya sabes hacer las canoas?

Ahora había una gran sonrisa blanca en el rostro del muchacho. Los reflejos verdes del río y los helechos húmedos acentuaban ese corte pálido, huesudo, de la cara. Peinado por el río, el pelo se enriscaba sobre la frente ancha, la nuca oscura. El sol le había dado tonos de cobre pero la raíz era negra. Todo el tono de fruta verde corría por los brazos delgados y el pecho firme, hecho a nadar corriente arriba, con los dientes brillantes en la carcajada del cuerpo refrescado por el río de fondo herbáceo y riberas legamosas.

—Sí, ya sé. Te he visto cómo haces.

El mulato bajó los ojos de por sí bajos, serenos pero acechantes.

—Si Lunero se va, ¿ya sabrás hacer todas las cosas?

El niño dejó de girar la rueda de fierro.

—¿Si Lunero se va?

—Si se tiene que ir.

No debía decir nada, pensó el mulato; no diría nada, se iría como se iban los suyos, sin decir nada, porque conoce y acepta la fatalidad y siente un abismo de razones y memorias entre ese conocimiento y esa aceptación y el conocimiento y rechazo de otros hombres; porque conoce la nostalgia y la peregrinación. Y aunque sabía que nada debía decir, sabía que el niño —su compañero de siempre— había visto con curiosidad, con la cabecilla ladeada, al hombre del levitón apretado y sudoroso que ayer buscó a Lunero.

—Tú sabes, vender la candela en el pueblo y hacer más cuando llega el día de la Purificación; llevar las botellas vacías todos los meses y dejarle al señor Pedrito el licor en la puerta... hacer las canoas y llevarlas todas río abajo cada tres meses... y sí, también entregarle el oro a Baracoa, tú sabes, guardándote una pieza y pescar los charales aquí mismo...

El pequeño claro junto al río ya no pulsaba con el chirreo del círculo oxidado ni con el martilleo sonámbulo del mulato. Encajonado por el verdor, crecía el murmullo de agua veloz que arrastraba bagazo y troncos fulminados en las tempestades nocturnas y hierba ondulante de los campos de arriba. Revoloteaban las mariposas negras y amarillas, rumbo al mar también. El niño dejó caer los brazos e interrogó la mirada caída del mulato.

—¿Te vas?

—Tú no sabes todas las historias de este lugar. En otro tiempo toda la tierra, hasta la montaña, era de los de aquí. Luego se perdió. El señor abuelo murió. El señor Atanasio fue malherido a traición y todo se fue quedando sin cultivar. O pasó a otros. Sólo quedé yo y me dejaron en paz 14 años. Pero me tenía que llegar la hora.

Lunero se detuvo, porque no sabía por dónde seguir. Los ribetes plateados del agua le distrajeron y los músculos le pidieron que siguiera la tarea. Hace 13 años, cuando le entregaron al niño, pensó en mandarlo por el río, cuidado por las mariposas, como al rey antiguo de las historias blancas, y esperar su regreso, poderoso y grande. Pero la muerte del amo Atanasio le había permitido conservar al niño, sin reñir siquiera con el señor Pedrito, incapaz de distraerse o discutir, sin reñir con la abuela, que ya vivía encerrada en ese cuarto azul con cortinas de encaje y candiles que tintineaban en la tormenta y que jamás se enteraría del crecimiento del muchacho a unos cuantos metros de su locura sellada. Sí, el amo Atanasio murió muy a tiempo; él hubiera mandado matar al niño; Lunero lo salvó. Pasaron los últimos campos tabaqueros a manos del nuevo cacique y a ellos sólo les quedaron estos cercos de ribera y maleza y el viejo casco como una olla vacía y resquebrajada. Vio cómo se pasaron todos los trabajadores a las tierras del nuevo señor y cómo empezaron a llegar nuevos hombres, traídos de allá arriba a trabajar los nuevos plantíos y cómo de otros pueblos y rancherías fueron sacados los hombres y él, Lunero, tuvo que inventar estos trabajos de las velas y las canoas para ganar con ellos el sustento de todos y pensar que de esa parcela improductiva, mera uña entre el río y la casa derrumbada, nadie lo habría de sacar, porque nadie se fijaría en él, perdido entre las ruinas vegetales con su muchachillo. Tardó 14 años el cacique en darse cuenta de él, pero alguna vez debía terminar su rastrilleo obstinado de la región, hasta dar con la última aguja perdida en el pajar. Y por eso ayer en la tarde se había presentado, sofocado en la levita negra y con el sudor chorreándole por las sienes, el enganchador del

cacique, a decirle a Lunero que mañana mismo —hoy—
se iría a la hacienda del señor al sur del estado, porque
escaseaban los buenos trabajadores del tabaco y Lunero
llevaba 14 años de güevón cuidando a un borracho y a una
vieja loca. Y todo esto es lo que Lunero no sabía contarle al niño Cruz, porque le parecía que no iba a entender.
El niño que sólo había conocido el trabajo al borde del
río y la frescura del agua antes de almorzar; los viajes a la
costa, donde le regalaban jaibas y cangrejos vivos y al
pueblo cercano, pueblo de indios donde nadie le hablaba. Pero en realidad el mulato sabía que si empezaba a
tirar del hilo de la historia, todo el tejido se vendría abajo y tendría que llegar al origen y perder al niño. Y lo
amaba —se dijo ahora el mulato de largos brazos, hinca-
do junto a la corteza lijada—; lo amaba desde que corrieron a palos a su hermana Isabel Cruz y le entregaron al
niño y Lunero le dio de comer en la choza con la leche
de la cabra vieja que quedó del ganado de los Menchaca
y le dibujó en el lodo aquellas letras que había aprendido
de niño, cuando era mozo de los franceses en Veracruz y
le enseñó a nadar, a distinguir y saborear las frutas, a
manejar el machete, a fabricar las velas, a cantar canciones que eran las traídas por el padre de Lunero de San-
tiago de Cuba, cuando estalló la guerra y las familias se
trasladaron con su servidumbre a Veracruz. Y es todo lo
que Lunero quería saber del niño. Y quizá no era necesario saber más, salvo que el niño también amaba a Lunero y no quería vivir sin él. Esas sombras perdidas del
mundo —el señor Pedrito, la india Baracoa, la abuela—
avanzaban ahora hacia el frente con un perfil de navaja,
a separarlo de Lunero. Lo extraño, lo separado de la vida común con el amigo eran ellos. Y esto era cuanto
pensaba el niño y cuanto entendía.

—Mira que va a faltar candela y el cura se va a enojar —dijo Lunero.

Una brisa extraña hizo chocar los cabos suspendidos; una guacamaya asustada dio el alarido del mediodía.

Lunero se puso de pie y entró al río; a la mitad de la corriente estaba la red. El mulato se zambulló y emergió con la redecilla colgando de un brazo. El niño se quitó el calzón y se arrojó al agua. Como nunca, sintió la frescura en todos los encuentros de la carne; se sumergió y abrió los ojos: las ondulaciones cristalinas de la primera capa, veloz, corrían sobre un fondo lodoso y verde. Y arriba, atrás —ahora se dejó llevar por la corriente, como una saeta— estaba esa casa a la que nunca, en 13 años, había entrado, con ese hombre sólo visto de lejos y esa mujer a la que solamente conocía de nombre. Sacó la cabeza del agua. Lunero ya estaba friendo el pescado y abriendo una papaya con el machete.

Apenas pasó el mediodía, los rayos del sol se colaron por el techo de hojas tropicales, pegando duro, desde el descenso del poniente. La hora de las ramas detenidas, en la que ni siquiera el río parecía correr. El niño se tendió desnudo debajo de la palma solitaria y sintió el calor de los rayos que iban arrojando cada vez más lejos la sombra del talle y el plumero. El sol inició su carrera final; sin embargo, los rayos oblicuos parecían ascender iluminando, poro a poro, todo el cuerpo. Los pies primero, cuando se acomodó contra el pedestal desnudo. Luego las piernas abiertas y el sexo dormido, el vientre plano y los pechos endurecidos en el agua, el cuello alto y la quijada recortada, donde la luz empezaba a quebrar dos comisuras hondas, pegadas como arcos tirantes a los pómulos duros que enmarcaban la claridad de los ojos perdidos, esa tarde, en la siesta profunda y tranquila. Él dormía y Lunero, cerca, se había tirado boca abajo y tamborileaba con los dedos sobre la cacerola negra. Un ritmo le iba ganando. La lasitud aparente del cuerpo echado no era sino la tensión contemplativa de su brazo bailador, que sacaba tonos concentrados del trasto y empezaba a murmurar, como todas las tardes, la memoria recobrada de ritmo cada vez más rápido, la canción de la niñez y de la vida que ya no vivió, cuando sus antepasados se coronaban, junto a la ceiba, de gorros ornados de cascabeles y se frotaban los brazos con aguardiente y ese hombre era sentado en la silla con la cabeza cubierta por un paño blanco y todos bebían hasta su fondo de azúcar negra la mezcla de maíz y naranja agria y se les enseñaba a los niños que no debían silbar de noche:

tó...
la hija de Yeyé...
le gusta marío... de otra mujé...
tó, la hija de Yeyé, le gusta marío,
de otra mujé...
tóla hijaeyeyé legusta.

El ritmo le iba ganando. Extendió los brazos y tocó los extremos de la tierra húmeda y con los dedos siguió palmoteando sobre ella y embarrando la barriga en ella y una gran sonrisa le brotó y le quebró las mejillas pegadas al hueso ancho: *legustamaríodeotramujé*... Le caía a plomazos el sol de la tarde sobre la cabeza redonda y crespa y no podía levantarse de su postura, chorreando sudor por la frente, por las costillas, entre los muslos y el cántico se iba haciendo más silencioso y hondo. Mientras menos lo escuchaba más lo sentía y más se pegaba a la tierra, como si fornicara con ella. *Tólahijaeyeyé*: le iba a estallar la sonrisa, le iba a estallar el olvido del hombre de la levita negra, el que iba a venir esa tarde, que ya es esta tarde y Lunero estaba perdido en su canto y en su baile acostado que le recordaba la tumba, que le recordaba la tumba francesa y las mujeres olvidadas en la prisión de este casco quemado.

Detrás, las frondas y el casco de la hacienda con el que sueña, entre sueños, el niño bañado de sol. Esas paredes ennegrecidas que fueron incendiadas cuando pasaron por allí los liberales en la campaña final contra el Imperio, muerto ya Maximiliano, y encontraron a la familia que había prestado sus alcobas al mariscal jefe de las fuerzas francesas y sus bodegas a la tropa conservadora. En la hacienda de Cocuya se abastecieron los soldados de Napoleón III para salir, con las mulas cargadas de conservas, frijol y tabaco, al arrase de las posiciones de las guerrillas juaristas en la sierra, desde donde esas bandas de forajidos hostigaban los campamentos franceses del llano y las fortalezas de las ciudades veracruzanas. Y en la vecindad de la hacienda, los zuavos encontraron los grupos de vihuela y arpa que cantaban *Balajú se fue a la guerra y no me quiso llevar* y les alegraban las noches junto con las indias y mulatas que por allí anduvieron pariendo mestizos güerejos, mulatos de ojos claros y piel apiñonada, que se apellidaron Garduño y Álvarez cuando debieron llamarse Dubois y Garnier. Sí, en la misma tarde aplanada por el calor, la vieja Ludivinia, encerrada para siempre en la recámara de candiles absurdos —dos colgando del cielo raso enjalbegado, uno arrinconado junto a la cama de postes estriados— y cortinas de encaje amarillento, abanicada por la india Baracoa que perdió su nombre original para recibir éste de la población negroide de la hacienda, tan mal avenido con su perfil de águila y sus trenzas sebosas: la vieja Ludivinia tararea con los ojos bien abiertos esa maldita canción que, de darse cuenta, no recordaría y que sin embargo quiere saborear, porque hace mofa del general Juan Nepomuceno Almonte, que primero fue amigo de la casa y compadre del difunto Ireneo Menchaca, el marido de Ludivinia, y parte de la corte santanista y después, cuando el salvador de México y gran protector de los Menchaca —vidas y haciendas— quiso volver del enésimo destierro y desembarcó y se curaba de un ataque de disentería, renegó de sus viejas lealtades, lo hizo detener por los franceses y embarcar de nuevo: *San Juan de Nepomuceno, la monda.* Ludivinia recuerda el rostro oscuro de Juan Nepomuceno Almonte, hijo de las mil mujeres cacarizas del cura Morelos y tuerce la boca chupada, sin dientes, cuando recuerda la estrofa picaresca de ese maldito canto de los juaristas que mataron de humillación al general Santa Anna: *...y qué te lo pareciera que llegaran los ladrones, se robaran a tu vieja y le bajaran los calzones...* Ludivinia cacareó de risa y con un gesto le pidió a la india que acelerase los movimientos del abanico de palma. La recámara mustia, encalada, olía a trópico encerrado, suplantado, disfrazado de frío. Los manchones de humedad de las paredes agradaban a la vieja, porque le hacían pensar en otros climas, los de su niñez antes de casarse con el teniente Ireneo Menchaca y sumarse a la vida y fortuna del general Antonio López de Santa Anna y obtener de su venia las ricas tierras junto al río, tierras negras y extensas colindantes con la montaña y el mar. *Allá en la Francia, güirí güirí güirá, se murió Benito Juárez, se acabó la libertad.* Y ahora la mueca se frunció con disgusto y desbarató en mil costras empolvadas todo el rostro que permanecía unido por una redecilla de venas azules. La garra temblorosa de Ludivinia alejó con otro gesto a Baracoa y sacudió las mangas de seda negra y los puños de encaje destruido. Encaje y cristal, pero no sólo eso: mesas de álamo labrado con pesadas tapas de mármol sobre las que descansaban los relojes debajo de las campanas de cristal, con pesadas patas cabriolas de bola; mecedoras de mimbre sobre el piso de ladrillo, cubiertas por los vestidos de polisón que nunca volvió a usar, tableros biselados, tachones de bronce, cofres con cuarterones y bocallaves de hierro, retratos en óvalo de criollos desconocidos, rígidos, barnizados, con patillas esponjadas y bustos altos y peinetas de carey, marcos de hojalata para los santos y el niño de Atocha, éste reproducido en el estofado viejo, carcomido, que apenas conservaba la primera capa de lámina, de oro, la cama de hojarasca plateada y baldaquín y postes estriados, depósito del cuerpo exangüe, nido de olores apretados y sábanas manchadas, de revolturas y tumores de paja que asomaban por las rendijas abiertas en el colchón.

El incendio no había entrado hasta aquí. Ni la noticia de las tierras perdidas y el hijo muerto en emboscada y el niño nacido en la choza de negros: las noticias no, pero sí los presentimientos.

—India, trae un jarro de agua.

Dejó que saliera Baracoa y entonces violó todas las reglas, apartó las cortinas y frunció el rostro para avizorar lo que sucedía allá afuera. Había visto crecer a ese niño desconocido; lo había espiado desde la ventana, del otro lado del encaje. Había visto los mismos ojos verdes y cacareado de placer al saberse en otra carne joven, ella que traía emplastada en el cerebro la memoria de un siglo y en los surcos del rostro capas de aire y tierra y sol desaparecidos. Persistió. Sobrevivió. Le costó llegar a la ventana; casi caminaba a gatas, con los ojos fijos en las rodillas y las manos apretadas contra los muslos. La cabeza de mechones blancos estaba perdida en los hombros, a veces más altos que el cráneo. Pero sobrevivió. Seguía aquí, tratando de cumplir desde el lecho revuelto los ademanes de la joven hermosa y blanca que abrió las puertas de Cocuya al largo desfile de prelados españoles, comerciantes franceses, ingenieros escoceses, británicos vendedores de bonos, agiotistas y filibusteros que por aquí pasaron en su marcha hacia la ciudad de México y las oportunidades del país joven, anárquico, sus catedrales barrocas, sus minas de oro y plata, sus palacios de tezontle y piedra labrada, su clero negociante, su perpetuo carnaval político y su gobierno en deuda permanente, sus fáciles concesiones aduanales para el extranjero de habla insinuante. Eran los días gloriosos en México, cuando los Menchaca dejaron la hacienda en manos del hijo mayor, Atanasio, para que se hiciera hombre en el trato con los trabajadores, los bandidos, los indios y subieron al altiplano a brillar en la corte ficticia de Su Alteza Serenísima. ¿Cómo iba a vivir el general Santa Anna sin su viejo compañero Menchaca —coronel ahora— que sabía de gallos y palenques y podía pasarse la noche bebiendo y recordando el plan de Casamata, la expedición de Barradas, El Álamo, San Jacinto, la Guerra de los Pasteles, incluso las derrotas frente al ejército invasor yanqui, a las que el generalísimo se refería con una hilaridad cínica, mientras golpeaba el piso con la pata de palo y levantaba la copa y acariciaba la cabellera negra de Flor de México, la esposa-niña llevada al lecho cálido aún con el último estertor de la primera mujer? Y eran los días de pena, cuando el señor fue expulsado de México por la banda liberal y los Menchaca regresaron a la hacienda a defender lo suyo: las miles de hectáreas obsequiadas por el tirano gallero y rengo; apropiadas sin pedir permiso a los campesinos indígenas que debieron permanecer como peones o retirarse al pie de la montaña; cultivadas por el nuevo trabajo negro, barato, de las islas del Caribe; acrecentadas con el cobro de las hipotecas impuestas a todos los pequeños propietarios de la región. Túmulos de tabaco extendido. Carretas colmadas de plátano y mango. Manadas de cabras pastoreadas en las primeras lomas de la Sierra Madre. Y en el centro el casco de un piso, con su torrecilla colorada y sus cuadras vibrantes de relinchos, sus paseos en lanchón y en carretela. Y Atanasio, el hijo de los ojos verdes, vestido de blanco sobre el caballo blanco, regalo también de Santa Anna, cabalgando sobre la tierra feraz con el fuete en el puño, pronto a imponer su voluntad decisiva, a saciar su grueso apetito con las campesinas jóvenes, a defender con la banda de negros importados la integridad de las tierras contra las incursiones cada vez más frecuentes de los juaristas. *Viva México primero, que viva nuestra nación, muera el príncipe extranjero...* Y los últimos días del Imperio, cuando al viejo Ireneo Menchaca le avisaron que Santa Anna regresaba del exilio para proclamar una nueva República: salió el viejo en su carretela negra a Veracruz donde le esperaba un bote en el muelle y sobre la cubierta del *Virginia*, en la noche, Santa Anna y sus filibusteros alemanes hacían señales frente a San Juan de Ulúa sin que nadie les contestase. La guarnición del puerto estaba con el Imperio y se mofaba del tirano caído que se paseaba sobre la cubierta, bajo los gallardetes, desesperado, escupiendo majaderías de los labios carnosos. Las velas volvieron a hincharse y los dos viejos amigos jugaron a las cartas en el camarote del capitán yanqui: navegaban sobre un mar tórrido, lento, desde el cual apenas se percibía la línea de costa, perdida detrás de un velo de calor. Desde la silueta empavesada del barco, los ojos furiosos del dictador vieron la silueta blanca de Sisal. Y el viejo cojo descendió seguido de su viejo compadre, lanzó una proclama a los yucatecos y volvió a vivir su sueño de grandeza: Maximiliano acababa de ser condenado a muerte en Querétaro y la república tenía derecho a contar, otra vez, con la patriótica entrega de su jefe natural y auténtico, de su monarca sin corona. Se lo contaron a Ludivinia: cómo fueron capturados por el comandante de Sisal, cómo fueron enviados a Campeche y, allí, paseados por las calles con las manos encadenadas, entre los empujones del piquete, como ladrones comunes. Cómo fueron arrojados a una mazmorra del presidio. Cómo murió en el verano sin letrinas, hinchado de agua putrefacta, el viejo coronel Menchaca, mientras los periódicos norteamericanos hacían saber que Santa Anna había sido ejecutado por los juaristas, igual que el inocente príncipe de Trieste. No: sólo el cadáver de Ireneo Menchaca fue enterrado en el cementerio frente a la bahía, fin de una vida de azar y loterías, como la del país mismo y Santa Anna, con la mueca permanente de una locura infecciosa, salió al nuevo exilio.

Atanasio se lo dijo, recordó la anciana Ludivinia esta tarde caliente, y desde entonces ella ya no salió del cuarto y allí se llevó sus mejores prendas, el candil del comedor, las arcas chapeadas, los cuadros más barnizados. A esperar una muerte que su cabeza romántica juzgaba inminente, pero que había tardado 35 años perdidos, que no eran nada para una mujer de 93, nacida el año de la primera revoltura, cuando la gritería de palos y piedras se levantó en el curato de Dolores y su madre la parió en una casa de puertas atrancadas por el terror. Sus calendarios se habían perdido y este año de 1903 era para ella sólo un tiempo burlado a la rápida muerte de congoja que debió seguir a la del coronel. Como no existió, en el año 68, el incendio del casco, detenido a las puertas de la recámara sellada mientras los hijos —había otro, no era sólo Atanasio, pero sólo quiso a éste— le gritaban que se salvase y ella amontonaba las sillas y las mesas contra la puerta y tosía aquel humo espeso que se colaba por todas las rendijas. No quiso ver a nadie más, sólo a la india por necesidad de que alguien le trajera la comida y le zurciese la ropa negra. No quiso saber más, sino recordar los tiempos idos. Y entre las cuatro paredes perdió la razón de todo, menos de lo esencial: su viudez, el pasado y, súbitamente, ese niño que siempre corría a lo lejos, pisándole los talones a un mulato desconocido.

—India, trae un jarro de agua.

Pero en vez de Baracoa, se asomó a la puerta ese espectro amarillo.

Ludivinia gritó en silencio y se retrajo hacia el fondo de la cama: los ojos hundidos se abrieron con espanto y todas las cáscaras del rostro parecieron pulverizarse. El hombre que asomaba se detuvo en el umbral y extendió una mano temblorosa.

—Soy Pedro...

Ludivinia no entendió. Su temblor le impedía hablar pero los brazos lograban agitarse, exorcizar, negarse en un tumulto de trapos negros, mientras el fantasma pálido avanzaba con la boca abierta:

—Eh... Pedro... eh... —dijo frotándose la barbilla rala y manchada—. Pedro...

Con ese movimiento nervioso en los párpados. La vieja paralizada no entendió lo que dijo ese hombre soñoliento, apestoso a sudor y alcohol barato:

—Eh... no queda nada, ¿sabe usted? ...todo... al demonio... y ahora... —balbuceaba, con un llanto seco— se llevan al negro; pero usted no sabe, mamá...

—Atanasio...

—Eh... Pedro —el borracho se arrojó sobre la mecedora y abrió las piernas, como si hubiera llegado a su puerto de partida—. Se llevan al negro... que es el que nos da de comer... a usted y a mí...

—No; un mulato; un mulato y un niño...

Ludivinia escuchaba, pero no miraba al espectro que se había instalado a hablarle, porque no podía tener cuerpo una voz que se dejase escuchar dentro de la cueva prohibida.

—Un mulato, pues; y un niño... ¿eh?

—Que a veces corre allá lejos. Lo he visto. Me pone contenta. Es un niño.

—Vino el enganchador a avisarme... A quitarme el sueño a pleno rayo de sol... Se llevan al negro... ¿Qué vamos a hacer?

—¿Se llevan a un negro? La finca está llena de negros. El coronel dice que son más baratos y trabajan más. Pero si lo quieres tanto, súbele a seis reales.

Y permanecieron, estatuas de sal, pensando lo que después habrían querido decir, cuando ya fuese demasiado tarde, cuando el niño ya no estuviese entre ellos. Ludivinia trató de acercar la mirada a la presencia que se negaba a admitir: ¿quién sería, el hombre que a propósito, sólo hoy, había desempolvado sus mejores prendas para dar el paso prohibido? Sí: la pechera de holanes, manchada de musgo por el encierro tropical, los pantalones estrechos, demasiado apretados, demasiado estrechos para la pequeña barriga de ese cuerpo exhausto. Las viejas prendas no toleraban la verdad del sudor acostumbrado —tabaco

319

y alcohol— y los ojos transparentes eran ajenos a toda la afirmación y prestancia que las ropas suponían: los ojos de un borracho sin malicia, ajeno a todo trato desde hace más de 15 años. Ah —suspiró Ludivinia, encaramada en su lecho revuelto, admitiendo, al fin, que esa voz tenía un rostro—, ése no es Atanasio, que era como la prolongación de su madre en la virilidad: éste es la misma madre, pero con barba y testículos —soñó la vieja—, no la madre como hubiese sido en la hombría, como fue Atanasio; y por eso amó a un hijo y no al otro —suspiró—, al hijo que siempre vivió enraizado en el lugar que les tocó en la tierra y no al que, aun en la derrota de la causa, quiso seguir usufructuando, allá arriba, en los palacios, lo que ya no les correspondía —tuvo la certeza—: mientras todo fue de ellos, tenían derecho de imponer su presencia al país entero —dudó—: cuando nada era de ellos su lugar estaba dentro de estos cuatro muros.

Se contemplaron la madre y el hijo, con la muralla de una resurrección entre ambos.

(—¿Vienes a decirme que ya no hay tierras ni grandeza para nosotros, que otros se han aprovechado de nosotros como nosotros nos aprovechamos de los primeros, de los originales dueños de todo? ¿Vienes a contarme lo que sé, en mis adentros, desde la primera noche de mi vida de esposa?

(—Vengo con un pretexto. Vengo porque ya no quiero estar solo.

(—Quisiera recordarte de pequeño. Te quise entonces, porque en la juventud una madre debe querer a todos sus hijos. De viejos sabemos mejor. No hay por qué querer a nadie sin razón. La sangre natural no es una razón. La única razón es la sangre amada sin razón.

(—He querido ser fuerte, como mi hermano. He tratado con mano de hierro a ese mulato y al niño; les he prohibido pisar la casa grande. Como hacía Atanasio, ¿recuerdas? Pero entonces había tantos trabajadores. Hoy sólo quedan el mulato y el niño. El mulato se va.

(—Te has quedado solo. Me buscas para no estar solo. Crees que yo estoy sola; lo veo en tus ojillos compadecidos. Tonto, siempre, y débil: no mi hijo, que a nadie le pedía compasión, sino mi propia imagen de esposa joven. Ahora no, ahora ya no. Ahora tengo mi vida entera para acompañarme y dejar de ser vieja. Viejo tú, que crees que todo ha terminado con tus canas y tu borrachera y tu falta de voluntad. ¡Ah, te veo, te veo, chingao! Eres el mismo que subió con nosotros a la capital; el mismo que creyó que nuestro poder era una excusa para gastarlo con las mujeres y los tragos y no una razón para ahondarlo y hacerlo más fuerte y usarlo como un látigo; el mismo que creyó que nuestro poder había pasado sin costo a él y que por eso creyó que podía permanecer allá arriba, sin nuestro sostén, cuando nosotros tuvimos que bajar de nuevo a esta tierra caliente, a esta fuente de todo, a este infierno del que subimos y al que teníamos que caer otra vez... ¡Huele! Hay un olor más fuerte que el sudor de caballo y la fruta y la pólvora... ¿Te has detenido a oler la cópula de un hombre y una mujer? A eso huele aquí la tierra, a sábana de amor y tú nunca lo has sabido... Oye, ah, yo te acaricié cuando naciste y te amamanté y te dije mío, hijo mío, y sólo estaba recordando el momento en que tu padre te creó con toda la ceguera de un amor que no era para crearte, sino para darme placer: y eso ha quedado y tú has desaparecido... Allá afuera, oye...

(—¿Por qué no habla usted? Está bien... está bien... siga usted callada, que ya es algo verla allí, mirándome así; ya es algo más que esa cama desnuda y esas noches en vela...

(—¿Buscas a alguien? ¿Y ese niño allá afuera, no está vivo? Te sospecho; has de pensar que no sé nada, que no veo nada desde aquí... Como si no pudiera sentir que hay otra carne mía rondando por aquí, otra prolongación de Ireneo y Atanasio, otro Menchaca, otro hombre como ellos, allá afuera, oye... Seguro que es mío, cuando tú no lo has buscado... La sangre se entiende sin necesidad de acercarse...)

—Lunero —dijo el niño cuando despertó de la siesta y vio que el mulato yacía, agotado, sobre la tierra más húmeda—. Quiero entrar a la casa grande.

Después, cuando todo hubiese terminado, la vieja Ludivinia rompería su silencio y saldría, como un cuervo sin alas, a gritar por las avenidas de helechos, con los ojos perdidos en la maleza y levantados, al fin, hacia la sierra; a extender los brazos hacia la forma humana que espera encontrar, cegada por la noche desacostumbrada en su claustro de velas permanentes, detrás de cada rama que le azota el rostro surcado de venas muertas. Y olería esa conjunción de la tierra y gritaría con su voz sorda los nombres olvidados y recién aprendidos, se mordería las manos pálidas con rabia, porque en su pecho algo —los años, la memoria, el pasado que era toda su vida— le diría que aún existiría un margen de vida fuera de su siglo de recuerdos: una oportunidad de vivir y querer a otro ser de su sangre: algo que no había muerto con las muertes de Ireneo y Atanasio. Pero ahora, frente al señor Pedrito, en la recámara que no había abandonado en 35 años, Ludivinia creía ser el centro que anudaba la memoria y las presencias circundantes. El señor Pedrito se acarició la barbilla rala y volvió a hablar, ahora en voz alta:

—Mamá, usted no sabe...

La mirada de la vieja heló la voz del hijo.

(—¿Qué? ¿Que nada podía durar? ¿Que aquella fuerza se fundaba en las puras galas, en una injusticia que debía perecer a manos de otra injusticia? ¿Que los enemigos a quienes mandamos fusilar para seguir siendo los amos; que los enemigos a quienes tu padre mandó cortar la lengua o las manos para seguir siendo el amo; que los enemigos a quienes tu padre arrebató las tierras para empezar a ser el amo pasaron un día victoriosos y prendieron lumbre a nuestra casa; pasaron un día y nos quitaron lo que no era nuestro, lo que teníamos por nuestra fuerza y no por nuestro derecho? ¿Que a pesar de todo tu hermano se negó a aceptar la disminución y la derrota y siguió siendo Atanasio Menchaca, no allá arriba, lejos del escenario, como tú, sino acá abajo, entre sus siervos, dando la cara al peligro, violando a las mulatas y a las indias y no como tú, seduciendo a las mujeres dispuestas? ¿Que de los mil coitos feroces, descuidados, rápidos de tu hermano debía quedar una prueba, una, una, de su paso por nuestra tierra? ¿Que de todos los hijos regados por Atanasio Menchaca a lo largo de nuestras posesiones, uno debía haber nacido cerca? ¿Que el mismo día que nació su hijo en una choza de negros —como debió nacer, hasta abajo, para demostrar otra vez la fuerza del padre— Atanasio fue...)

En los ojos de Ludivinia, el señor Pedrito no adivinó las palabras. La mirada de la vieja, desprendida del rostro gastado, flotó como una ola de mármol sobre el líquido caluroso de la recámara. El hombre de las ropas apretadas no necesitó escuchar la voz de Ludivinia.

(—No me reproche usted nada. También soy su hijo... Mi sangre era la misma de Atanasio... entonces, ¿por qué, esa noche...? A mí sólo me dijeron: "El sargento Robaina, de la vieja tropa santanista, ha encontrado eso que ustedes tanto han buscado, el cadáver del coronel Menchaca, en el cementerio de Campeche. Otro soldado, que vio dónde enterraron sin losa a tu padre, se lo dijo al sargento cuando lo mandaron de guarnición al puerto. Y el sargento, burlando a la comandancia, robó de noche los huesos del coronel Menchaca y ahora aprovecha que los trasladan a Jalisco para pasar por aquí y entregarles los restos. Los espero a ti y a tu hermano esta noche, pasadas las 11, en el claro de la selva a dos kilómetros de la entrada del pueblo, allí donde estaba antes el poste para colgar a los indios rebeldes." ¿No que tan ladino? Atanasio lo creyó igual que yo; se le llenaron los ojos de lágrimas y nunca dudó del recado. Ay, ¿para qué habré venido a Cocuya aquella temporada? Sí, porque me empezaba a escasear el dinero en México y Atanasio nunca me negó nada; hasta prefería que anduviera lejos de aquí, porque él quería ser el único Menchaca de la región, el único guardián de usted. Había esa luna roja de la época más calurosa cuando llegamos a caballo al lugar. Allí estaba el sargento Robaina, a quien recordábamos de niños, apoyado contra aquel percherón. Los dientes le brillaban como arroz, igual que los bigotes blancos. Le recordábamos desde niños. Siempre había acompañado al general Santa Anna y había tenido fama de domador de potros; siempre se había reído así, como si él mismo fuera parte de una broma colosal. Y allí venía, sobre el lomo del percherón, la bolsa sucia que esperábamos. Atanasio lo abrazó y el sargento se rió como nunca; hasta chifló de risa, y es cuando salieron de la maleza los cuatro hombres, bien brillantes bajo la luna, porque andaban todos de blanco. "¡Las ánimas benditas! —gritó con su voz risueña el sargento—, ¡las ánimas benditas pa' los que no se contentan con haber perdido y andan queriendo recobrarlo!" y luego cambió de cara y también avanzó hacia Atanasio. Nadie se fijó en mí, se lo juro; no más avanzaban mirando a mi hermano, como si yo no existiera; y ni siquiera sé cómo pude subirme al caballo y correr fuera de ese círculo maldito de los cuatro hombres que avanzaban con los machetes fuera del cinto, mientras Atanasio me gritaba con una voz entre ronca y serena: "Regresa, hermano, recuerda lo que te llevas", y yo sentía la culata pegándome contra la rodilla, pero ya no pude ver cómo los cuatro hombres fueron acercándose a Atanasio y primero le cintarearon las piernas y luego lo hicieron pedazos, allí bajo la luna, para que todo fuera en silencio. ¿Qué ayuda iba yo a pedir en la hacienda, si lo sabía bien muerto y además por los muchachos del nuevo cacique que necesitaba matar a Atanasio tarde o temprano para serlo de veras? Ya desde entonces, ¿quién se iba a oponer a él? Ya ni quise enterarme de la nueva cerca levantada, al día siguiente, por el amo que nos había derrotado sobre tierra nuestra. ¿Para qué? Los trabajadores se pasaron, sin chistar, a él; peor que Atanasio no debía ser. Y como para decirme que me quedara quieto, allí se pasó el pelotón federal toda una semana, sin moverse, en los nuevos linderos. ¿Cómo me iba a mover? Bastante tenía que agradecerles con que me la hubieran perdonado. Y por algo, al mes, el general Porfirio Díaz visitó la nueva casa grande de la región. Ni la burla perdonaron. Con el cadáver mutilado de Atanasio me entregaron unos huesos de vaca, una gran calavera con cuernos: lo que el sargento traía en su mochila. Yo sólo colgué aquella escopeta cargada a la entrada de la casa, ¿quién sabe?, como un acto de homenaje al pobre Atanasio. De veras que esa noche... nunca se me ocurrió que yo la llevaba cruzando la montura, aunque la culata me golpeaba la rodilla, durante esa cabalgata tan larga, mamá, se lo juro, tan larga...)

—Allí nunca se ha de entrar —dijo Lunero y se levantó de su danza de terror y congoja, de su despedida silenciosa en la última tarde junto al niño; serían las cinco y media y el enganchador no debía tardar.

—Trata de meterte tierra adentro —le dijo ayer—. Trata no más. Tenemos algo mejor que sabuesos y ésos son todos los desgraciados que prefieren entregar a un peón rejego a saber que alguno se salvó de correr la misma suerte de ellos.

No: hacia la costa corrían los pensamientos de Lunero, encarcelado, al fin, por un terror y una nostalgia. ¡Qué grande lo vio el niño cuando el mulato se puso de pie y observó la corriente rápida del río hacia el Golfo de México! ¡Qué altos le sabían sus 33 años de carne canela y palmas rosadas! Los ojos de Lunero estaban en la costa y sus párpados parecían pintados de blanco, no por la edad que así aclara la mirada de la raza, sino por la nostalgia que es otra edad, más vieja, hacia atrás. Allá estaba la barra que quebraba la salida del río y teñía con una mancha parda la primera frontera del mar. Pero más lejos, empezaba el mundo de las islas y después se llegaba al continente donde uno como él podía perderse en la selva y decir que había regresado. Atrás quedaban la sierra, los indios, la meseta. Hacia atrás no quiso mirar. Respiró hondo y miró hacia el mar como hacia un encantamiento de libertad y plenitud. El niño soltó los amarres del pudor y corrió hacia el mulato; su abrazo sólo alcanzó las costillas de Lunero.

—No te vayas, Lunero...

—Niño Cruz, por dios; ¿qué se va a hacer?

El mulato turbado acarició el pelo del muchacho y no pudo evitar esa felicidad, esa gratitud, ese momento que siempre temió tan doloroso. El niño levantó el rostro:

—Tengo que hablarles y decirles que no te puedes ir...

—¿Allá adentro?

—Sí, en la casa grande.

—No nos quieren allí, niño Cruz. No vayas a entrar nunca. Ven, vamos a seguir trabajando. Todavía en muchos días no me iré. Quién sabe si no me tenga que ir nunca.

El río rumoroso de la tarde recibió el cuerpo de Lunero que se zambulló para evitar las palabras y el tacto de su joven compañero de toda la vida. El muchacho regresó al trabajo de las velas y volvió a sonreír cuando Lunero, nadando contra la corriente, simuló el pataleo de un ahogado, emergió como una flecha, dio una voltereta en el agua, volvió a aparecer con un palo entre los dientes y luego, en la ribera, se sacudió y emitió ruidos cómicos y, al fin, se sentó de espaldas al muchacho, frente a las cortezas pulidas, y tomó el martillo y los clavos. Tuvo que volver a pensarlo: el enganchador no tardaría ya. El sol se perdía detrás de las copas de los árboles. Lunero se resistió a pensar lo que debía pensar; el filo de la amargura cortaba su felicidad, perdida ya.

—Trae más lija de la cabaña —le dijo al muchacho, seguro de que eran sus palabras de despedida.

Podía irse así, con la camisa y el pantalón de siempre. ¿Para qué más? Ahora que el sol se perdiera, haría guardia a la entrada de la vereda, para que el hombre del levitón no tuviera que acercarse a la choza.

—Sí —dijo Ludivinia—; Baracoa me lo da a entender todo. Cómo vivimos del trabajo del niño y el mulato. ¿Querrás reconocer eso? Que comemos gracias a ellos. ¿Y no sabes qué hacer?

La voz real de la anciana era difícil de comprender; tan acostumbrada al murmullo solitario, brotaba con el silencio y la gravedad de un manantial sulfuroso.

—...lo que hubieran hecho tu padre y tu hermano: salir a defender a ese mulato y al niño, impedir que se los lleven... si hace falta, dar la vida para que no nos pisoteen... ¿vas a salir tú, o voy yo, chingao?... ¡Tráeme al niño!... quiero hablarle...

Pero el niño no distinguía las voces, ni siquiera los rostros: sólo las siluetas detrás del velo de encaje, ahora que Ludivinia, con un gesto de impaciencia, le ordenaba al señor Pedrito encender las velas. El niño se alejó de la ventana y buscó, caminando en puntillas, el frente de la casa grande, con sus columnas embarradas de tizne y la terraza olvidada donde colgaba la hamaca de los festines solitarios. Y algo más: sobre el dintel, sostenida por dos ganchos oxidados, la escopeta que el señor Pedrito cargó sobre la montura aquella noche de 1889 y que desde entonces había conservado aceitada y lista, como último reducto de su cobardía, sabiendo que jamás la usaría.

El doble cañón brillaba más que el dintel blanco. El muchacho lo traspasó: lo que fue la sala de la hacienda había perdido el piso y el techo; la luz verde de las primeras horas nocturnas entraba a chorros, iluminando un suelo de hierba y cenizas, donde croaban algunas ranas y, en las esquinas, se había estancado el agua de lluvia. Después se abría el patio de maleza y al fondo una puerta mostraba la línea de luz del cuarto habitado. Crecían las voces que venían desde allá. Del extremo opuesto —lo que quedaba de la vieja cocina— se asomó la india Baracoa, con ojos incrédulos: el niño escondió el rostro en la sombra de la sala. Salió a la terraza y aprovechó los adobes rotos para alcanzar el dintel y la escopeta. El ruido de las voces aumentó. Llegaban en una mezcla de furia delgada y excusas balbucientes. Por fin, una sombra alta salió de la recámara: los faldones de la levita se chicoteaban con agitación y los botines de cuero tronaban sobre las baldosas del corredor. El muchacho no esperó; sabía el camino que tomarían esos pies; corrió con la escopeta entre los brazos por la vereda que conducía a la choza.

Y Lunero ya estaba esperando, lejos de la casa grande y de la choza, en el lugar donde se reunían los caminos de tierra roja. Serían las siete de la noche. Ahora sí no debía tardar. Escudriñó ambas direcciones del camino ancho. El caballo ese del enganchador levantaría una polvareda loca. Pero no ese estruendo lejano, esa doble explosión que Lunero escuchó a sus espaldas y que por un momento le impidió moverse o pensar.

Porque el muchacho se agazapó entre las frondas con la escopeta en las manos, temeroso de que los pasos lo alcanzaran y vio pasar los botines apretados, el pantalón plomo y los extremos de la levita: la misma levita de ayer: ya no tuvo dudas, menos cuando ese hombre sin rostro entró a la choza y gritó: —¡Lunero! y en su voz impaciente el muchacho adivinó la irritación y la amenaza que ayer había notado en las actitudes del hombre de la levita que buscó al mulato. ¿Quién iba a buscar al mulato, si no era para llevárselo de fuerza? Y la escopeta pesaba, con un poder que prolongaba la ira silenciosa del niño: ira porque ahora sabía que la vida tenía enemigos y ya no era ese fluir ininterrumpido del río y el trabajo; ira porque ahora descubría la separación. Salieron de la choza las piernas empantalonadas, la levita color plomo y él apuntó a lo alto el doble cañón y apretó el gatillo.

—¡Cruz! ¡Hijo mío! —gritó Lunero cuando se acercó al rostro destruido del señor Pedrito, a la pechera teñida de rojo, a la sonrisa simulada de la muerte súbita—. ¡Cruz!

Y el muchacho, al salir temblando de entre las frondas, no tenía por qué distinguir ese rostro bañado de sangre y pólvora, el rostro de un hombre al que siempre vio de lejos, casi desvestido, con la damajuana empinada y la camiseta agujereada sobre un pecho lampiño y pálido. No era éste aquél, como no era el caballero que descendió de la ciudad de México, elegante y recortado: el que recordaba Lunero; como no era el niño acariciado, hacía 60 años, por las manos de Ludivinia Menchaca: era sólo una cara sin facciones, una pechera ensangrentada, una mueca estúpida. Sólo las cigarras. Lunero y el niño no se movieron, pero el mulato entendió. El amo murió por él. Y Ludivinia abrió los ojos, se mojó el dedo índice en los labios y apagó la vela de la cabecera: casi a gatas, caminó hacia la ventana. Algo había sucedido. El candil había vuelto a tintinear. Sucedido para siempre. Estremecido por el doble disparo. Escuchó las voces perdidas, hasta que se apagaron y los insectos volvieron a corear. Sólo las cigarras. Baracoa se hizo bola en la cocina; dejó que la lumbre muriese y tembló pensando que los tiempos de la pólvora habían regresado. Tampoco Ludivinia se movió, hasta que en el silencio la venció esa furia delgada que ya no cabía en el encierro de la recámara y salió dando tropezones, achicada por el cielo nocturno que asomaba por todos los boquetes del casco incendiado, pequeña lombriz blanca y arrugada que extendía los brazos con la esperanza de tocar una forma humana que durante 13 años supo cercana, pero que sólo ahora deseaba tocar y llamar por su nombre, en vez de criarla en el presentimiento: Cruz, Cruz sin nombre ni apellido verdaderos, bautizado por los mulatos, con las sílabas de Isabel Cruz o Cruz Isabel, la madre que fue corrida a palos por Atanasio: la primera mujer del lugar que le dio un hijo. La vieja desconoció la noche; las piernas le temblaron, pero insistió en caminar, en arrastrarse con los brazos abiertos, dispuesta a encontrar el último abrazo de la vida. Pero sólo se acercó ese estruendo de cascos y esa nube de polvo. Sólo ese caballo sudoroso que se detuvo con un relincho cuando la forma jorobada de Ludivinia cruzó el camino y el enganchador gritó desde la silla:

—¿Dónde se fueron el niño y el negro, vieja taimada? ¿Dónde se fueron, antes de que les suelte a los perros y a la tropa?

Y Ludivinia sólo supo responder con un puño nervioso, agitado en la noche y su maldición natural:

—¡Chingao! —le dijo al rostro que no alcanzó a ver, alto en la silla—. ¡Chingao! —repitió, con el resoplido del caballo cerca del puño levantado.

El fuete le cruzó la espalda y Ludivinia cayó por tierra, mientras el caballo giró en redondo, la envolvió en polvo y arrancó lejos de la hacienda.

Yo sé que me atraviesan la piel del antebrazo con esa aguja; grito antes de sentir dolor alguno; el anuncio de ese dolor viaja a mi cerebro antes de que la piel lo sienta... ah... a prevenirme del dolor que sentiré... a ponerme en guardia para que me dé cuenta... para que sienta el dolor con más fuerza... porque... darse cuenta... debilita... me convierte en víctima... cuando me doy cuenta... de las fuerzas que no me consultarán... no me tomarán en cuenta... ya: los órganos del dolor... más lentos... vencen a los de mi reflejo... dolor que ya no es... el de la inyección... sino el mismo... yo sé... que me tocan el vientre... con cuidado... el vientre abultado... pastoso... azul... lo tocan... no lo aguanto... lo tocan... con esa mano enjabonada... ese rastrillo que me afeita el vientre, el pubis... no lo aguanto... grito... debo gritar... me sujetan... los brazos... los hombros... grito que me dejen... me dejen morir en paz... no me toquen... no tolero que me toquen... ese estómago inflamado... sensitivo... como un ojo llagado... no tolero... no sé... me detienen... me apoyan... no se mueven mis intestinos... no se mueven, ahora lo siento, ahora lo sé... los gases abultan, no salen, paralizan... no fluyen esos líquidos que debían fluir, ya no fluyen... me hinchan... lo sé... no tengo temperatura... lo sé... no sé para dónde moverme, a quién pedir auxilio, dirección, para levantarme y andar... pujo... pujo... no llega la sangre... sé que no llega a donde debía llegar... debía salirme por la boca... por el ano... no sale... no saben... adivinan... me palpan... palpan mi corazón acelerado... tocan mi muñeca sin pulso... me doblo... me doblo en dos... me toman de los sobacos me duermo... me recuestan... me doblo... me duermo... les digo... debo decirles antes de dormirme... les digo... no sé quiénes son... "Cruzamos el río... a caballo"... huelo mi propio aliento... fétido... me recuestan... se abre la puerta... se abren las ventanas... corro... me empujan... veo el cielo... veo las luces borradas que pasan frente a mi vista... toco... huelo... veo... gusto... oigo... me llevan... paso junto... junto... por un corredor... decorado...

me llevan... paso junto tocando, oliendo, gustando, viendo, oliendo las tallas suntuosas — las taraceas opulentas — las molduras de yeso y oro — las cajoneras de hueso y carey — las chapas y aldabas — los cofres con cuarterones y bocallaves de hierro — los olorosos escaños de ayacahuite — las sillerías de coro — los copetes y faldones barrocos — los respaldos combados — los travesaños torneados — los mascarones policromos — los tachones de bronce — los cueros labrados — las patas cabriolas de garra y bola — los sillones de damasco — las casullas de hilo de plata — los sofás de terciopelo — las mesas de refectorio — los cilindros y las ánforas — los tableros biselados — las camas de baldaquín y lienzo — los postes estriados — los escudos y las orlas — los tapetes de merino — las llaves de fierro — los óleos cuarteados — las sedas y las cachemiras — las lanas y las tafetas — los cristales y los candiles — las vajillas pintadas a mano — las vigas calurosas — eso no lo tocarán... eso no será suyo... los párpados... hay que abrir los párpados... que abran las ventanas... ruedo... las manos grandes... los pies enormes... duermo... las luces que pasan frente a mis párpados abiertos... las luces del cielo... abran las estrellas... no sé...

Tú estarás allí, en las primeras cimas del monte que a tus espaldas ganará en altura y respiración... A tus pies, descenderá la ladera envuelta aún en ramas frondosas y chirreos nocturnos, hasta diluirse en el llano tropical, tapete azul de la noche que se levantará redonda y envolvente... Te detendrás en la primera plataforma de la roca, perdido en la incomprensión agitada de lo que ha sucedido, del fin de una vida que en secreto creíste eterna...

La vida de la choza enredada en flores de campana, del baño y la pesca en el río, del trabajo con la cera de arrayán, de la compañía del mulato Lunero... Pero frente a tu convulsión interna... un alfiler en la memoria, otro en la intuición del porvenir... se abrirá este nuevo mundo de la noche y la montaña y su luz oscura empezará a abrirse paso en los ojos, nuevos también y teñidos de lo que ha dejado de ser vida para convertirse en recuerdo, de un niño que ahora pertenecerá a lo indomable, a lo ajeno a las fuerzas propias, a la anchura de la tierra... Liberado de la fatalidad de un sitio y un nacimiento... esclavizado a otro destino, el nuevo, el desconocido, el que se cierne detrás de la sierra iluminada por las estrellas. Sentado, recuperando el aliento, te abrirás al vasto panorama inmediato: la luz del cielo apretado de estrellas te llegará pareja y permanentemente... Girará la tierra en su carrera uniforme sobre un eje propio y un sol maestro... girarán la tierra y la luna alrededor de sí mismas y del cuerpo opuesto y ambas alrededor del campo común de su peso... Se moverá toda la corte del sol dentro de su cinturón blanco y el reguero de pólvora líquida se moverá frente a los conglomerados externos, en torno de esta bóveda clara de la noche tropical, en la danza perpetua de dedos entrelazados, en el diálogo sin dirección y fronteras del universo... y la luz parpadeante te seguirá bañando, a ti, al llano, a la montaña con una constancia ajena al movimiento de la estrella y al girar de la tierra, el satélite, el astro, la galaxia, la nebulosa; ajenas a las fricciones, las cohesiones y los movimientos elásticos que unen y prensan la fuerza del mundo, de la roca, de tus propias manos unidas esa noche en una primera exclamación de asombro... Querrás fijar la vista en una sola estrella y recoger toda su luz, esa luz

fría, invisible como el color más ancho de la luz del sol...
pero esa luz no se deja sentir sobre la piel... Guiñarás los
ojos y en la noche como en el día no podrás ver el verdadero color del mundo, prohibido a los ojos del hombre...
Te perderás, distraído, en la contemplación de la luz
blanca que penetrará en tu pupila con su ritmo tajado y
discontinuo... Desde todos sus manantiales, toda la luz
del universo iniciará su carrera veloz y curva, doblándo-
se sobre la presencia fugaz de los cuerpos dormidos del
propio universo... A través de la concentración móvil de
lo tangible, los arcos de luz se ceñirán, se separarán y
crearán en su permanencia veloz el contorno total, el
armazón... Sentirás llegar las luces y al mismo tiempo...
cercanos los sabores nimios de la montaña y el llano: el
arrayán y la papaya, el huele-de-noche y el tabachín, la
piña de palo y el laurel-tulipán, la vainilla y el tecotehue,
la violeta cimarrona, la mimosa, la flor de tigre... las verás claramente retroceder, cada vez más al fondo, en un
reflujo mareante de las islas heladas... cada vez más lejos
de la primera abertura y del primer estallido... Correrá
la luz hacia tus ojos; correrá al mismo tiempo hacia el
borde más lejano del espacio... Clavarás las manos en el
asiento de roca y cerrarás los ojos... Volverás a escuchar
el rumor cercano de las cigarras, el balido de una tropa
descarriada... Todo parecerá marcha, en ese instante de
ojos cerrados, a un tiempo, hacia adelante, hacia atrás y
hacia el suelo que lo sostiene... ese zopilote que vuela
atado a la atracción del más hondo recodo del río veracruzano y que después se posará en la inmovilidad de un
peñasco, pronto a levantar el vuelo que cortará, en ondas oscuras, la pareja insistencia de las estrellas... Y tú
nada sentirás... Nada parecería moverse en la noche: ni
siquiera el zopilote interrumpirá la quietud... La carrera,

el girar, la agitación infinita del universo no se sentirán en tus ojos, en tus pies, en tu cuello quietos... Contemplarás la tierra dormida... Toda la tierra: rocas y vetas minerales, masa de la montaña, densidad del campo arado, corriente del río, hombres y casas, bestias y aves, capas ignoradas del fuego subterráneo, se opondrán al movimiento irreversible e imperturbable pero no lo resistirán... Tú jugarás con un pedrusco, esperando la llegada de Lunero y la mula: lo arrojarás por la pendiente para que alcance un minuto de vida propia, veloz, enérgica: pequeño sol errante, breve calidoscopio de luces dobles... Casi tan rápido como la luz que lo contrasta; en seguida, grano perdido al pie de la montaña, mientras la iluminación de las estrellas sigue corriendo desde su origen, con la rapidez imperceptible y total... Tu vista se perderá en ese precipicio lateral por donde la piedra ha rodado... Apoyarás la barbilla en el puño y tu perfil se recortará sobre la línea del horizonte nocturno... Serás ese nuevo elemento del paisaje que pronto desaparecerá para buscar, del otro lado de la montaña, el futuro incierto de su vida... Pero ya, aquí, la vida empezará a ser lo próximo y dejará de ser lo pasado... La inocencia morirá, no a manos de la culpa, sino del asombro amoroso... Tan alto, tan alto, nunca habías estado... Las cruces de la anchura nunca habías visto... La cercanía acostumbrada del mundo pegado al río será sólo una proporción de esta inmensidad insospechada... Y no te sentirás pequeño al contemplar y contemplar, en ese ocio sereno de la incertidumbre, los lejanos cúmulos de nubes, el plano ondulante de la tierra y el ascenso vertical del cielo... Te sentirás mejor... ordenado y distante... No te sabrás sobre un suelo nuevo, emergido del mar en las últimas horas, apenas, para estrellar cordillera contra cordillera y arrugarse como un pergamino apretado por la mano poderosa de la tercera época... Te sentirás alto sobre la montaña, perpendicular al campo, paralelo a la línea del horizonte... Y te sentirás en la noche, en el ángulo perdido del sol: en el tiempo... Allá lejos, ¿están esas constelaciones, como parecen al ojo desnudo, una al lado de la otra, o las separa un tiempo incontable?... Girará otro planeta sobre tu cabeza y el tiempo del planeta será idéntico a sí mismo: la rotación oscura y lejana quizá se consuma en ese instante, único día del único año, medida mercurial, separado para siempre de los días de tus años... Aquél ahora no será el tuyo, como no lo será el presente de las estrellas que volverás a contemplar, adivinando la luz pasada de un tiempo ajeno, acaso muerto... La luz que verán tus ojos será sólo el espectro de la luz que inició su viaje hace varios años, varios siglos tuyos: ¿seguirá viviendo esa estrella?... Vivirá mientras tus ojos la vean... Y sólo sabrás que ya estaba muerta mientras la mirabas, la noche futura en que termine de llegar a tus mismos ojos —si aún existe— la luz que realmente brotó, en el ahora de la estrella, cuando tus ojos contemplaban la luz antigua y creían bautizarla con la mirada... Muerto en su origen lo que estará vivo en tus sentidos... Perdido, calcinado, el manantial de luz que seguirá viajando, ya sin origen, hacia los ojos de un muchacho en una noche de otro tiempo... De otro tiempo... Tiempo que se llenará de vida, de actos, de ideas, pero que jamás será un flujo inexorable entre el primer hito del pasado y el último del porvenir... Tiempo que sólo existirá en la reconstrucción de la memoria aislada, en el vuelo del deseo aislado, perdido una vez que la oportunidad de vivir se agote, encarnado en este ser singular que eres tú, un niño, ya un viejo moribundo, que ligas en una ceremonia misteriosa, esta noche, a los pequeños insectos que se encaraman por las rocas de la vertiente y a los inmensos astros que giran en silencio sobre el fondo infinito del espacio... Nada sucederá en el minuto sin ruido de la tierra, el firmamento y tú... Todo existirá, se moverá, se separará, en un río de cambio que en ese instante lo disolverá, envejecerá y corromperá todo, sin que se levante una voz de alarma... El sol se está quemando vivo, el fierro se está derrumbando en polvo, la energía sin rumbo se está disipando en el espacio, las masas se están gastando en la radiación, la tierra se está enfriando de muerte... Y tú esperarás a un mulato y a una bestia para cruzar la montaña y empezar a vivir, llenar el tiempo, ejecutar los pasos y ademanes de un juego macabro en el que la vida avanzará al mismo tiempo que la vida muera; de una danza de locura en la que el tiempo devorará al tiempo y nadie podrá detener, vivo, el curso irreversible de la desaparición... El niño, la tierra, el universo: en los tres, algún día, no habrá ni luz, ni calor, ni vida... Habrá sólo la unidad total, olvidada, sin nombre y sin hombre que la nombre: fundidos espacio y tiempo, materia y energía... Y todas las cosas tendrán el mismo nombre... Ninguno... Pero todavía no... Todavía nacen los hombres... Todavía escucharás el "aoooo" prolongado de Lunero y el sonido de las herraduras sobre la roca... Todavía te latirá el corazón con un ritmo acelerado, consciente, al fin, de que, a partir de hoy, la aventura desconocida empieza, el mundo se abre y te ofrece su tiempo... Tú existes... Tú estás de pie en la montaña... Tú contestas con un silbido la entonación de Lunero... Vas a vivir... Vas a ser el punto de encuentro y la razón del orden universal... Tiene una razón tu cuerpo... Tiene una razón tu vida... Eres, serás, fuiste el universo encarnado... Para ti se encenderán las galaxias y se incendiará el sol... Para que tú ames y vivas y seas... Para que tú encuentres el secreto y mueras sin poder participarlo, porque sólo lo poseerás cuando tus ojos se cierren para siempre... Tú, de pie, Cruz, 13 años, al filo de la vida... Tú, ojos verdes, brazos delgados, pelo cobreado por el sol... Tú, amigo de un mulato olvidado... Tú serás el nombre del mundo... Tú escucharás el "aooo" prolongado de Lunero... Tú comprometes la existencia de todo el fresco infinito, sin fondo, del universo... Tú escucharás las herraduras sobre la roca... En ti se tocan la estrella y la tierra... Tú escucharás el disparo del fusil detrás del grito de Lunero... Sobre tu cabeza caerán, como si regresaran de un viaje sin origen ni fin en el tiempo, las promesas de amor y soledad, de odio y esfuerzo, de violencia y ternura, de amistad y desencanto, de tiempo y olvido, de inocencia y asombro... Tú escucharás el silencio de la noche, sin el grito de Lunero, sin el eco de las herraduras... En tu corazón, abierto a la vida, esta noche; en tu corazón abierto...

1889: 9 DE ABRIL

Él recogido sobre sí mismo, en el centro de esas contracciones, él, con la cabeza oscura de sangre, colgando, detenido por los hilos más tenues: abierto a la vida, por fin. Lunero detuvo los brazos de Isabel Cruz o Cruz Isabel, su hermana; cerró los ojos para no ver lo que pasaba entre las piernas abiertas de su hermana. Le preguntó, con el rostro escondido: "¿Contaste los días?" y ella no pudo contestar porque gritaba, gritaba hacia adentro, con los labios cerrados, los dientes apretados y sentía que la cabeza asomaba ya, ya venía mientras Lunero la detenía de los hombros, sólo Lunero, con la vasija de agua hirviendo sobre el fuego, la navaja y los trapos listos y él salía entre las piernas, salía empujado por las contracciones del vientre, cada vez más seguidas, y Lunero debía soltar los hombros de Cruz Isabel, Isabel Cruz, arrodillarse entre las piernas abiertas, recibir esa cabeza húmeda, negra, el pequeño cuerpo pegajoso, atado a Cruz Isabel, Isabel Cruz, el pequeño cuerpo separado al fin, recibido por las manos de Lunero, ahora que la mujer dejaba de gemir, respiraba, dejaba escapar un aliento grueso, se secaba con las palmas blancas el sudor del rostro, buscaba, lo buscaba, alargaba los brazos: Lunero cortó el cordón, amarró el cabo, lavó el cuerpo, el rostro, lo acarició, lo besó, quiso entregarlo a su hermana, pero Isabel Cruz, Cruz Isabel ya gemía con una nueva contracción y se acercaban las botas a la choza donde yacía la mujer sobre la tierra suelta, bajo el techo de palmas, se acercaban las botas y Lunero detenía boca abajo ese cuerpo, le pegaba con la palma abierta para que llorara, llorara mientras se acercaban las botas: lloró: él lloró y empezó a vivir...

Yo no sé... no sé... si él soy yo... si tú fue él... si yo soy los tres... Tú... te traigo dentro de mí y vas a morir conmigo... Dios... Él... lo traje adentro y va a morir conmigo... los tres... que hablaron... Yo... lo traeré adentro y morirá conmigo... sólo...

Tú ya no sabrás: no conocerás tu corazón abierto, esta noche, tu corazón abierto... Dicen "bisturí, bisturí"... Yo sí lo escucho, yo que sigo sabiendo cuando tú ya no sabes, antes de que tú sepas... yo que fui él, seré tú... yo escucho, en el fondo del cristal, detrás del espejo, al fondo, debajo, encima de ti y de él... "Bisturí"... te abren... te cauterizan... te abren las paredes abdominales... las separa el cuchillo delgado, frío, exacto... encuentran ese líquido en el vientre... separan tu fosa iliaca... encuentran ese paquete de asas intestinales irritadas, hinchadas, ligadas a tu mesenterio duro e inyectado de sangre... encuentran esa placa de gangrena circular... bañada en un líquido de olor fétido... dicen, repiten... "infarto"... "infarto al mesenterio"... miran tus intestinos dilatados, de un rojo vivo, casi negro... dicen... repiten... "pulso"... "temperatura"... "perforación puntiforme"... comer, roer... el líquido hemorrágico escapa de tu vientre abierto... dicen, repiten... "inútil"... "inútil"... los tres... ese coágulo se desprende, se desprenderá de la sangre negra... correrá, se detendrá... se detuvo... tu silencio... tus ojos abiertos... sin vista... tus dedos helados... sin tacto... tus uñas negras, azules... tus quijadas temblorosas... Artemio Cruz... nombre... "inútil"... "corazón"... "masaje"... "inútil"... ya no sabrás... te traje adentro y moriré contigo... los tres... moriremos... Tú... mueres... has muerto... moriré

La Habana, mayo de 1960
México, diciembre de 1961

Índice

Este libro se terminó de imprimir en el mes de
Abril del 2011, en Impresos Vacha, S.A. de C.V.
Juan Hernández y Dávalos Núm. 47, Col. Algarín,
México, D.F., CP 06880, Del. Cuauhtémoc.